ミステリ

FABIAN NICIEZA

郊外の探偵たち

SUBURBAN DICKS

ファビアン・ニシーザ
田村義進訳

A HAYAKAWA
POCKET MYSTERY BOOK

日本語版翻訳権独占
早　川　書　房

© 2023 Hayakawa Publishing, Inc.

SUBURBAN DICKS
by
FABIAN NICIEZA
Copyright © 2021 by
FABIAN NICIEZA
Translated by
YOSHINOBU TAMURA
First published 2023 in Japan by
HAYAKAWA PUBLISHING, INC.
This book is published in Japan by
arrangement with
UNITED TALENT AGENCY, LLC, NEW YORK
through TUTTLE-MORI AGENCY, INC., TOKYO.

装幀／水戸部 功

妻のトレーシーと困り者のマディとジェシーに
おまえたちは郊外の憂さを晴らしてくれた

目次

郊外の探偵たち

登場人物

サトクナナンタン・サスマル………インド人青年
タラニ・サスマル……………………サトクナナンタンの叔父
シャルダ………………………………タラニの妻
ジアイン・ウー………………………ウェスト・ウィンザーの区長
ベネット・ドベック…………………ウェスト・ウィンザー署の署長
ブラッドリー・ドベック……………同元署長
ヴィンス・ロッシ
チャーリー・ガーミン……………同刑事
ベンジャミン・ドベック……………同巡査
アンドレア（アンディ）・スターン……元ＦＢＩのプロファイラー
ジェフ…………………………………アンドレアの夫
ルース
イーライ
サラ
セイディ………………………………アンドレアの子供たち
ケネス（ケニー）・リー……………プリンストン・ポスト・ウィークリー紙の記者
ジミー・チェイニー…………………ケネスの同級生
フイキン（ブレア）・リー…………ケネスの母親
スティーヴン・アッペルハンズ……アッペルハンズ・ファームの経営者
カール・ハロウェイ…………………ウェスト・ウィンザーの元行政官
トーマス・ロバートソン
ヒラリー・エヴァーシャム………ウェスト・ウィンザー区役所の職員
ビル・ミューラー……………………プレインズボロの行政委員会のトップ
ラモン・メルカード…………………FBI局員。アンディの元同僚

著者覚書き

ウェスト・ウィンザーとプレインズボロはニュージャージー州に実在する行政区である。本書のなかでの否定的な描写とちがって、とても住みやすいところだ……なんといってもニュージャージーなのだから。

本書に記された場所はほとんどすべてが実在するが、そこを歩きまわる者の周辺で起きることはすべてフィクションである。

わたしの家にイースターの卵を持ってこようとしている者がいるかもしれないので、念のために書いておくが、フィクションというのはそれが現実にはどこにも存在しないということである。

本書のなかでの行政および警察の描写は、百パーセントのフィクションであり、皮肉をきかせ劇的効果を高めるために大いに強調されている。

ひとつことわっておかねばならないことがある。わたしは制限速度三十マイルの道路を時速三十五マイルで走行したことによる違反切符をそんなに多くはもらっていない。

第一部　サトクナナンタンの最悪の日

1

サトクナナンタン・サスマル本人も真っ先に認めるはずだが、叔父が経営するバレロ・ガスステーションでの夜勤の仕事はさんざんなものだった。たとえば、去年の夏のはじめの夜。午前四時に、海ぞいのクラブ帰りの酔っぱらった八人の娘がリムジンから降りてきた。思わせぶりになれなれしく話しかけてきたが、次の瞬間には次々にトイレに駆けこみ、その夜飲み食いしたものを四方の壁と床、そしてなぜか天井にまで吐きだした。甘い期待は一瞬のうちに吹っ飛んだ。

次は居眠りをしながらいちばん手前の給油機に突進してきた老婦人。サトクナナンタンは大あわてで第三給油機の緊急ボタンを押して、車の進路から飛びのいた。老婦人は車の窓をあけて言った。レギュラー。満タン。キャッシュで。

拳銃を突きつけられて金を奪われたこともある。

ナイフを突きつけられたこともある。

さらには、フライ返しを突きつけられたこともある。本人の名誉のために言っておくが、長い柄のついたバーベキュー用の金属のフライ返しだ。

そして昨夜、サトクナナンタン・サスマルは殺された。

ウェスト・ウィンザー署のミシェル・ウーとニケット・パテル巡査は、おたがいから数ヤード離れたところに立っていた。ふたりとも犯行現場を荒らさないよう気をつけていたが、犯行現場はすでに荒らされまくっている。このふたりにとって、それは未知の領域だった。ニュージャージーのこの小さな行政区で殺人事件が起きたのは三十年以上前、妻を侮辱した夫が頭に電子レンジを叩きつけられて以来のことだ。ふたりの巡査の勤務年数はふたりあわせて六年。そのうちミシェル・ウーの分は五年四カ月。

嫌悪感と好奇心のあわいで、ミシェル・ウーはなかば死体を見ようとし、なかば死体を見ないようにしていた。頭が痛くなってきたのは、視線をあちこちに動かしていたせいかもしれない。でなかったら、ニケットがガソリンスタンドの入口に黄色いテープを張るのに四苦八苦しているさまがいやでも目に入るからだ。その向こうの通りは四車線の五七一号線で、車はそこからガソリンスタンドに入ってきて、U字形に曲がり、そこへ出ていくようになっている。

朝の交通量は少しずつ増えはじめていた。時間は六時三十五分。警察の通信指令係に匿名の連絡が入ったのはその十分ほどまえのこと。通報者はすでに現場から姿を消している。ロッシとガーミン刑事はまだやってこない。ウェスト・ウィンザーおよびプレインズボロ地区では、八十年前にオーソン・ウェルズがグローヴァーズ・ミル池を異星人の襲来地点にしたとき以来の大事件だ。だが、ガーミンはどこで何が起きようと、朝、現場に向かうのはベーグルとコーヒーを買ってからという習慣を変えはしない。

ニケットはまだテープと格闘している。ミシェルはため息をついて、被害者に注意を戻した。頭部は後ろから破裂したスイカのようになっているが、ニケットがテープで自分の首を絞めて窒息プレイをしようとしているのを見ているよりはまだいい。

被害者は仰向けに横たわっている。建物にいちばん近い第二給油機のすぐ横だ。被害者の手から二フィート離れたところには、給油ノズルが転がっている。第四給油機には血が飛び散っている。その上のデジタル表示盤は割れている。銃弾は被害者の頭蓋骨を貫通して、そこに当たったということだろう。

ズボンの前には大きな染みがある。身体のまわりにも濡れたあとがあるが、昨夜、雨は降っていない。まわりを見まわしたが、飲み物の容器とかカップとかも落ちていない。

手びさしでまぶしい朝日を遮りながら、後ろの煉瓦造りの小さな建物に目をやる。まんなかに施錠されたドア。その横にドリンクの自販機と製氷機。建物の右手の角を曲がったところに男女兼用のトイレ。全部で五発の銃弾のあと。そのうちの三発は煉瓦の壁に突き刺さっている。一発は自販機、もう一発は製氷機の左側の金属扉をへこませている。死体の向こうにまわり、あちこちに散らばった銃弾のあとを見やる。犯人は銃器の扱いに慣れた者ではない。としたら、武装強盗は武装強盗でも、ずぶの素人(しろうと)？　それとも年端もいかない若者？

「ミシェル」ニケットの声が聞こえた。五七一号線に面したガソリンスタンドの入口に、困惑顔で立っている。「何に結びつけたらいいんだろう。ここには支柱も何もない」

気立ては良いが、頭の出来は悪い。警察官に採用されたのは、ウェスト・ウィンザーのかなりの規模のインド人コミュニティが警察への人材の登用を長年にわたって訴えつづけてきた結果だ。多様性重視の人事という点では、ミシェルも同様で、その五年ほどまえに同署初のアジア系アメリカ人の警察官になった。彼女はたまたまウェスト・ウィンザー区長の娘でもある。

ママ／区長は娘の警察入りに猛反対したが、署長のベネット・ドベックは逆にその後押しをした。ミシェルの警察官としての能力を評価したからでもなければ、アジア系アメリカ人を署に迎えいれることに熱心だったからでもない。ママ／区長への面当て(つらあ)てのためだ。

「〝入口〟の標識に巻きつけてから、そこの角の信号機まで引っぱっていけばいいでしょ」と、ミシェルは答えた。

「あそこまでは、ええっと、三十ヤードもある」

「だから？」

ニケットは標識のほうへ歩いていって、なんとか窒息死することなくテープを巻きつけた。それから、ガソリンスタンドの入口を横切りかけたとき、そこに青いホンダ・オデッセイが突っこんできて、もう少しで轢かれそうになった。

車はミシェルの前を通り過ぎ、パトカーと接触しそうになりながら、建物の横にとまっていた傷だらけのヒョンデの前で急停止した。

ミシェルがそこへ向かって歩きかけたとき、思わず腰の拳銃に手がかかりそうになったくらいの勢いで、いきなり運転席のドアが開いた。

ミニバンから卵黄が流れでるような超ゆっくりとした動きで、女が出てきた。まずは太くて短い脚から。次に尻がシートから離れる。人間というよりボウリングのボールだ。足がばたつき、それから地面につく。

背は低く、五フィート三インチほど。髪は黒い巻き毛で、もじゃもじゃ。目は茶色で、大きく――この言い方がいちばん当たっていると思うのだが、殺気だっている。歩き方は人間というよりペンギン。ミシェルがこれまでの人生で見たどの女性よりも大きなお腹をしている。おそらく、人類の文明の歴史のなかのどの女性よりも大きい。あえて想像するなら、生まれてくる子は大学二年生。

車のなかから、数人の子供のけたたましい声が聞こえてきた。怒鳴り声と、叫び声と、泣き声がいっしょくたになっている。幸いにも子供のいないミシェルにとって、この車のドアは地獄の門のように思えた。聞こえてくる声は四種類。ということは、いまお腹のなかにいるのは五人目？ ホンダ・オデッセイは避妊パッチ（エブラ）の動く広告板だ。

「ルース！ イーライ！ 怒鳴りあわないで！ 静かにしなさい！」

その言葉は完全に無視された。母親は無視されたことをさらりと無視し、いかにもわざとらしく優しい声に切りかえた。

「お願いだから、ね、サラ、大きな声を出さないでちょうだい」

ミニバンの二列目シートから、サラと思われる娘の甲高い声がかえってきた。「でも、セイディがおしっこを！　漏れそうだって！」

「叫んだからといって、しなくてすむわけじゃないでしょ！」娘と同じくらい大きな声だ。それから、舞台俳優のようにコロッと声音が変わった。「セイディ、いい子だから、もうちょっとだけ我慢して。ねっ。このトイレを使わせてもらうから」

ミシェルはためらいがちにミニバンのほうに歩きはじめた。その途中で立ちどまって振り向いたが、役立たずのニケットは肩をすくめただけで知らん顔。深く息を一吸いする。これまでの経験からよくわかっていることだが、特権意識の強いウェスト・ウィンザーの住民――白でも、茶でも、黄色でも、はたまた混色でも――を相手にするときは、愉快ならざる思いをさせられることが少なくない。

「マダム、ここは立入禁止です」

振りかえった母親は、泣きじゃくる幼児を両手でかかえあげている。野生の王国の民にシンバを披露する狒々(ひひ)のラフィキのように。ただし、いまこのガソリンスタンドという王国にいるのは、困惑の表情を浮かべた巡査ふたりと、ひとりの死者だけだが……小さな女の子は鮮やかな青いエルモのTシャツを着ている。ほかには何も身に着けていない。

「おしっこをさせなきゃ」

「トイレには鍵がかかっています。いいですか、マダム。ここは――ここは犯行現場なんです」

大泣きする娘を抱きあげたまま、母親は周囲を見まわした。ここが実際に犯行現場であることにようやく気づいたようだ。煉瓦に食いこんだ銃弾に目をやり、それから首をまわして後ろを向く。ニケットはその視線を避けるために目を泳がせ、足にテープをもつれさせている。けれども、女が見ていたのはその先のガソリンスタンドの入口と出口だった。

いい加減にしろと言いたいくらいの時間をかけて周囲のありさまを観察したあと、やっとのことでおもむろに死体に目をやる。ズボンの染み、それから給油機に飛び散った血。

幼い娘の泣き声も車のなかのほかの子供たちの甲高い声も、まったく聞こえていないみたいだ。何かを考えているように見える……でも、何を？

「マダム」ミシェルは言ったが、返事がなかったので、さらに強い口調で繰りかえした。「マダーム！」

それで、我にかえったみたいだった。すると、不気味なくらい冷静な口調で一言。「おしっこをさせなきゃ」

ミシェルはなんと答えたらいいのかわからなかった。

「え、ええ……そりゃそうだけど、トイレには鍵がかかっています。としたら、ええっと」親指を死体のほうに向けて、「彼が鍵を持っているかも」

母親はどうすべきか考えているみたいだった。とそのとき、泣き声が急にやんだ。嘘みたいにシーンとなる。そして次の瞬間、女の子は母親の手にかかえられたまま、おしっこを噴出しはじめた。

ジェット水流が目の前のアスファルトの上に飛び散る。終わったと思ったとき、さらに強力な第二波が小さな脚のあいだから噴出する。ミシェルは飛んできたものを避けるため、あわててあとずさりしなければならなかった。

「ここは犯行現場なんですよ！」と、怒気をはらんだ声で叫ぶ。

返事はない。おしっこは馬の放尿のようにいつまでも続く。これには三冠馬のセクレタリアトも顔負けだろう。しばらくしてようやくポタポタとこぼれ落ちる程度になった。

ミシェルは言った。「犯行現場を荒らしたら罪に問われます」

「だとしたら、まず自分たちを罪に問わなきゃね」と、母親は答えた。そして、ぷいとミシェルに背中を向けて、女の子を車に戻した。

「なんですって？」

「なにが犯行現場なもんですか。馬鹿馬鹿しい」

「なんですってー？」ミシェルは繰りかえした。このときは、情けないことに声が裏がえっていた。

特大のお腹のせいで肺活量は大幅に減っているはずなのに、女は一気呵成にまくしたてた。「あなたたちはガソリンスタンドの入口に車をとめるべきだった。そうしていたら、ここに落ちていたかもしれない証拠をタイヤで踏みつぶす可能性を排除できたはず。被害者が死んでいるとわかったら、担当刑事がやってくるまで、あなたたちは死体の周囲十五フィート以内に立ちいるべきじゃなかった。あなたたちは靴カバーを着けていない。そのため、前夜あなたたちが行ったところで靴底につけたものおよび、またはパトカーのなかに落ちていたものをここに撒き散らしているかもしれない。さらに言うなら、それによって、犯人および、または犯人の車がここに残していた可能性のある痕跡を消してしまったかもしれないってこと。あなたたちは手に筆記用具を持っていない。つまり、あなたたちは記録をとってないってこと。それは犯行現場で最初にしなきゃならないことでしょ。でも、まあ、そこんところは大目に見てもいい。いまは携帯電話があるから。給油機に飛び散った血がさらに流れ落ちたり、乾いたりするまえに、携帯電話でそこの写真を撮っていれば、弾道の解析および、または死亡推定時刻の特定がしやすくなる。あっ、ちょっと待って。その携帯電話はいまあなたたちのポケットのなかにある。つまり、そういったこともしてないってことね。としたら、どの方向から撃たれたかとか、いつ死んだのかを正確に知るのは一層むずかしくなる」

ミシェルは話を聞きながら目をしばたたいていた。

「あ、あなたはいったい何者なんです」妊娠しているかどうかにかかわらず尻を蹴とばしてやりたくなったが、なんとか思いとどまったのは、ひとつは職業上の規範から、もうひとつはこの大型孵卵器の言っていることが完全に正しかったからだ。

車に乗りこむまえに、女は言った。「そうそう。最後にもうひとつ。あなたたちは犯行現場に部外者の車が入ってくるのをとめもせず、犯人の車が通ったと思われるところに小さな子供が大量に——ほんと、目くるめくばかりに大量のおしっこを撒き散らすのを黙って見ていた。尿中の酸は犯人の車のタイヤ痕の分析に影響を与えることになる」

「タイヤ痕って?」ミシェルはまわりを見まわした。

足もとには小さな染みのようなものがあるだけだ。自分はタイヤ痕の上を歩きまわっていたのか。

ミニバンの自動ドアが閉まる音が聞こえたので、ミシェルは顔をあげた。「待ってちょうだい！」

女はシートベルトを二度締めそこない、三度目でようやく成功した。その目に宿っていた軽蔑の色はほんの少し薄れている。車の窓が開く。「おまけにもうひとつ。着弾の角度からすると、犯人は車から降りて、発砲した可能性が高い」

女は窓を閉めると、振り向くこともなく、車を鋭く切りかえした。そして、ニケットのすぐ横を通り、入口から右折して通りに出ると、信号が変わるまえに五七一号線を西へ走り去った。

ミシェルとニケットは目を見あわせた。

「あれはいったいなんだったの」

ニケットは肩をすくめた。

2

アンドレア・スターンはアビントン・レーンに入っても車の速度を落とさなかった。そこは通りぞいにU字形につくられた分譲地で、この地域に多い量産邸宅(マックマンション)の造成地にあっては珍しく、二十軒足らずの家しかない。車が私道に入ったとき、バンパーが急勾配の地面をこすった。サンバイザーに装着したリモコンをせわしなげに数回押したが、ガレージのドアは開かず、急ブレーキをかけなければならなかった。リモコンは電池切れのようだ。

「ゆっくり押して、押さえとくんだよ、ママ」ルースは言った。〝ママ〟にはジェットコースターなみの高低がついている。

マーアーーーマは言われたとおりにした。ドアが開く。

バックミラーに映ったルースの得意げな笑みを見て、アンドレアは思った。思春期にさしかかりつつあるのだ。自分がこの小憎らしさに耐えられるのは、これから数年のうちにそれがもっとひどいものになることがわかっているからだ。車をとめたガレージには、あちこちにガラクタが散らばっている。いつかの週末にジェフに片づけてもらわなきゃ。

ルースとイーライが二列目のシートにすわっている妹たちの脇を擦り抜けて、スライドドアをあけた。「ブランコへとっしーん！　ブランコへとっしーん！」と、声を揃えて繰りかえしている。サラもチャイルドシートのベルトをはずして跳んででていく。年上のきょうだいに追いつけるだけの運動能力はすでに身についている。

セイディは大声でわめきながら、チャイルドシートのなかで身体をくねらせている。五分だけ、とアンドレアは思った。五分だけでいいから静かにしていてちょうだい。シートベルトをはずしてやり、抱きあげると、セイディは両脚を宙でグルグルまわしはじめた。

「お尻まるだしでパパを駅まで送っていくのはいい。それは愉快な冒険だったにちがいない。でも、ブランコに乗りたいのなら、おしめをつけて、パンツをはかなきゃ。そうでしょ」

　セイディは迷っている。二歳半の頭を懸命に回転させている。母に言われたことはおそらくよくわかっているのだろう。でも、よちよち歩きの子供にとって、遊びの時間に一分遅れるのは一生を失うに等しい。

「わかった」セイディはぽつりと言った。そして、身体が地面におろされると同時に、本人が〝あんよ〟と呼んでいるニワトリの手羽のようなものを可能なかぎり速く動かして走り去った。

　アンドレアは微笑んだ。こんな暮らしに満足しているわけではないが、子供たちを愛してはいる。

　たぶん。

　それが月曜日の午前七時五分のこと。子供たちは裏庭で遊んでいる。近所づきあいはあまりよくない。ここに越してきたのは一年前で、この分譲地に我が家の子供たちと同じくらいのおチビはひとりもいない。

　アンドレアは大きな声で言った。「ルース、イーライ！　妹たちを見ていてね。ママはおうちにいるから」

　車のキーは手に持っている。頭のなかで、いつものようにジェフの声が聞こえてくる――家に帰ってきたら、キーをフックにかける。あたりまえのことじゃないか。

　キーをキッチン・カウンターの上に放り投げる。

　ケトルに水を注ぎ足してからトイレに向かう。狭い空間で、身体をくねらせて便座にすわり、用を足す。終わると、体形の変化を憂いながらマタニティ・ショーツを引っぱりあげる。五人目を産んだあと、元の身体に戻れるだろうか。自分はまだ三十三歳なのだ。科学的には不可能じゃないはず。少なくともSF——空想科学的には。

ケトルが笛を吹いている。大学時代からのお気にいりの白いI♥NYのマグカップを手に取る。プリント部分はかすれている。金属の茶こしを使って、カウンターの上のキャニスターからティバーナのブルーベリー&パイナップル・ブレンドをスプーンに山盛り一杯すくいとる。いつも妊娠中はコーヒーではなく、紅茶にしているのだ。フルーツ・フレーバーは強ければ強いほどいい。コーヒーが飲めないのは悲しいが、いまは匂いを嗅いだだけでオエッとなる。

大きく息を吸い、甘い香りを鼻孔に含む。すっごく疲れている。ジェフがいまの職場で働きだしたのは六週間ほどまえのことだ。それ以来、毎朝、駅まで送り迎えをしている。駅前の駐車場は順番待ちで、そこが使えるようになるには一年ほど待たなければならない。ということは、あと十ヵ月は運転手役を務めなければならないということだ。おまけに、出産予定日は十月で、それまでまだ二ヵ月以上ある。

キッチン・テーブルに手を滑らせる。子供たちが調理器具やら何やらでつけた傷が指に触れる。キッチンの木の仕切りごしにファミリールームに目をやる。家具はまえの家から持ってきたものばかりだ。引っ越しの際、ジェフは新しいものを買い揃えようと言った。金は無尽蔵にあると言わんばかりの口ぶりだったが、実際はいくらも残っていなかった。

いつのまにか少しずつなくなっていったのではない。散財。偽計。訴訟。判決。だましたクライアントへの返金。刑務所行きを免れるための納税。お金がなくなったのは、すべてジェフの不始末のせいだ。

フレンチドアをあけてサンルームに入る。そこは家のなかでいちばんのお気にいりの場所だ。隅っこの籐の椅子に腰かけたら、大きな窓ごしにデッキと裏庭を望むことができる。夕方になると、木々のいただきにかかった陽が、裏庭の小さな池を輝かせる。その光景も捨てたものではない。

サンルーム。広いデッキ。各種の遊具。池。延床面積は三千二百平方フィート。これが裁判のあと住むようになった〝数ランク下〟の家だ。四つのベッドルーム、三つのバスルーム、洗面所、改装中の地下室。購入価格は七十七万ドル。自分たちのこれまでの基準からしたらあきらかにダウンサイジングだ。示談が成立したあと引き払わざるをえなくなった家の売却価格は百五十万ドル。でも、そのうち二十万ドル以外は右から左だった。いまの家は八掛けで買ったが、最終的に当座預金口座に残った金は一万四千ドルだけ。自分が二十五歳のとき以来、最少の預金額だ。けれど、それで愚痴をこぼしていたらバチがあたる。

椅子にすわって、お茶をすする。サラはいつものようにジャングルジムのてっぺんにのぼっている。ルースとイーライはセイディが乗ったブランコを押している。イーライがガチョウのような声を張りあげ、セイディがブランコからおろしてくれと叫ぶ。ルースがおろしてやる。サラがジャングルジムからターザンのように飛びおりる。それから、みんなで腕を大きく振って裏庭を走りまわりはじめる。

アンドレアは数分間その様子を見ていた。お小言を言わずにすんだのは、そのあいだだけだった。椅子から重い腰をあげると、デッキに通じる引き戸をあけて叫ぶ。「イーライ、雁（ガン）のウンチを拾って妹たちに投げつけるのはやめなさい！」

子供たちはくすくす笑い、声をあわせて言った。

「ガンのウーンチ！　ガンのウーンチ！」

アンドレアは椅子にすわりなおし、お茶をすすった。

目を閉じる。

すると、犯行現場に戻っていた。

映像はかたまっている。セイディを抱きかかえている自分自身も含めて。だが、次の瞬間には、もうひとりの自分が静止した人物のまわりを歩きまわりはじめる。給油機の前面に血が飛び散っている。コンクリートの床に、死体と給油ノズルが転がっている。死体のズボンとそのまわりに濡れたあとがある。被害者が誰かは、その顔を見たときからわかっていた。そこの最年少の従業員だ。年は二十代前半。痛々しいほどシャイで、英語はたどたどしい。普通に考えたら——強盗。もうひとつ普通に考えたら——ヘイト・クライム。

給油機の上部に飛び散った血の映像が心のなかで一時停止する。血はコンクリートの台の向こう側まで飛んでいる。至近距離。上向きで急な角度。コンクリートの台の後ろの建物には、銃弾が食いこんでいる。どれも上向きだが、角度は急でない。

従業員用のブースの前を通り過ぎる。とりたてて目につくものはない。レジの引出しは閉まっている。ペプシの空き缶。裏向きに置かれた傷だらけのiPhone。くたびれたクッションがついた、浣腸されるのと同じ思いをしそうなスツール。弾痕はあちこちに散らばっているが、いずれもドアの高さより上にある。

一歩さがって、まわりを見まわす。

それから目をあけて、お茶をすする。ふとモラーナのことが頭に浮かぶ。あの事件が片づいてから何年もたっている。ふたつの事件を結びつけるものは何もない。けれども、あのとき以来、自分がこれほど生き生きしていると思ったことはない。

そんな自分に戸惑いを覚えながら、立ちあがってマグカップを洗う。ジェンエアのステンレス冷蔵庫をあけて、冷凍ワッフルの袋を取りだす。四つをオーブン・トースターに入れる。誰が何をつけて食べるかで子供たちが大騒ぎするのは間違いない。バター、ピーナッツバター、クリームチーズ、ゼリー、それにシロップを取りだす。それからタッパーウェアに入ったブドウ。セイディは紫色のブドウを食べないので、緑色のもの。ルースは種があるのを食べないので、種なし。イーライとサラのことは考えなくていい。ホイップクリームの上にのせたマラスキーノ・チェリー以外、どんな果物も食べない。

警察に力を貸すべきかどうか。ジェフはなんと言うだろう。同意を得られるとは到底思えない。モラーナのせいで、ふたりの関係は破綻の一歩手前まで行ったのだ。十四ヵ月にわたって、ジェフの人生は損なわれ、自分の人生は燃えあがりつづけた。

あのときの興奮と狂気を忘れることはできない。たとえどんなにいびつなものであったとしても、あれほど充実したときを過ごせたことはない。知的で、刺激的で、魅惑的、そして危険だった。あのときルースを宿していなかったら、どうなっていただろう。子育てのためにキャリアを棒に振っていなかったら、何人のモラーナを刑務所送りにできただろう。

ウェスト・ウィンザー署に殺人事件を手がけた者がいるとは思えない。そこにいる者全員をあわせた経験より、自分が二十三歳になったときに持っていた経験のほうがずっと豊富なはずだ。

携帯電話が鳴った。まだ七時半にもなっていない。

「ハーイ、ブリアン」

ブリアン・シンガーはママ友のひとりだ。ウェスト・ウィンザーやプレインズボロでは、このような女どうしの付きあいは珍しくない。子供たちはいっしょに学校に行き、いっしょにスポーツをする。ブリアンにはモーガンとメアリーとマディソンという三つ子がいて、二年生のときからルースと同じクラスに在籍している。狭い地域社会内の友人――アンドレアが言うところの〝皮下脂肪（セルライト）族〟のなかでは、誰よりも気があう女性だ。

「いま何をしてるの、アンディ」

アンドレアは答えた。「三人の男とファック」

「たった三人？」

ふたりは笑った。ブリアンが相手だと、話にクイーンズ訛りが混じっても、そんなに気にならない。生まれたときから十二年間をニューヨークで過ごし、中学生のときウェスト・ウィンザーに引っ越したのだが、ニュージャージーの郊外の生活に慣れるのはそんなに簡単ではなかった。訛りを丸出しにするのも、あけすけな物言いをするのも、ときには悪くない。

オーブン・トースターが鳴った。アンドレアは子供たちの朝食の支度をしながら話を続けた。

「モーガンが吐いたの。目を覚ましたときに」と、ブリアンはそれがさも重要なことのように言った。

「あらあら。どうしちゃったの？」

「ゆうべ、グミの大袋を枕の下に隠して、ほかのふたりが眠ったあと、みんな食べちゃったんだって」

「ヤーね」

「ゲロが真っ赤だったので、ぎょっとしちゃった。血だと思って。あんな気色の悪いもの、いままで一度も見たことない」

モラーナの四人目の犠牲者マーカス・トリヴァーを思いださずにはいられなかった。皮膚を頭から爪先まで剝がされていた。けれども、検死医の見立てでは、それが死因ではなかった。数日間、生きたまま皮膚を剝がされていたのだ。出血量はそれほど多くなく、死因は痛みによって引き起こされた心臓発作だった。

ニューヨーク市警の重要事件捜査班は、肉切り包丁を使い慣れている者か剝製技術の持ち主の仕業と推測したが、ＦＢＩの行動分析課で実務研修をしていたコロンビア大学刑事司法科早期終了コースの院生、アンドレア・エイベルマンが出した結論によると、モラーナは外科医であり、そして女性であった。

「行かなきゃ」と、アンドレアは言った。「子供たちが池のほうに歩いていったので」

「フェンスで囲ったほうがいいんじゃない」

「そうしたら、雁が庭にウンチをばらまきにくくなる」アンドレアは言って、電話を切った。

それから窓の外を見た。子供たちはまだ遊具で遊んでいる。池の近くにはいない。時間は七時四十二分。今日一日することは何もない。とつぜん四つの悲鳴があがって破水が起きたりしないよう、子供たちを見張っていること以外は。

カウンターの上で携帯電話が震えた。ブリアンからのショート・メールだ。〝忘れてた。十時にクリスタルといっしょにプールへ行く。いっしょにどう?〟

コミュニティ・パークにあるウォーターワーク公営プールのことだ。行ってもいい。行かない理由はない。妊娠八カ月目の身体を水に浮かせるのは心地いい。膝や足首の鈍い痛みが和らぎ、背中の筋肉がほぐれる。マタニティ水着も一着持っている。ビートルズのイエロー・サブマリンに見えるとジェフが評した鮮やかなマリーゴールドのタンキニだ。

窓をあけて、大きな声で子供たちを呼ぶ。「おうちに入ってきて、ジュースを飲みなさーい」

子供たちはデッキに駆けあがった。セイディはいつものようにひとり遅れをとり、ぶつくさ文句を言っている。四人は部屋に入ってくると、頭が内側から破裂するのではないかと思うような勢いでストローを吸いはじめた。

思わず笑みが漏れる。

良い子たちだ。よその子供たち以上にはぐずったりもしない。父親がほぼ不在であることや、母親が満たされない思いでいることは、どの子にもなんの影響も与えていない。いまのところは。実際問題、必要なものはすべて与えている。それでも、まだ足りない。彼らには両親が一体であると見なす権利がある。じつはそうでないと気づくまでにどれくらいの時間があるのだろう。

アンドレアは警察に協力することに決めた。

3

　ケネス・リーが犯行現場に到着したのは七時四十五分。編集長のジャネール・シンプソンに電話で叩き起こされたのは、その十五分前。予定では、十時にプレインズボロの高齢者住宅でガールスカウトの植樹の取材をすることになっていた。なので、本当なら九時四十五分まで寝ているつもりだった。プリンストン・ポスト・ウィークリー紙の記者としての仕事に対することのような熱意の欠如からすれば、ウェスト・ウィンザーで数十年ぶりに起きた殺人事件に色めきたたなかったのも当然といえば当然のことだろう。

　ケニーはマキャフリー・フードマーケットの駐車場に車をとめると、歩いてサウスフィールド・ロードを横切り、バレロ・ガスステーションへ向かった。サウスフィールド・ロードと五七一号線の交差点には規制線が張られ、その内側に三台のパトカーと標識のない警察車とマーサー郡検死局のヴァンがとまっていた。そこにいるスーツとネクタイ姿の男はおそらく検事だろう。規制線の手前にはふたりの巡査が立ち、少しずつ集まってきつつある野次馬やマスコミ関係者を立ちいらせないようにしている。

　ミシェル・ウー巡査はサウスフィールド・ロードの交通整理にあたっていた。五七一号線側には新人巡査――パテルだったか？――が立っている。検死医の一行は死体をボディーバッグに収納し、ロッシとガーミン刑事はその周辺をうろうろと歩きまわっている。どちらの手にもLサイズのコーヒーカップがある。ガーミンはベーグルをパクついている。現場の検分の指揮をとっているのは副署長のマーガレット・ウィルソン警部補だ。

ベネット・ドベック署長はほかの者から少し離れたところに立っていた。背筋をピンとのばし、冷たく鋭い視線であたりを見まわしている。ケニーは権力者をいくらのものとも思っていないが、この男の威圧感は半端（はんぱ）でない。

　署長の息子でベンジャミン・ドベック巡査は、規制線に張りつき、このときはトレントン・タイムズ紙の記者ヴィクター・ゴンザレスの前に立ちふさがっていた。四世代にわたる軍人あがりの警察官で、アーリア人の恥ずかしい夢のような男だ。ケニーの子供のころからの喧嘩友だちでもある。さりげなく、だが意図的に右に行ったり左に行ったりして、ゴンザレスが携帯電話で写真を撮るのを妨げている。

「撮らせてくれよ。うちのカメラマンは九五号線で渋滞に巻きこまれちまったんだ」

　ゴンザレスの身体は動きつづけているが、ベンジャミンの心は動かない。高校時代には鼻つまみ者だった男だ。いまもやはり鼻つまみ者だ。

　ケニーはボイスメモのアプリを開いて、黄色いテープに近づいた。そして、困惑のていのゴンザレスの前に進みでると、ベンジャミンの耳もとにささやきかけた。「何かとっておきの話はないか、ベン」

　ベンジャミンは振り向きもせずに答えた。「おまえがツリメノタミノクニでひそかに産みおとされたっていう話か」

「アジアン・ジョークだな。知らなかったよ」

「見返りは？」

「人気のニューホープの地ビール。六缶パック」

「あと一声」

「おれの兄きの電話番号」

「ふざけんな」

「おれの電話番号じゃなく、兄きの電話番号だぜ」

「うるさい」

「そろそろカミングアウトしてもいいんじゃないか。

おやじさんはきっとわかってくれる。もちろん、じいさんも」

「おととい来いと兄きに言っとけ」

ベンジャミンが本当に隠れゲイなのかどうかなど知ったことではないが、それをからかいのネタにするのは高校時代にまでさかのぼる。そのときには、ベンジャミンの執拗ないやがらせへのお返しとして、パイレーツ・アイ学校新聞のおふざけバージョンをつくった。ベンジャミンがレスリングの試合で相手の股間に顔を埋めている写真に〝スポ根は巨根がお好き〟という百二十ポイントの大見出しを添えたもので、五百部コピーして、本物の学校新聞の一面とさしかえたのだ。

この悪ふざけでこってり絞られ、一週間の謹慎処分を食らったが、ベンジャミンのことをよく思っていない生徒たちからはやんやの喝采を浴びた。さらに言うなら、ベンジャミン本人からもそれ以降は一目置かれるようになった。

ベンジャミンは周囲を見まわし、ほかの警官に見られていないことをたしかめてから、声をひそめて言った。「おれたちは少しまえからこの男をマークしていた」

「どういうことだい」

「ドラッグだ」

「使うほう？　それとも売るほう？」

「両方」

「いいネタだ、ベン」

「オフレコだぜ」

そこへゴンザレスの首がのびてきた。「なんの話をしていたんだい」

「中学二年のときの数学の期末試験の話だ。おれがカンニングをさせてやったことに礼を言ってたんだよ。大事なのはできるだけ多くの情報源を確保することだ、ヴィクター」

その日の遅くか明日、警察の会見があるまでなんの情報も得られないことはわかっていたので、それで現場を離れることにした。グレーの二〇一二年式おんぼろプリウスのほうに向かいながら、ケニーは電話をかけた。

「収穫は？」編集長はいつものようにぶっきら棒に訊いた。ジャネール・シンプソンの癖は、地方の週刊新聞の編集者は多忙をきわめているふりをすることだ。本物の新聞記者がどのようなものなのかなど当然ながらわかっていない。もっとも、それがどんなものかは自分でもわかっていないし、わかる日が来るとも思えない。そう思うと、暗澹たる気持ちになる。それでも、まだ一縷の希望は残っている。いまそれが耳もとでささやいている——一発あてたら、カムバックできる。二十九歳でカムバック。お笑いだ。

「現場に着いたとき、連中は死体を袋に詰めていた」

「強盗？」

耳もとでささやきつづける声に気は急くばかりだ。

「詳しいことはわからない。あんたに調べものを手伝ってもらいたいんだ」

「わたしがそんなに暇だと思ってるの？」

ケニーは目をむいた。「それはわかってる。でも、去年の記事のことはあんたも覚えてるだろ。おれが手がけた二番目の仕事で、いくつものガソリンスタンドを経営するインド人一家の話だ」

「それで？」

「今回のガソンスタンドが彼らのものかどうか知りたい。もしそうだとすれば、この話は単にウェスト・ウィンザーで数十年ぶりに起きた殺人事件というだけじゃなくなる」

「どうして社に戻って、自分で調べないの」ジャネールのその言葉の意味は——わたしはどんな仕事もしたくない。

「おれはガールスカウトの女の子たちに会いにいかなきゃならない」

返事がかえってくるまえに、ケニーは電話を切った。そして、駐車場ごしに犯行現場を見やった。ちょうど検死局のヴァンが走り去るところだった。ドベック署長とウィルソン警部補は最初に現場に駆けつけた巡査と話をしている。彼らは被害者の家族のところにどうやって行くつもりだろう。いったん署に戻ってから？　それとも、ここから直行する？　通常なら、ヒラの刑事をそこに向かわせることになるが、そうすると、インド人コミュニティから敬意が欠けていると非難される恐れがある。もちろん、それは署長の望むところではない。そのとき、とつぜんケニーは脚のむずがゆさを感じた。カフェインの過剰摂取のせいではない。興奮すると、急にそわそわして落ち着かなくなるのだ。このまえそのようなことがいつ起きたかを思いだすことはできない。

携帯電話の着信音が鳴った。画面を見ると、ジャネールからのショート・メールだった。〝そう。その家族〟

すぐに次のメールが来た。信じられないことに、ジャネールは調べものをしてくれていた。〝ダラニ・サスマル　ディケンズ・ドライブ　二十三〟

ケニーは車をサウスフィールド・ロードに出し、信号が青になると同時に左に曲がった。ドベック署長とウィルソン警部補は巡査との話を終えようとしている。彼らより先にサスマルの家に行かなければならない。そう思っただけで、心のなかのささやき声が大きくなった――一発あてたら汚名をそそぐことができる。その思いが現実味を帯びたのは、ここ数年ではじめてのことだ。

五分でサスマルの家に着いた。それはウォーターフォード・エステートと名づけられた新興住宅地の一角にあった。子供のころ、ケニーはそういった住宅地につけられた陳腐な名前がとても好きだった。教育熱心な両親に記憶力を褒めてもらうために、兄といっしょに目にとまった名前をそらんじて聞かせたこともある。プリンストン・コレクション（プリンストンから三マイルも離れているのに）、プリンストン・チェイス、プリンストン・アイビー・イースト、プリンストン・オークス、プリンストン・ビュー、プリンストン・アイビー・エステート。

そこから自然のなりゆきとしてほかの地域のエステートと名のつく住宅地に移った。アッペルハンズ・エステート、デイ・ファーム・エステート、ベンフォード・エステート、バーチウッド・エステート、ブルックライン・エステート、ブルックシャー・エステート、チェンバレン・エステート、ダッチ・ネック・エステート、エステート・アット・プリンストン・ジャンクション、グローヴァーズ・ミル・エステート、シャーブルック・エステート、ウェリントン・エステート、ウェスト・ウィンザー・エステート、ウェストミンスター・エステート、ウィンザー・エステート、ウィンザー・パーク・エステート、そしてウォーターフォード・エステート。ケニーはいまそこに立っている。

家にこれといった動きはない。広い私道には二台の車がとまっている。フル装備のメルセデスとシルバーのジャガー。ガソリンスタンド経営は悪くない商売だということだ。犯行現場にとまっていたのはヒョンデなので、被害者は乗用車に関するかぎり家族でいちばんの貧乏くじを引いたことになる。

家は一九九〇年代の典型的な量産邸宅（マックマンション）で、一見豪華だが、薄っぺら感は否めない。砂岩風の石材を使った正面、樹脂製の外壁、二台の車を並べてとめられるガレージ、小さな花壇。延床面積は地下室を計算に入れずに約四千平方フィート。いま売りに出せば、九十万ドルから九十五万ドルくらいの値がつくだろう。それも兄といっしょにやったゲームのひとつだ。両親が不動産業者なら、べつに不思議なことではない——あの家はいくらで売れるか。

ケニーは長いこと取材らしい取材をしていない。このときも、何をどんなふうに家族に話したらいいかまだ決めていなかった。選択肢はいくつかある。玄関のドアをノックして、ガソリンスタンドでの出来事を伝えるだけだと、記事は悲しみにくれる遺族の話にしかならない。今回の事件の肝（きも）はドラッグの取引の疑いがあるということだ。もしかしたら、閑静な郊外住宅地での薬物使用の実態があかるみに出て、移民の家族が地元の文化に同化しようとする際にかかる圧力や、トレントンの街の薄汚い裏通りから現実離れした郊外の桃源郷（ザナドゥ）にもたらされる暴力にスポットライトを当てることができるかもしれない。

　とそのとき、警察のフォードSUVがやってきてとまった。ケニーはそれを袋小路になった通りのはずれから見ていた。ドベックとウィルソンが玄関のベルを鳴らす。ドアが開き、女が出てきて、ぎこちなげに挨拶をする。そこに男が加わる。以前書いた記事から、それが誰かはすぐにわかった。タラニ・サスマルだ。ポーチで少し話をしたあと、女は夫の胸に顔を埋めた。

　いますぐ行動を起こさなければならない。連中が家のなかに入ったら、自分の出る幕はなくなる。いまはあれこれ考えている場合ではない。ボイスメモのアプリを開いて、車から降り、建物の前の芝地を横切る。急ぎ足で。というより、小走りで。

「プリンストン・ポストのケネス・リーです」そのまえはニューヨーク・デイリー・ニュースのケネス・リーで、さらにそのまえはスター・レッジャーのケネス・リーだった。

　そして、そのキャリアが始まるまえは、ラトガーズ・デイリー・ターガム学内紙のケネス・リーであり、ニュージャージーの州知事を辞任に追いこんだ大学生だった。

　玄関前の階段と芝生の庭を隔てている花壇の前で、ケニーは声をかけた。「このたびはご愁傷さまです、ミスター・アンド・ミセス・サスマル。ドベック署長に話があるんです」

ドベックは表情を変えなかったが、いらだっているのはあきらかだった。「今日中に正式の会見の場をもうけるつもりだ」

「それはわかっています。その席でのことですが、あなたは被害者がドラッグの売買にかかわっていた可能性に言及するおつもりなんでしょうか」

「いったいなんの話をしているんだ」その口調には怖いくらいの怒りがある。

「ちょっと待ってください」タラニが困惑のていで口をはさんだ。「わたしの甥はドラッグなど売ったりも買ったりもしていませんよ」

「サトクは良い子でした」と、夫人は言った。

「このようなかたちでお知らせしなければならなかったことを申しわけなく思っています。でも、当方の情報源によると、甥ごさんは警察の捜査対象になっていた。そうですよね、ドベック署長。買っていたんですか、それとも売っていたんですか」

4

ケニーは大勢の女の子に囲まれていたが、このときほど男を意識しなかったことはない。WWPガールスカウト団70１601は、プレインズボロのプリンストン・ウィンドロウズ高齢者住宅に住む四人の老人が植樹祭のために植え穴を掘る手伝いをしている。

全部で六人全員が高校一年生。そこにいた施設の管理人のローラ・プライヴァンがケニーの姿を見て、いそいそと挨拶をしにやってきた。ケニーに興味があることを隠そうとはしていない。ケニーのほうはどんなことも隠そうとしないので、彼女に興味がないことはすでに気づかれている。仕方なしに世間話に付きあっていたとき、ケニーの母親が建物のなかからゆっくり歩いて出てきた。フイキン・リー――五十五歳以上のシニアを対象にした施設でもっとも若い入居者のひとりだ。ここのコンドミニアムを買ったのは、四年前に夫を亡くしたすぐあとのことで、広い一軒家での一人暮らしは大変だとわかったからとのことだったが、実際のところは、夫が癌と診断された時点で家を売り払う算段をしていた。住宅ローンを完済し、老後の住まいを購入したあとも、九十五万ドルが手元に残る勘定だった。いまは、ハネムーンのあと五年以内に死んでくれる二十歳年上の資産家を焦らず慌てず物色している。

ケニーを見る目はいつもどおり刺すように鋭い。公平を期すために言っておくと、ケニーを昔からずっと残念な息子と見なしていたわけではない。そのようになったのは、ケニーが残念な息子になってからのことだ。

「おはよう、ブレア」ケニーは彼女が家を売ったときに使ったアメリカ名で言った。

母は〝消えうせろ〟の甘い表情で微笑んだ。母親は息子のことをなんでも知っていて、息子も母親のことをなんでも知っている。それがケニーが赤ん坊のころからの母子の関係だった。兄のケアリーはお父さんっ子で、ケニーはお母さんっ子だ。

「あそこにシャベルを持って立っているのは誰なんだい」と、ケニーはローラに訊いた。

「ここの緑化促進会のメンバーよ。会長はスティーヴン・アッペルハンズ。農場を経営していて――」

「アッペルハンズ・ファームだね。毎年、夏にはトウモロコシとトマト。秋にはリンゴとカボチャ」

ローラは微笑んでうなずいた。「その右隣にいるのはアナベス・ギルマン。プリンストン大学の植物学の教授だったひと」

「数本の木を植えるだけなのに、ずいぶん豪華な顔ぶれじゃないか」

ローラはくすっと笑った。「ここの入居者は功なり名遂げたひとばかりよ」

「おれの母親も？」

「あたりまえでしょ」ローラは愉快そうにケニーの腕を叩いた。「不動産の売買で功なり名遂げている」年は四十六歳。バツイチ。一日中お年寄りに囲まれているので、ケニーの辛辣さも好ましいものに思えるのだろう。ケニーがカサノバとカサブランカの違いを知っているだけでも、すごーいってことになる。

「アナベスの右にいるのはブラッドリー・ドベック。ウェスト・ウィンザー署の元署長よ」

「インタビューしていいかな」

「女性になら。ミスター・アッペルハンズとミスター・ドベックはちょっと……とにかく今日は女性限定ってことにしておいて」

「面白そうな話を聞けそうだけど、仕方がない。今回は女性限定にしておくよ」ケニーは笑いながら言って、その場を離れ、緑化促進会の栄えあるメンバーのほうに歩いていった。

鍬入れの儀式のあと、ガールスカウトの娘たちは若木の植え穴を掘りはじめた。ケニーは緑化促進会の女性メンバーのひとりに近づき、自分もシャベルで穴を掘るまねをしながら言った。「プリンストン・ポスト紙のケネス・リーです。取材に応じてもらえるとありがたいんですが」

同意が得られると、ケニーはいくつかの質問をし、そのあと母親に挨拶をすることもなく立ち去った。ジェネレーション・ギャップというものは誰に対してもほとんど感じない。特にそれが距離ではなく深さを基準にしている場合には。でも、母親と相対したときには、いつも水に溺れているような気になる。

それから十分ほどでプリンストンに戻り、オフィスから一ブロック離れたウィザースプーン・ストリートに車をとめた。携帯電話で時間をたしかめると、まだ十二時にもなっていない。十一時よりまえに目を覚ましたら、一日は驚くほど長い。ラップサンドを買い、オフィスに行き、記事を仕上げてからでも、午後三時に予定されているウェスト・ウィンザー署の記者会見に間にあう。

プリンストン・ポスト社はなんの変哲もない小さな二階建てのビルのなかにある。外壁の塗装色はまごうかたなきバニラ色。一階には印刷所が入っているが、皮肉なことに新聞の印刷はしていない。プリンストン・ポスト社は二階にある。

ケニーは片手でラップサンドを食べながら、もう一方の手でノートパソコンを開いた。とりあえずガールスカウトに関する記事を片づけてしまわなければならない。指がキーボードの上を走りはじめる。片手打ちだが、両手を使うオフィスのほかの誰よりも速い。

八歳のときから、ケニーの唯一の取り柄は書くことだった。フィクション、ノンフィクション、読書感想文、エッセイ、買い物リスト……ジャンルを問わず、効率よく、かつ効果的に言葉を紡ぐすべを心得ていた。だが、両親は渋い顔だった。息子がいつか完全な円周率の値を見つけだしてくれることのほうを期待していたのだ。両親が不動産業者であったという事実が期待値を下げることはなかった。原稿はラップサンドを食べおえるまえに仕上がり、それをCommand+Sで保存したときには、自分でも驚くほど気持ちが昂っていた。これで次の仕事にとりかかれる。

書きたいという欲求を感じたのは何年ぶりだろう。二ページ分の原稿をプリントアウトする。地方の週刊新聞の小さなローカルネタを記事と見なすのはおこがましい。そうは思うまいと自分に言い聞かせても、プリンターから用紙を抜きとって、ジャネールのところに持っていったときには、やはりそう思っていた。

「いくつかの引用をはしょるかもしれない」ケニーは言って、原稿をさしだした。「三時に警察の記者会見が開かれることになっている。まかせてもらえるね」

ジャネールの顎がこわばるのがわかった。椅子の上で身体を動かしたとき、装身具がジャラジャラと音を立てた。三カ月前にプリンストンでアフリカン・アート展が開かれたとき以来、先祖伝来の文化遺産に敬意を表して、いかにもそれらしいセラミックの装身具を大量に身につけるようになっていたのだ。ケニーはキモノを着て出勤しようと思ったが、それはやめておいた。ナメてるのかと思われるとまずい。それに、キモノは日本のものだ。

「あまり攻撃的にならないでね」と、ジャネールは言った。

「えっ?」

「警察はあなたの敵じゃない」

二時間前、ドベックは質問に答えることを拒否した。サスマルは情報源が誰なのか教えろと迫った。うまくいけば、どちらかがオタオタして余計なことを口走るかもしれないと踏んでいたのだが、そうはならず、ケニーはすごすごと退散せざるをえなかった。

そして、いまは編集長の前に立って、こう言っていた。「もちろん、われわれの敵じゃない」

「わたしはあなたの敵と言ったのよ。われわれのとは言ってない」

「わかってる。おれの敵じゃない」

「口先だけなのは見え見えよ」

ケニーは肩をすくめた。「@クチサキダケミエミエ。それがおれのいっとう最初のハンドルネームだったんだよ」

「ヴェライゾン・ストアの強盗事件のときのようにしゃしゃりでちゃダメよ」

ケニーは気分を害したふりをした。「あのときは、警察発表にあきらかな矛盾点があったので、その点を問いただしただけだ。でも、完全に無視された」

「彼らが情報をおおやけにしないのは、それなりの理由があるからよ」

「それくらいはわかってるよ、ジャネール。でも、その情報を入手し、それを記事にするかどうかを決めるのがおれたちの仕事じゃないか。おれは自分の仕事をしているだけだ」

その言葉に棘があることはおたがいによくわかっていた。だが、ジャネールは言葉をかえすことなく、二ページの原稿にざっと目を通した。「あなたはいい仕事をしてくれているわ」

この言葉は効いた。会話は終わった。肉を切ったのはジャネールだ。だが、骨を断ったのは？

「お行儀よくしていると約束するよ」

「そうしたほうがいい」

うん。骨を断ったのは自分だ。

二時四十五分、ケネス・リーはウェスト・ウィンザー合同庁舎のなかの小さな記者会見室にいた。隣にはヴィクター・ゴンザレス。その左側には、車をかっとばしてやってきたカメラマンのマーシー・ジョンソン。その後ろには、ウェスト・ウィンザー・プレインズボロ・ニュース紙の新人ノーラ・カプール。いちばん後ろの席には、ケニーのデイリー・ニュース時代の同僚で、いまはNJアドバンス・メディアに勤務しているキンバリー・ウォーカー。ケニーは軽く手を振ったが、無視された。それは〝過去のことは過去のこと〟でいいのかどうかという質問に対する答えだ。

ドアが開き、ウィルソン警部補がフォルダーを手に持って、小さな台上の演壇の前に立った。これにはびっくりした。てっきり署長が出てくるものとばかり思っていたのだ。署長が普段からマスコミを軽んじているのはわかっているが、それでも今回は個人的な感情の問題ではないはずだ。それは記者会見をできるだけ短時間で打ち切るための意図的な算段にちがいない。

「お集まりいただいてありがとうございます」と、ウィルソンは始めた。マイクに近づきすぎているので、チャーリー・ブラウンの先生が話しているように聞こえる。少し間をおき、それから背筋をのばして続けた。「まずこちらから事件の概要を説明し、そのあと質問を受けつけます。あらかじめお断わりしておきますが、捜査は始まったばかりなので、現時点でお伝えできることはいくらもありません」

ウィルソンは演壇の上に開いたフォルダーに視線を落とした。

「午前六時二十六分、通信指令係に匿名の自動車運転手から連絡が入る。サウスフィールド・ロードとプリンストン・ハイツタウン・ロードの交差するところにあるバレロ・ガスステーションに男性が倒れているとのこと。午前六時三十一分にミシェル・ウーとニケット・パテル巡査が現場に到着。倒れていた男性に身体的反応は認められなかった。被害者の名前はサトクナナンタン・サスマル。住所はニュージャージー州ウェスト・ウィンザー。年齢二十二歳。同じくウェスト・ウィンザー在住の叔父タラニ・サスマルが所有するバレロ・ガスステーションに勤務。

現場には発砲の痕跡が残っていた。検死官による司法解剖が終了するまで、死因に関する詳細の発表は差し控えます。では、質問をどうぞ」

ケニーは手をあげたが、指名されたのはヴィクターだった。

「動機はわかっていますか」

間抜けな質問。

「現時点で推測すべきことではありません」

ウィルソンは次にキンバリーを指さした。「この周辺地域では、ガソリンスタンドの従業員が殺害された事件が、過去六カ月のあいだに三件発生しています。なんらかの関係があるとお考えでしょうか」

「あなたが言及したのは、ミドルセックス郡とハンタードン郡で起きた事件ですね。わたしたちはそれらを関係づけるに足る情報を持ちあわせていません。現時点ではコメントすることもありません」と、ウィルソンは答えた。実際のところは、なんの関係もないとは言えないということだ。

ケニーは手をあげたが、今度はノーラが指名された。だが、質問はないみたいで、かえってきたのは首を大きく横に振る仕草だけだった。ウィルソンは音が聞こえそうなくらいのため息をついて、しぶしぶケニーを指さした。

「さる筋から得た情報によると、被害者は薬物取引の容疑で警察の捜査対象になっていたとのことです。その点について一言お願いします」

演壇の上の携帯電話が振動しはじめた。

ウィルソンはそこに目をやり、それから言った。

「現時点でお答えできることはありません」

「あなたたちは薬物取引の捜査をしていたことをお認めになりますか」

ウィルソンはすでに演壇を離れかけていた。「否定も肯定もできません。以上です。ありがとう」と、早口で言って、部屋から出ていった。

ケニーは椅子の背にもたれかかった。ヴィクターからはいらだちが、ノーラからは戸惑いが伝わってくる。

「カマをかけたのかい」と、ヴィクターは訊いた。

「たしかな情報源があるんだよ」

ヴィクターはノーラのほうを向いた。「サスマル家の誰かがガソリンスタンドでドラッグの取引をしていたって話を聞いたことはあるかい」

ノーラは肩をすくめた。ミレニアル世代のそれはノーであったり、イエスであったり、その他もろもろでもあったりする。だが、ケニーはミレニアル世代の諸事に通じている。答えはノーだ。

一同は席を立ったが、キンバリーだけはいちばん後ろの席でメモをとりつづけていた。

ほかの者が部屋から出ていくと、ケニーはリュックを肩にかけて訊いた。「きみは三つの事件が関連していると思ってるのかい」

キンバリーは何も言わず、手帳を閉じてバッグに入れた。

「話をしてもいいんだぜ、キム。倫理的、道徳的な障害は感染しない」

キンバリーはひとしきりケニーを見つめていた。それから返事をせずに立ち去った。

部屋にひとり取り残され、強気を装ってみせる相手がいなくなったので、気持ちは沈んでいくばかりだった。半分は開きなおりたいと思っているものの、心の底に後ろめたさがよどんでいることはわかっているし、受けいれてもいる。しばらくしてそこから立ち去ろうとしたとき、演壇の後ろのドアが開いた。

そこからウィルソン警部補が顔を出して言った。「ドベック署長があなたに会いたいそうです」

さっきの質問で、ドベックは泡を食っているのか。

それとも、こっちが小便をちびるほど怒っているのか。

　ウィルソンに案内されて、区議会用のオーディオ編集機器が設置された警備室に入る。ドベック署長はコントロールパネルの前の椅子にすわっていた。四台のモニターが一列に並び、二カ所の屋外駐車場と、ロビーと、無人の記者会見室のライブ映像を映しだしている。

「きみの今朝の馬鹿げた発言はとうてい容認できるものじゃない。でも、ここではなんの気兼ねもいらない。どんなことでも遠慮なくしゃべっていい」ドベックは言い、それからさりげなく付け加えた。「きみはあの情報をどこで手に入れたんだ」

「情報源をあかすことはできません」

「わたしの馬鹿息子か」

「情報源をあかすことはできません」

「話を前に進めよう。わたしの馬鹿息子が何を言ったにせよ、すべて無視しろ。わかったな」

「情報源をあかすことはできません」ケニーは相手を怒らせるためにあえて繰りかえした。

　効果はてきめんだった。ドベックは立ちあがって、六フィート二インチの身体をそびやかせ、靴のかかとを足しても五フィート十インチのケニーを刺すような目で見おろした。

「ドラッグの話は忘れろ。きみがすべきことはほかにいくらでもあるはずだ」

「わたしは質問をしました。でも、答えてもらえなかった。答えてもらうまで、忘れるわけにはいきません」

　それを潮に、ドベックは後ろを向いて歩きはじめた。そして、廊下に出たとき、ケニーは呼びとめた。

「ちょっと待ってください」

　ドベックは振り向いた。

「念のために言っておきます。あなたの息子は馬鹿じゃない」

ドベックは鼻を鳴らした。

ケニーは携帯電話を取りだし、お気にいりの番号のひとつをタップした。ただし、相手はかならずしもお気にいりの人間ではない。「会見は終わった、ジャネール。連中は何かを隠している。それが何かはわからない。おれはそれを見つけだすつもりだ。あんたが望むと望むまいとにかかわらず」

5

アンドレアはオデッセイのなかで考えこんでいた。子供たちはiPadで『ミニオンズ』を見ながら大騒ぎをしている。あんなものの何が面白いのかさっぱりわからない。さっきからずっとクラクションを鳴らされている。車の後部が送迎レーンからはみだしていて、駅前の交通の流れを妨げているからだ。でも、気にすることはない。毎晩六時から七時のあいだに駅に車で迎えにくる者の多くは、マナーなどまったく気にしていない。みなU字形の送迎レーンに車を斜めにとめるので、路線バスはその脇をかすめるようにして通り抜けなければならない。ほかの車のことを考えて、送迎レーンのはずれに停車するお人好しはめったにいない。

いつものように、ペンシルヴェニア駅六時一分発プリンストン・ジャンクション行きの列車の到着は十分遅れで、いつものように、まわりにとまっているのはインド系や中国系の女たちの車ばかりだ。インド人や中国人の女は車の運転の仕方というものを知らない。もちろん、そのようなステレオタイプ的な決めつけがよくないことはわかっている。それは偏見のなせるわざかもしれない。でも、たとえそうであったとしても、毎日のように経験していれば、まったくの的はずれともいえないような気になってくる。

『ミニオンズ』ではキンクスの〝ユー・リアリー・ガット・ミー〟が流れている。音楽はいやなことを忘れさせてくれる。子供たちは曲にあわせて歌っている。かわいい。おそらくレイ・デイヴィスも曲を書いたとき、このような光景を頭に思い描いていたのだろう。けれども、ジェフが家に帰ってくると思うと、またどんよりとした気持ちになる。キンクスが歌っているように〝がんじがらめにされてしまった〟のだ。わが身の不幸を全部ジェフのせいにしたくはない。でも、仕方がない。不幸の原因は全部ジェフにあるのだから。

警笛が聞こえた。列車が駅に入ってきたのだ。

ジェフにメールする。〝ずーっと後ろのほうにいる〟

乗客が線路の下の通路を通って、まんなかに手すりのついたコンクリートの階段をのぼってくる。迎えにきている者を探す目は、みな同じように虚ろで、くたびれている。彼らが通勤に要する時間は最低七十五分。往復だとその二倍。それを毎日繰りかえさなければならないのだ。ジェフは結婚してから三年のあいだ都心で働いていた。そしてそのあと、プリンストンで自分の投資会社を立ちあげた。だが、気がついたら、また通勤列車に揺られるはめになっていた。なんでも、列車のなかではまわりの者がみな同じように見えるという。みな実際より十歳ほど老けて見えるらしい。でも、それは勝手な言い分というものだ。自分だって実際より十歳老けて見えているはずなのだから。

ジェフはそれを〝通勤列車顔〟と呼んでいる。

アンドレアは自分もそのひとりだったらよかったのにと心の底から思っている。たとえ古い革のような顔になったとしても、シシュフォスのように疲れはてたとしても、会社帰りの夫を車のなかでしおらしく待っているよりずっといい。

サラが言った。「パパよ！　パパだよ！」

後席右側の自動ドアをあけると、ジェフはブリーフケースをそこの床に置き、それから大急ぎでサラの額にキスをした。半分は愛情から、残りの半分はサラの口を開かせないために。

そして、前の席に腰を落ち着けるなり言った。「またミニオンズか」〝ただいま、ハニー〟でもなければ、〝やあ、みんな〟でもない。

「ミニオンズは永遠に」アンドレアはジェフを微笑ませるために言った。

「今日は二十万ドルの損失を出した。ジョシュアがみんなの反対を押しきって空売りしたからだ。なのに、失態をみんなのせいにしている」自分の機嫌の悪さを弁解しているような口ぶりだ。

クラクションが鳴った。迎えにきた者を乗せて帰ろうとしている者が、列の先頭の車に進路をふさがれて、いらだっているのだ。例によって例のごとく。毎日同じことの繰りかえし。

「早く車を出せよ」ジェフが急かす。

「出せないわ。後ろから車が来てる」

「出せば、とまるさ」ジェフはいらだちを募らせている。

「無理よ」

「出せったら！」

アンドレアは車をバックさせた。後ろからいくつものクラクションが鳴った。

それから家に着くまで沈黙が続き、聞こえてくるのは『ミニオンズ』のお馬鹿なやりとりだけになった。家に入ると、子供たちは大急ぎでファミリールームへ向かった。アンドレアはジェフの目の前で車のキーをキッチン・カウンターの上に放り投げた。

「今夜の献立は？」と、ジェフは訊いた。

「鶏のささみとフライドポテト。子供たちはもう食べたわ。わたしも」

アンドレアは料理を電子レンジで温めて、テーブルの前にすわった。

「さっきは悪かった。ほんとに今日はひどい一日だったんだ」

「わたしの一日はあなた以上にひどかったかも」

「スーパーで子供たちが喧嘩をしたとか、へどを吐いたとかだったらいいんだが」

「今朝、あなたを駅まで送ったあと、ガソリンスタンドに入ったとき、セイディが殺人現場におしっこを撒き散らしたのよ」

「はあ？」

「五七一号線のバレロで」

「アレキサンダー・ロードの角の？」

「ちがう。サウスフィールド・ロードの」

「目つきの悪い男？」

「そのひとじゃない」

「ターバンを巻いた、頬っぺたのふくれた？」

「そうじゃなくて、若い男の子。なんというか……ちょっとトロい」

「ほんとに？　そりゃ、災難だ」

「そうなの」

「死体を見たのかい」

「ええ」

「子供たちは？」

「みんな車のなかにいた。セイディ以外は」

「セイディは見たのか」

「何も見てないと思うわ。泣いてたから。おしっこをしたときには泣きやんでいたけど。そのときは自分のおしっこを見てた。見てたはず。ものすごく遠くまで飛んでたから」

「ほんとに？」

「そこらじゅうに散らばってた」

「死体の上にも？」

「それはない……と思う」ちょっと間があった。「なければいいんだけど。でも、犯行現場のあちこちに飛び散ったのはたしか。もっとも厳密に言えば、犯行現場はガソリンスタンド全体なんだけど。そこにいた巡査は何もわかってなかった。自分たちが犯行現場を荒らしまわったことも。タイヤ痕を踏みつけていたことも。被害者が失禁したことも」

「というと？」

「被害者のズボンに大きな染みがあったの。まわりには、カップもボトルもなかった。液体がこぼれたあともなかった。つまり、お漏らしをしたってこと」

「それで？」

「つまり、犯人がそこに来てから発砲するまでに、いくらかの時間があったってこと」

「なるほど」それで話を打ち切るような口調だった。

アンドレアは話を打ち切らせなかった。「被害者は犯人を知っていて、なおかつそこで話をしたにちがいない。そのときに失禁するほどの怖い思いをした」

「それで？」

「拳銃の狙いを定める時間は充分にあった。でもそれだと、なぜ銃弾（たま）があちこちに散らばっていたのか説明がつかない。もしかしたら、わざとかもしれない」

「ところでどうなんだろう。フライドポテトを電子レンジで温めなおすというのは。それって非人道的な犯罪だと思わないかい」

「被害者に致命傷を負わせた銃弾は額のまんなかを撃ちぬいていた」

ジェフは諦めたように両手を組みあわせた。「繰りかえしになるけど……それで？」

「狙いを定めずに撃ち、銃弾が被害者のまわりを一定でない角度で飛んでいったとすれば、そのうちの一発が額のまんなかに命中する確率はそんなに高くない」

ジェフはナプキンで口もとを拭うと、食べ残したものを引出し式のゴミ入れに捨て、皿を流しに置いた。「きみは見てしまったけど、子供たちが何も見なかったのは幸いだった」額にキスをして、「着替えてくる。ぼくはもう一仕事しなきゃならない」

〝もう一仕事しなきゃならない〟というのは、ナバホ族の暗号なみに簡単に解読できるメッセージで、〝十一時まで邪魔をしないでくれ。子供たちを寝かしつけるのはきみの仕事だ〟を意味している。これから自分の部屋にこもり、半分の時間はこの日一日の仕事の反省会にあて、個人のポートフォリオやファンドの配当金や海外の運用益をチェックする。失ったものをなんとかして取りかえすために。それが他人のものであれ、自分のものであれ。あとの半分はネットフリックスかポルノを見て過ごす。

いつもどおり朝から晩まで子供たちの世話でくたくたになっているときには、そうしてもらったほうが、上っ面だけで相手をしてくれるよりずっといい。さっき犯行現場について話しているときは、本当に生きている感じがした。でも、ジェフはなんの興味も示さなかった。それはわざとで、妻が心を躍らせているのを感じとったからかもしれない。

口に出して話すことはないが、ふたりの結婚の大いなる悲劇は、アンドレアが何よりも重視していたものを放棄したという事実の上に夫婦生活が成りたっていることだ。自分には考える力がある。ジェフは頭がいい。お金を転がすすべに関して知らないことはない。道徳規範に縛られることもない。それでも、知力という点では逆立ちしても妻にかなわないと思っている。

当初はそれでよかった。そのことを好意的に見てくれていた。が、ルースを身ごもったとき、すべてが変わった。アンドレアは選択を迫られた。ジェフの側からすれば、それは一択しかない選択だった。結婚してクワンティコでのキャリアを諦めるか、赤ん坊を産まないか。選択は容易でなく、彼女の人生のもっとも苦い皮肉となったのは、その選択をしたことによって、ジェフが自分をリスペクトしてくれなくなったことだった。それでも、妊娠したという事実を前にして、利口な選択などはありえなかった。

夢想はとつぜんあがった悲鳴によって破られた。ルースとイーライがサラの足をつかんで、ファミリールームとキッチンを隔てている木の仕切りの隙間に引っぱりこもうとしている。セイディはそれをやめさせようとしている。

アンドレアは言った。「ベッドに入るまえにアイスを食べたい子はいる？」

ルースとイーライはサラを離して、キッチンへ駆けてきた。セイディがそのあとに続く。姉のことはもうどうでもいいみたいだ。サラは泣いて注目を集めようとしているが、誰も見向きもしない。

「早くおいで、サラ。アイスにスプリンクル・シュガーをかけてあげるから」アンドレアは言って、冷蔵庫のドアをあけた。

サラはすぐに泣きやんだ。「ラッキー！」

子供たちは三色のアイスクリームを夢中になって食べた。アンドレアもカートンからスプーンですくって食べた。くつろぎの時間はセイディがボウルを引っくりかえしたときに終わった。ボウルは床に落ちてはずんだ。アイスクリームが食器棚や冷蔵庫に跳ねかかる。

アイスクリームが食器棚の前面を流れ落ちるのを見て、アンドレアは給油機の上部のデジタル表示盤に飛び散った血を思いだした。被害者に当たったのは一発だけ。けど、どストライク。額のまんまんなか。

被害者の青年はそこで給油したときに見て知っている。身長は五フィート九インチ。給油機は四インチほどの高さのコンクリートの台の上に設置されている。給油ノズルを持って、振り向いたら、そこからいくらも離れていないところに銃口があったということだ。デジタル表示盤は頭のすぐ後ろにある。銃弾は頭を貫通したということか。

アンドレアは知らないうちに目をつむっていた。

「ママ、お皿を片づけないの?」ルースが言った。

「ママ?」イーライの声は心配そう。

三十秒は目をつむっていたにちがいない。食器棚の前面についたアイスクリームはすでに乾きはじめている。

「やばい。くそっ!」アンドレアは毒づいて、テーブルをぴしゃりと叩いた。

「ママ、汚い言葉」と、サラ。「二十五セントの罰金!」

ほかの子供たちも唱和する。「二十五セントの罰金!」

アンドレアは立ちあがって、財布のなかを覗きこみ、二十五セント玉を見つけると、しぶしぶといった感じで罰金箱に入れた。

そして、アイスクリームを拭きとりながら言った。

「オーケー。サラとセイディ、あなたたちはおねむの時間よ。ルースとイーライ、あなたたちはその一時間あと」

「そんなの不公平」と、サラ。

「不公平でいいの」

しばらくして、アンドレアはベッドに横たわり、部屋の明かりを消した。目を閉じて、犯行現場を頭のなかでゆっくりと再現する。給油機のコンクリートの台の後ろに血のあとはなかった。警察は弾道の解析をしたのだろうか。

十一時一分に寝室のドアが開いた。ジェフが音を立てないように入ってくる。妻は眠っていると思っているのだろう。アンドレアは何も言わなかった。ジェフは彼女に背中を向けてベッドに横たわった。

「犯人は車のなかから青年を撃った。そのあと、車から降りて銃を乱射した」アンドレアは暗がりに向かって言った。「どうしてそんなことをしたのか」

返事はない。

それで、自分の問いに自分で答えた。「計画的な犯行と思わせないため。強盗がうろたえて発砲したように見せかけるため」

「とにかく、子供たちが何も見なかったのは幸いだった」

アンドレアは答えなかった。

数分の沈黙のあと、ジェフは言った。「あとのことはすべて警察にまかせておけばいい」

だが、〝すべて〟というわけにはいかない。

6

午後十一時二十分、バッファロー・ワイルド・ウィングスに残っている客はふたりだけだった。バーテンダーのシェリルがドラフトビールを持ってくると、ベンジャミン・ドベックは目の前に転がっているショットグラスから顔をあげた。最悪の酔い。最悪の退屈。最悪の月曜日。

「テーブル席の素敵な男性から」と、シェリルは言った。

首をまわして見ると、体重三百ポンドのトラック運転手然とした男が、チキンの手羽三人分をむさぼり食っている。あと一歩で公然猥褻罪だ。

「そうじゃなくて、もうひとつのテーブルのひとよ」

ケニーだ。ベンジャミンはスツールから重い腰をあげ、よろけながらそこへ歩いていき、ケニーの向かいの席にすわった。「言えることは何もないぜ」

「ビールのお礼もかい」

「おっと、すまん。そいつは別だ。ありがとうよ」

十秒ほどの沈黙のあと、ケニーは言った。「それで、例のドラッグの件はどうなってる」

ベンジャミンは周囲を見まわしながら手を振った。

「何も言えない」

「匿名の情報提供者ってことならなんの問題もないはずだ。どっちにしても、マブネタと決まったわけじゃないんだし。ウェスト・ウィンザーの事件は、トレントンのヤク中がガソリンスタンドから金を奪おうとしてやったんだろ。ちがうかい」

ベンジャミンは何も言わずにビールを飲んだ。

「あんたはそこで何が起きたか知っていて、それがたいしたことじゃないとわかってるとしたら、おれにそのことを話すのはたいしたことにならない」

ドベック家の最年少者はため息をついた。ケニーは2＋2＝4を難問のように語ることができる男だ。

「おやじはドラッグの線を否定したはずだ」

ケニーは肩をすくめた。「おやじさんから聞いてないのかい」

「なんにも聞いてない」

「叔父のタラニ・サスマルはドラッグの売買を否定していた」

ベンジャミンはまた首を振った。「もちろん否定するだろうな」

「トレントンから入ってきたドラッグがらみだとしたら、捜査はロッシとガーミンが担当することになるんだな。ほかに刑事はいないから」

「さあ、どうだろう。たぶん、そうなると思うけど。おれは何も聞いてない」

「誰かから何かを聞いたはずだ、ベン。だから、あんたはおれにドラッグが絡んでいると言った。だから、おれはあんたのおやじの前でサスマル夫妻にそのことを問いただしたんだ」

「おまえに話すことは何もない、ケニー。でも、それはそこに何もないってことじゃない。気になるんなら、自分で調べることだな」

ケニーは黙って待った。疲れと酔いとで口を滑らすかもしれないと思って。だが、沈黙が破られることはなかった。仕方がないので諦めて席を立ち、テーブルに二十ドル札二枚を置いた。「家まで送ろうか」

「いや、だいじょうぶだよ」

「ほんとに? カウンターのショットグラスを見たぞ」

「だいじょうぶだってば。ありがとう、ケニー」

ケニーは背中を軽く叩いた。「運転、気をつけろよ」

ケニーはカナル・ポワント団地内のクロムウェル・コートの駐車場にプリウスをとめた。重い足取りで階段をあがり、二階の自室へ向かう。キーを小さなキッチン・カウンターの上に放り投げる。洗っていないグラスや皿にキーが当たる音がした。いつもはきれいに片づけている。洗濯物でも、なんでも。

郵便物をチェックする。請求書、請求書、チラシ、請求書、チラシ、請求書。請求書とチラシのこの比率は、あまり気持ちのいいものではない。いま手もとにあるのは、四カ月分の生活費に相当する印税の残りだけだ。住宅ローンこそ背負っていないにせよ、給料というには恥ずかしいくらいの安い月給では、生活もできないし、税金も払えない。

冷蔵庫をあけたが、何も入ってない。リモコンを手に取り、何も映っていないテレビの画面を見つめながら、いつものように思案をめぐらせる。だが、思案はどこにも行きつかない。乱れる思いには出発点も到達点もない。どうしてこんなふうになってしまったのか。こんな自分になったのは何が悪かったのか。十年前にはエベレストの頂上にいた。それ以降は転がる石となって、落ちるところまで落ちてしまった。

二十二歳のときには、テレビの『60ミニッツ』に出演した。『デイトラインNBC』でブリアン・ウィリアムズからインタビューを受けたこともある。なにしろ、ヘリコプターでイラク取材中にロケット砲で攻撃されたというはったりをかました男だ。このときも、ふたりでどこかの戦場を取材したとあちこちで法螺を吹いていたかもしれない。あとは、なんと『ジェパディ！』のクイズに取りあげられたこともある。

最年少でピュリッツァー賞を射とめた新聞記者。

ケネス・リーとは何者なのか。

「いい質問だ」と、ケニーは声を出して言った。

大学四年のとき、現職の州知事を辞任に追いこみ、ピュリッツァー賞の共同受賞者？　二十三歳のとき、ニューヨーク・タイムズ紙のベストセラー・リストに十六週間連続で著書名が載ったノンフィクション作家？　ラトガーズ大学を卒業後、就職するならニューヨーク・タイムズかワシントン・ポストしかないといって、スター・レッジャー社の誘いを蹴った身の程知らず？　ニューヨーク・デイリー・ニューズ社に入って二年後に給料を大幅カットされた新米記者？　尻尾を振ってスター・レッジャー／NJアドバンス・メディアに入り、新しい社主の気まぐれによって片っ端から記事をボツにされた新聞記者？　起死回生をはかるために、大手製薬会社を告発する情報を捏造して暴露記事をでっちあげた愚か者？

二十二歳でピュリッツァー賞を授かり、二十七歳で名誉を失い、二十九歳で人生から落伍。部屋の一角の仕事スペースに目をやる。印税の前払い金で買ったシュティールフォル製の多機能デスク。艶のある天板の上には、いまではめったに使わないマックのデスクトップと、巨大なデュアル・ディスプレイがある。自責の念に駆られる夜には、ふと気がつくと、いつも壁にかけられた額入りの賞状を見ている。

コロンビア大学は本状をもって以下を証する。ニューアーク・スター・レッジャー紙にピュリッツァー賞が授けられたこと。同紙の事実の究明と報道に対して。リサ・クラッチ、スペンサー・ミラー、ケネス・リーの功績に対して。

ケニーは賞状を睨みつけた。質問はもはや〝ケネス・リーとは何者なのか〟でもなければ、〝ケネス・リーは何者だったか〟でもない。今夜から前に進もう。そのほうがいい――ケネス・リーは何者になるのか。頭のなかで『ロッキー』のテーマ曲を響かせながら、ケニーは立ちあがり、壁のコルクボードの前に歩いていった。たいしたものは何も貼られていない。買い物リスト、読んだことのないチラシ、つくったことのない料理のレシピ、資源ゴミ収集の予定表……それらを全部引っぱがす。

キッチンの引出しをあけて、メモ用紙とマーカーを取りだす。

小さなキッチン・カウンターの前のスツールに腰かけて、用紙に名前を書きだしていく。まずはサトクナナンタン・サスマルから。字数の多さを考えずに大きな文字で書きはじめたので、最後の六文字は豆粒のようになってしまった。

その用紙を破り捨てたとき、頭のなかで『ロッキー』のテーマ曲が鳴りやむのがわかった。ネットフリックスのドキュメンタリー用に、見てくれはできるだけよくする必要がある。今度は小さな字で書いて、用紙にぴったりおさまるようにする。それにしても、なんという字数の多さ。

そのあと、一枚の用紙に一名ずつ名前を書いていく。タラニ・サスマル、ベネット・ドベック署長、ミシェル・ウー巡査、ニケット・パテル巡査、ヴィンス・ロッシ刑事、チャーリー・ガーミン刑事。次の用紙には、〝トレントンのギャング？〟。その次の用紙には、〝インド人のドラッグ取引？〟。つづいて〝なぜサトクナナンタン・サスマルは殺されたのか？〟。最後に〝何が問題なのか？〟。

その用紙をコルクボードに横一列にとめていく。サスマル関係は左に、警察関係は右に。その下のスペースは今後の展開を見越して空けておく。ひとしきりそれを見つめたあと、新しい用紙にしぶしぶベンジャミン・ドベック巡査の名前を書きこむ。これまでしゃべったことより多くのことを知っているかもしれないので、ピンどめの位置はミシェル・ウーとニケット・パテルの下だ。

自分を褒めてやるために、比較的きれいなグラスを見つけてノブ・クリークを注ぐ。ボトルは空になりかけているが、来月まで新しいのを買えるかどうかわからない。それを飲みながら、またコルクボードに目をやる。

〝何が問題なのか？〟

サトクナナンタンには悪いが、問題は殺人事件ではない。ドラッグでもなければ、ギャングでもない。バーボンを飲みほしたとき、思わず笑みがこぼれた。マーカーを取って、新しい用紙に書きこむ。

〝サバーバン・シークレット――郊外住宅地の秘密〟

7

ダンテが現代に生きていたら、すべての地獄は蒸し暑い八月のグラウンドを走りまわっているサッカーのコーチのためにとっておかれたかもしれない。午前八時半、アンドレアはウェスト・ウィンザー・コミュニティ・パークでイーノのアウトドア・チェアにすわっていた。イーライはほかの子供たちといっしょにコーンのあいだをドリブルで突破する練習をしている。みなやる気はあまりないように見える。

ルースはサラとセイディとほかの数人の子供たちを公園を横切る道路の向こうの子供広場へ連れていった。子供たちを保護者の付き添いなしで遊ばせていることがジェフに知れたら、なんと言われるかわからない。でも、ルースは五ドルのお小遣いをもらえるし、自分は一時間の骨休めができる。殺害や誘拐のリスクを負う価値はある。

子育てのスタンスはジェフとは正反対だ。世間一般で考えられている男親と女親の典型例とは、多くの点で異なっている。ジェフは朝から晩まで繰りかえし流されるおぞましいニュースに惑わされ、ウェスト・ウィンザーだけで毎年数百万人の児童が誘拐されていると信じているように思える。親はいつも子供のそばにいてやらなければならないと声を大にして言う。ただし、そして絶対に、その親のなかに自分は入っていない。

アンドレアのほうは現実の世界に生きている。クイーンズ育ちで、その人生哲学によれば、不祥事は起きるもので、ときにはわが身にも起きるが、たいていはほかの者に起きる。親が子供を完全に支配するモンスター・ペアレントになるつもりはない。それが子供たちの自立の一助となれば何よりだと思っている。まさか殺されたり誘拐されたりすることはない。分はこっちにあるはず。

プラス、この暑さのなか、アウトドア・チェアから重い腰をあげて、五十ヤード先の児童公園まで歩いていくのは願いさげだ。隣の椅子には皮下脂肪族のクリスタル・バーンズとモリー・グードがすわっている。そのふたりの子供ヘンリーとブレットはイーライといっしょにサッカーの練習をしている。クリスタルの四歳の娘ブリタニーは、しぶしぶお守り役を引き受けたルースに遊んでもらっている。クリスタルはおしゃべりのかたわら、自分用の携帯電話を持っている娘にハートの絵文字を送りつづけている。

アンドレアはふたりの皮下脂肪族に目をやった。この湿気のなかでも、モリーのおすまし加減は変わらない。一九四〇年代の映画スターのモノクロ写真から抜けだしてきたかのようだ。汗はその額にしたたり落ちることを許されていない。別の理由で、クリスタルのブロンドの頭も汗を寄せつけていない。ヘアスプレーで毛穴が詰まっているからだ。自分の好みからすると、ふたりはあまりにもおめかしをしすぎ。でも、そう思うのは嫉妬心からかもしれない。ふたりとも出産をすませ、自分よりずっと自由な生活を送ることができている。

アンドレアの思案を破ったのは、コーチのスコットランド訛りの怒声だった。誰かがドリブルのボールを蹴りそこねたのだ。みんなあまりにもやる気がないので、活を入れられたのだ。

クリスタルがメールをしながら言った。「ここで殺人事件があったなんて信じられないわ。こわーい」

「強盗の仕業よ、きっと」と、モリー。

「どっちにしてもこわーい」

サッカーボールが転がってきて、アンドレアの一行とインド系の四人の女性グループのあいだにとまった。

誰もボールを取りにいこうとはしない。少ししてから、いちばん若いインド人が立ちあがった。やはり身重のようだ。ただしまだ妊娠初期で、身体は細い。ちらっとこっちを見たとき、その顔には非難めいた表情があった。アンドレアが動かないのはわかるが、クリスタルとモリーが何もしようとしないのはおかしいということだろう。彼女はさっきの自分たちの話を聞いていただろうか。被害者と面識はあったのだろうか。

　ここに来て椅子をセットしたときには、会釈をしあった。これまで学校やスポーツ施設で顔をあわせるたびに二言三言（ふたことみこと）だが話をしたし、ＰＴＡでの付きあいもある。けど、親しくなることは決してないだろうと思っている。

　親しくなりたくないのだ。小学校時代の親友はアフリカ系アメリカ人とプエルトリコ人だった。大学での最初の二年間のルームメイトはナイジェリアからの留学生で、いっしょに楽しい時間を過ごすことができた。後半の二年間のルームメイトは中国からの留学生だったが、その点については多くを語るまい。そのころはモラーナにとりつかれていたので、なりゆきによっては殺してしまっていたかもしれないのだ。

　が、何かが起きた。何かが変わった。郊外生活者の孤立主義のせいか。狭量な部族主義（トライバリズム）のせいか。ママ友たちのなかでさえ、プロテスタントのモリーよりユダヤ人のクリスタルとブリアンのほうにより強い親近感を覚えている。

　インド人の女性はボールを軽く蹴りかえした。子供は小走りでそのボールを追った。そのとき、思いがけないことが起きた。アンドレアが若い妊婦に話しかけたのだ。

「昨日のこと何か聞いてる？」

　彼女は振り向き、一度仲間たちのほうを見てから、アンドレアに視線を戻した。「ええ、サスマル家のことはよく知ってるわ。みんなよく知ってる」

「いくつものガソリンスタンドを持ってるそうね」

「一号線ぞいにあるバンケットホールも。それに、金製品の買取りショップも」

「お知りあいだったのね。お悔やみを言わせてもらうわ。そのことで何か聞いてない？」

一同の注意はすべてふたりに集まっている。グラウンドにいる七歳の子のおばあさんのような年齢の女性が言った。「強盗よ。いつだってそう。あいつらの仕業よ」

「あいつらって？」

「トレントンのろくでなしども。ギャングよ」

「ウェスト・ウィンザーでそんなことがあったって話は一度も聞いてないけど」アンドレアは話の穂を継ぐために言った。地元の警察の記録簿はチェックずみだが、そういったことを示唆する記述は何もなかった。

「わたしの家もやられた」さらに年かさの女性が言った。「うちに金があると知ってての犯行よ。でも、警察は何もしてくれなかった」

「ほんとに？」と、クリスタル。

「ほんとよ」〝お気楽でいいわね、白人の女は〟とは言わなかったが、その口調にそういったニュアンスがこめられているのはあきらかだった。「わたしたちが文句を言っても、まったく取りあってもらえない。トレントンやユーイングの警察に何をどうしろと指図できる立場にはないと言って。それで、結局何もしてくれなかった」

三番目のインド人女性が言った。「うちのご近所さんも泥棒に入られて、二万ドルの宝石を盗まれたのよ。そのとき、警官はなんて言ったと思う？ ブロンドの髪の若い白人警官よ。家のなかにそんな高価な宝石を置いておくほうが悪い。泥棒に狙われるのは当然だって」

「非は被害者のほうにあるってわけね」と、モリー。

「そうなのよ！」その口調からすると、彼女も家に多くの高価な宝石を置いているにちがいない。

「わたしの名前はクリスタル」と、クリスタルは名乗りでた。自分の交友リストに白人以外の名前を入れるいい機会だと思ったのだろう。「こちらはモリー。あちらはアンドレア」

「わたしはプリヤ」と、最年長の女性が言った。「こちらはラクシャとアマン、そしてサトウィカ」

サトウィカは自分のお腹をさすりながらアンドレアのお腹に目をやった。「何カ月？」

「八カ月」

「そう。わたしは五カ月。あなたを知ってるような気がするわ。わたしたち、どこかで会ったことがあるかしら」

アンドレアは微笑んだ。「たぶん、みんなおたがいを知ってるような気がしてると思うわ」

ふたりは微笑んだ。もちろん、〝身重の気軽さ〟という格言を意識してのことではない。ここで前のめりになってはいけない。見るだけ聞くだけのほうが、得られるものは多い。幸いなことに、クリスタルはどんな話でも引きとって先につなげることができる。

「なるほどね。あなたが警察に向かっ腹を立てる気持ちはよくわかるわ」クリスタルは言った。「でも、やっぱり宝石は銀行の貸金庫に預けたほうがいいんじゃないかしら」

「そうね」サトウィカが言った。「一カ所にまとめて置いておくのはたしかによくないわね」

「いったいどれだけ多くの宝石を持ってるの」モリーは訊き、みんなして笑う。

「あなたが思ってるよりは多いけど、満足するほど多くはない」と、サトウィカ。

「わたしの夫ももっと宝石を買ってくれたらいいんだけど」と、モリー。

「わたしはニューヨークで生まれ育ったんだけど、どんな人種にも主義にもジェンダーにも信仰にも肩入れできなかった」アンドレアは言い、みんなはその率直さに一驚を喫した。「自宅はクイーンズにあったので、両親はいつも反ユダヤの話をしてたけど、わたしはとりあわなかった。わたしのまわりにはいつもラテンアメリカやアフリカ系のアメリカ人やアジア人がいた。都会とはちがうと思うけど、あなたやあなたの子供たちはここでどんなふうにみんなと折りあいをつけてきたの？」

「十五年前ここへ越してきたときには、四つの銀行からローンを断わられた」プリヤは言った。「結局はインド系の銀行を頼るしかなかった」

「ブルーマーキュリーの美容室に行くと、毎回そこにいる唯一のインド人従業員が割りあてられる」と、これはアマン。

「二週間前にピザの宅配を頼んだら、カレーのピザはないと言われた」と、これはラクシャ。

「ひどすぎ」と、クリスタル。

みんな大笑い。

「プレインズボロ・ロードの中華料理店でも同じことを言われたわ」と、アマン。

「そこの人たちも自分たちのピザにカレーをかけないの？」クリスタルが言った。これがジョークとわかるまでに少し時間がかかった。わかると、また大笑い。

「わたしは路上でしょっちゅう警官に車をとめられる」と、ラクシャ。

「どうして？　スピードの出しすぎ？」モリーが訊く。

「ううん。たいていはスピードの出さなすぎ」と、サトウィカ。それがジョークだと、このときはみなすぐに気づいて笑った。

「たしかにあなたたちの運転はゆっくりね」クリスタルが言った。

「でも、中国人ほどゆっくりじゃない」と、サトウィカ。

より大きな笑い声。

「あなたたちは警察とうまくいってないの？」アンド

レアは訊いた。

「いつだって」プリヤが答えた。「わたしたちが家でパーティーを開くと、午後八時に白人の隣人は警察に苦情の電話をかける。すると、八時十五分に警官がやってくる。いつも八時十五分ぴったりに。それに時計の時間をあわせられるくらい。でも、あちらが息子の卒業祝いのパーティーで大騒ぎをしていて、こっちが午前一時に警察に電話をしたときには、いつまで待っても誰も来なかった」

インド人全員が同意してうなずく。

「みんなも同じ経験があるの？」と、クリスタルが訊く。

また全員がうなずく。

「あなたたちがひとつにまとまっていられるのは素敵なことよ。うらやましいわ」と、モリー。

「どんな小さなことでも、一筋縄ではいかない」と、プリヤ。「道路の穴を埋めるにも公共工事が必要になる。一本の木を切るにも許可がいる」

「わたしの友人はプールをつくる許可がもらえない」と、サトウィカ。「一年も待たされて、結局不許可になったそうよ」

「一年も？　それってあんまりじゃない」クリスタルが言った。

「申請書を紛失したんだって。二度も。あげく不許可になったのは、ビッグ・ベア・クリークが近くにあり、地下水の量が多すぎるからだって」

「でも、それって差別とかじゃないって気がするけど」と、モリー。

「四軒先の白人の家にはプールがあるのよ」サトウィカが言った。「皮肉なことに、白いプールが」

「まあ！」

アンドレアはサトウィカの機知を好ましく思った。彼女の目には利発そうな光が宿っている。それを見て、数年前にウェスト・ウィンザーに戻ってきて以来、自分たちの生活はどこがどんなに変わったのか、あるいは変わっていないのかと、このときおそらくはじめて思った。自分と同年代のインド人の大半はこの地で生をうけている。彼らは移民二世だ。けれども、その両親の生活は言葉や宗教や文化の壁の前でふたつに引き裂かれていたにちがいない。

たしかに、彼らは群れている。でも、それならユダヤ人だって同じだ。ダック・ポンド・ロードのサッカー競技場に週末ごとに集まるヒスパニックだってそう。モリス・デイヴィソン・パークで毎朝太極拳をする中国人もそう。

アンドレアは白人の女性たちに一瞥をくれ、それからインド人の女性たちのほうを向いた。

クリスタルが言った。「ブリアンのお隣さんも――ごめん、ブリアンというのはわたしの友人なんだけど、やっぱり数年前にプールの工事の許可をもらえなかったのよ。そのひとは中国人でね。名前は覚えてないけど。とにかく、警察は少なくともあなたたちだけを差別しているわけじゃない」ぎこちない沈黙のあと、クリスタルは自分の言ったことを理解した。「あら、いやだ。ごめんなさい。そんなつもりじゃないのよ」

みんな笑ってすませた。

プリヤも笑いながら言った。「そうね。誰彼の区別もない差別主義者でも同じことよ。わたしたちの立ち向かい方は変わらない」

「警察は今回の事件にどこまで本腰を入れると思う？」アンドレアは訊いた。

「あまり期待はできないわね」

アンドレアはサトウィカのほうを向き、どんな答えがかえってくるか興味があって訊いた。「あなたはどう思う？」

「事件が解決するのは、サスマル家のプールの工事の許可がおりるより先になると思う」

「あの人たちもプールをつくれないの？　ほんと

に？」と、クリスタル。「うらやましいわ。ウェスト・ウィンザーで一番人気のクラブってわけね。でも、わたしはそこに入ることを許されていない」

「入ったって意味ない」と、サトウィカ。

死ぬまで待たなきゃいけないのだから、とアンドレアは思った。

そこまで考えたとき、生温かいものが身体のなかをよぎり、思考は停止した。あまりにも急で、だしぬけだったので、その是非を考えることすら馬鹿げているように思えた。こんなふうにとつぜんの啓示を受けたのは、モラーナ以来はじめてのことだ。

サトクナナンタン・サスマルが殺された理由がわかったのだ。

これからしなければならないのは、その仮説を裏づけるための証拠を見つけだすことだ。

8

ニュージャージー州トレントンの街を車で走る気分はほかではなかなか味わえないものだと、そこにプリウスを駆りながら、ケニーは思った。トレントンは州都でありながら、州でもっともヤバい街のひとつとなって久しい。臆病な郊外居住者たちにとっては、用がなければ決して近づかない場所だ。しかしながら、サスマル家やウェスト・ウィンザー在住のインド人によるドラッグの取引について、なんらかの情報を得るためには、その筋の者との接触を避けることはできない。それで、当地のその筋の者に電話をかけて、このときはキャドワラダー・パークで会うことになっていたのだった。

何年もまえからウェスト・ウィンザーでインド人がドラッグの取引にかかわっているという噂は聞いていたが、それがトレントンから入ってきているのか、別の場所からなのかはわからない。答えを知るには、ドラッグの売人に訊くのがいちばんだ。テリー・ヴェリーンとは高校時代からの知りあいで、土曜日の夜ごと、友人といっしょにトレントンにマリファナを買いにいっていたときには、すでにその仕事を始めていた。と同時に、アマチュア・アスレチック協会のバスケットボールの練習生でもあり、その関係でケニーの兄ケアリーをよく知っていた。短いあいだだが、ケアリーは地元のバスケットボール界で〝アジアの星〟と呼ばれていたことがある。それで、テリーもその仲間たちもケアリーに一目置いていた。なので、ケニーともそこそこ良好な関係を維持できている。

いまではマリファナどころか飲み水を買うのさえやっとなので、この二年ほどは一度も会っていない。車をとめたのはウェスト・ステイトという通りで、まわりには人間の住まいとかろうじてわかる家が並んでいる。待ちあわせ場所は公園のなかのジョン・ローブリングの彫像の前。

そこへテリーが歩いてきた。足を引きずりながら。体重は五十ポンド以上増えている。前歯は金色で、陽の光を反射させている。

「やあ、この糞ったれ地区じゃ知らない者のないケネス・リー」テリーは笑いながら言って、ケニーと握手をかわした。「兄きはどうしてる」

「結婚して子供がひとり。いまは生命保険の外交員をしている。でも、最近はほとんど会ってない。あんたはどうしてムショにいないんだい」

「逃げ足が速いからさ」

「足を引きずってるのに？」

「ああ。くるぶしに一発くらってな。完全には治らねえ。それでも、どんなチンカスおまわりよりも速く走れるぜ」

それがこれまで聞いたなかで最高のスラングなのか、最低のスラングなのかはわからない。そのあと少し間があった。ケニーは公園を見まわし、テリーはいまはじめてそこにあることに気づいたかのように彫像を見つめた。「こいつがブルックリン橋をつくった野郎か。それはそれは」

「ああ。でも、橋が完成するまえに死んだ」

「そいつはお気の毒に。それで、おれに何をしてほしいんだ、ケニー」

「昨日の朝、ウェスト・ウィンザーで若者が殺された」

「ってことは白人だな。そんなもんは記事にするな」

「ガソリンスタンドの従業員だ」

テリーは肩をすくめた。「なるほど。だったら、インドのクソ野郎だな」

「警察はドラッグがらみだと言っている」

「つまり、こう言ってるんだな。それはギャングがらみの事件で、ここの黒人が固定資産税二万五千ドルの郊外住宅地に出向いていって、ガソリンスタンドのサンド・モンキーを撃ち殺した」

「新聞はサンド・モンキーという言葉は使わない。それは不快語とされている。地理的に言っても正確じゃない」

「説明してくれ」

「サンド・モンキーというのは、中東地域の、とりわけ多くのテロリストを送りだしているとされる国の出身者のことを意味している。インド人はアジア人だ。たしかにインドには砂漠(サンド)もあるし、猿(モンキー)もいる。でも、普通はそのふたつになんのつながりもない」

「だったらインド人のことはなんて呼べばいいんだい」テリーは好奇心が旺盛だ。

「ビンダー。ビンディ。ボタン頭。ドット頭。カレー屋。カリー・イン・ハリー。ガソリン屋。ハージー。

マカク。プッシュ・スタート。逆にプル・スタート。パンジャブ。スラーピー・ジョッキー。スワミ。タービネーター」

「まいった。よくそんなに次から次へと出てくるもんだ」

　ケリーは肩をすくめた。「おれの高校は六十パーセントがアジア人だった」

「新たに教わることは毎日のようにある」

「だよな。おれも今日何かを教わりたい」

「おれは車でヤクを売りにいったりしねえ。おまえがはじめてここに来て、車の窓をあけ、子犬みてえな目で声を震わせながら、ぼくを覚えてるかって訊いたときから、一度もそんなことはしてねえ」

「あんたとはじめて会ったときのことは忘れてないさ。誰でもいいから、車でそこにヤクを売りにいっている者はいないか」

「ひとりもいない。スラムのドブネズミが高級住宅地の優等生にヤクを売りにいったりすると思うか。向こうがこっちにやってくるんだ。簡単な話さ。それに、おれたちはインド人だのパキスタン人だのといった浅黒い肌の野郎どもには売らねえ。メキシコ人とかグアテマラ人とかは別だけどな。おれたちがヤクを売るのは、小さくて褐色のやつらと、でかくて黒いやつらと、アホで白いやつらだけだ」

「インド人が適正価格で高品質のドラッグを手に入れるにはどうしたらいいんだろう」

「ほかの何かを手に入れるときと同じだ。ほかのインド人から買うんだよ」


　自宅に向かって車を駆りながら、ケニーはブルートゥースをオンにして連絡先のリストをチェックした。スクリーンに名前が表示される――ヴィヴァーン・バーマン。

　ヴィヴァーンは高校時代の友人で、新聞部とマスメディア部のクラブ仲間だ。ラトガーズ大学でも何度か顔をあわせることはあったが、大学卒業後は連絡が途絶えている。

電話の向こうの声には驚きがあった。「ケニー?」

「だいじょうぶ。これは間違い電話じゃない、ヴィヴ。あんたの力を借りたいんだ」

「というと?」あきらかに引いている。

「昨日ウェスト・ウィンザーで起きた殺人事件のことを聞いてるかい」

「いまはジャージーシティに住んでる。だから、答えはノーだ」

「ジャージーシティ? ってことは、ほとんどブルックリンで、ってことはほとんどマンハッタンってことだな」電話の向こうでヴィヴァーンが微笑んでくれているることを期待しながらケニーは言った。

「ほとんど」その口調は少し柔らかくなったみたいだった。「それで、どうしたんだい」

「インド人がどこでドラッグを手に入れているか知りたい」ケニーはこともなげに切りだした。相手が何年かぶりに話をする者であることはまったく意に介していない。

「はあ?」

「警察はドラッグがらみの事件だと言っている。被害者の家族はドラッグとのかかわりを否定している。トレントンの情報源の話だと、インド人はドラッグをインド人から買ってるらしい」

「ぼくはここ十年間一度もドラッグをやってない」

「ヴィヴ……」

「わかった。二年だ。だからって、ウェスト・ウィンザーとプレインズボロのドラッグの売人のリストを持ってるってことにはならないぜ」

「インド人がかかわっているドラッグの取引や、サスマル家について知っている者を探しているんだ」

「サスマル? ガソリンスタンドの?」

「そうだ。知ってるのか」

「シヴァンなら知っている。一家の長男だ。ぼくらよりいくつか年下だけど」

「殺されたのは甥っ子だ。サトクナナンタンっていう。話を聞かせてくれそうな者を教えてもらえるとありがたいんだが」

「いまだにインド人の知りあいはぼくだけなのか」

「インド人なら何人も知ってる。でも、今夜おれと落ちあって、インド人のドラッグの取引のことを知ってる者に引きあわせてくれるインド人はあんただけだ」

「ホワイト・ローズでバーガーをおごってくれるんだったら取引成立だ」

「メールで住所を知らせてくれ。七時にそこへ行く」

ケニーは言って、電話を切った。


午後六時五十七分、ケニーはセカンド・ストリートに立ち並ぶ改修工事ずみのタウンハウスの前に車をとめた。二重駐車だが、かまうことなく待っていると、ヴィヴァーンが玄関に出てきた。ケニーはプリンストンの地価が高騰しつづけている地域に分譲マンションの一室を所有しているが、それでもヴィヴァーンの住んでいる家を見ると、心穏やかではいられなかった。この十年でケニーは転落し、ヴィヴァーンはのしあがった。嫉妬心を抑えこむためには、賃貸にちがいないと自分に言い聞かせるしかなかった。


ヴィヴァーンが車に乗りこんだとき、ケニーは昔の習慣を思いだし、てのひらをあわせてナマステの挨拶をした。「いいところだな。借りているのかい」

「買ったんだよ。ローンがあと十三年残ってるけど」


ノース・ブランスウィックの一号線ぞいにあるグル・パレスに着くまで一時間近くかかった。ケニーの自宅からだと車で十五分ほどの距離だ。なのに、帰りはヴィヴァーンをジャージーシティまで送っていかなければならない。もちろん、ヴィヴァーンがお膳立てしてくれたことはガソリン代よりずっと価値のあることなのだが。

店内に入ると、ウィークデーのディナー客はそれほど多くなかった。そこからふたりが向かったのは、賑やかなバーの右側にある店長室だった。ドアの前で待っていると、フレディ・マーキュリーの物まねができそうな黒い豊かな髪と髭を誇る四十代後半の男が現われ、驚きながらも笑顔でなかに入るよう促した。そして、ヴィヴァーンとハグを交わして言った。「すっかり大人になったな、ヴィヴァーン。いつ以来だ」

「五年はたっています、スリ・ラガリ。大学の卒業祝いのパーティーでお会いして以来です」

男は微笑んでうなずいた。「で、今日はいったいどういう風の吹きまわしなんだね。住まいは北のほうじゃなかったのか。仲間といっしょにIT企業を立ちあげたと聞いているが」

「ええ。仕事は順調です。なんの問題もありません。今日は旧友のケニーのために来ました。彼は新聞記者で、サスマル家についていくつかお訊きしたいことがあるそうです」

男はわざとらしい尊大さで唇をすぼめた。「サスマル家……」言葉は弔意をあらわすように尻すぼまりになった。

「一家は何かトラブルをかかえていませんでしたか、ミスター……」

「おっと、失礼」ヴィヴァーンが言った。「こちらケネス・リー。こちらはチットヴァン・ラガリ」

握手を交わしたあと、ラガリは言った。「これといったトラブルはないはずだ。あるとしたら、コミュニティ内でのちょっとしたいがみあいくらいだろう。タラニがいまあるのは、ひとから疎まれるような仕事をこなしてきたからでね。もちろん、わたしはそのことを高く買っている者のひとりなんだが」

「サスマル家のビジネスについてですが、ドラッグの取引にかかわっているという話を聞いたことはありませんか」

チットヴァンの顔には驚きの表情があった。「ドラッグ？　まさか」

ケニーはオフィスにちらっと目をやった。壁には、チットヴァンが地元の有力者たちといっしょに撮った写真が飾られている。そのなかには前州知事のオマリーの姿もある。国内やインドでボリウッドスターといっしょに写っているものもある。ボリウッドの俳優についてで少しでも知っていれば、オオッ！　と思うにちがいない。チットヴァン自身は『俺たちニュースキャスター』のロン・バーガンディのような髪型で、真っ白な歯を見せて微笑んでいる。

「ほかの家族についてはどうです。殺された甥のほかに、息子がふたりいますね」

「シヴァンとプリシャは優等生だ。父親にしたら、ちょっと物足りないかもしれんな。なにしろ発展家だから。酒、バクチ、女。もっとも女が嫌いな男はそんなに多くないと思うがね」

「サトクナナンタンについてはどうでしょう」

「どうでしょうって、何が？」

「ドラッグについてです」

「きみは知らないのか。あの若者はオツムに難があった。知恵遅れだ。〝知恵遅れ〟というのは使っちゃいけない言葉か」

「そうです。発達障害と言うべきです」ケニーはなかば上の空で答えた。ここでのやりとりが期待はずれの結果に終わることはすでにわかっていた。「つまり、ドラッグを売ったり買ったりはしていないということですね」

「ひとりでガソリンスタンドの業務をこなすのもやっとだったんだ」

「ミセス・サスマルは夫の火遊びを知っているんでしょうか」

チットヴァンは肩をすくめた。「夫婦間のことなど誰が知るもんか。わざわざ尋ねるようなことじゃない」

「サトクナナンタンが知っていた可能性はあるでしょうか」

「あの子はほとんど外出しなかった。家や職場以外で叔父と会うことはなかったはずだ」

ここでヴィヴァーンが口をはさんだ。「きみはいったい何を探りあてようとしているんだい」

「さあ、わからない。いま考えているのは、もしかしたらドラッグ以外の動機があるかもしれないってことだ。警察はドラッグが動機だと見ている。でも、サトクが家族の秘密を知っていたとしたら……」

「新聞記者っていうのは、当局が出した情報以外のものを見つけだそうとするのが常なのかい」

「当局が出した情報に矛盾があったときには、そうするだろうね」ケニーは弁解がましく答えた。ヴィヴァーンの口調に棘があるのを感じとったからだ。非難か？　いや、そうではない。蔑みだ。どうしてそのことにもっと早く気がつかなかったのだろう。これまで長いこと、多くの声のなかに蔑みを感じとりつづけてきたというのに。非難と蔑みを区別できないところまで来てしまったということか。

「あんたの考えていることはよくわかる、ヴィヴァーン」ケニーは言った。「でも、そうじゃない。地元で起きた殺人事件だから、特ダネをとりたいと思ってるのはたしかだ。だから、そのための情報を集めている。でも、でっちあげるつもりはない」

そのあとに続く言葉は、言わなくても、ヴィヴァーンにはわかっているはずだ。〝今回は〟だ。

「ちょっと待て」チットヴァンが言った。「いまきみのことを思いだしたよ。州知事を辞任に追いこんだ男だな」そして、親指をオマリーの写真に向けた。「きみが書いた本を持っている。とてもいい本だ」

「昔の話です」ケニーはつぶやいた。

ハイランド・パークのホワイト・ローズでヴィヴァーンにバーガーをおごったあと、ジャージーシティに戻る途中、会話はほとんどなかった。ケニーは居心地の悪さを覚え、気まずさをほぐすためにあえて言った。

「さっきベリーダンサーといっしょに撮った写真を見たかい」

「ああ」ヴィヴァーンは答えたが、旧友の顔よりターンパイク13番出口付近に立ち並ぶ製油工場を窓ごしに見ていたいようだった。

「今日はありがとう、ヴィー。感謝している。初対面の人間からあんなふうに話を聞きだせたのは、あんたがいてくれたおかげだ」

「ああ」

14番出口までまた沈黙が続き、ジャージーシティに向かう分流車線に入ったとき、ヴィヴァーンがようやく口を開いた。「残念だよ。昔のきみのほうがよかった」

数秒の間のあと、ケニーは答えた。「決して間違ったことをしない男ってことだな」

「そういう男が好きだった」

「おれも同じだよ」

「だったらどうして間違ったことをしたんだ」

最近は訊かれることもないが、数年前には何千回も訊かれた。兄からも、母からも、今際(いまわ)の際(きわ)の父からも、編集長からも、友人からも、仇敵からも。大学時代にピュリッツァー賞を受賞した人間が、いったいどうしたら十年もたたないうちに恥知らずの嘘つきになりさがることができるのかを誰もが知りたがっていた。

14A出口をやりすごしたとき、自由の女神のトーチの明かりが見えた。「怖かったんだよ、ヴィヴァーン」ケニーはぽつりと言った。「不安でならなかった」

「不安？　きみは州知事に勝ったんだぜ」

「一発当ててから、ずっと鳴かず飛ばずだった。切羽詰まっていたんだ」

「きみは貪欲にすぎた」

「そうでなかったときはないさ。これまで一日もなかった。だからこそ、両親の反対を押しきって、エンジニアでも原子物理学者でもなくジャーナリストになったんだ」

沈黙のうちに、車は14B出口からジャージーシティに入り、ヴィヴァーンの家の前でとまった。

そこでふたりは顔を見あわせ、ケニーは微笑んだ。

「おれがどんな失態を演じようが、たいした問題じゃない。ほかのみんながブラジャーのホックをはずす方法を考えているあいだに、おれは世界の王者になっているかもしれない」

ヴィヴァーンも微笑んだ。「ブラジャーのはずし方はぼくにもまだ解明できていない」


ケニーは笑った。

「また何かあれば連絡してくれ」ヴィヴァーンは言って、車を降りた。

一時間後に自宅に戻ると、ケニーはすぐにメモ用紙とマーカーを手に取った。

そして書いた。〝なぜ警察は嘘をついているのか〟

それをコルクボードの〝インド人のドラッグ取引？〟と書かれた用紙の横にとめる。

そのコルクボードを見ながら思案をめぐらせる。なぜ警察は嘘をついているのか。理由はいくつか考えられる。
1　情報の公開によって捜査のさまたげになるのを防ぐため。
2　容疑者の注意をそらすため、あるいは容疑者にプレッシャーをかけるため。
3　当局のなんらかのミスを隠蔽するため。

4　有力者の不都合を隠蔽するため。

答えはまだ出ていないが、それはこの四つのうちのどれかであるにちがいない。

9

膀胱の圧力が限界に達しかけて、アンドレアは朝の四時半に目を覚ました。用を足すのに十五分くらいかかった。キッチンで紅茶をいれるのにさらに十分。五時にジェフが下におりてくる音が聞こえた。あまり時間がないし、引っ越してきて以来片づけていない地下のガラクタのなかに立っているべきでないことはわかっているが、あえて動くつもりはなかった。

コルクボードはすぐに見つかったが、事務用品の入った古い箱はまだ見つかっていない。そのなかに入っているのは十年もまえに買ったものばかりだし、ジェフの仕事部屋に同じものがあるのだから、苦労して探すのは馬鹿げているかもしれないが、自分にとってはかけがえのないものなのだ。心がしっかりとつながっている。犯罪捜査にお供してくれるテディベアのようなものといってもいい。

「コーヒーは？」ジェフの声が聞こえた。「アンディ？　どこにいるんだい」

「地下よ。探しものがあって」

「子供たちはまだ起きてないのかい」ジェフはわかっているのに訊いた。

「起こしてちょうだい」

「コーヒーも自分でいれろってか」不当な仕打ちを受けているかのような口ぶりだ。

「ようこそ、水曜日」アンドレアはひとりごちながら、ラバーメイドの重いコンテナを小さな箱の上からどかした。小さな箱はコンテナの圧力で一部破損していて、蓋は大きくへこんでいる。蓋をあけて、なかを覗きこむと、まず目に飛びこんできたのが、赤や黄や緑や青など色とりどりの毛糸玉。それから色とりどりの付箋。続いて色とりどりのマーカー。そしてニューヨークの行政区の地図。いずれも、コロンビア大学から数ブロックのところにあるデュエイン・リードで買ったものだ。昨日のことのように覚えている。

プラスチックの画鋲入れは側面が割れている。ニューヨーク市警のブリーン局長がアンドレアの作成したプロファイルに興味を示さなかったとFBI局員のラモン・メルカードに聞かされたとき、ついかっとなって寮の壁に投げつけたのだ。それが発奮材料になった。そのあと必死になってプロファイルを書き直し、それを読んだラモンはこれならいけると確信し、みずからのキャリアを賭して、ブリーン局長との面談の場を用意してくれた。その結果、プロファイルは採用され、それがモラーナの逮捕につながったのだった。

古い一冊のノートをぱらぱらとめくると、自分の文章の横の余白にラモンが添えた注釈が目にとまった。彼のことは長いこと封印してきた。彼が結婚したと聞いた日に、別の人生への小さな可能性は潰えた。が、いまはここに立って、長いこと閉ざしていた本の表紙をふたたび開こうとしている。

「アンドレア！」ジェフの怒気をはらんだ声が聞こえた。

子供たちがキッチンをうろうろと歩きまわっている。ジェフはいらだちを募らせているにちがいない。子供たちはみな朝が苦手だ。本当なら、ジェフを駅に送っていくあいだ、子供たちを寝かしておいてやりたいのだが、そんなことを言っても、ジェフに猛反対されるのは目に見えている。

箱を脇に押しやって、二歩前へ進んだところで、夫の呼びかけを無視した理由をでっちあげなければならないことに気づいた。そこで、そのときたまたま目にとまった縫いぐるみの人形を手に取った。ルースが小さいころに遊んだマイ・リトル・ポニーのプリンセス・トワイライト・スパークルだ。

階段をあがるためには、膝に手をついて身体を支えなければならない。いますぐ膨らんだお腹を空っぽにしたいが、実際にそんなことになったらと思うとぞっとする。

「ごめん」アンドレアは手に持った縫いぐるみを振ってみせながら言った。「これをブリアンに渡すことになってるの。娘さんが展示会用に使いたいと言ってるんだって」

寝ぼけまなこのルースが眉を吊りあげた。母親のあからさまな嘘に対して突っこみを入れてこなければいいんだけど。

幸いなことに、子供たちを車に乗せてジェフを駅まで送っていくまで、誰も何も言わず、何事も起こらなかった。駅前の送迎レーンをゆっくり走りながら、バックミラーに目をやって子供たちの様子を見たとき、ふと罪悪感を覚え、それで言った。「今日ベーグルを食べたい子は？」

この一言で子供たちは目を覚まし、大はしゃぎをしはじめた。交差点を左折してアレクサンダー・ロードに入り、ベーグル・ホールに向かう途中、ダッシュボードの時計を見ると、六時十分。朝食をとったあとすぐにブリアンの家に行ってもいいだろうか。早すぎはしないだろうか。もちろん早すぎる。けれど、今日しようと思っていることを考えると、気が急いてならない。

七時二分、アンドレアはプレインズボロのプリンストン・コレクションにあるブリアン宅のベルを鳴らした。パジャマのボトムスとTシャツ姿に、くしゃくしゃの髪だが、それでもブリアンはさりげなくセクシーに見える。三つ子のモーガンとメアリーとマディソンが階段を駆けおりてきた。アンドレアが持参したベーグルがお目当てだ。

「朝早くにごめんね」

「それで、わたしは何をすればいいの」

「午前中、子供たちを預かってもらいたいの」

「お医者さま？」

「ううん。八時すぎに役所に電話をかけて、いくつかの手続きをすませなきゃならないの」まったくの嘘より本当のことが混じっているほうがボロが出にくい。

「経過は順調？」

「百パーセント」

ふたりは紅茶を持ってテラスに出た。朝の早い時間なので、八月の湿気もまだ耐えがたいほどにはなっていない。開け放たれた網戸の向こうから、子供たちの声が聞こえてくる。そこの椅子に腰をおろしたとき、アンドレアは何もかも打ちあけたいという衝動に駆られた。殺人事件のことも、失意や寂しさのことも、さらには誰かが殺されたことに興奮を抑えられないでいることも。

いいや、やはり何も言わないほうがいい。

「こんな朝っぱらから庭仕事なんて信じられないわ」

ブリアンが言った。

見ると、隣の庭は家庭菜園になっている。そこにいる女性は小柄で、アンドレアよりさらに少し低い。けれども、身体は針金のように細い。その大きさだと、八人くらいは自分の身体のなかに入れそうな感じがする。木々のすぐ上から差す陽の光を遮るために鍔広の麦わら帽子をかぶり、湿気と雨の多い夏のあいだにすくすくと育っているナスやチンゲン菜のまわりの雑草を抜いている。

七時四十一分、ニュージャージー・トランジットの音が静けさを破った。それはプリンストン・ジャンクション駅を出てニューヨークに向かう列車で、線路はブリアンの家の裏庭から二十五ヤードも離れていないところにある。電車の音が遠ざかると、今度は家のなかから大きな音が聞こえた。セイディがわんわん泣きはじめたのだ。アンドレアはやれやれといったふうにブリアンと顔を見あわせた。そして、椅子から身体を起こしかけたとき、ブリアンが腕に手をかけた。「わたしが見にいってくる」

アンドレアは微笑み、ブリアンはセイディの様子を見にいった。しばらくして、ブリアンが自分には真似のできない優しい口調でセイディをなだめる声が聞こえた。他人のほうが我が子に上手に接することができるというのはよくあることなのか。

タイミングを見計らったかのように、赤ん坊がお腹を蹴った。その力は日に日に強くなってきている。アンドレアは自分でもほとんど意識することなく椅子から立ちあがり、裏庭を横切って、隣家との境にあるフェンスの前へ歩いていった。

そして、フェンスの支柱に寄りかかって言った。

「おはよう。わたしはブリアンの友人のアンドレア」

女は顔をあげ、麦わら帽子を後ろにずらした。年のころは四十代前半で、飾り気はないが美しい。一瞬のためらいのあと言った。「わたしはシンペイ」

「素敵な家庭菜園ね。チンゲン菜は知っているけど、その横にあるのは何かしら」

「ダイコンよ」

「わたしも何かつくりたいんだけど……」アンドレアは言って、お腹を叩いてみせた。

「妊娠してるのね。何度目？」

「世界記録に挑戦中よ」

シンペイはうなずき、そこで会話がいったん途絶えた。世間話は苦手なようだ。

「このまえちらっと聞いたんだけど、プールの工事の許可がおりなかったそうね」

シンペイは戸惑いがちに答えた。「ええ。何年もまえの話だけど」

「理由をうかがってもいいかしら」

「地下水がどうのこうのと言ってたけど。この造成地はもともと湿地帯だったらしいの。線路の向こうにはデヴィルス・ブルックという小川が流れている。でも、

「どうしてそんなことを訊くの？」

全部嘘より半分嘘のほうがいい。

「インド人や中国人への行政の対応の悪さが話題になったときに聞いたの。実際のところはどうかわからないけど、ある女性のグループはプールの工事のことで差別を受けてるって言ってたわ」

「どうなのかしら。そういうこともなくはないと思うけど、区長は中国人で、在職期間は二十年以上になるのよ。正直なところ、プールなんかそんなにほしかったわけじゃないし。許可がおりなくてほっとしたくらいよ」

アンドレアはうなずいた。「申請を却下したのは誰か覚えてる？」

少し考えてから、シンペイは答えた。「さあ。女性だったのはたしかだけど」

「ありがとう。ナスが収穫できるようになったら、うちの四人の子供のひとりと交換してちょうだい」

シンペイは低いしわがれ声で笑った。「うちの十九歳の息子を引きとってくれるなら、ナスはただであげるわ。せっかくマサチューセッツ工科大学に入ったのに、父親と同じエンジニアにはならないって言いはじめたの」

アンドレアは微笑み、テラスに戻りかけた。十ヤードほど歩いたところで、後ろからシンペイの声が聞こえた。「保健課の職員だったわ」

アンドレアは振りかえった。

「申請を却下したひとよ。間違いない。保健課の職員だった。プール工事の申請をそんなところで受けつけるのかとちょっと変に思ったから覚えてたの」

アンドレアはうなずいて、テラスのほうへ戻っていった。ブリアンは不思議そうな顔をして待っていた。いましがたシンペイがアンドレアと交わした会話は、ブリアンがここに越してきてからの七年間で彼女と交わしたどの会話より長かったにちがいない。

アンドレアはその横を通り抜けざま言った。「うちの子のひとりとナスを交換してくれと頼んでたのよ」

ブリアンは笑った。「それってひどすぎない」

「お隣さんにとってはひどすぎるかもね。あんな立派なナスは見たことない」

それから一時間もたたないうちに、アンドレアは自宅のキッチン・テーブルの前にすわり、螺旋綴じのメモ帳に書きこみをしていた。役所の問いあわせ先は区の公式ウェブサイトに出ていたものをプリントアウトしてある。

保健課

保健課は保健衛生官を長とし、公衆衛生に関する州法、条例および規則の執行、人口動態統計に関する諸法の執行、看護や教育、感染症や慢性疾患対策を含む区の公衆衛生プログラムの実施にあたっています。

保健衛生官　ウェンディ・シンメル
環境衛生主任　トーマス・ロバートソン
人口動態統計記録係　ドロレス・ジョンソン

電子レンジの時計を見ると、八時二十六分。受話器に手をのばしたまま、ためらいの時間が過ぎる。いまここでダイヤルすれば、もう後戻りはできない。最初の質問をしたら、そのあとに百の疑問が続くはずだ。この選択はこの町にどんな影響を与えるだろう。結婚生活には？　自分自身の人生には？

八時二十七分。

ダイヤルする。

赤ん坊がお腹を蹴る。

自分は生きているのだと感じる。

自動音声案内が応答した。録音された棒読みの声を聞いた途端、出鼻をくじかれた。「お電話ありがとうございます。こちらはウェスト・ウィンザー区役所です。担当部署の内線番号をご存じの方はそちらへおかけください。警察および消防は911……」

アドレナリンが引いていくのがわかった、四つの部署の案内のあと、自動音声はお目当ての課の名前を読みあげた。5を押す。女性職員が電話に出た。

「保健および福祉課です」

滑らかな英語。甲高い声。年は四十代後半から五十代前半。白人。アンドレアは賭けに出ることにした。そんなに強くない、だがそれとわかるインド訛りで言う。「ハロー。わたしはシャルダ・サスマルです。プールの工事の申請を却下された件についてお訊きしたいことがありまして」

「ご住所をお聞かせください」

アンドレアは答えた。「ディケンズ・ドライブ二十三番地、プリンストン・ジャンクション」

「ラスト・ネームの綴りを教えてください」

自分のラスト・ネームの綴りを言いそうになったが、

最初のSですぐに軌道修正した。

「たしかに申請書は受理しています。同じ理由で三度却下されていますね。お宅の土地の地下水が問題になっているみたいです」

「ええ。そう言われました、ミセス……」

「ゴーマンです。エリザベス・ゴーマン」

「ありがとう。でも、それがどういうことなのか詳しい説明は聞いていないんです」

ため息とキーボードを叩く音が聞こえた。ファイルをスクロールしながら読んでいるのだろう。「ええっと、お宅の近くにはブライドグルーム・ラン・クリークが流れています。地下の土壌に水が浸透しているために、安全なプールをつくることができないということです」

「わかりました」アンドレアはメモを取りながら言った。「許可をとるにはその安全性を証明する書類が必要なんでしょうか」

予期せぬ質問だったにちがいない。

「えっ……？　い、いいえ。そのようなものは必要ないと思います」

「その日、わたしは家にいなかったんですが、係のひとがうちの裏庭の地下水を調べたんでしょうか」

「そういう記録は残っていません」

「申請を却下する書類にはどなたがサインをしていますか」

エリザベスは返事をためらった。

「ドロレス・ジョンソン、それともトーマス・ロバートソン？」

「ええっと……トーマスです」その声には用心深さが混じりはじめている。

だが、さしあたって必要な情報はこれで得られた。

「ありがとうございました。よい一日を」アンドレアは言って、エリザベスに何かを言わせる時間を与えずに電話を切った。

それから、地下への階段をおりて、ジェフの仕事部屋に入った。明かりをつけ、黒革のハイバック・チェアに腰をおろす。腹立たしいことに、ジェフはパソコンのパスワードをこっそり変更していた。子供たちにポルノを見せないようにするより、ポルノの履歴を妻に見せないようにするためだろう。

以前のパスワードは自分の助言をいれてつくったものだ。ひとりだと、ジェフはどんなパスワードを考えるだろう。

〝Password〟とタイプする。開かない。

〝Password34〟とタイプする。ジェフの年齢だ。それでログインできた。

やっぱりジェフは間抜けだ。

〝ニュージャージー州ウェスト・ウィンザー　プレインズボロ　印刷可能な地形図〟とググり、経線と緯線が入った二枚の地図をダウンロードし、それをプリントアウトする。レターサイズの用紙で計六十六枚。並べると、横に十一枚、縦に六枚になる。これでは壁一面を埋めつくしてしまう。ファミリールームの壁に八フィート×五フィート分の地図が貼りつけられていたら、いくらジェフでもこれはただごとではないと眉を寄せるだろう。

地下にはまだ片づけがすんでいない部屋がある。貼りつけるものを見つけようと思って、そこへ行き、まわりを見まわすと、片隅に積みあげられた箱の後ろに、ちょうどいいものが立てかけられていることに気づいた。ラグマットだ。まえに住んでいたところで使っていたもので、あまり気にいってはいなかったが、捨てるのもどうかと思って取ってあったのだ。

ラグマットはきつく巻かれ、上端と下端を細いひもで縛られている。それを動かすのは一苦労だった。まずその前の箱を全部どかし、それからラグマットをコンクリートの床の中央の空いたスペースに引きずっていく。そして、ジェフの仕事部屋からはさみを持ってない。


きて、ひもを切り、ラグマットを広げる。

その上に印刷した紙を並べる。ジェフの仕事部屋にはスコッチテープがあったが、それではラグマットに貼りつけることができない。仕方がないので、重い足取りでガレージまで行って、粘着テープを見つけだした。そのあとふたたび地下に戻ったとき、膝と腰に激痛が走り、思わず四つんばいになった。お腹が床につきそうになっている。なんとか全部の用紙をラグマットに貼りつけ、立ちあがって、できあがったものを見ていたとき、メモ帳を上の階に置き忘れていたことに気がついた。激しく悪態をついて、キッチンに戻り、メモ帳と赤いマーカーを持って戻ってくる。

ブリアンの隣人シンペイの家は、プリンストン・コレクションのパーカー・ロード・サウスにある。それを赤い丸で囲む。

そのとき、口もとには笑みが浮かんでいた。

殺人犯を追跡しているときほど幸せを感じることは

10

十時の会議に遅れていたので、ケニーは椅子にリュックを放り投げて、大急ぎでジャネール・シンプソンのオフィスに向かった。そして、そこでこれまでにわかったことを報告した。

「それで、警察はそのことを調べてるわけね。あなたの情報源がサスマル家のことを知らなくて、知っていると言っているだけか、サスマル家は何かおかしなことをしていて、何もおかしなことをしていないふりをするのがうまいのか。そのどれが本当なのかわかるまでは記事にならないわ、ケニー」

ごもっとも。

「でも、それがわかったら記事にできるってことだね」

ジャネールはしぶしぶ同意した。

ケニーはパーティションに仕切られた自分のブースに戻った。その右側のブースでは、サンディがドーナツを食べながら読者から寄せられた手紙を読んでいる。その向かいのブースでは、ジュディがエクセルのスプレッドシートで月間予定をチェックしている。前方のブースでは、アニタが修士レベルの多変数解析コンテストで優勝した小学五年生の記事を書いている。人柄はみなとてもいい。ただ記者としての出来は悪い。

リュックをつかんで出かけようとすると、「もう行くの？」と、サンディがストロベリードーナツを頬張りながら訊いた。

ケニーはそっけなく手を振って出ていった。

そしてその十五分後には、サトクナナンタンが殺されたウェスト・ウィンザーのバレロ・ガスステーションに到着した。警察の現場検証は昨日のうちに終わり、ガソリンスタンドは営業を再開している。いちばん手前の給油機の前に従業員の男が立っていたので、そこに車をとめた。その向こうの給油機のまわりに、花が手向けられている。

「十ドル分、レギュラーを、クレジットで」

給油のあいだも窓はあけたままにして、男の顔を観察したが、そこにサスマル一家との共通点は何も認められなかった。ターバンを巻いているが、サスマル家の男たちのなかにターバンを巻いている者はいない。

「今回は大変だったね。家族の一員があんなことになるなんて」

「おれは家族じゃないよ」男は訛りの強い英語で答えた。

ケニーはその答えに満足した。身内よりも赤の他人のほうがより多くのことを話してくれる。「殺された若者のことだけど、少し鈍かったみたいだね。でも、感じはとてもよかった。だから、ガソリンはいつもここで入れることにしていたんだよ」

「あいつはバカだった。でも、悪いやつじゃない」

「警察はヤクがらみだと言ってるようだけど」

「ヤクなんぞやっちゃいないよ」

「どうなんだろう。ほんとのところはわからない。そんな話を聞いたんだ。普通に考えたら強盗の仕業だけど、警察は麻薬を売ってたんじゃないかと考えている」

「そんなものは売ってない。タラニも売ってない。売る必要なんかない」男の声は怒りで上ずっている。「タラニはこの国に来て、一生懸命働いた。いまも一生懸命働いてる。だから、ねたまれたり、あることないこと言いふらされたりするんだ」

「わかった。すまない。悪気はないんだ。ただそんなふうに聞いたもので」

「警察は嘘つきだ。おれたちのことになると、いつも嘘をつく」

「どうしてそう思うんだい」

「やつらはおれたちがここにいることをよく思っていない。おれたちがやつらの世界を変えたことを快く思っていない。だからだよ」

従業員の男はクレジットカードのレシートをさしだした。ケニーはそれにサインをすると、窓を閉めて、車を出した。このときふと頭に浮かんだのは、自分の両親はどうだったのだろうということだった。ふたりともこの国で生まれた。母は第六世代のアメリカ人で、父の両親は第二次大戦後に中国からアメリカにやってきた。ここで何十年暮らしていても、よく思われる日は来ないのか。自分の家族は、あるいはサスマル一家、あるいはあのガソリンスタンドの従業員は、どうやって偏見や非難や疑いの目と折りあいをつけてきたのだろう。

自分自身は正真正銘のアメリカ人だ。それに異を唱える者が大勢いることはわかっている。だが、自分はプリンストンで生まれ、いままでずっとウェスト・ウィンザーで暮らしてきた。学校でアジア人が占める割合はその昔十パーセントだったが、やがて四十パーセントになり、いまでは六十パーセントを超えている。地域全体が変わったのだ。それがひとを殺すほどの不安や怒りの原因になりうるのか。そうは思わない。それ以上の何かがあるはずだ。

午後の残りの時間はウェスト・ウィンザーとプレインズボロでの聞きこみにあてた。ダンキンドーナツ、サブウェイ、六軒のインド料理店、四軒のアジア食品マーケット。そこの経営者や従業員や客に話を聞いてまわった。サスマル家を知っているか。サトクナナンタンを知っていたか。家族の誰かがドラッグの売買にかかわっているという話を聞いたことはないか。警察のことをどう思っているか。隣人や古くからの住人は警察とどのような付きあい方をしているのか。午後遅くにはクリケット場に行って、練習をしていたふたつのチームのメンバーから話を聞いた。

　話を聞いたのは最終的に五十人以上になった。答えは驚くほど似ていた。サスマル家がドラッグの売買にかかわっていたと思っている者はひとりもいなかった。誰もが警察に対して多かれ少なかれなんらかの不満を抱いていた。車をしょっちゅうとめられるとか、苦情や問題に適切に対応してもらえないとか。みながみないろいろなところで人種の軛（くびき）を感じていた。

　クラークスヴィル・ロードにある区の合同庁舎の駐車場に車を入れたとき、ケニーはことさらに険しい表情を取り繕っていた。ドベック署長に面会を求め、そのキレやすい性格に油を注いでやれば、かっとなってミスをおかすかもしれない。署内で一騒動起こしたら、それを聞いた者があとで連絡をとってきて、こっそり内部情報を教えてくれるかもしれない。

　プリウスのドアをあけたとき、庁舎の正面ドアの前の駐車場から階段をのぼってくるアンドレア・エイベルマンの姿が見えた。できれば、どこかに身を隠したかった。数年前にアンディがこの地域に戻ってきたことは知っていた。いつかどこかで出くわすのは避けられないと思ってはいた。だが、できることなら会いたくなかった。

　いや、そこにいるのはアンドレア・エイベルマンではない。アンドレア・スターンだ。

　アンドレア・エイベルマンはかつて愛した娘だが、アンドレア・スターンは六段のコンクリートの階段をのぼるのもやっとの、一目でそれとわかる妊婦だ。手すりにつかまりながら顔をあげたとき、その目がケニーの記憶にあるよりさらに大きく開いた。

「ケニー？　嘘でしょ」

「アンディ」ケニーは心からの笑みを浮かべることができなかった。そのことを相手に気づかれたかどうかはわからない。

「ここで何を？」ふたりは同時に言った。アンドレアは笑った。ケニーは笑わなかった。

「区の記録文書を調べにきたんだけど、ちがう部署に行ってしまって」

「なるほど。それならあっちの古い建物だ」ケニーは答え、そこから五十ヤード離れたところにある駐車場の反対側の建物を指さした。

「例の殺人事件の取材？」アンドレアは答えを知りながら訊いた。

「おれがいまどこで働いてるか知ってるのかい」

「ええ」アンドレアはためらうことなく答え、それからお腹をさすった。「わたしがいまどこで何をしてるか知ってる？」

「元気にしてたかい。旦那の、ええっと……」

「ジェフ」

「そうそう」ケニーは少し間をおき、ヒトとしてしなければならない質問をした。「ジェフはどうしてる」

アンドレアは自分の腹を指さした。

ケニーはうなずいて、警察署の入口を指さした。

「おれはここの署長に用があってね。地面にひざまずかせて、本当のことを白状させようと思っていたんだ」

「署長がガソリンスタンドの従業員を殺したと考えてるってこと？」

「そうじゃない」

「よかった。そうだとしたら、わたしの仮説は総崩れになる」

「仮説っていうと？」ケニーは尋ねた。

11

　ふたりが出会ったのは、ケニーが小学四年で、アンドレアが中学一年のときだった。ケニーは五分で恋に落ちた。そして、アンドレアはケニーの兄のケアリーと出会い、五秒で恋に落ちた。ふたりの関係は高校のなかごろまで続いた。ケニーにとって、その期間は天国が半分で、地獄が半分だった。週に数回はアンドレアに会い、そのたびにものの見方が自分とはまったく異なっていることに驚かされた。出会った日の夜、アンドレアはメリッサ・ハーバーの母親のリキュール・キャビネットの鍵の謎を解いてみせた。中学二年生のときには、カーラが紛失した携帯電話を見つけだした。その数カ月後には、ジャクソンの財布を盗んだ者をひっとらえた。高校一年のときにはナチスの落書きをした者の名前をあばきたてた。そしてふたたび携帯電話の紛失の件。ほかにもある。いっぱいある。

　高校二年のときには、エミリー・ブラウニングの一件を解決した。サウス・ブランズウィックの少女が一九九〇年に行方不明になり、それ以来消息を絶っていた事件だ。アンドレアはプレインズボロとサウス・ブランズウィックのあいだの林のなかで白骨化した遺体を発見し、その四週間後に犯人を見つけだした。

　その一週間後、ケアリーはアンドレアと別れた。その日はケニーの人生のなかでいちばん悲しい日となった。

　アンドレアに再会した今日は僅差で二番だ。

　若いころ結婚して子供がいることは知っていた。もちろん、モラーナのことも知っていた。だが、会うことは避けつづけてきた。子供のころの感情には蓋をした。若気のいたりだと自分を納得させた。実際にそうだったのだ。

そしていまはアルジョンズ・ピザのくすんだ人造大理石のテーブルごしに向かいあってすわっている。アンドレアのまなざしは昔とちがう。いまも知的ではあるが、そこに満たされなさが加わっている。自分も同じ目を毎日鏡で見ている。

記憶にある姿かたちよりずいぶん体重が増えていて、背が低いので余計に太って見える。このときは友人に預けていた子供たちを連れてきていたので、うるさくってたまらない。いまは狂ったシマリスのようにレストランじゅうを走りまわっている。アンドレアは子供たちをおとなしくさせるために疲れた声を張りあげている。ケニーは彼女のビーチボールのような腹に目をやった。それは苦労して席にこじいれた巨大な尻とほぼ同じサイズになっている。

このときほど、どこでもいいからどこかに行きたいと思ったことはない。

だが、サトクナナンタンの殺人事件をアンドレアといっしょに解決することができるとしたら……

ピザが運ばれてきた。アンドレアは子供たちを別のブースにすわらせた。ここに来てから子供たちのうるさい声が聞こえなくなったのはこのときがはじめてだ。

アンドレアは自分のブースに戻ってきて言った。

「よかったら食べて」

ケニーは首を振った。

「子供たちがうるさくてごめんね」

「いや、いいんだ。みんなとてもかわいい。ほんとだ」

アンドレアは笑った。

「ええっと、モラーナの事件を解決したときには……」ケニーは言った。

「大昔の話よ。あなたはオマリー知事の一件で名前をあげた」

ケニーは片方の眉を吊りあげた。「普通はみなファイザーの話を持ちだすんだが」

「ほんとに？　意外ね。それはひとが転落していく話のほうが記憶に残るから？　それともそういった話のほうが好きだからかしら」

「考えたこともなかったよ」それは嘘だ。人間というのは嫉妬深く、自分勝手な生き物だ。みな成功した者が転落するのを見てほくそ笑む。ろくでなしの転落話ならなおさらだ。

　アンドレアは待った。

　ケニーは仕方なしに言った。「若いのにたいしたものだと持ちあげられたけど、実際は運がよかっただけだったんだ」

「たいていはそうよ」

「モラーナの一件はそうじゃなかった」

「そうね。それはそうかもしれない」

「オマリーを追いこめたのは、フェラチオをさせた男娼に、そのあとおれがたまたま出会ったからにすぎない」

「情報提供者（ディープスロート）のおかげってことね」アンドレアは一片の皮肉もまじえずに言った。

　ケニーは微笑んだ。やはりアンドレア・エイベルマンは地球上でもっともクールな人間だ。

「あれは素晴らしい記事だったわ、ケニー」

「ありがとう。全体的に見ればそうかもしれない」

「いつだって大事なのは全体よ。わたしたちの人生は良い選択と悪い選択の合計から成りたっている」

「そうだね……うまくいけば、今回のことを本にできるかもしれない。もっとうまくいけば、ネットフリックスでドキュメンタリーを配信できるかもしれない。いまはそっちのほうが金になる」

「それで借りをかえそうと思ってるわけね」

「もちろん」

「殺人犯に裁きを受けさせるというのは？　被害者や遺族の無念を晴らすために」

「それがないと、ネットフリックスでのシリーズ化は望めないだろうね」

その返事がアンドレアをがっかりさせたことはわかっている。それはそれでかまわない。そう思ったが、すぐにそのことに罪悪感を覚えた。居心地の悪い長い沈黙のあと、ケニーは尋ねた。「仮説があるって言ってたね」

アンドレアは手を振って、その話を打ち切ろうとした。「ええ。でも、確信はない。たぶん、なんでもない」

「それはないんじゃないか」

「えっ？」

「おれはきみの話を信じようとしない誰かさんとはちがう」敷衍するなら――おれはきみの旦那とはちがう。

アンドレアはためらいながら自分が考えていることを話しはじめた。

「ガソリンスタンドの従業員を殺したのは、しかるべき射撃の腕前の持ち主だった」

「どうしてわかるんだい」

「わたしがそこにいたから」

ケニーは天を仰いだ。「な、なんだって。待ってくれよ」

アンドレアはその日の朝の出来事を話し、ケニーは胸の高鳴りを覚えた。アンドレアが今回の事件に強い関心を寄せるのは無理もない。

「なるほど。じゃ、きみは現場を知ってるんだね。あれこれ見たってことなんだね」

アンドレアは目を閉じ、心のなかでふたたび現場に戻った。「ええ」

「ドラッグを見なかったかい。地面とかレジの台の上とかに」

アンドレアは目を閉じたまま、まぶたの裏でスライドショーを見るように従業員用のブースに意識を集中させた。そこにズームインして、レジや小さなクレジットカードの読取り機に目をこらす。カウンターの上には携帯電話が裏がえしに置かれている。その横にペプシの空き缶。レジの引出しは閉まっている。金は奪われていない。強盗の仕業ではない。

「見なかったわ」

「やっぱりだ。警察は嘘をついてたんだ」ケニーは思わず大きな声を出し、子供たちとカウンター席にいたふたりの男が顔をあげた。それで、声を落として続けた。「警察はドラッグが動機だと考えている。でも、そういったことを裏づけるものは何も見つかっていない」

「これからも見つからない。ガソリンスタンドの従業員が殺されたのは誰かが何かを隠すためよ」

「というと？」

「わからない」

「でも、きみは何かを疑っている」

「すべてを。でも、証拠を見つけなきゃならない。ふたりで」

「ふたりで？」

「わたしの助けがいらないのなら別だけど」

「いや、そういう意味じゃない。きみがおれを必要としているとは思わなかったってことなんだ」

アンドレアは子供たちにちらっと目をやった。「わたしにはないのよ……自由が。本腰を入れてこの事件を調べるために必要な自由が。あなたの足が必要なの。あなたの……」

「束縛のないライフスタイル？」

「そう。あなたなら、わたしが行けない場所に行ける。公開されている文書ならわたしでも見ることができる。でも、そういった文書の後ろに身を潜めている者たちと渡りあうのは、あなたでないとできない」

「身を潜めている者たち？　これは組織的な犯行だってことかい」

「ガソリンスタンドの従業員が殺されたのは、この地域の多くの人々が長年にわたって隠しつづけてきたことのせいだとわたしは思ってるの」

「隠しつづけてきたことっていうと？」ケニーは尋ねた。

12

ピザ屋を出てから、アンドレアは子供たちといっしょに駅へ行き、ジェフが帰ってくると、幼馴染に偶然出会ったことを話した。ジェフはほとんどなんの反応も示さなかったが、ケニーが例の殺人事件を調べていて、自分の意見を聞きたがっていると言うと、急に目の色を変えた。

「それって、どういうことだい」

「わからない。何かの参考になればと思ってるんじゃないかしら」

「どうしてきみの意見を参考にしなきゃならないんだ」

それから家に着くまで、ふたりは一言も口をきかなかった。

キッチンに入ると、アンドレアは車のキーをフックにかけ、ジェフはオーブンのスイッチを入れた。アンドレアはカウンターにもたれかかり、だが何も言わなかった。

ジェフがついに折れた。「そういう意味で言ったんじゃないんだ」

「どういう意味で言ったのかよくわかってるわ、ジェフ」

「ぼくが言いたかったのは――」

「事件にかかわってほしくない。犯人探しに夢中になってほしくない。子育てに専念してほしい。そして何より、駅までの送迎サービスを打ちきらないでほしい」

携帯電話が鳴った。電話に出る。「もしもし」

ケニーからだった。「明日、サスマルの家で会えないかな。十時ごろに」


ジェフを見ると、素知らぬ顔をしている。

「オーケー。住所をメールして。そこへ行くわ」

電話を切る。その数秒後に、着信音が鳴った。住所を知らせてきたのだ。

ジェフが訊いた。「例の男からかい」

「そうよ。明日の午前に被害者の家で会うことになった」

「子供たちはどうするんだ」

「子供たちをどうしているか、あなたは何を知ってるっていうの、ジェフ。もしかしたら、木曜の午前十時にはいつも子供たちを結束バンドでひとまとめにして、クローゼットに一時間ばかり閉じこめているかもしれない。そのあいだに、わたしは宅配便のドライバーにのしかかってる」

そのあと、アンドレアはそそくさと地下に向かい、ラグマットを引っぱりだし、ひもをほどいて、床の上に広げた。サスマル家の住所が書かれたメールを見て、地図上のディケンズ・ドライブ二十三番地を赤のマーカーで囲む。その向かいにはプレインズボロのシンペイ宅がある。

どちらの家にも、近くに小川が流れている。ふたつの家のうち、ひとつはインド人のもの。もうひとつは中国人のもの。プール工事の申請が却下されたこと以外に、共通点は何もない。

次に頭のなかでこの日の予定を確認する。木曜日なので、イーライは八時半から十一時半までサッカー教室、ルースは十時から十二時までお絵描き教室。サラとセイディは午前中だけブリアンに預かってもらおう。

ブリアンにメールしてから、ふたたび地図に注意を戻す。自分は人生の半分をウェスト・ウィンザーで過ごしてきたが、いまだによそ者のように感じるときがある。ここにこんなに多くの小川や細流やせせらぎがあるとは知らなかった。この家はどうなんだろう。裏庭の池は人工池だと聞いている。その昔、ジャガイモ畑の水やりのために小川を堰きとめてつくったもので、不動産会社から聞いた話だと、裏庭に木が少ないのは、そこに池から水を汲みあげるためのポンプ場があったかららしい。

携帯電話が鳴った。ブリアンが子供たちを預かってくれるとのこと。

上の階からジェフの声が聞こえた。「子供たちを風呂に入れなくていいのかい」

「わかってるって」

「ぼくがやろうか」

先ほどのことをジェフなりに謝っているのだ。

「いいのよ。いま上に行くから」

うなり声をあげながら腰をかがめ、ラグマットを丸める。ひもでくくるのは省略して、足で隅に押しやる。腰にさしこむような痛みが走る。サスマルの家でどんなことを訊けばいいのだろうと考えながら、ゆっくり階段をのぼる。階段をのぼりきったときには、腰の痛みと膝の痛みが同じくらいになっていた。

少なくとも、この惨状に関してはうまくバランスがとれている。


ケニーは自宅のソファーでメモ帳を開き、サスマル家での質問事項を書きだしていた。そのとき、ふと思いたち、立ちあがって、壁掛けテレビの右側にあるラックに向かった。そこに並べられたブルーレイディスクをめくっていく。ない。膝をついて下の棚を見ると、小さなプラスチックのケースがあった。ブックエンドがわりに使っているもので、あけると、そのなかに数枚のDVDがむきだしの状態のまま入っていた。その一枚には、自分の字で〝デイトライン――オマリー3／16／13〟とある。

ディスクを入れ、リモコンで出力を切りかえる。最初に映しだされたのは、ケープ・メイ郡のガーデン・ステート・パークウェイのサービスエリアのざらついたモノクロ画面だった。ナレーターのレスター・ホルトの声が映像に加わる。

〝夜の十一時三十分、カジュアルな格好をしたシルバー・ヘアの五十代後半の男性が、ニュージャージー州南部にあるサービスエリアの男性用トイレに入りました。そこで男娼に会い、金銭を渡して性行為に及んだのです。その場をあとにしたときには、これまでの三十年間そうであったように、誰にも気づかれていないと思っていたようです。秘密は守られていると考えていたのです〟

それから少しの間があった。ケニーはこの間をいたく気にいっている。

〝ニュージャージー州知事はそれが間違いであることにまったく気づいていませんでした〟

そして、エミー賞にノミネートされたお馴染みの曲がバックに流れる。思わず口もとがほころぶ。それは自分がどこまで落ちたかを思いださせるものであると同時に、自分がどこまでのぼりつめたかを思いださせるものでもある。

もう一度やれる。丁寧に取材し、きちんと裏をとって、特ダネをものにしよう。ネットフリックスからお呼びがかかったら、エグゼクティブ・プロデューサーとして仕事を引き受けよう。アンドレアの存在もプラスになる。妊婦のプロファイラー。それで彼女は一躍スターになれる。でも、自分は決して体制に媚びず、どこまでもクールに構えている。ナレーターはもちろんレスター・ホルトだ。

「スターン&リー——郊外の探偵たち（サバーバン・ディックス）」ケニーはバーボンを飲むときのように言葉を口のなかでゆっくり転がしながらひとりごちた。今回のような事件の記事にはもってこいのキャッチコピーだ。人種的、文化的偏見がはびこるアメリカの小さな郊外住宅地。そこで起きた殺人事件。

〝ディック〟というちょっと古い言葉が私立探偵を意味していると、みんなにわかるだろうか。

気にすることはない。じつにいい響きだ。

「ケネス・リー——郊外の探偵」

もっといい響きだ。

13

開いたメモ帳にケニーが目をやったのは、これで五十回目になるのではないかと思えた。アンドレアは約束の時間に十分遅刻している。サスマル家に対して礼を欠くことになるのではないかという思いが一分ごとに強くなっていく。

ついに車を降りた。ドアをノックする。タラニが出てきた。ケニーは同僚が遅れていることをわびた。通された居間はナショナル・ジオグラフィック誌で見たタージマハルのごとくだった。インド人は大理石をこよなく愛している。この家に足りないのは象だけだ。もしかしたら、甥の死はこの家ですでに象と同じ存在になっているのかもしれない。

椅子にすわったが、シャルダ・サスマルがお茶を持ってきたので、すぐに立ちあがらなければならなかった。カップを受けとり、礼を言って、また椅子にすわる。そして、話を始めようとしたとき、ドアベルが鳴った。

「やってきたようです」ケニーはまた立ちあがり、このときはお茶をこぼしそうになった。

シャルダが出迎えにいき、すまなそうな顔をしたアンドレアといっしょに戻ってきた。彼女はもうひとつの客用の金ピカの椅子にすわり、一同と向かいあった。お茶は断わった。

「ええっと、今回はお時間をとっていただきありがとうございます」ケニーはぎこちなく話しはじめた。「甥ごさんのことは心よりお悔やみ申しあげます。わたしは社から今回の一件を担当するように命じられています。先日は失礼しました。ただあのような横紙破りをしたのは――」

「どさくさにまぎれてドベック署長から何かを聞きだしたかったんですね」シャルダが言った。

ケニーはためらった。どう答えたらいいかわからない。たしかにそれはそのとおりなのだ。目でアンドレアに助けを求めると、首を縦に振る動作がかえってきた。望んでいないほうの返事だった。

「そうです」ケニーは認めた。「そうすれば、おおやけになっていない情報を警察から聞きだせるかもしれないと思ったのです。配慮に欠けていました」

「あなたは、その……信用できる人物と考えていいんですね、ミスター・リー」タラニが用心深く訊く。

いまケニーが接している者のなかに、ケニーのことを知っている者はほとんどいない。その多くはプリンストン・ポストという新聞のことも知らない。これまで四十年にわたって毎週家の前に置かれていたとしても。

「そう言っていいと思います」アンドレアは言った。

「どちらにも悪い評判はありません。わたしたちはおたがい足りないところを補いあっています。ケニーは有能な人物です。わたしたちふたりがいれば、甥ごさんの身に何があったのかをあきらかにすることができるはずです」

「失礼ですが、あなたとミスター・リーはどういうご関係なんでしょう、ミセス・スターン」シャルダが訊いた。

このときはケニーが話を引きとった。「アンドレアはプロファイラーなんです」

「あの、いまは――」アンドレアは言いかけた。

「そうなんです。ニューヨーク史上もっとも凶悪な殺人犯を捕まえたこともあります」

「昔の話よ」

ケニーはかまわず話を続けた。自分の失敗よりアンドレアの成功について話すほうがずっと気が楽だ。

「アンドレアの考えるところによると、警察は甥ごさんの殺害の動機について何か隠している。でも、それが何かはまだわからない。ここであなたたちの話をうかがって、家族や暮らしぶりについて詳しいことがわかれば、甥ごさんの身に何が起きたのかを医者が診断するようにあきらかにすることができるはずです」

サスマル夫婦は居間にすわっている奇妙な二人組をひとしきり見つめ、それから夫婦で目くばせを交わしたあと、タラニは言った。「われわれは何をしたらいいのでしょう」

ケニーは安堵のため息をついた。「警察署内の情報筋によると、甥ごさんとあなたたち一家はドラッグの使用もしくは取引の容疑で捜査の対象になっていたそうです。でも、そのことを裏づける証拠は何も見つかっていません」

アンドレアはすんなりと話に加わった。「警察がこんなにあっさりと否定される情報を出すのは普通じゃありません」

「じゃ、警察はどうしてそんなことをしたんでしょう」シャルダは訊いた。

「理由はいくつか考えられます、ミセス・サスマル」と、ケニーが答える。「自分たちが追っている動機や容疑者から目をそらさせようとしているのかもしれません」

アンドレアが付け加える。「警察がメディアをあらぬ方向に誘導して、本当の狙いから注意をそらせたり、容疑者に目が向いていないと思わせたりするのはよくあることです」

「そこで、もう一度だけお訊きします。二度とお訊きすることはありません」ケニーは言った。「あなたが知るかぎりにおいて、甥ごさんや家族の誰かがドラッグにかかわったことはありませんか」

「ありません」タラニはきっぱりと言いきった。

「では、話を先に進めます。ご近所や仕事上の付きあいで、揉めごととかはありませんでしたか」

「競争相手はいます。反目しあったこともあります。たいていはわたしが勝っていましたが、もちろん負けることもありました。それがビジネスというものです。でも、そのために誰かを殺すようなことはありませんでした」

「甥ごさんが自閉スペクトラム症だった可能性があることもわかっています」と、アンドレア。

「彼の生まれ故郷のムンバイでは、そういった言い方はしませんでした」シャルダは言った。「母親は薄のろと呼んでいました。あの子がインドでできる仕事は限られています。だから、ここに呼び寄せたんです。そんな子ですが、憎まれ口を叩くようなことは決してしませんでした」

「つまり、彼を傷つけたいと思っていた者はいないということですね」ケニーは言った。

「でも、誰かが傷つけた」と、アンドレア。「わたしは強盗の仕業ではないと考えています。ガソリンスタンドのレジの引出しは閉まっていました」

「どうして知っているんです」タラニが訊いた。

アンドレアはそこへ行ったことを話し、そのとき見たものが警察の話とどのようにちがっているかを説明した。

「では、ドラッグがらみのトラブルや強盗や家庭の問題でないとしたら、ほかに何があるか」ケニーは言い、思いのほか長い沈黙のあと言葉を継いだ。「答えは藪のなかです。それをどうしても突きとめなければなりません。ほかにどのような問題があるのか」

「警察や区役所でいやな思いをしたことはありませんか」アンドレアは訊いた。

一瞬の間のあと、タラニが答えた。「プール工事の申請の際にちょっとした揉め事がありましたが、職員の対応は悪くありませんでした」

ケニーは椅子の背にもたれかかって話の続きを待っている。アンドレアは膨らんだ腹が許す範囲で前かがみになった。「あなたのご家族のことを少し聞かせてください。いつこちらにいらしたのか。たしかムンバイからいらしたんでしたね」

「そうです」シャルダが答えた。「タラニとは子供のころに出会いました。そして、タラニが大学を出たときに結婚しました。アメリカに来たのは一九九四年です。そのあとシヴァンが生まれました」

「息子さんはあなたの会社の出荷と配送を担当されているんですね」ケニーが言った。

「ええ。ラトガーズ大学で経営学の学位をとって、いまは父親の会社で働いています。末っ子のプリシャはラトガーズに在学中です。エンジニア志望です」

「息子さんたちは何かトラブルをかかえていませんか」

「いいえ」タラニが答えた。「ふたりともとても良い子です」

「サトクナナンタンのことを聞かせてください」アンドレアは言った。「この国に来たのはいつのことです」

「四年前だったかな」タラニは言って、目で妻に確認をとった。「一身上の都合で、あの子は中学校を卒業することができませんでした。それで母親からこっちに来させたいという話があり、わたしたちは二つ返事で応じました」

「それ以来ずっとガソリンスタンドで働いていたんですね。グリーンカードは？」ケニーが訊いた。

「取得ずみです。わたしたちは法律を遵守しています。サトクは働き者でした。部屋はガレージの上にあり、いつもそこでテレビを見たり、ビデオゲームをしたりしていました。友人はいなかったけど、敵もいなかった」

ケニーはアンドレアのほうを向いて、小さく肩をすくめた。そして立ちあがり、メモ帳とレコーダーをしまった。「ここまでの会話はすべて録音されています。

警察がドラッグのことを何か言ったときに、反論の材料として使わせていただこうと思っています」

「わかりました」タラニは言って、手をさしだし、ケニーと握手をした。

アンドレアは両手でシャルダの手を包んだ。「このような状況でお会いしなければならなかったのは残念です。それにしてもなんていう素敵なお住まいなんでしょう」

「ありがとう。あと、赤ちゃんおめでとう。一人目ですか？」

「五人目」アンドレアは笑った。シャルダは感心すべきか仰天すべきかわからないみたいだった。

玄関横の庭を見渡せる大きな窓の前を通り過ぎたとき、アンドレアは言った。「広いお庭ですね。きれいだわ」

「プライバシーがほしかったんです。ウェスト・ウィンザーではなかなか手に入りません」

「ここにプールがあったらどんなにいいか。本当に残念ですね」

シャルダは小さく首を振り、口先だけで微笑んだ。

「近くに小川が流れているので、地下水が多すぎるとのことなんです」と、タラニは答えた。まだ納得していないのはあきらかだ。「民間の調査会社に頼んで調べてもらったら、なんの問題もないと言われたんですよ」

「その旨を区役所に伝えたんですか」

「もちろん。そういった調査の結果が区の決定に影響を及ぼすことはないと言われました」

「区の担当者と話をしましたか」

「ええ。電話で、何度も。でも、決定は変わりませんでした」

アンドレアは玄関前の階段を手すりにすがりながらゆっくりおりた。そこで別れの挨拶をし、サスマル夫婦はドアを閉めた。アンドレアは芝地を横切って、建物の横手に出ると、裏庭を囲むフェンスの先の野原に目をやった。ケニーは家の前の歩道に立ちどまっていた。日ごろから、自然との直接的な接触はできるだけ避けるようにしているのだ。

「どうかしたのかい」と、ケニーは訊いた。

「敷地全体を見ておきたくて。小川は見えもしない。それはここから何百ヤードも離れた林のなかを流れてるのよ」

「だから？」

アンドレアは芝地をゆっくり歩いて戻ってきた。

「だから、プールの工事が許可されなかったのはおかしいってこと」

そして、ケニーの脇を通り越して自分の車に向かった。

ケニーは混乱し、もやもやした気分でプリウスに乗りこんだ。そのとき、メールの着信音が鳴った。ジャネールからだ。〝検死結果が出た〟

14

ケニーはトレントンのマーサー郡検死局の小さな記者会見室にすわっていた。ほかの出席者はトレントン・タイムズ紙のヴィクター・ゴンザレスとウェスト・ウィンザー・プレインズボロ・ニュース紙のノーラ・カプールのふたりだけ。郡の検死官のジェニファー・イトウがまず入室し、その後ろにウェスト・ウィンザー警察のマーガレット・ウィルソン警部補が続く。

イトウ検死官はまばらな聴衆を見て、ちょっとがっかりしたみたいだった。郊外住宅地で起きた殺人事件は、トレントンのギャングたちがしばしば引き起こすありきたりな事件より高い関心を集めることを期待していたにちがいない。検死官や法医学者たちは満員の部屋での会見を好むものだ。

フォルダーを開き、メモにちらっと目をやってから言った。「本日はお集まりいただきありがとうございます。これからサトクナナンタン・サスマルの検死結果の一回目の報告をさせていただきます。男性、年齢二十二歳、ニュージャージー州ウェスト・ウィンザー行政区在住。頭部に一発の銃弾を撃ちこまれて死亡。銃弾は前頭骨を貫通し、前頭葉および頭頂葉に外傷性脳損傷を与えている。銃弾は体外に出なかったが、その衝撃によって頭蓋骨を冠状縫合部に沿って破裂させた模様。飛び散った骨の破片は、背後にあった給油機のガラスを割っている。被害者の死は現場で確認された。

銃器鑑定はまだ完了していません。至近距離からの発砲で、撃った男との距離は五フィートから八フィート。鑑定結果の一部は、来週火曜日の午後三時までに報告できると思います。ではここでウェスト・ウィンザー署のマーガレット・ウィルソン警部補にかわります」

「ありがとう、ミズ・イトウ。今回の犯罪の目撃者はいませんが、われわれは強盗かドラッグがらみのトラブルによるものではないかと考えています。従業員用のブース内でドラッグが見つかっているし、被害者がドラッグの取引にかかわっていたという情報もあります。ウェスト・ウィンザー署では、事件の目撃者や犯人逮捕に結びつく情報をお持ちの方のための直通ラインを設けました。番号は1-800-WWT-IPS9です。何かご質問は」

ノーラが手をあげた。「防犯カメラに犯人の車が現場から走り去るところは写っていなかったのですか」

「そこの角に防犯カメラはありません。五七一号線は郡道なので、防犯カメラの設置は州の運輸局の管轄になります」

「さっきミズ・イトウは〝男〟と言いました」と、ケニーは言った。「犯人は男なんですか」

ウィルソンはいらだちの色もあらわに答えた。「言い間違いです。犯人の性別はわかっていません」

「犯人なんですね。犯人たちではなくて」ケニーはわざといやみたっぷりに言った。

「そうです、ミスター・リー。引き金をひいたのはひとりだと考えています。撃ったのはひとりで、もうひとりが車を運転していたという仮定のもとに、われわれは捜査を進めています」

「強盗容疑ですか、殺人容疑ですか」

「おそらく両方です」ウィルソンは困惑のていで答えた。ノーラとヴィクターに目をやって助け舟を求めたが、ふたりとも何も言おうとしない。

ケニーはまた手をあげた。「従業員用のブースでどんなドラッグが見つかったのです？」

「え、えええっと……それに関する分析結果はまだ出ていません」

「覚醒剤ですか、マリファナですか、コカインですか。誰でも一目でどんなドラッグかわかるものもありますよね」

「なんとも言えません」

「誰でも一目でどんなドラッグかわかるものだったとしても？　ほんとにわからないのですか」

「ええ、わかりません。現時点では」

ケニーがうなずいてメモ帳に何やら書きはじめたのを見て、ウィルソンは眉を吊りあげた。それがスパイダーマンの落書きであることは知るよしもない。

「ほかに質問は？」質問がないことを祈っているのはあきらかだ。

ノーラとヴィクターは黙っていた。その目はケニーのほうを向いている。何か訊いてほしいというのが半分で、もう訊かないでくれというのが半分。

ケニーは訊かなかった。

ウィルソンはほっとしたような顔でうなずいた。

「ご希望の方には検死報告書をお渡しします。銃器鑑定と薬物検査が完了したら、それもみなさんに遅滞なくお知らせします。本日はお時間をいただきありがとうございました」

ケニーは検死報告書を持って、ノーラといっしょに部屋を出た。

「あなたはどう思っているの」と、ノーラは訊いた。

ケニーは肩をすくめた。同業者と親しくする気はない。ましてやネタを共有するなんてことは間違ってもない。

駐車場に着くと、ノーラは言った。「じゃ、また」

ケニーは手を振っただけで振り向きもしなかった。

そのあと、アンドレアにメールし、クランベリー・ロードのヴァン・ネスト・パークで会うことにした。それはラジオドラマ『宇宙戦争』で異星人がやってきた公園で、ケニーの子供のころからのお気にいりの場所だ。園内の湖のほとりには、オーソン・ウェルズが一九三八年にラジオで宇宙船の着陸を伝えた地点の記念碑がある。当時、地元の農民たちは異星人による農作物の略奪や子供たちの肛門検査を阻止するため、みな熊手やライフルを持って畑に向かったという。

ケニーが最後にここに来たときから、公園にはさまざまな改良が施されていた。アンドレアは屋根つきのピクニックエリアのテーブルにすわり、子供たちは最新式の遊具のまわりを走りまわっている。ケニーの子供のころのものとちがって、遊具は人間工学と空気力学にもとづいてデザインされ、ゴムやファイバーグラスを使って、より柔らかく安全なものにつくりかえられている。だが、子供たちを危険から守るための過度な心配りには、かならずしも賛同できない。いついかなるときでも、人間の淘汰はあってしかるべきものと固く信じている。子供たちはケニーがやってくるのに気づき、セイディが歌いはじめた。「ケニー、ケニー、ケーケニー、ケケケケニー、ケーケケケーケニー、ケニー！」

　ここで子供たちの相手をするつもりはない。スキンシップなどもってのほかだ。ケニーはおざなりに手を振り、ピクニック・テーブルの上に検死報告書を置いた。

「あなたは子供たちに好かれてるみたい。特にセイディに」と、アンドレアは言った。

「お望みとあらば、結婚の約束をしてもいいよ」ケニーは言って、アンドレアの向かいの席にすわった。そして、記者会見の席上での質疑応答を詳述した。

　アンドレアはいらだたしげに首を振った。「警察はドラッグについて嘘をついている。レジの引出しは閉まっていた。だから、サトクナナンタンが銃を突きつけられて金を出し、そのあと冷静に引出しを閉めたのでないかぎり、強盗の線も消える」それから報告書にざっと目を通して、「弾道についての報告はなかったの？」

「来週、銃器鑑定の結果を報告すると言っていた」

「同じじゃないわ」

「というと？」

「銃弾は冠状縫合部を打ち砕いている」アンドレアは言って、自分の額の上の頭頂部を軽く叩いてみせた。

「ここよ」

「それで？」

「テレビを見てないの？『ロー＆オーダー』の八千話のなかのひとつにあったはずよ。銃弾が額から入って冠状縫合を打ち砕いてるってことは、射角が大きく上を向いているってことを意味している」

　アンドレアは立ちあがり、テーブルの上に身を乗りだした。右手をのばしてケニーの額に触れようとしたが、腹がシャツの下にエクササイズボールを入れているかのように突きでているのと、腕が短いのとで、届かない。それで、テーブルの周囲をまわって、ケニーに近づき、額に指を水平に突きつけた。「銃弾がこの角度で入ったら」手をケニーの後頭部にまわして、「出口は後ろのこのあたりになる。わたしが立ってい て、すわっているあなたを撃ったとしたら……」このときは、手を拳銃のかたちにしていた。

子供たちがクスクス笑いはじめる。「ママがケニーを撃とうとしてる！」

「下向きの射角の場合、出口は首のすぐ上の後頭蓋窩の近くになる」

「それで、サトクナナンタンの場合は？」

「冠状縫合が打ち砕かれたということは、犯人はすわっていたってことになる。おそらく車のなかに。そして、サトクナナンタンは立っていた」

「なるほど。クールだ。ほかには、コロンボ警部？」

「運転手はいなかった。車は犯人が運転していた」

「どうしてわかるんだい」

「地面に転がっていた給油ノズルの位置は、サトクナナンタンが運転手側の後部に給油口があると考えていたことを示している。頭部の損傷は犯人が近くにいたことを示している」一歩後ろにさがって、「このくらいの距離よ」

ケニーはうなずいた。「車が給油機の横にとまったとき、ガソリンスタンドの従業員が立つ場所ということだね」

「銃の乱射は一発必中の狙い撃ちを隠すためのものだった」

「そうなのかい？」

「間違いない。被害者との距離は、生まれてはじめて銃を撃ったのでないかぎり、はずしようがないくらい近かった。それでも、射角と着弾位置はその一発が完璧なキル・ショットだったことを示している。さらに大事なのは、被害者が恐怖のあまり失禁していたことと」

「というと？」

「ズボンと死体の前の地面に濡れたあとがあった。通常、恐怖のせいで失禁するまでには十五秒から二十秒ほどかかる。だから、それだけ恐怖が募るまで、犯人は被害者と話をしていたということになる」

「すごいな。そんなことは考えもしなかったよ」

「弾道の説明がなければ、誰もそんなことは考えないわ」

「でも、きみは考えた」

「警察の説明を聞くまえに、見るべきものを見ていたからよ。警察は馬鹿じゃない、ケニー。警察は嘘をついているのよ」

「全員が?」と訊いたとき、ケニーの頭のなかにはベンジャミン・ドベック巡査のことがあった。

「たぶんそうじゃないと思う。あなたたちに流す情報に影響を与えられるのは、最上層部の者だけよ」

「としたら、ベネット・ドベック署長。あるいはウィルソン警部補。でも、彼女はそんなタイプには見えない」

「あなたはふたりのことをわたしよりよく知っている。だから、あなたはそのふたりを当たってみて。わたしは別のところを当たってみる」

「わかった。でも、現時点で突っつけるのは、サスマル家がドラッグにかかわっているという情報の真偽ぐらいしかない」

「だいじょうぶ。わたしがついている。わたしは犯行現場にいあわせた。犯行現場の目撃者として、警察の言い分に異を唱えることができる」

「おおやけの場に出てもいいってことかい」

「そうじゃない。わたしの名前を出さないでも、あなたはそれを切り札として使えるはずよ」

「現場に最初に到着したふたりの巡査は、ウェスト・ウィンザー区長の娘と新米のインド人だ」

「わたしだったら、そこから始めない。警察のいちばん上といちばん下のあいだから始め、組織をふたつに分断する。そのあと、もっとも弱い部分を突っつく」

「それが現場に最初に到着したふたりの巡査ってことだな」

「区長の娘は政治的な悪影響を恐れるはず。インド人の巡査は、この事件の隠蔽工作に加担すれば、同胞からのバッシングを覚悟しなきゃならなくなる」

ケニーは口笛を吹いた。「きみほど冷たく計算高い人間はいない」

「あなたとちがって」

「問題点を書きとめたコルクボードを見ながら、警察が嘘をつかなきゃならない理由を考えてみたんだ。さっきの仮定には、ふたつの理由があてはまる。自分たちの失敗を隠すためか、自分たちより力のある者の失敗を隠すためだ」

アンドレアはうなずき、それからグローヴァーズ・ミル池を見やった。夕日が西に沈んでいく。陽の光は水面をきらめかせている。一羽の鵜が止まり木を離れて、どこかに飛んでいく。

「そうね、それが彼らに求められていることだから。そして、それが長いあいだ彼らがやってきたことだから」

15

翌朝、子供たちを預かってくれる者が見つからなかったので、アンドレアは子供たちを連れてウェスト・ウィンザー合同庁舎を訪ねた。ロビーに入り、どこへ行けばいいのか考えているうちに、子供たちはすぐさま思い思いの方向に歩きはじめた。

左手に受付のカウンターがあった。「こっちへ」と言って、子供たちが集まってくると、揃って受付のカウンターへ向かった。

応対したのは五十代後半の女性職員だった。アンドレアは計算した。その職員が二十代前半に区役所で働きはじめていたとしたら、それは一九八〇年前後ということになる。調べようとしていることはそれより十年以上前の話だ。必要な情報を得るのは容易ではない。

「こんにちは。わたしはアンドレア・エイベルマンという者です。ニュージャージー州の主要都市の周囲に点在する郊外住宅地の数十年間の変遷に関する本を書いています」

ルースとイーライは普段の母親のクイーンズ訛りが消えていることに気づき、おたがいの顔を見あわせた。笑いを噛みころしている。アンドレアは余計なことを言わせないようにふたりを小突いた。

「コルツ・ネックとディールとラムソンの調査はすでに終わっています。その次がウェスト・ウィンザーなんです」

ウェスト・ウィンザーをコルツ・ネックやディールやラムソンと同列に扱って悪い気はしないはずだ。

「まあ。それは興味深い。どんなお手伝いをすればよろしいでしょうか」

「一九六〇年代以降の区の土地開発地図を見せていた

だきたいんです」アンドレアはさらりと言った。ほかではすぐに見せてもらったかのような口ぶりだが、それがそんなに簡単に閲覧できるものでないことは先刻承知の上だ。

「ええっと、大部分は保管庫のなかなので。正式な申請書を書いていただかなければなりません。ご用意できるまでに最短で一週間ぐらいかかります」

「いまここでということなら、どれぐらいまでさかのぼれるでしょう」

「一九八八年ごろまでだと思います」

「とりあえずはそれで充分です。ありがとう」

「ママの話し方、変」と、セイディ。

アンドレアはセイディに蹴りを入れた。セイディは引っくりかえりそうになったが、ほかの子供たちが笑いだしたので、泣きはしなかった。

「お子さんたちといっしょにホールの右側の会議室にお入りください。地図はすぐにお持ちします」

「ありがとう。みんな、ついてらっしゃい」

会議室に入ると、ルースはドアを閉めた。

「どうしてあんな変な話し方をしたの、ママ」と、サラが尋ねる。

「なんにも変じゃない。普段の話し方が変なの。今日は普通の話し方をすることにしたのよ」

「普通の話し方でママは嘘をついた」と、ルース。

「エイベルマンというのはママの結婚前の名前よ。だから、嘘をついたことにはならない」

「だったら、ママが書いている本っていうのは？」と、イーライ。

「あのね、地図が必要な本当の理由はワケありで言えなかったの」

「埋蔵金を探してるの？」と、サラ。

「ちがう。でも、そんなことはどうだっていい。地図が来たら、この大きなテーブルの上に広げるのを手伝ってちょうだい」

「広げてどうするの」と、イーライ。

「この三十年のあいだに、この地域がどんなふうに変わったかを見るのよ。いま住んでいるおうちも出ている」それが楽しい冒険のように聞こえることを祈りながらアンドレアは言った。

「なんか楽しそ」と、ルースが言った。サラがその真似をし、セイディもそれに倣う。部屋中に甲高い声が響きわたる。「なんか楽しそ！　なんか楽しそ！　なんか楽しそ！」

頭が痛くなりそうだったが、職員が革のショルダーバッグを持って戻ってきたときも、気持ちは昂ったままだった。ショルダーバッグをテーブルの上に置いて、留め金をはずすと、そこから筒状に巻かれた大きな青焼きの地図がいくつもごろごろと転がりでてくる。

「日付は裏面のラベルと、地図の右下の凡例のところに記されています。地図は地目別に表示されていて、裏面のラベルに年度が記されています」

アンドレアは地図にざっと目を通し、もっとも古い年度のものを見つけだした。ラベルには〝一九八八年〟とある。

職員は立ち去るまえに言った。「この部屋は二時に会議の予定が入っています。それまで時間はたっぷりあります。何か必要なものがあったら、遠慮なくおっしゃってください。それから、お子さんたちは部屋の外に出さないようにしてくださいね」

部屋のドアが閉まると、アンドレアはいちばん古い地図を手に取った。「ルース、イーライ。地図の両端を持って、机の上に広げてちょうだい」それからもうひとつ。地図が丸まらないよう重しになるものがいる。「セイディ、サラ。靴を貸して」

「どうして」と、セイディ。

「地図を押さえるためよ。いいから貸しなさい！」

セイディとサラはそれぞれの靴をさしだした。ルースとイーライに地図の両端を持たせたまま、その上に靴を置く。それから、携帯電話をルースに渡して、地図を四分の一ずつ撮影するよう頼む。ルースがそうしていると、イーライが自分は何をしたらいいかと訊いてきた。アンドレアは思わず笑いそうになった。子供たちに何かをさせていれば、そのあいだは叱る必要がなくなるということだ。「一九八九年の地図を見つけてちょうだい。見つかったら、次は一九九〇年、その次は一九九一年のものといった具合に……それを一枚ずつ順々に広げていくのよ」

「どうして」イーライは地図を探しながら訊いた。

「この地域の年ごとの変化を見て、どんなふうに開発されていったのかを知りたいの」

アンドレアは少し時間をかけて地図を見つめた。写真には及ばないが、画像全体を記憶にとどめる能力はそれに近いものがある。どんなときでも全体と細部を同時に見ることができる。単一の細部に集中しつつ、それを全体の一部としてとらえることができる。

一九八八年の地図は地域が賑わいはじめたころのものだ。自宅のラグマットに貼りつけた地図には、プール工事の申請を却下された家が載っているが、この年にはまだ造成地もできていない。ルースが写真を撮りおえると、アンドレアはイーライに次の地図を出すように頼んだ。

一九八九年の地図が広げられ、ルースが写真を撮る。

次に一九九〇年の地図。

それは直近の二〇一八年まで続いている。二〇〇二年あたりでセイディがぐずりはじめ、二〇〇五年あたりでサラがそれに加わったので、アンドレアは作業スピードをあげた。この地域の住宅建設ラッシュは九〇年代に起きている。二〇〇〇年代に入ると、ウェスト・ウィンザーとプレインズボロの両行政区は土地の乱開発を九十九年間にわたって禁止する農地保護債券法を成立させている。

アンドレアはルースから携帯電話を受けとり、娘が撮った数十枚の写真をスクロールした。悪くない。パワーポイントでモンタージュをつくれば、未開発の土地が徐々に減っていく様子が一目瞭然になる。

子供たちは地図を丸めて巻いた。きれいに巻けたものはひとつもなかったが、かまわずショルダーバッグに詰めると、それをイーライに持ってもらい、職員のところに行って礼を言った。それから、保管庫にしまわれている土地開発地図の閲覧方法を訊いた。

「お話ししたあとで気がついたんですが、大部分が八〇年代にマイクロフィッシュに移されていました。図書館に行けば見つかるはずです」

アンドレアはあらためて礼を言い、それから子供たちのほうを向いた。「さあ、みんな、ランチの時間よ」

子供たちがワイワイガヤガヤとドアのほうへ向かいかけたとき、アンドレアは振りかえって職員に言った。

「プールの工事のことについても興味があるんですが……」

職員はあきらかに戸惑っている。「えっ？ プールをおつくりになりたいんですか」

「いいえ、プールの工事が不許可になったことについて知りたいんです」

「どの地所のことでしょう」

「特定の地所ということではありません。すべてです」

それに対する職員の反応が困惑と疑惑のあいだを行ったり来たりしているのはあきらかだった。「いったいなんのために――」

アンドレアは遮った。「あなたはいつごろからここにお勤めなんですか」

「一九八二年からです」

「それは素晴らしい。この土地の数々の変化をごらんになったんですね。それを知りたいんです。長年にわたる変化を」

「でも、プールの工事が不許可になったことがそれとどんな関係があるのか――」

また遮った。「調べものをしているとき、ふと思いついただけです」

「その種の情報にアクセスするためには、申請書を書いていただかなければなりません。担当部局の責任者の承認を得る必要もあります。記録文書を探しだしてコピーをとるだけでも、けっこうな時間がかかります。簡単なことじゃありません」

「よくわかります。もちろんです。お手数をおかけしました。ご協力に感謝します。子供たちがご迷惑をおかけしてごめんなさいね」

職員の顔が和らいだ。「いえいえ、みんな良いお子さんたちです」

「お名前をお訊きしてもよろしいでしょうか」

「ヒラリー・エヴァーシャムです」

「ありがとうございました、ミセス・エヴァーシャム」

外へ出たとき、子供たちは建物の横の9・11記念碑のまわりを走りまわっていた。

「サブウェイがいい？　それともジミー・ジョンズ？」

女の子たちはサブウェイと言い、イーライはジミー・ジョンズと言った。ルースは口を尖らせてイーライをなじった。オーナーが遊びで狩りをしている店になんか行っちゃダメというわけだ。思春期のルースには辟易させられるが、大人になったルースはきっと好きになるだろう、とアンドレアは思った。

それからヒラリー・エヴァーシャムについて考えた。区役所に勤務して三十八年。意識的にかどうかは別にして、その間、区の一部地域の地面を掘るのを阻止する組織的な試みに関与してきたのは間違いない。つまり、区の職員として、何者かのそういった指示に長年にわたってかかわってきたということだ。としたら、それは単なる隠蔽の枠を超えている。

共同謀議だ。

16

ケニーはベーグル・ホールで張りこんでいた。ラージ・カップのブラックコーヒーをちびちび飲みながら、ロッシとガーミン刑事がいつもどおりそこへベーグルを食べにくるのをもう二時間も待っている。八時五十五分、そのふたりがようやく姿を現わした。

ガーミンは店のオーナーのアジア系の女とヒスパニック系の男女の従業員に手を振った。オーナーがコーヒーを注ぎ、若い男がベーグルを持ってくる。クリームチーズを塗った酸っぱい麦芽のパンだ。よくあんなものを毎日食べられるものだと思う。口に拳銃をくわえたほうがまだましだ。

ケニーは窓際の席から立ちあがって、ふたりがドアのほうへ向かうのを遮るような位置に立った。「ご機嫌いかが、ロッシとガーミン刑事。プリンストン・ポスト紙のケネス・リーだ」

　ロッシが答えた。「知ってるよ」

　ベーグルを頬張りながらガーミンが言った。「糞ったれ野郎だろ」

「ご名答。これからあんたたちが話すことはすべて録音される。だから、あんたたちの名前のあとに、おれは自分の名前を名乗ったんだ。では、始めよう」

「ここで？」ガーミンが数人の客と店員たちの視線を気にしながら訊いた。

　ケニーはドアを押してあけ、〝お先にどうぞ〟のジェスチャーをした。そして、すぐにそうしたことを後悔した。ふたりの刑事が前に進みでたとき、開いたドアがまた戻ってきてしまったから。

　商店が立ち並ぶ通りを歩きながら、ケニーはわざと少し間をおいてから話しはじめた。「検死報告書を読ませてもらったよ」

「暫定的なものだ。最終結果じゃない」と、ロッシ。

「弾道についての報告書はどうなっているんだい」

　これにはガーミンが答えた。「作成していない」

「おや。どうして？」

　ふたりの刑事はちらっと視線を交わした。

「あのような犯罪では弾道解析は必要ないと判断したからだ」と、ロッシ。

「銃による殺人事件なのに？　何発も発射されたのに、当たったのは一発だけだ」

「テレビの見すぎだよ」と言うガーミンの唇からは、クリームチーズが垂れている。「セミオートマティックを乱射するヤク中が銃の正しい撃ち方を知っていると思うか」

「つまり犯人はセミオートマティックを使ったということかい」

　ガーミンが答えるまえに、ロッシが言った。「いいや。そうは言ってない。銃器鑑定の報告は来週になる」

ケニーはカマをかけた。「でも、あんたたちはギャングがらみの強盗事件と確信しているんだろ」

「いや、それもちがう。その可能性もあるというだけだ」

「ウィルソン警部補は強盗かドラッグがらみと思われると言っていたが」

商店街のはずれまで来たとき、駅に列車が入ってくる音が聞こえた。平日の朝という閑古鳥の鳴く時間帯のピージェイズ・パンケーキ・ハウスから、カジュアルなビジネスウェア姿のふたりの男が出てきて、路上にとまっている車のほうに向かってきた。

ロッシはそのふたりと擦れちがい、声が聞こえない距離ができるのを待って言った。「ああ、そのとおりだ。われわれは強盗かドラッグがらみの事件だと考えている」

「それはじつに興味深い。おれの情報源の話だと、ドラッグはどこにもなかったし、レジの引出しも閉まっていたそうだぜ」

刑事たちは後頭部を強打されたような表情を浮かべた。

「誰のことだ、その情報源というのは」ガーミンが語気を荒らげた。「犯行を目撃した者がいるのか」

ロッシは相棒を落ち着かせるために手をあげた。

「あんたは何を知ってるんだ、ケニー」

「何を知ってるかというと、ヴィンス」ケニーはファーストネームで呼びかえすことに快感を覚えながら言った。「まずは警察筋の情報。それによると、サスマル家はドラッグの使用もしくは取引の容疑で捜査対象になっていた。ところが、警察が規制線を張るまえにガソリンスタンドにやってきた者の話だと、従業員用のブースにはドラッグもドラッグ関連の用品もなかったし、レジの引出しも閉まっていた。さらには、取材をした五十人ほどの者が、サトクナナンタンやサスマル家がドラッグの使用や取引にかかわっていたという話を耳にしたことはないと言っている」

「犯行現場にやってきた者がいたって話は聞いてない」と、ロッシが言った。

「だろうな。ドベック署長か犯行現場に最初に到着した巡査から実際どうだったのか訊いてみればいい」

ケニーは微笑んで刑事たちから離れ、自分の車のほうに歩きはじめた。そして、数ヤード行ったところで立ちどまって、振り向いた。「念のために言っておくが、誰に訊くかでちがう返事がかえってくるはずだ」

ケニーは車に乗りこんだ。バックミラーでふたりの刑事を見ると、どちらもあまり楽しそうな顔をしていない。これでいい。ウェスト・ウィンザー署の警察官はみなドベック署長をあがめ、恐れているが、ボスのためなら火のなか水のなかと思う者はいない。部下にそのような忠誠心を抱かせるようなリーダーではない。

現場に最初に到着した巡査たちが保身のために情報をあげていなかったとわかったら、ロッシとガーミンは彼らに大目玉を食わせるだろう。そうではなくて、巡査たちがドベックに口どめされているとわかったら、ロッシとガーミンはそのような不正を許さないだろう。ふたりはドベックより数歳下だが、年金の受給条件である勤続二十年はすでに過ぎている。不正に関与して年金を危険にさらすようなことはしないはずだ。

ケニーは車内で待機し、ロッシとガーミンが車に乗りこんで走り去ると、そのあとを充分な距離をとって追いかけた。これから警察署で最低一時間は待たなければならない。

車をとめて、ラジオをつけ、局を選ぶ。節約のために衛星通信サービスは解約したので、ラジオで時間をつぶすしかない。それから二時間待って、警察署の建物からニケット・パテル巡査が出てきた。

身体の急成長に戸惑っている十四歳の少年のような

足取りでスバルに乗りこみ、走り去る。ケニーはそのあとを追った。ニケットはベアー・ブルック・ロードを進み、プリンストン・ジャンクション・エステートに入った。そこはタウンハウスと一戸建てが混在する住宅地で、当然のことながら高級分譲地（エステート）ではない。

車は私道にとまった。ケニーは歩道脇に車をとめて、クラクションを鳴らした。ニケットは困惑のていで顔をあげた。

ケニーは記者証を掲げながら車から出た。「パテル巡査、おれはプリンストン・ポスト紙のケネス・リー」

「週刊新聞の？」ニケットは〝週刊〟を強調して言った。

日本のカタナが使えたら腸（はらわた）をえぐってやっていただろう。「そうだ。サトクナナンタン・サスマルの殺害事件について二、三訊きたいことがあって」

「えええっと……弱ったな。ぼくは新米警官なんで、なんにも答えられない。話を聞きたいのなら、ドベック署長か誰かに――」

「あんたが作成した報告書には、犯行現場に一般市民がいたことが書かれていなかった」

「なんだって？　犯行現場に一般市民はいなかったけど」

「犯行現場にいた一般市民はそれを否定するだろうね。担当刑事や検死医が到着するまえにその場にいたんだから」

「そ、そんな馬鹿な。たしかに誰かいたけど、たった三分ほどのことで……」

「鋭い観察力の持ち主にとっては、三分もあれば充分だ」

「そりゃそうかもしれないけど……」

「三分でも三十分でも、どうしてその人物の存在が報告書に記されていなかったんだい。ドベック署長にそうするように命じられたのかい」

「いいや、ちがう。ミシェルが――ウー巡査がそうしたほうがいいと言ったので……」

「なぜ？」

「なぜって、格好がつかないから。変てこな妊婦が犯行現場で子供の小便を撒き散らすのをとめられなかったから」

ニケットの顔には、自己嫌悪の念があふれていた。それを見て、ケニーは先ほど刑事たちにその話をしたことに少し罪悪感を覚えた。数日のうちにこの若い巡査はつらい思いをしなければならなくなるだろう。

「そのとき、ぼくは道路わきにいた。ミシェルに言われて、規制線を張っていたんだ」

「従業員用のブースは見てないってことかい」

「死体もちゃんとは見てない」

「そこにドラッグがあったかどうか知らないんだな」

「うん」

「ウー巡査はなんと言っていた」

「なんにも。ウィルソン警部補が記者会見でドラッグの話をしたときには、あとでぼくたちの知らない事実が出てきたんだろうと思っていた」

それはいくらの想像力がなくても容易に理解できる。

「あんたたちはウィルソン警部補が言ったことを鵜呑みにし、何も訊かなかったんだね」

「警官になって八カ月になるけど、コーヒーに豆乳を入れるかどうかを訊いたことさえない。ところで、この話は記事になるのかい。録音されているってことかい」

「ああ。でも、心配は無用。おれにはもっと大事な仕事がある」

これから相手にするのはウェスト・ウィンザーの区長だ。

17

ラビット・ヒル・ロードからアビントン・レーンに入ったとき、ケニーの緊張の度は痺れるくらいに高まっていた。めざしているのはアンドレアの自宅だ。子供たちを預かってもらえるところが見つからず、ほかの場所で会う時間をとることもできなかったので、仕方なくそこで情報交換をすることになったのだった。

私道に入ったとき、プリウスは急勾配のコンクリートに底をこすった。シフトレバーをパーキングに入れ、数分待って、ようやく車を降りたが、そこから玄関までは電気椅子へつながるグリーン・マイルを歩いているような気がした。

呼び鈴を鳴らすと、ドアの向こうからいくつもの足音が聞こえてきた。子供たちに囲まれたアンドレアは予想していた以上にやつれて見える。けれども、自分は何を期待していたのか。長きにわたって心に焼きついていた姿が実際の姿と一致しないのは、ふたりが再会したときからわかっていたことではないか。

「入って。ジェフを迎えにいくまえに、夕食の支度をしてしまわなきゃならないの」

なかに入った途端、アンドレアの大人になってからの暮らしぶりに半分は感心し、半分は戸惑いを感じた。それほど立派な家だった。一九九〇年代初頭に建てられた量産邸宅（マックマンション）で、自分の実家よりは小さいが、自分のいまの経済状態からすれば高嶺の花もいいところだ。二階まで吹きぬけになった玄関の間には、金色に輝くクリスタル・シャンデリアがさがっている。二色に塗りわけられた壁は細い渦巻き模様が施されている。壁から古い塗料を剝ぎとろうとして失敗したように見えなくもないが、おそらく購入時に追加料金を払ってそのように仕上げてもらったのだろう。壁際にはポッタリー・バーンで売っているような装飾品が並んでいる。

子供たちのうち小さいほうのふたりは――サラとセイディだったか？　いや、そんなことはどうでもいいが――まわりを走りながら歌っている。「ケニー、ケニー、ケーケニー、ケケケケニー、ケーケケケーケニー、ケニー」

アンドレアはふたりを叱った。「みんな、キッチンへ行ってすわってなさい」

子供たちはみな言われたとおりにテーブルに向かった。

ケニーは右側のファミリールームと左側のダイニングルームに並べられた家具に目をやった。イーセンアーレン、ウエスト・エルム、トーマスビルといった、自分にも買えなくはないが、簡単には買えないブランド品ばかりだ。子供たちを除けば、素敵な大人の暮らしぶりといっていい。

「いいところに住んでるね」ケニーは言わなければならないことを言った。

「ジェフはそう思っていない。この家に越してきてから、毎晩泣いている」

「まえの家のほうがよかったってことかい」

「くーどでかい家だった」

「くーどでかい？」

アンドレアは親指を子供たちのほうに向け、それから罰金箱を指さした。「汚い言葉を使わないようにしてるの」

「きっと成功する」うなずいて、椅子に腰をおろしたとき、ケニーはコンロから漂う臭いに鼻をつまみかけた。「焦げくさい臭いがする。なんだろう」

「くそっ！」

ルースとイーライが同時に叫ぶ。「罰金箱！」

ケニーは年上の子供たちのほうを向いた。「それって使っちゃいけない言葉じゃないんだよ。元々はウンチとかウンコとか大便という意味だからね。下品な言葉じゃない。そうだろ」

サラかセイディのどちらかが甲高い声で言った。

「ウーンチ！　ウーンコ！」

アンドレアは財布から二十五セント玉を取りだして、罰金箱に入れた。「ふたりの大学の学費はこの罰金箱でまかなえそう」

頭が痛くなりそうだとケニーは思った。子供たちの口を封じるか、子供たちを部屋から追い払うかしてほしい。できることなら、子供たちの口を封じた上で、いますぐ部屋から出ていかせてほしい。

「みんな」アンドレアは子供たちに言った。「部屋から出ていきなさい。でないと、いまつくっている料理を食べさせるわよ」

子供たちは部屋から出ていった。

「ごめんね。たまんないでしょ」

ケニーは責められているように感じた。「慣れてないものでね」

窓の外に目をやると、広い裏庭の向こうに、木立ちに囲まれた池が見える。自然にあまり興味はないが、いい感じだ。

そのとき銃声が聞こえた。

「な、なんだ、いったい」

「射撃場があるのよ」

「五七一号線ぞいの？　パトリオット射撃場？」

「そう」

「うるさくないのかい」

「決まってるでしょ。家を買うまえに二度内見に来たんだけど、音に気づいたときには、すでに手付金を払っていたの」

しばしの沈黙のあと、また射撃音が響いた。

「それで……」ケニーはいつも以上に慎重に言葉を選んだ。「どうなんだい。何か問題は？」

「射撃場のこと？　ええ、ほんとに頭にきてるわ」

「そうじゃなくて――」

「わたしの家庭や家族のこと？　だったら、ケニー、なんの問題もない」

「ほんとに？」

「ほんとよ。激太りしてしまったこと以外は」

「そんなことを言っちゃいない」

「絶対に言わないで」

「十年で五人の子供をつくるのは……」

「馬鹿げている？」

「そうじゃない。大変だったねと言いたかっただけだ。ほんとに大変だったと思うよ」

アンドレアはケニーに背中を向けて、おかしな匂いのするチキンとキノコの炒めものをフライパンでつくっていた。それから、ようやく言った。「たしかに大変だったわ」

「ぶしつけかもしれないが、きみはとても頭がいいし、ジェフは……ええっと、いちおう馬鹿じゃない。なのに、どちらもなんというか……つまり避妊をしなかったのかい」

アンドレアは笑った。「ルースはアクシデント。イーライもそう。ルースが生まれた直後だったので、どちらも排卵しているとは思わなかったのよ。サラは計画妊娠だけど、セイディはちがう」

「お腹の子は？」

アンドレアは首を振ったが、やはり振りかえりはしなかった。「ジェフの家族はとても信心深くってね。ジェフもそう」一瞬の間があった。「都合のいいときだけだけど」

ケニーは何も言わなかった。アンドレアは戸棚をあけて、スパイスを取りだし、フライパンの料理に振りかけた。ケリーはやはり黙っていた。子だくさんの話を持ちだしたことを謝るべきか、それとも話題を変えたほうがいいか迷っていると、アンドレアが助け舟を出すように訊いた。「ケアリーは元気にしてる？」

答えるまえに、ケニーは少し考えなければならなかった。考えなければならなかったが、答えは決まっていた。「元気だと思う。何カ月も話をしてないいんだ」

「いまどこに住んでるの？」

「ミルバーン。そこに家を買った。おれを毛嫌いしている白人の妻と娘がいる。娘は、ええっと……三歳だったかな。そう、三歳だ」

アンドレアはかすかに、心もち悲しげに口もとをほころばせた。

「名前を知ってる？」

「ああ。もちろん知ってるよ」だが、思いだすまでに少し時間がかかった。「アランナ。愛称はラニ。一応はかわいらしい」

「彼はどんな仕事をしてるの」

「営業だ。高齢者の抵当条件を変更する仕事をしている。アコギな商売だが、兄きは……」

「人当たりがいい？」

「人たらしと言おうとしていたんだよ。でも、もちろん、そう言ってもいい。高校時代に兄きに見つめられたときのように、きみがいまも股間のうずきを感じているとすれば」

アンドレアは笑った。「わたしの股間が？ いいえ。わたしの股間はスイカ頭の生き物を通す以外のことはほとんど何もしていない。いやね。あなたはまだケアリーに嫉妬してるの？」

「嫉妬したことなんて一度もない。ほかのみんなが――いや、おれが障害物を乗り越えるのに四苦八苦している横を、兄きは涼しい顔ですいすいと駆け抜けていった。そのことを苦々しく思っていただけだよ」

「さっきも言ったように人当たりのよさのせいよ。あなたはそのことに嫉妬していた」

「それより、きみがつくっている料理のことだけど、一カ月間ヘラジカの尻の穴にとどまっていた内臓のような臭いがするぜ」

「ヘラジカがどんなかたちをしてるかも知らないくせに」

「なるほど。カナダのサスカトゥーンで週末を過ごしたとき、きみは極悪非道で、精力絶倫で、悪行三昧のヘラジカがらみの事件を解決したにちがいない。だから、ヘラジカの専門家になったにちがいない」

ふたりは睨みあい、それから笑った。

「褒めていただいてありがとう。これほどにクソったれな四文字熟語の羅列を聞いたことは一度もないわ」

「罰金箱に二十五セント」

「罰金箱なんて糞食らえよ」アンドレアは言って、鶏肉とキノコの炒めものの匂いを嗅いだ。それから、フライパンを両手で持ちあげ、ゴミ入れのペダルを踏んで蓋をあけた。そして、驚いたことに、つくりかけの料理を全部そこに捨ててしまった。「みんな」と、開いている地下のドアのほうに向かって大きな声で言う。「今日はケニーおじさんが来てるので、中華料理を食べにいこうね」

地下から歓声があがる。

「中華料理はおれの好みじゃないんだけど。覚えてなかったのかい」

「いいえ、もちろん覚えてる」

「さっき刑事たちと話をした。パテルとも話した。次は区長と話をするつもりだ」

「区長を動かせると思う？」

「警察が不正に関与しているとすればね。区長はドベックを嫌っている。ドベックは区長を嫌っている。ドベックを窮地に追いこみ、娘を警察から取り戻すことができるなら、黙って見てはいないだろう」

アンドレアは蛇口を閉めて、食洗機の取っ手にさがっているタオルで手を拭いた。「連中が足もとをすくわれ、バランスを崩したら、自己防衛策を講じるために急にあたふたしはじめるにちがいない」

「警察が本当に何か隠しているとすればね」

「明日のいまごろまでには、わたしの仮説を裏づける情報が得られるはずよ」

「何を考えているか教えてくれないか」

「明日以降に」

「どこに行こうとしているんだ」

「図書館」

「はあ？　国会図書館？　ＦＢＩ図書館？」

「ウェスト・ウィンザー図書館よ。子供たちが二時間ばかり静かにしてくれたらの話だけど。もしかしたら、プレインズボロ図書館にも寄るかもしれない」

「いったいなんの話をしているんだい。おれはニュージャージー中を走りまわって、ギャングの一員と渡りあったり、おまわりに顔面パンチを食らう危険をおかしたりしているあいだ、きみは区役所や図書館をぶらついているのかい。そこで何をするつもりなのかヒントをくれよ」

「この地域には、ずっと以前に覆い隠された秘密がある。サトクナナンタン・サスマルが殺されたのは、その秘密を隠しつづけるためだと思う」

「わかった。やつらが何かを覆い隠しているなら、おれたちはその覆いを剥がしとってやろうじゃないか」

18

土曜日の午前十時半、ジェフはゴルフに行き、アンドレアは公営プールでママ友たちと会うことになった。いつものように三十分遅れでそこに着いたとき、友人たちはテーブルを確保し、芝生の上にブランケットを広げていた。ルースとイーライが泳ぎにいってもいいかと訊いた。いいと言うと、サラとセイディが自分たちもそうしたいと駄々をこねはじめた。すると、今度はルースとイーライが妹たちといっしょだと深いところへ行けないのでいやだと不平を鳴らしまくる。

それで我慢は限界に達した。テーブルの前まで行ったときに言った。「好きなようにしなさい！」

ルースとイーライはサンダルとTシャツを脱ぎ、水遊び用の玩具を持つと、プールのほうに走っていった。

セイディとサラがふたりを追いかけようとしたので、アンドレアはぴしゃりと呼びとめた。「待ちなさい！」

腕に浮き輪をつけてもらっているあいだ、セイディとサラはいらいらしながら待っていた。

「じっとしてないと、それだけ時間が余計にかかるのよ」

セイディとサラはぶつくさ言いながら身体をくねらせ、やっとのことで浮き輪をつけおわると、すぐさま駆けだした。

「みんな、かわいいわね」と、クリスタル・バーンズが白々しく言う。

「クソガキどもよ」アンドレアは言って友人たちを笑せると、太い脚と大きなお腹をベンチとテーブルとのあいだにこじいれた。

「水着を持ってこなかったの？」と、ブリアン・シンガーが訊く。

「医者の予約がとれたら診てもらおうと思って」

「どうかしたの?」と、モリー・グードが訊く。

「血圧が高めなの。ありえないことかもしれないけど、お腹もさらに大きくなったみたいだし。子癇前症はもうこりごりだから」

「ええ、よくわかるわ。ほんとにいやよね」と、クリスタル。「わたしはブリタニーが生まれるまえの三週間、ベッドから出られなかったわ」

半分本当のほうが全部嘘よりいい。血圧はあがりぎみで、身体はメイシー百貨店の感謝祭パレードの風船のようになっている。

誰よりも早くゴシップを仕入れることに生きがいを感じているクリスタルが言った。「うちのお隣さんね、たしかラシミっていったと思うけど、インド人なのに、色白なの。それって、インド北部の特徴? それとも南部? どっちにしてもね、例のガソリンスタンドの従業員を殺した犯人を早く見つけないと、コミュニティとして警察に抗議すると言ってたわ」

「その人たち、犯人を見つけだすまでの日程表を出せと言ってるのかしら」と、ブリアン。「そんなの無理よね」

「そうじゃなくて、それがどれだけ大事な事件かってことを警察にわかってもらいたいだけだと思うわ」アンドレアは言った。「金曜日までに事件を解決しろと警察に言うことはできない。でも、事件を解決するために全力を尽くしてもらいたいってことは言える」

「警察は全力を尽くしてないって言うの?」と、クリスタル。「事件は月曜日に起きたばかりよ」

アンドレアは議論に首を突っこんだことを後悔しはじめていた。「いいえ、そんなふうには言ってない。わたしが言いたいのは、コミュニティの熱量は警察の発奮材料になるってことよ」

「あの人たちは事件が解決しないほうがいいと思って

るんじゃないかしら」と、モリー。「あのガソリンスタンドで麻薬の取引が行なわれていたのかもしれないってことを考えると」

「この地域のすべてのガソリンスタンドで麻薬を売っているのかもしれない」と、クリスタル。

「ワワでも、クイックチェクでも、セブンイレブンでも、サブウェイでも、ダンキンドーナツでも」と、ブリアン。

「すっごい麻薬の量になるわね」クリスタルは言い、ほかのふたりの女が笑った。

「あなたたちは信じてるの？」アンドレアは訊いた。「事件にドラッグが絡んでいるかもしれないってことを」

「そんなふうに聞いたけど」と、クリスタル。「新聞にも載っていた」

「それを信じてるの？」アンドレアは言った。「あなたはその話をサッカーの練習場で聞いたんでしょ。わたしはご近所さんから話を聞いたんだけど、犠牲者の家族を知ってる者はみなそれは嘘だって言ってたわ」

「わたしたち、ほんとにご近所さんのことを知ってるのかしら」と、モリー。「閉ざされたドアの向こうで何が行なわれてるかなんて、誰にもわからないんじゃないかしら」

「ましてやガソリンスタンドの内側のことなんて」と、ブリアン。

「インド人はカレーが大好き」と、クリスタル。「それは秘密じゃない」

ブリアンは笑った。「なんにでもガラムマサラを入れる。うちの家のまわりは毎日カレーのにおいが漂ってる」

「着ている服もにおう」クリスタルはわざとらしく鼻に皺を寄せた。「家具やカーテンもにおう。不動産会社に勤めている友人が言ってたんだけど、インド人が住んでた家をインド人以外のひとに売るのはとってもむずかしいんだって。あのにおいを消すのは並大抵のことじゃない」

「化学防護服が必要になる」と、モリー。

「なにがそんなにおかしいの」アンドレアはとうとう自制しきれなくなった。「この郊外住宅地の悪夢のなかで、わたしが気にいっている数少ないことのひとつは住民の多様性よ」

「郊外住宅地の悪夢？」と、クリスタル。少し気を悪くしたみたいだ。

「わたしにとってはね。あなたにとっては天国かもしれない。でも、わたしがつねに好ましく思ってるのは、自分の子供がインド人や中国人やヒスパニックやアフリカ系アメリカ人の子供たちといっしょに学校に行けることであり、PTAの食事会でサモサやチュロスやホットドッグを食べられることよ。それってクールだと思わない？」

返す言葉はないみたいだった。もちろん、アンドレアの言うとおりだとわかってはいるが、カレーのにおいに辟易しているのも事実だ。

「クリスタル、あなたがブロンドだからといって、警察に車をとめられ、制限速度二十五マイルのところを三十マイルで走ったといって違反切符をもらったりすることはないでしょ」

やはり返す言葉はないみたいだった。

「モリー、あなたはノードストロームの店員にマーシャルズで買ったほうがいいと言われたりしないでしょ」

「そりゃ、もう」

「ブリアン、あなたはどう？　家族旅行から帰ってきたとき、保健室の先生から子供の頭にシラミがいないかチェックするように言われたりする？」

「それはどうかしら」クリスタルが言った。「インド人の家族がインドから帰ってくると、その子供たちの頭にはいつだってシラミがわいてるわ」

ほかのふたりが大きくうなずく。

「オーケー。それは認めてもいい。でも、インド人はあなたたちが気づきもしない何千という不愉快なことを毎日のように経験しているのよ。怒るのも無理はない」

「殺人犯が見つからないことに怒るのはわかる。でも、事件が起きてからまだ数日しかたってないのよ」と、ブリアン。

アンドレアの携帯電話が鳴った。時間は十時四十五分。その場を中座する口実をつくるため、ケニーにメールを送るように頼んであったのだ。そこにはこう記されていた。〝本メールを脱出のために利用し、犯罪との闘いに赴くべし〟

アンドレアは微笑み、ベンチからゆっくり立ちあがった。

「お医者さんから？」ブリアンが訊いた。

「そう。診てくれるらしいから行かなくちゃ。子供たちを置いていっていいかしら」

「もちろん」全員が同意した。

五分後、アンドレアはウェスト・ウィンザー図書館の駐車場に入り、受付に行って尋ねた。「古い新聞はどのようなかたちで保管されているんでしょう。ハードコピー、デジタル、それともマイクロフィッシュ？」

「ひとつではなく、三つに分けて保管されています。詳しいことはあそこのひとに訊いてください」受付の職員は言って、図書館の中央にあるサービスカウンターを身振りで示した。

そこでは、ひとりの男が本の仕分けをしていた。半袖のボタンダウンのシャツ。ポケットにはマグナ・カルタを書けるほど多くのペンが入っている。年は六十代後半。髪は白くて、薄い。老眼鏡を鼻に引っかけている。

「こんにちは。わたしはアンドレア・エプスタイン。埋立て地の発掘プロジェクトの準会員で、ネイティブ・アメリカンとアフリカン・アメリカンの埋葬地を見つけて保存する仕事をしています」

「ほう。それは興味深い」

アンドレアは微笑んだ。「ええ。やりがいのある仕事だと思っています、ミスター……」

「でしょうな。わたしの名前はハリー。ミスターはわたしの父につけてください」

ふたりは笑った。

「それで、まずは手始めとして、この近辺の耕作地や造成地で見つかった遺物について書かれた新聞記事を探しているんです」

「遺物というと？」

「要するに、人骨です。人骨が見つかるということは、近くに大きな埋葬地がある可能性が高いということです。でも、そういった古い記事を探すのは大変なので……」

「そうですね。いちばん手っとり早いのは、あそこにいるコモドールばあさんに尋ねてみることです」ハリーは言って、長方形のカウンターの右側に置かれたデスクトップを指さした。「キーワードか新聞名で検索してみてください。日付から検索することはできないが、情報がハードコピーとデジタルとマイクロフィッシュのどれに保管されているかを知ることはできます」

地元の古道具保存会の許可をとらなくていいんだろうかと思いながら、アンドレアはコモドールの前に腰をおろした。メモ帳を取りだして開いてから、コンピューターをスリープモードから復帰させるキーを押す。

画面に明滅するカーソルが現われると、〞古い人骨＋発見＋ウェスト・ウィンザー＋プレインズボロ＋ニュージャージー〟と入力する。

期間を限定することもできたが、最近の記事があれば、それも見たい。目を閉じて、エンターキーを押す。

三千以上の項目がヒットした。

「やれやれ」アンドレアはつぶやいた。誰も聞いたことはないが、かつてウェスト・ウィンザーでは、人知れずとんでもない大虐殺が行なわれたのかもしれない。

検索バーから〝人骨〟を削除して、〝化石〟を加える。このときは十四件ヒット。そのなかには脈がありそうなのも一件含まれていた。画面に表示された記事には〝フェリス農場で化石発見？〟という大見出しがついている。

日付を見ると、一九七二年八月。

記事はトレントニアン紙のものだ。マイクロフィッシュで閲覧できるらしい。情報をメモ帳に書きとめてから、画面を検索結果に戻す。

念のためにそのすべてをチェックしたが、そこに出ていたのは地元の考古学者のこととか、ミルストーン川で発見されたサメの歯のこととかで、自分の仮説に関係がありそうなものは何も見つからなかった。

それで、サービスカウンターに戻って、ハリーにメモ帳を見せた。

「ふんふん」ハリーは言いながらマイクロフィッシュを指さした。「あそこにあるあれです。めったに使わないので、最初少しガタピシするかもしれません」

アンドレアは微笑んだ。「わたしと同じね」

ハリーはくすっと笑った。「この八カ月間、あの機械よりあなたのほうが楽しいときを過ごしてきたと思いますよ」

穏やかな物腰の老人だ。自分の父親がこのようなひとだったらと思わずにはいられない。父の物腰は穏やかではまったくなかった。

お目当てのフィルムはカタログ・ファイルのなかにあった。こうしてマイクロフィッシュの前にすわっていると、その昔、記録文書のデジタル化が始まったばかりで、実際には骨董の機器を使っていたコロンビア大学での日々が懐かしくてならなくなる。このときに限らず、記憶はいつも鮮明によみがえる。

ダイヤルをまわして一九七二年の七月から十二月までの期間のフィルムにあわせ、そこから八月の探している週までスクロールする。記事は十四ページ目にあった。記事に添えられた写真には、夫と妻、そして何かの脚の骨を持っている十代の少女ふたりが写っていた。

写真の下に短い説明文がある。

〝フェリス一家。ジョナサン、エリザベス、ローズマリー、フランシス。手に持っているのは、敷地内で発見された恐竜の骨?〟

アンドレアはカメラに向かって笑みを浮かべている幸せそうな農家の家族を見つめた。恐竜の骨でないことは最初からわかっていたが、とにかく記事を読むことにする。その土地の初代の所有者はジェレマイア・フェリスといって、一七九二年にそこで農業を始めた。ジョナサンが新しい灌漑用の水路をつくっていたとき、長女が掘削機に骨が引っかかっているのに気づいた。恐竜の化石かもしれないと思って、彼らはそれを警察に持っていった。

記事には、少しまえに署長の座についたバートラム・ドベックの言葉が引用されている。〝おそらく動物の骨と思われるが、念のためにプリンストン大学の考古学者に鑑定を依頼した〟

記事によると、鑑定結果が出るまでに数週間かかるが、フェリス一家は期待に胸を膨らませている。それはウェスト・ウィンザーでもっとも小規模な農場のひとつだが、彼らは二百年近くそこで農業を続けてきたことに誇りを持っている。

その農場が位置する場所はノース・ポスト・ロードとペン・ライル・ロードとのあいだで、アンドレアの自宅にある地図と頭のなかで照らしあわせると、いまはル・パルクという分譲地になっていることがわかった。なんという偶然だろう。骨の発見場所はダック・ポンド・ランから二十ヤードほどしか離れていない。

記事を印刷できるかどうか訊こうと思ったが、途中で考えなおした。記事はいらない。名前だけでいい。それをメモ帳に書きとめると、立ちあがってサービスカウンターに戻った。

「探し物は見つかりましたか」

「ええ。出だしは上々」アンドレアは答えて、パソコンデスクに向かった。そこに腰をおろし、グーグルの検索エンジンを立ちあげ、〝フェリス農場＋売却＋ウエスト・ウィンザー＋ニュージャージー〟と入力する。農地が売却されたのは一九八一年とのことだった。続いて〝ジョナサン・フェリス＋フェリス農場〟と入力する。

上位ヒット二十件のなかに、フロリダ州オーランドの新聞に掲載されたジョナサン・フェリスの死亡記事が入っていた。それによると、一九九八年に心臓発作を起こし、七十四歳で亡くなっている。妻のエリザベスはいまも存命のようで、最後の住所はチェリー・ヒルになっている。記事には子供たちのことも記載されていて、ローズマリー・マーフィーはコネチカット州スタンフォードに住み、フランシス・オコンネルはニュー・ジャージー州チェリー・ヒルに住んでいるという。

その三人を公文書の検索エンジンで調べると、現住所と電話番号がわかった。必要事項をメモ帳に書きとめ、システムをログオフして図書館を出る。

外に出たところに、小さなピクニック・テーブルがいくつか並んでいた。そこに腰をおろして、エリザベス・フェリスに電話をかけようとしたとき、アムトラックの列車が三十ヤード後ろを通過した。手をとめて待っているあいだに、高齢の寡婦は最良の選択肢ではないと考えなおし、娘のローズマリーに電話をかけることにした。

「もしもし。アンディ・エプスタインという者ですが、ローズマリー・マーフィーという方とお話がしたいんです。旧姓はフェリスだと思います」アンドレアは努めて丁寧な口調で言った。

「わたしですけど」

「こんにちは、ミズ・マーフィー。前もってお断わりしておきますが、この話はとても奇妙に聞こえると思います。わたしは埋立て地の発掘プロジェクトの一員として、ネイティブ・アメリカンとアフリカン・アメリカンの埋葬地を見つけて保存する仕事をしています」

「はあ?」

「いきなりで申しわけありません。わたしはニュージャージーの北東地域でかつて埋葬地であったところを探しているんです。その一環としてウェスト・ウィンザーでの調査中に、たまたまある新聞記事に出くわしまして……」

「骨の記事ですか」と、ローズマリーは言った。その顔に思いだし笑いが浮かんでいるのは間違いない。

「トレントニアン紙の記事ですね。なんとまあ。ずいぶんまえの話です」

「一九七二年です。その記事によれば、警察は骨の鑑定をプリンストン大学の専門家に依頼したそうですね。でも、それについての追跡記事が見つからないのです」

ローズマリーは笑った。「ええ、そうなんです。わたしたちは恐竜の骨だと確信していました。妹といっしょに川べりを歩いていたときに見つけたんです。父がそこで掘削機を使って水路をつくっていましてね。父わたしたちは母親をせっついて、新聞社に電話をしてもらいました。父は困っていました。父は化石じゃないと思っていたのです」

「警察からそれが何だったかという連絡はありましたか」

「ええ。電話をもらいました。およそ二ヵ月後に、連絡が遅れたことを謝罪していました」

「それで？」

「ただの馬の骨だと言っていました」

「誰が言ったのです」

「警察です」

「電話をしてきたひとの名前を覚えていませんか」

「電話に出たのはわたしじゃないけど、ドベック署長です。ドベック署長はわたしの両親の友人でした」

「バートラム・ドベック？　記事に出ていた人物ですか」

「そうです。ウェスト・ウィンザーで長く署長の地位にありました。そのあとは息子さんが引き継ぎ、いまはお孫さんが署長になっていると思います」

「骨は戻ってきたのですか」

「まさか。どこの馬の骨ともつかないものをほしがる者はいませんよ」

「たしかに。警察はその馬の骨をどうしたかご存じですか」

「さあ。見当もつきません」

「わかりました、ミズ・マーフィー、お時間をいただきありがとうございます。お邪魔しました」

「いまだから言えることですが、わたしたちはあんなふうに大騒ぎすべきじゃありませんでした。新聞も恐竜の化石かもしれないと書きたてていたけど、馬鹿げた話です」

「よくわかります、ミズ・マーフィー。お手数をおかけして申しわけありませんでした」

アンドレアは電話を切って、図書館に戻った。『美女と野獣』のポット夫人のような体形のせいでそこまで歩くのも容易ではない。

それから、またサービスカウンターに行って、ハリーに言った。「ごめんなさい。すっかり忘れていたんだけど、マイクロフィッシュに保管されたものを印刷することはできるでしょうか」

「いいえ、残念ながら。携帯電話か何かで写真を撮って、それをプリントアウトするか、ハードコピーがあるかどうか新聞の保管庫で確認してもらわなきゃなりません」

アンドレアは携帯電話を振ってみせた。「だったら、写真を撮ることにします」

ふたたびマイクロフィッシュのスイッチを入れ、記事をスクロールしていたとき、ふと気がつくと、ハリーが肩ごしに画面を覗きこんでいた。

「おやま。ロージー・フェリスじゃないか」

「ご存じなんですか」

「高校が同じだったのでね。当時は小さい町でした」

「この記事を覚えていますか」

「記事は覚えてません。でも、恐竜の化石じゃなかったのはたしかです」

アンドレアは画面の写真を撮った。

「画像を拡大すると、もう少し詳しく見ることができますよ」ハリーは言い、ピント合わせダイヤルをまわして画像を拡大した。

アンドレアはさらに数枚の写真を撮った。

「助かります。ありがとう、ハリー」

車に乗りこみ、エンジンをかけると、エアコンの冷風に身をゆだねながら、携帯電話を見て、撮ったばかりの写真をスクロールした。

「馬の骨？　冗談じゃない。あれは人間の大腿骨よ」

第二部　ヘイト

19

ケニーはカナル・ロードをはずれて、デラウェア・ラリタン運河ぞいの遊歩道の近くにある砂利敷きの駐車場に入った。そこに区長のレクサスがとまっていた。この日は日曜日で、しかも時間は午前六時半。こんなふうに自分を律することができる人間がいるという事実には驚きを禁じえない。

アレクサンダー・ロードの狭い路肩を歩いていって、運河を渡り、固い土の遊歩道に出る。その前方で、ジアイン・ウー区長はストレッチをしていた。ドライフィットのシャツにレギンスという格好。完璧なスタイル。アジア系の女性のつねとして、実年齢の六十四より二十は若く見える。

「おはようございます、区長」と、ケニーは声をかけた。

「おはよう、リー・ジエ」ウーはケニーが生まれてこの方一度も使ったことがない中国名で呼んだ。「ここで話すとしたら十秒、ウォーキングに付きあうなら一時間あげるわ」

ケニーは区長の提案と自分の体力を天秤にかけた。

「いつもどれくらい歩いているんですか」

「五マイルを一時間で」

「うーん……ずいぶんハイペースだな」

「これで十秒経過よ」ウーは言って、遊歩道を北へ歩きだした。

追いつくと、ウーはいきなり訊いた。「お母さまはどうなさってるの」

不意を突かれたが、これくらいは最初から予測しておかなければならなかった。ウーがウェスト・ウィンザーで二十年にわたって権力を保持しつづけられているのは、ひとを手玉にとるすべを心得ているからだ。いまはケニーを手玉にとり、この場を支配しようとしている。

「母は……」ケニーは口ごもった。早とちりには慣れているが、早歩きには慣れていない。かてて加えて、この単純な質問にどう答えたらいいかもわからない。

「母は……相変わらずです」と、ようやく返事し、これで充分であってほしいと祈った。

「なるほど。そうでしょうね。だから、わたしたちは仲たがいしたのよ」

「母がレストランを開こうとしたとき、あなたがアルコールの販売免許を与えなかったからだとずっと思っていました」

「いいえ。あなたのお母さまは不動産業者だったのよ。その店がアルコールを販売できる地域外にあることは百も承知だったはず」短く規則的な呼吸から、怒りが瞬間湯沸かし器ばりの早さでこみあげてきているのがわかる。

「いいですか。ぼくは母の肩を持とうなんてさらさら思っちゃいない。だから、母の強い権利意識をぼくのせいにしないでください」

「わかったわ。わたしの理解では、ケニー、あなたも誰かさんと角を突きあわせているみたいだけど」

ケニーは答えなかった。ウーは移民だ。中国人のなかでも、彼女のような移民とケニーの家族のように何十年もアメリカに住んでいる者とのあいだには浅からぬ溝がある。

「あなたはベネット・ドベックの神経を逆撫でしていると聞いているわ」

「そうしなきゃならない理由があるんです」

ウーは笑った。「ベネットはいまも、これまでも、これからも飛びっきりの糞ったれよ。言っとくけど、これは記録に残さないでね」

「だったら、どんなことなら記録に残していいんです」

「警察署にかかわる案件であれば、記録に残していいことはごくわずかしかない」

「そこにあなたの娘さんがかかわっているとしても？」ケニーはだしぬけに訊いた。若干の不安はあったが、同時に興奮もしていた。その言葉はもしかしたらホームランになるかもしれない。

「ヌアンのしていることに口をはさむことはできない」ウーは娘のことを中国名で言った。「あの子が奉職したときに約束させられたの」

「娘さんが警察の隠蔽工作に加担させられていたとしても？」

「質問はもういい、ケニー。説明してちょうだい」

ケニーは説明した。

「そのことについて娘と話したの？」

「まだです」

「彼女は大人の女性よ。かばうことはしないわ。大きな山を築くか、墓穴を掘るかは本人次第」

しばしの沈黙のあと、ケニーは言った。「娘さんが過ちをおかしたのか、ドベックが嘘をつくように命じたのかはわかりません。ドベックが何かを隠しているかどうかも、それが本当に強盗の仕業だったのかも不明です。ただ、ぼくの情報源が信頼できるのはたしかです」

ふたりはプリンストンの中心地とプリンストン・ジャンクション駅を結ぶ列車の高架橋の下までやってきた。

「ドベックが殺人の動機について他人に嘘をつかせたい理由は？」

「わかりません」

「彼の父親にはさんざんな目にあわされたわ」

「ブラッドリー・ドベックですね。いまはぼくの母と同じウィンドロウズ高齢者住宅に住んでいます」

「あの男はわたしの区長としての一期目を悪夢にした。定年前の数年間、女性に、ましてアジア人に仕えなきゃならないってことが癪でならなかったのよ」二十ヤード分の沈黙のあと、ウーは続けた。「でも、ブラッドリーにも弁解の余地はある。町全体があまりにも急激に変わりすぎてしまったのよ」

「わかります。土地の開発が進んだだけじゃない。中国人やインド人がどっと流れこんできた。あなたはそのことをどんなふうに受けとめていました。あなたは八〇年代の初頭にここに来たんですね」

「一九八三年に、夫といっしょに」

「カタコトの英語で？」

ウーは微笑んだ。「平均的なアメリカ人の中国語よりずっとましだったのはたしかよ」

「平均的なアメリカ人の英語よりましだったかも。とにかく、あなたはここでレストランを開いた」

「言うほど簡単だったらよかったのに。用地を確保するのは問題なかったけど、ウェスト・ウィンザーで酒類の販売免許を得るのは、ただでさえ簡単なことじゃない。わたしたちにはほぼ不可能といってよかった」

「でも、そのおかげで区の職員や政治家と知りあいになり、そのときのご苦労が区長選の立候補につながったんですね」

「区のウェブサイトを読んでくれている者がいるとわかって嬉しいわ」

「状況は改善されたと思いますか。今回の殺人事件のことで、五十世帯ほどのインド人家族から話を聞いたんですが、全員が口を揃えて、あからさまな差別としか言いようのない仕打ちを受けた経験があると言っていました」

「警察に車をとめられたり、騒音のせいで出頭を命じられたり、料理のにおいに苦情を言われたり、服装や言葉づかいやお祈りに文句をつけられたり、うちのジョニーより頭がいいとか、うちのジ・アンより頭が悪いとか言われたり……まだ続ける？」

「それは個人的なものなんでしょうか。それとも制度的なもの？」

「どっちとも言えないでしょうね。これまでもそうだったし、これからもそう。ケース・バイ・ケース。どちらなのかを判断するのはあなたのようなひとの仕事よ」

「わかりました。では、質問を変えます。制度が個人にそのような行動をとらせるのか、それとも、多くの個人の行動が制度的かつ構造的なレイシズムをつくりだしているのか」

「数十年前は個人的なものだったかもしれない」ウーは怒りも憎しみもまじえずに答えた。「トレントンの北とニュー・ブランズウィックの南はほとんど全部が農地だった。住民の大半はイギリスとドイツ出身の白人で、一六〇〇年代にトレントンにやってきた。それから十九世紀のはじめに、イタリア人がやってきて、第二次世界大戦後に北に向かい、農地を買って宅地にしはじめた」

「みんな白人だった。役人も、企業家も、土地の開発業者も、みんながみんな」

「収穫期にニュー・ブランズウィックから作業員を呼んでいた農家もあったみたいだけど」

「トレントンからじゃなくて？」

ロもとに笑みが浮かぶ。「〝トレントンはものをつくるところで、世界はそれを買うところ〟よ。六〇年代は製造業の時代で、工場では多くのアフリカ系アメリカ人が働いていた」

「ずいぶん詳しいですね」

「優秀な政治家は敵情に通じてなきゃならない」

「白人は敵なんですか」

ウーは笑った。「それはあなたの記事の見出しでしょ。いいえ、そうじゃない。でも、白人のなかには敵もいる。インド人のなかにも、パキスタン人のなかにも、韓国人のなかにも……それに、残念ながら中国人のなかにも」

「それじゃ見出しにならない」

「パトリオット射撃場の正会員がわたしの当選を苦々しく思っていたのは秘密でもなんでもない。再選したときは、もっと苦々しげな顔をしていた。でも、六期目ともなれば、亡くなったか引っ越したひと以外はみな、自分が住む地域の現実を受けいれざるをえなくなっている」

「その現実というのは？」

「自分たちはもはや地域の主じゃないってこと」

ふたりはハリソン・ストリートの横断歩道にさしかかった。ウーは歩行者用の点滅機のボタンを押し、だが一瞬も立ちどまることなく道路を渡り、通りかかった車にふたりともあやうく轢き殺されそうになった。

「脱水症状で死にそうだ」と、ケニーは言った。

「わたしたちはみんな何かで死ぬのよ」

「たとえば銃弾とか」ケニーは本題に戻るきっかけをくれたことに感謝しながら、額の汗を腕で拭った。

「サトクナナンタン・サスマルは至近距離から頭に一発の銃弾を撃ちこまれて死んだ」

「それで？」

「銃撃事件としては、まれなケースのようです。でも、警察はそのことをあえて無視しています。あなたは娘さんを守りますか。それともドベックと一蓮托生の途を選ばせますか」

「娘と話してみるわ」

「娘さんのことは記事にしません。少なくとも現時点では。もちろん、この先どうなるかはわからない。でも、そのときみんなの注目がドベックのところに集まっていたら、娘さんが矢面に立たされることはないはずです」

一分ほど無言で歩いたあと、ウーは言った。「正直に言うと、わたしはあなたに少なからぬ疑いを持ってるの。自分の名声を取り戻すために作文をしているんじゃないかって」

アレクサンダー・ロードと話の終わるときが近づいてきた。ミシェル巡査にはあとで一仕事してもらわなければならない。区長に恐怖と怒りを覚えさせる必要もある。ここでこれから言うことは、その両方を実現させるものでなければならない。

「これが自分ひとりの考えだとしたら、そう思われても仕方ありません。でも、そうじゃない。百パーセント信頼できる目撃者がいるんです。名前は出せないが、その人物がそんなふうに考えられると言ったんです」

「なぜ名前を出せないの」

「おおやけの場に出ることを望んでいないからです。その経歴ゆえに、警察との関係がこじれる可能性もある」

「好奇心をそそられるわ」砂利敷きの駐車場に着いたところでウーは言い、自分の車の前で足をとめた。

「名前を教えてもらわなきゃ」

名前を出すのはためらわれたが、こうなることは最初からわかっていた。「アンドレア・スターン。ただし、それは結婚後の名前で、大学を卒業してここに戻ってくるまえの名前はエイベルマンです」

「聞いたことがある気がするのはなぜかしら」

「それがどういう人物かわかれば、協力を約束していただけると思います」ケニーは言った。

20

アンドレアの家の地下で、ケネス・リーはウェスト・ウィンザーの地図が貼りつけられたラグマットを見ながら、これもFBIの捜査手法のひとつなのだろうかと考えていた。案に相違して、ホログラフ機能を備え、音声入力ができるタッチセンサー式のホワイトボードなどはどこにもない。アンドレアが立てた仮説についてあらためて説明を求めたとき頭に思い描いていたものとはえらい違いだ。

「自分は何を見ているんだろう」と、ケニーは言った。

「赤い丸がついているのは、地下水が流れているからという理由で、区がプール工事の申請を却下した家よ」アンドレアはラグマットを指さしながら続けた。

「サスマルの家はこれ。青い付箋は当時そこに住んでいた家族が骨を見つけたところ」

「ホネ？　ホネって骨のこと？」

アンドレアは新聞記事と写真のプリントアウトを見せた。

「一九七二年に、土地を開墾していたときに見つけたのよ。警察は動物の骨だと言っていたらしいけど、じつは人間の大腿骨だった」

「なるほど。ということは……あちこちに死体が埋まってるってことかい」

「いいえ、死体はひとつだけ。それがバラバラになってるの」

「つまり、何者かが死体をバラバラにして、それをあちこちの家の庭に埋めたってことだね。馬鹿げているとしか思えないけど」

「当時は庭じゃなかったのよ。死体が埋められたのは何十年もまえのことで、それ以来、警察や行政はずっとその話を隠蔽しつづけてきた」

「本気でそんなふうに考えているのかい」

「プールの工事を許可されなかった家は、どこも小川のそばで、当時は草ぼうぼうの荒れ地か農地だったはずのところよ」

「ずっと手つかずのままだろうと思ったから、そこにバラバラ死体を埋めたというのかい」

「この地域が将来どんなふうに変わるかなんて誰にもわからない」

ケニーは赤い丸のついた家をさらに注意深く見つめた。「ここに記された家の裏庭を掘ったら、かならず死体の一部が出てくるってことかい」

「かならずってわけじゃない。バラバラになった身体の部位がどれだけあったかによる」

「なるほど。でも、ひとつ納得のいかないことがある。なぜサトクナナンタンを殺さなきゃならなかったんだ。サスマル家のプール工事はすでに却下されている。敷地を掘り起こされることはない。なのに、サトクナナンタンを殺していったいなんの得があるんだ」

「サスマル家は区の判断に納得していない。プールづくりをまだ諦めていない」

「だったら、連中が再度プールをつくる許可を求めてこないように甥を殺したというのかい。声に出して言うと、かなり滑稽に聞こえるんだが」

アンドレアはモラーナのことを思いだしていた。なぜこんなに多くのひとを殺したのかと訊くと、メスを手に持ち血まみれになった女は笑いながら答えた。〝与えられた人生を大事にしない者は人生を送るに値しない。だからよ〟

「動機に関してはまだスタートラインに立ったばかりよ」

「オーケー。その話を信じるとして――実際には信じられないが、問題は容疑者だ」

「サスマル殺しの？　それとも隠蔽工作の？」

「トップから順番に見ていこう。まずは署長のベネット・ドベック。これはなんとも言えない。巡査の報告書を握りつぶすことはできるだろうが、殺人の共犯となるとどうだろう」

「そんなことは一言も言ってない。わたしが言ったのは、殺人の共犯じゃなくて、殺人の隠蔽工作の共犯の可能性よ。サトクナナンタンを殺したのは遠い昔の罪を覆い隠すためにちがいない」

「それって五十年前の話だろ」ケニーは口笛を吹いた。

「調べるのは容易なことじゃない」それから少し間をおいて、「きみは公文書の記録からとりかかった。そうだね。プール工事の申請が却下されたときの話だ。それでも、それよりまえにはさかのぼれなかった」

「それよりまえにさかのぼるには、閲覧申請を出さなきゃならない」

「それは警戒信号になる。おれたちが調べてるってことがバレちまう」

「当面は警察に的を絞りましょ。できれば、証拠品か公文書の保管庫にアクセスしたい。連中は新聞記事に記されていたとおり骨を鑑定したのか。結果はどうだったのか。いまその骨はどこにあるのか」

「わかった。明日の朝ウー巡査と会うことになっている。母親が段取ってくれたんだ。うまくいけば、証拠品か公文書の保管庫にアクセスできるかもしれない」

「それから再度サスマル家を訪ねる必要がある。区とのやりとりの詳細を知るために。そして、裏庭に入れてもらうために」

「古い死体の一部が見つかるまで穴を掘ろうって言うのかい」

「馬鹿な。わたしは妊娠四十八カ月よ。古い死体の一部が見つかるまで穴を掘るのは、あなた。選択の余地はない。あなたがヘリコプターを操縦でき、ライダーを使いこなせないかぎり」

「ライダーって？」

「レーザーによる測量機械よ。〝ライト・イメージング、ディテクション・アンド・レインジング〟の略。本来は遺跡の発掘用だけれど、使い道はほかにもいろいろある」

「そのライダーなら、今日はいていないズボンのポケットに入れたままになっている」

アンドレアは肩をすくめた。「じゃ、シャベルで掘るしかないわね。知りあいに、埋設物探知機の使い方を知っていて、それを持っているひとがいないかぎり」

ケニーは微笑んだ。

「嘘でしょ」

「嘘じゃない」

「知ってるの？」

「そういうこと」

ケニーは携帯電話を取りだして、キーパッドの上で親指を動かし、それから耳に当てた。「ジミー？　ケニー・リーだ。ああ、わかってるさ。ビールだろ……まあ、ぼちぼちってところかな。あんたは元気にしてるかい。ビール？　そりゃ何よりだ。まだベライゾンで働いてるのかい。よかった。ひとつ頼みたいことがあるんだ。お礼に今夜ビールをおごるよ。飲みたいだけ飲んでくれ」

ケニーは電話を切った。

「ビールで釣ればイチコロね」アンドレアは言った。

21

午前六時十五分に携帯電話のアラームが鳴った。ケニーはその携帯電話を三回手に取りそこねて、ナイトテーブルから落としてしまった。寝ぼけまなこでベッドから出ると、ドライフィットのシャツを着て、昨日と同じジム用のハーフパンツをはく。どちらも十年くらいまえに買ったものだ。信じがたいことだが、ミシェル・ウーは母親と同じように早起きして毎日エクササイズを欠かさないらしい。教育ママのストイシズムは確実に次の世代に受け継がれている。

　サトクナナンタンの殺人現場から半マイルほどの距離にあるウェスト・ウィンザー・コミュニティ・パークへ車で向かう。そして、プールの近くに車をとめる。

ミシェルは公園内のドッグランの前の散策とジョギング用の小道でストレッチをしていた。昨日よりもさらに蒸し暑い。てんやわんやのこの二日間のせいで、いくら汚名返上のためとはいえ、ここまでのことをする必要はないんじゃないかという気になってくる。

「やあ、ミシェル。時間を割いてもらってありがとう」

　身体を動かすのをやめることなく、ミシェルは言った。「そのハーフパンツは十年間タンスの肥やしになってたもの？」

「この四年間はね。そのまえの六年間は、床に置きっぱなしになっていた」

　口もとが緩みかける。美しい女性だが、その表情とのあいだには距離がある。褐色の大きな瞳はひとを魅了するが、決して受けいれることはない。母親譲りの人間不信のなせるわざかもしれない。

「わたしについてこれる？」

「それは無理。おれが質問をしたら、きみは公園を一周し、ここに戻ってきたところで返事をする。それを何度か繰りかえす。というのはどうだろう」

「ご勝手に」ミシェルは言って、走りはじめた。

ケニーはあとを追って走りはじめた。二十ヤードも行かないうちに、脇腹が痛みはじめる。

「母にあなたと話せと言われたけれど、理由も用件も教えてくれなかった」

「自分を守るためだ」

「そうでしょうね」

「同時にきみを守るためでもある。いまきみにそのことを教えなければ、のちに区長としてきみを守ることができる」

「わたしを守るって、何から？」

ケニーは単刀直入に切りだした。「きみはサスマル事件について不正確な報告書を提出した」

ミシェルは立ちどまった。シラを切りとおせないことはすぐにわかったみたいだった。そして、驚くほどの機転で、ほとんど間をおかずに訊いた。「あの妊婦はあなたにどんなことを話したの？」

「何を話したかは重要じゃない」ケニーは息を切らしながら言った。「大事なのは、きみが何を伏せたのかということと、なぜ伏せたのかということだ」

ミシェルは顔をそむけた。ケニーを見るのがあまりにけがらわしく、青い空ときれいな空気と陽の光でみずからを浄化しようとしているかのように。窮地を脱する方法を見つけるために頭がフル回転している音が聞こえてくるようだ。

「そのひとは誰なの」

ミシェルの思惑を察するのは容易だった。情報源の信憑性をあげつらうつもりなのだろう。賢策ではない。

「情報源にケチをつけようとしても無駄だよ」

ミシェルはふたたび走りだした。ケニーはまた脇腹に痛みを覚えた。

「それで、あなたとわたしの母はわたしに何をさせようとしているの」

「きみのお母さんはもっと頻繁に連絡をとってほしいと思っている。おれはきみにひとつのことを教えてもらいたいと思っている。きみが報告書におれの情報源のことを書かなかったのは、きみ自身の判断だったのか、それともドベックの指示によるものだったのか」

「わたし自身の判断よ。ニケットに書かなくても問題はないと言ったの。自分たちの間抜けさ加減をさらけだす結果になるだけだから。まあ、そうなっても文句は言えないけど。実際のところ、わたしたちはあのとき素人(しろうと)同然だったから」

「聞かなくてもわかる」ケニーはつぶやいた。

「だから、まずいなと思って。あの妊婦はわたしたちを馬鹿扱いしていた。それは間違いない」

「気にしないほうがいい。おれは九歳のときから彼女を知っている。まわりの者はみな馬鹿扱いされていた。彼女から見たら、おれたちはみな正真正銘の馬鹿なんだ」

「いま思いだした。学生時代に、紛失した携帯電話を見つけだしたりしてたひとね。ほんとについてないわ。いいこと。あなたは火のないところに煙を立てようとしているのよ。ドベックは何も命令していない。わたしは自分のミスを取り繕おうとしただけ」

ミシェルはわかっていないが、報告書の不備をみずからの責任だと認めたことによって、上司が隠蔽工作にかかわっていたことがはからずもあきらかになった。なんの証拠もなく強盗の仕業とおおやけの席で発表することを決めたのはドベック署長だ。

ここで攻めきってしまおう。

「このことを記事にするつもりはない」

「わたしに頼みたいことがあるのね」

「そう。でも、そんなにたいしたことじゃない」

「つまり、たいしたことってわけね」

「おれにはたいしたことじゃないが、きみにはもしかしたら……」

ミシェルはため息をついた。「わたしに何をしてほしいの」

ケニーはそれを伝え、いったんは拒否されたが、食いさがり、丸めこみ、有無を言わせず同意させ、ミシェルが走り去ると、手を振り、それから茂みに駆けこんで嘔吐し、家に帰ってシャワーを浴びた。

この日はこれで終わりではなく、午前中にはインド人の葬儀に参列しなければならない。


サトクナナンタンの葬儀は午前十時に開始予定になっていた。ケニーはハイツタウンにある斎場の駐車場にプリウスをとめた。そこはインド人コミュニティには馴染みの深い場所で、儀式はヒンドゥー教の習わしどおりに執りおこなわれることになっている。検死が遅れたため、遺体は習わしに反してまだ荼毘（だび）に付されていない。

斎場に入る。高校時代に何度かインド人の葬儀に参列したことがあるので、黒い服やスーツは避けたほうがいいことはわかっていた。それで、白いボタンダウンのシャツとカーキ色のスラックスという格好で来たが、それで正解だった。会葬者は男も女もほとんどが白か淡いベージュの衣服に身を包んでいる。ケニーは後ろの席に腰をおろした。柩（ひつぎ）の蓋は開いていて、サトクナナンタンの遺体はそこに安置されていた。ヒンドゥー教の僧侶（カルタ）が形式ばった説教をしている。

次にタラニ・サスマルが挨拶をし、息子のシヴァンとプリシャがそれに続く。僧侶がリグベーダの一節を引用し、幼児（おさなご）の喪失を悼んだ。〝幼児〟という文言には若干の違和感があるが、サトクナナンタンが精神的に幼かったのはまぎれもない事実だ。とすれば、それはそれでいいのかもしれない。

会葬者がお悔やみの言葉を伝えているあいだ、ケニーは席にとどまっていた。そして、斎場から会葬者がいなくなるのを待って、遺族席に近づいた。

「このたびはご弔問ありがとうございます」と、シャルダ・サスマルは言った。「その後何かわかったことはありますか」

ケニーは自信たっぷりの笑みを隠そうとはしなかった。「ええ。それで、今週中に友人といっしょにお宅にうかがって、裏庭に穴を掘らせてもらいたいんです」

22

ミシェル・ウー巡査はウェスト・ウィンザー署の裏手にある駐車場を突っきって歩いていた。一歩ごとに母への悪態が口を突いて出てくる。母親がいなければ、警察官になることはなかった。警察官にならなければ、こんなややこしいことにはならなかった。何もかも母親のせいだ。頭にくる。

母親との話が終わったのは、ミシェルが駐車場に車をとめたときだった。いや、もう少し正確に言えば、ミシェルが電話を一方的に切ったときだった。話はこんなふうだった。

〝なんであの男にわたしを脅すように仕向けたの、母さん〟

〝あなたはまだ子供よ、ミシェル。わたしが助けてあげないと、何もできない。わたしがあなたを守ってあげないと、わたしはあなたの愚かな行動のとばっちりを食い、区政にも支障をきたす。両親の言うことをきいて数学者かバイオリニストになっていれば、こんな事態を招くことはなく、おたがいに幸せでいることができたのに〟

ミシェルは子供のころのことを思いださずにはいられなかった。バイオリンのレッスンは厳しく、ひとつのミスも許されず、それゆえバイオリンそのものが大嫌いになってしまった。音楽自体は好きで、たまに演奏したくなることもあるが、そんな話を母親にするつもりはない。学業のほうは、日曜日にグループで受けている中国語のクラスのほかにも、毎月曜日と水曜日と金曜日に数学の家庭教師をつけてもらっていた。それは小学三年生から高校卒業まで続いた。

IDカードを建物の裏口のセンサーにかざす。ロッカールームの前を通ったときには、夜勤明けのクリス・コナーズとベンジャミン・ドベックが着替えていた。女子用ロッカールームに入って着替え、ふたりと入れかわりに勤務につく。シフト交代の際に言葉を交わすことはない。ミシェルはあまり愛想のいいほうではない。

ニケットはまだ来ていない。遅刻は毎度のことだ。ケニーに頼まれたファイルを探すのはいまをおいてない。そうミシェルは思い、〝頼まれた〟という言葉に苦笑いをしながら、地下の保管庫に向かった。新入り警官を対象とする施設見学以来、何年ものあいだそこに足を踏みいれたことはない。困ったことに、鉄格子のドアには鍵がかかっている。

三列の棚の上に、茶色の保管箱が整然と並んでいる。いちばん手前の保管箱に目をこらすと、一九七九年から奥に向かって過去をさかのぼる並びになっていることがわかった。

階上に戻ったとき、幸いなことに署長はまだ出勤していなかった。ロッシとガーミンは刑事課の二人用ブースにいる。

ミシェルは管理部のアリス・ハーストのオフィスに入り、その場で嘘を考えながら言った。「すみません。証拠品の保管庫の鍵を貸してもらえないでしょうか」

「どっちの証拠品です？」と、アリスは訊いた。証拠品の保管庫には、最近の案件や未解決案件用のものと、解決ずみの案件用のものとがある。いずれにせよ、その口調からそれがめったにない申し出であるのはあきらかだった。

「解決ずみのものです」ミシェルは言い、笑いながら続けた。「じつは、わたし、最初に施設見学をしたときからいままで、そこに行ったことは一度もないんです。くだらない話なんですが、母とちょっとした言い争いをしまして。母が言うには、この地域で最初に中華料理店を出したのはアジア人ですらなくて、書類に記されていた名前は〝ファク・ユー〟だったそうなんです。ふざけてるでしょ。わたしはそれが母のまったくの作り話だと思ってるの」

アリスは微笑んで、ミシェルに鍵を渡した。

「ありがとう。ワインを一本賭けてるんです」

立ち去りかけたミシェルに、アリスは言った。「わたしにも一杯よろしく」

地下におりると、二列目の棚に向かい、年代別に並べられた箱を一九七二年のところまでさかのぼる。ラベルに〝八月〟と記された箱を見つけると、それを棚からおろす。埃が宙に舞い、くしゃみが出そうになる。箱のなかには、十二部のフォルダーが紐で結わえられ、輪ゴムをかけられて詰めこまれている。

それを順々に見ていき、ようやく探していたものを見つけだした。八月八日付けのものだ。インデックスのタブには日付が記され、フォルダーの表紙には案件の概要をタイプした用紙が貼りつけられている。

ウェスト・ウィンザー署　記録簿

日時　一九七二年八月八日
記録番号　728-245R30
関係者　フェリス家
ジョナサン（夫）
エリザベス（妻）
ローズマリー（長女）
フランシス（次女）
住所　ノースポスト・ロード二七八番地
案件　敷地内で骨が発見される。
一九七二年八月十四日、プリンストン大学考古学研究所にて法医学的分析を実施。
その結果、それは動物の骨と鑑定される。

フォルダーにかかっていた輪ゴムは弾性を失っていて、はずそうとしたときに切れた。フォルダーのなかはスカスカだった。調書。それから骨のモノクロ写真六枚。旧警察庁舎のどこかで撮られたもののようだが、一九三〇年代のホラー映画の一部のように見える。フェリス家の誰かが撮ったポラロイドのカラー写真も二枚ある。そのうちの一枚はトレントニアン紙に掲載されていたものだ。あとはクリップでとめられた同紙の記事の切りぬき。

そのすべてを携帯電話で撮影する。骨の警察写真とカラーのポラロイド写真は、できるだけ鮮明に写るよう特に気をつけて撮影する。

大学の考古学研究所からの報告書は入っていなかった。

証拠品の保管袋には骨が入っていなかった。

23

アンドレア・スターンはサスマル宅の裏庭に立っていた。子供たちはそこら中を走りまわっているがかまってはいられない。タラニとシャルダはあきらかに迷惑そうな顔をしている。子供たちを他人の家で野放しにしているのはよくないと思うが、どうにかしようとしたところでどうにもならないのはわかっている。それだったら、無視するのがいちばん。子供を持つまでは絶対にしてはいけないことと思っていたが、結局のところ、それがもっとも穏便で、手間のかからない対処法なのだ。

　このときは横に立っているケニーといっしょに、ジミー・チェイニーが東から西の方向へゆっくり歩いていくのを見つめていた。ケニーの高校時代の友人で、長身。いまもアスリートのように引き締まった体形を維持している。ド派手な車でやってきたときに受けた印象とちがって、チャラチャラした感じはない。

　シャルダが訊いた。「何か見つかったらどうするんです」

「掘りだします」と、アンドレアは答えた。

　十五分後、敷地のはずれに設置されたアルミの支柱と塩ビのパネルでできた白いフェンスの手前で、ジミーは言った。「終わった。屋敷のそばの配管を越えたあとはなんの反応もない」

「おかしいな」と、ケニーがつぶやく。

「ゲートから出て、敷地の十マイル先まで調べてもらえないかしら」アンドレアは言った。その口調はお願いというより命令だ。

　ジミーは肩をすくめると、ゲートの掛け金をはずして、庭の向こうの雑木林に出ていった。と、子供たちはジミーといっしょにゲートを抜け、雑木林を駆けまわりはじめた。

「マダニに気をつけなさい！」アンドレアは叫んだが、子供たちはおかまいなし。「血を全部吸いとられても知らないわよ！」

「敷地外にプールをつくるつもりはなかったんですけど」と、シャルダ。あきらかにいらだちを募らせている。

「わたしたちは何者かが死体の一部をそのころ野原か林だったところにこっそり埋めたんじゃないかと考えているんです」アンドレアは答えた。「そして、それはそんなに綿密に計画を練ってやったことじゃないと思っています」

そのとき、ジミーの声が聞こえた。「ここに何かある！」

一同は敷地の向こうに急いだ。ケニーも遅れてはいなかった。このところけっこう動いているおかげで、身体は意外に軽い。ジミーは探知機のモニターをみんなに見せた。「ここだ。深さは一・三メートル。ケーブルやパイプの数値じゃない」

「岩石の可能性は？」ケニーが訊いた。

「可能性はある。でも、ここは区の東のはずれだ。地中に岩石はいくらもない。ちなみに、プリンストンの丘陵地は岩だらけで、岸の近くは砂地になっている。このあたりはその中間地点にあたる。二マイル西だったら、この探知機は狂ったように鳴り響くはずだ」

「よくわかった、ミスター・コペルニクス。地質学のレッスンありがとう。じゃ、さっそく掘りはじめよう」ケニーは言って、サスマル夫妻のほうを向いた。「シャベルがあれば貸してもらいたいんですが」

タラニが答えた。「ええ、ありますよ」

ジミーは地面にフラッグマーカーを立てた。「じゃ、頑張って掘ってくれ、ケニー。それでは、みなさん、良い一日を」

「何が埋まっているか見たくないのかい。なんなら掘るのを手伝ってくれてもいいんだぜ」

ジミーはケニーの肩を叩いて、白い歯を見せた。

「これは金塊探しじゃないんだろ。だったら、おれは何も知らないほうがいいと思うよ」

それでジミーは去った。

ケニーはまわりを見まわし、それからためらいがちに訊いた。「一・三メートルって、どのくらいの深さだろう」

シャルダが答えた。「約四フィートです」

「シャベルを持ってきます」と、タラニ。

すぐに戻ってくると、ケニーにシャベルを渡した。

「どれくらい掘り進んだかわかるように、巻き尺を持ってきました。探し物をシャベルで傷つけたくありませんからね」

「いいアイデアです」アンドレアは言った。「疲れたら言ってね、ケニー。交代するから」

「ありがたすぎる」

この間、アンドレアの目はちょくちょく子供たちに向けられていた。いまは小川ぞいの並木のほうへ行っている。ここで探しているものが見つかったら、子供たちの目に触れさせるのはなんとしても避けたい。土のかたまりが足もとにどさっと置かれた。やはり砂っぽい。

シャルダのほうを向いて言う。「いまふと思いついたんだけど、ガラス瓶をふたつほど貸してもらえないかしら。なければジップロックでもいい。何か見つかったら、周辺の土をとっておきたいので」

「どうして?」タラニが訊いた。

「友人に——かつての友人に頼んで、調べてもらおうと思って。もしかしたら、どれくらいのあいだ地中に埋まっていたかわかるかもしれない」

ケニーが穴を掘り、タラニが巻き尺で深さを測る。二十六インチ。ケニーは掘りつづける。三フィート。

「ゆっくりと。気をつけて」と、アンドレア。

ケニーは額の汗を前腕で拭った。それから、より慎重にまた掘りはじめる。

「ガーデニングキットがあるので、いっしょに持ってくるわ」シャルダは言った。

そして、空のガラス瓶二個と、ガーデニングキットを詰めたショルダーバッグを持って戻ってきた。このとき穴の深さは四十インチ。シャルダが移植ごてをさしだす。ケニーはそれを持って、穴のなかで膝をつき、土を少しずつ取り除いていく。このときばかりは皮肉も不平も一切なしだ。

しばらくして、引っかくような柔らかい音が聞こえた。みな息をのむ。

「何かに当たった」ケニーは言って、腰をかがめ、手でそっと土を搔きとりはじめた。背中が穴をふさいでいるので、ほかの者には見えない。「骨だと思う」

アンドレアは言った。「見せて」

ケニーは穴から出た。穴の底の土の上に、薄茶色に変色した骨の一部が突きでているのが見えた。その幅と平坦な形状からして、おそらく人間の胸骨だろう。

「まわりの土をどかして」と、アンドレアは言った。「ゆっくりと。骨はそれだけじゃないかもしれない」

そこに骨が埋まっているのはあきらかになった。ケニーは穴に戻ると、シャベルの先端で土を搔きだし、胸骨の輪郭がはっきりわかるようになると、今度はその上の土を取りのぞきはじめた。

鎖骨が見えてくる。

ケニーが移植ごてで土を払うと、その両側に肋骨が現われた。

アンドレアは思案をめぐらせた。肋骨の幅と胸骨の大きさからすると成人男性のものだろう。

年齢は？

どこの家の者か？

結婚していたのか？

結婚していたとすれば、妻はまだ生きているのか？　子供は？　遺族はどんな暮らしをしていたのか？　真相が解明されないまま何十年ものあいだ。

脊柱は切断され、鎖骨の上の第七頸椎から、露出した胸郭と腸骨のあいだの第一腰椎のすぐ下までしかない。腕は肩から切り落とされている。骨は何十年もまえのものだが、切断面は滑らかだ。強い力で一気に切断した結果であり、そのために使われたのはギロチンや斧といったもので、鋸歯状（きょし）の刃物やのこぎりの類ではない。

「やれやれ。吐きそうだよ」ケニーはつぶやいた。

サスマル家の土地の五ヤード先で、一同は白骨化した死体の一部を見つめた。胸郭は黄色い歯を見せて笑っている口のように見える。アンドレアはつねに心の底に宿っているものに煽りたてられるのを感じた。どんな殺人も自分の知性に対する、そして自分の存在そのものに対する挑戦なのだ。

「この下にもっと埋まっていると思うかい」と、ケニーが訊いた。

「それはどうかしら。プールの工事の許可がおりなかったケースはいくつもある。死体が一ヵ所にまとめて埋められているとは思えない。ほかの場所にもきっとあるはず。それを見つけださなきゃ。死体は誰なのか。なぜ殺されたのか。何十年も事件を隠蔽してきたのは誰なのか。それがわかれば、サトクナナンタンを殺したのが誰かもわかるはずよ」

24

ラベンダーの香りの湯を張ったバスタブに身体を沈めたまさにそのとき、ジェフがバスルームに飛びこんできた。

「おい、気はたしかなのか」

アンドレアは目を閉じたまま考えた。チクったのはどの子だ？

それが答えを必要とする質問であることはわかっていた。それで、「子供たちを預かってくれるひとが見つからなかったのよ」と答えた。口論を避けるためにふさわしい答えではないが、口論を避けたいとは思わない。

「それがきみの答えか。きみが探偵ごっこに夢中になり、死体を掘り起こすのに、どうして子供たちを連れていかなきゃならなかったんだ」

アンドレアはようやく目を開いた。「連れていかずにすんだら、連れていかなかったわよ。あの子たちは何も見ていないし、わたしは何も話していない」

「ルースは何かを見ている」

「いいえ、見ていない。五十ヤード離れたところにいたんだから」

「地面を掘っているところを見たと言っていた」

「だからどうなの。見たのは土だけよ。あとは、運動不足の二十九歳の男がちょっと汗をかいているところだけよ。それだけのことで児童相談所に通報するって言うの？」

「あの子はきみが何をしていたか知っている」

「裏庭を調べるためには埋設物の探知機がどうしても必要で、あの時間でなければ、それを使えるひとの都合がつかなかったのよ。探していたものは見つかった。

それはどうしても見つけださなきゃならないものだった。現状を変えるために」

「現状って？　いったいなんの話をしているんだ、アンディ」

アンドレアはためらった。正直でありたいとは思うが、それが可能であるかどうかはわからない。「わたしの現状よ。満たされていないと言ってもいいし、病んでいると言ってもいい。どう言ってもかまわない。でも、そういった状況は是正されなきゃならない。以上。三歳のときから、わたしはずっとそういう人間だったのよ。でも、それだけじゃない。わたしは罪をおかして素知らぬ顔をしている者を憎んでいる。今回の事件の背景には、この地で長いこと隠蔽されてきた古い犯罪があるのよ」

「ほんとに？」

「わたしたちが見つけた死体の一部がその証拠よ」

「それなら、あとは警察に任せておけばいい」

「その警察が隠蔽工作にかかわっている可能性があるの」アンドレアは言ったが、すぐに言ったことを後悔した。ジェフが及び腰になるのも無理はない。自分自身この一件に対しては二の足を踏んでいたのだ。面倒なことになるのは最初からわかっている。

アンドレアは立ちあがった。五フィート三インチの妊婦の泡まみれの裸体があらわになる。「引きさがるつもりはないわ。新聞記者とウェスト・ウィンザー区長が味方についている。わたしは守られている。子供たちも守られている。あなたもビビることはない。あなたも守られている」

「その言い方、フェアじゃないな」

アンドレアはタオルを取って、身体を拭きはじめた。虫の居所はあまりよくない。熱い湯に心地よくつかっているのを、わずか二秒でジェフに邪魔されたのだから。

「あらためて言うけど、いまここで引きさがるつもりはない。子供たちとはできるだけ別行動をとるつもりよ。だけど、必要な人間と話をしたり、必要な場所に出向いたりするのは、日中でないとできないこともある」

アンドレアは数カ月前から定番になっている特大のTシャツを着ると、タオルでぼさぼさの髪を包んでから、ストレッチジーンズをはいた。ブラはつけない。ブラなしだと、速く動くと倒れそうになる。が、妊娠もこの段階になれば、速く動くことは考えなくていい。

「何をするつもりだい」

「ちょっと出かけてくる」

「出かけてくる？　はあ？　店はどこも閉まってる。どこへ行くつもりなんだ」

「雑木林のなかを歩いてくるのよ」

アンドレアはオデッセイをバックでガレージから出した。ヘッドライトのまぶしい光がランドリー・ルームの戸口に立っているジェフを照らしだす。あきらかにうろたえているが、気にすることはない。当然の報いだ。あそこまで責められなければならない筋合いはない。ジェフのことはよくわかっている。あの横柄さは自信のなさを隠すためのものでしかない。もちろん、最初からそうだったわけではない。たしかに、自分たちが出会ったときから、横柄さを盾として利用していた。けれども、あのときの盾は自我と優しさを守るために使われていたものだった。

アンドレア・エイベルマンがジェフ・スターンと出会ったのは、マンハッタンのアムステルダム・アベニューにあるライオンズ・ヘッド・タヴァーンの店内だった。アンドレアは奥のカウンターの前に立っていた。カウンターにはタップ・ハンドルが並び、その上方にはメッツの各種グッズが飾られている。あれは木曜日の夜で、そのときはそこで大学の友愛会シグマ・ヌーのメンバーの誕生会が開かれていた。アンドレアがジェフに目をとめたのは、背が高いことに加えて、浮かれ騒ぎにあまり関心がなさそうにしていたからだった。みんなから少し離れたところに立ち、それなりに仲間たちと調子をあわせていたものの、実際のところ死ぬほど退屈しているのはその表情からあきらかだった。

　そして、アンドレアの姿に気づくと、一瞬身がこわばったように見えた。高身長であることを除けば、良くも悪くもとりたてて目を引くものはない。豊かな黒髪のせいで、白い顔はひ弱な印象を与える。見ていることに気づかれたとわかると、すぐに褐色の目をそらした。

　退屈そうな表情が好奇心に変わった。それまではどこかほかの場所にいるかのような感じだった。その〝どこかほかの場所〟とは、メラニン色素が不足していることから判断して、コンピューターの画面の光が唯一のぬくもりである自分の部屋にちがいない。だが、いまはここにいてよかったという顔になっている。

　勇を鼓してといった感じで、こっちへ向かってきた。歩き方もどことなく弱々しい。スポーツは苦手なタイプだろう。カウンターのそばは混みあっているので、なかなか前に進めない。

　しかし、努力のほどは認めてもいい。

　ジェフは歩きながら、照れくさそうに微笑んだ。そして、カウンターの前までやってくると、身長の差を最小限にするために大きく腰をかがめた。そのせいで、曲がったワイヤー・ハンガーのように見える。

「ここで飲んでないのはぼくたちだけかもしれないね」

　アンドレアは顔をあげずに答えた。「でも、あなたはここに来たばかりでしょ。わたしはここに一時間もいるのよ」

「ぼくたちはどんなふうに見られているんだろうね」

　アンドレアは顔をあげ、相手の目を見ながら言った。

「あなたがどんなふうに見られているかはわかる」

「教えてくれるかい」どんな答えがかえってくるかいささか不安そうだったが、何を言われようが、受けいれる準備はできているにちがいない。〝ノー〟への対応力はあるはずだ。生まれてこの方、ことあるごとに〝ノー〟と言われてきたのはあきらかだから。もちろん〝ノー〟と言われるのも、それを受けいれるのも、決して気分のいいものではないはずだ。

「あなたはそもそもお酒が飲めない。友愛会の嚢ったれどもとあまり親しくしていない。つまり、そんなに社交的じゃないってこと。肌は生っ白い。ということはゲーマー、ドラッグ常習者。でなかったら、日がな一日マーケットに釘付けになっているトレーダー。本来、人づきあいは苦手だけど、わたしを見て、結婚したいという願望を抑えられなくなった」

ジェフは笑った。「完璧だ。結婚云々まではね。そんなことをするつもりはない。ぼくが百万ドルを手に入れるまでは」

「なるほど。それではっきりした。ウォール・ストリートで一旗あげたいわけね」アンドレアはなかば楽しみ、なかば馬鹿にしながら言った。

「そうなんだ。いいことを教えてあげよう。ぼくは二十五歳までに百万ドルを稼ぐ。そうしたら、ぼくたちは結婚できる」

アンドレアの顔には、困ったもんだ感の強い微笑があった。相手は話を先へ進めたいと思っているようだが、こっちはこれでご免こうむりたい。立ち去りこそしなかったが、もう相手のほうを向いてはいなかった。その目は店内の客の群れに向けられている。バーに来て、酒のかわりに、ひとを楽しんでいるのだ。

「きみは人間観察のためにバーに来てるのかい」ジェフは訊いた。

「そうよ」

「どうして」

アンドレアはほんの少し身体の向きを変えたが、目のやりどころは変わっていない。「ひとは誰でも話すべきストーリーを持っている。わたしはそれを読み解きたいの」

「きみが読み解いたぼくのストーリーはほぼ完璧だった」

「あなたのストーリーの難易度はアルファベットの学習絵本（ベビー・ボップ・ABC・ブック）なみよ。友愛会のお仲間にハッピーバースデーって伝えておいてね」アンドレアは言って、立ち去りかけた。

「ぼくの名前はジェフ」未練がましい口調だ。

アンドレアはその胸を軽く叩いた。「お目にかかれてよかったわ、ジェフ。でもね、二十五歳までに五百万ドルを稼げないようなひととは結婚できないの」

そして、店を出た。

次の木曜日の夜もまたジェフに会った。

アンドレアが店に入ったとき、ジェフはメッツのグッズの前に立っていた。彼女は法心理学と刑事裁判法を専攻する学生として、店の常連客の行動パターンを観察し、知りあったばかりの者と長く付きあっている者とのボディランゲージの違いを比較するために、この店に足繁く通うようになっていたのだ。

　ジェフが手を振っている。挨拶ぐらいはしなきゃ。

「先週はきみの名前を聞いてなかったね」

「言ってないもの」

　それじゃ、と言うまえに、ジェフはバックパックからマニラ・フォルダーを取りだした。

「二十五歳までに五百万ドルを稼ぐ方法を考えたけど、少しきみの助けが必要なんだ」そして、フォルダーをさしだす。

　そのなかに入っていたスプレッドシートに目を通しているうちに、アンドレアの微笑から困ったもんだ感はだんだん薄れていった。次に口を開いたときには、好奇心が満載になっていた。「つまり共同名義の口座をつくるってこと？」

「食費やら家賃やらを節約するために、ぼくたちはいっしょに住まないといけない。そうやって、投資のための資金を増やす」

「すごい。ウォーレン・バフェットのバークシャー・ハサウェイをめざすってことね。食費はあなたのほうに大きくかたよってるけど」

「身長をもとに算出したんだよ。きみは毎日インスタント・ラーメンだ。おたがいに我慢我慢」

「それで、わたしの衣料費は……ゼロ？」

「最初の数年間、家のなかでは裸でいてもらう」

思わず笑ってしまった。アンドレアはめったなことでは笑わない。面白いことなどほとんどないし、自分の笑い声も好きではない。

アンドレアはフォルダーをかえした。「この一週間ずっとスプレッドシートづくりをしていたの？」

「先週の木曜日に徹夜でひな形をつくった。それから毎晩ここに来ていた。きみにまた会うために」

恐れいった。アンドレアがそう思うことはめったにない。

「わたしの名前はアンドレア」

その夜、ふたりはディナーをともにした。

ふたりの関係は翌年も続いた。そのあいだに、アンドレアはモラーナの捜査とラモン・メルカードへのはかない恋を経験した。

十六カ月後、ジェフに別れを告げようとした一日前、アンドレアは妊娠したことに気づいた。


このときはもう余計なことを考えず、かつてフェリス農場があった場所を頭に思い描きながら、ル・パルクの分譲地に入った。そのいちばん奥にあり、袋小路になったレッドウッド・コートに車をとめると、懐中電灯を持って、小川まで二百ヤードにわたって藪が茂る野原へ向かった。

数十年前にフェリス農場で人骨が見つかった場所は、

おそらく今日（こんにち）まで手つかずのままだったと思われる。

できるだけその近くまで行く必要がある。途中、つまずいて片膝をついたが、大きな懐中電灯で身体を支えたので、転倒はなんとか免れた。よほど気をつけないと、荷物が片側に寄ったスーツケースのように前につんのめりそうになる。懐中電灯をつけて、足もとを照らす。

背中が痛む。膝が痛む。いったい全体、自分の何が悪いのか。家でホールマーク・チャンネルのミニ・シリーズを観るのが唯一の楽しみのような人生を受けいれられないのはなぜなのか。

西に広がる漆黒の闇のなかから、水が流れる小さな音が聞こえてきた。

懐中電灯を消して、当時はここがどんなふうに見えたのだろうと思案をめぐらせる。

東側を見やる。フェリス農場はいまいるところから一時の方角にあった。ガレージは二時半、納屋は三時の方角だ。バラバラ死体はどこから運ばれてきたのだろう。ノース・ポスト・ロードやビレッジ・ロード・ウェストは路肩のない二車線道路なので、そこに車をとめてはいなかったはずだ。骨はむきだしのまま見つかっている。どこかで死体をバラバラにして、それをここまで普通の乗用車で運んだとは思えない。それなら、袋に入れるか、何かで包むかしたはずだ。でも、どこの農場にもかならずあるピックアップ・トラックなら？　それだと、そのまま荷台に投げこめばいい。荷台は最初から汚れている。掃除をする必要はない。では、どこにとめたのか。ガレージと母屋から少し離れたところ？　いや、ちがう。

かつて農場があったところに懐中電灯の光を向けて、数十年前のそこの光景を頭のなかで映像化する。深夜の月が雲間から覗いている。一台のピックアップ・トラックがノース・ポスト・ロードを左に曲がって、フェリス宅の砂利敷きの私道に入ってくる。そこから納いたのだ。

屋に向かい、その前でとまる。男が出てくる。ひとりだ。納屋のなかに入る。出てきたときにはシャベルを持っている。ピックアップ・トラックから切断した脚をつかみとり、こっちへ向かってくる。ここから五ヤードも離れていないところで立ちどまる。切断された脚を地面に落とし、湿った土を掘りはじめる。脚を地面に埋めて、土をかぶせる。

歩いて納屋へ戻る。シャベルを納屋にしまう。でなかったら、納屋の前に立てかける。それから車へ——いや、そうではない。地面には、傷跡のように見える一本の筋が、道路と平行して走っている。それは母屋と納屋のあいだにあった、長さ四十ヤードほどの土の道だ。

男は歩いて納屋から母屋へ向かった。そこはその男の住まいだった。バラバラ死体を地面に埋めたのはジョナサン・フェリスだ。

死体は殺人事件にかかわった者の敷地に埋められて

25

ケニーはプリンストン・ウィンドロウズ高齢者住宅のロビーに入っていった。そのときそこでは、最高齢の住人の誕生日を祝うために、入居者総出のブランチ・パーティーが開かれていた。母親を見つけようとまわりを見まわしていると、管理人のローラ・プライヴァンが後ろの格式ばったダイニングルームに通じる両開きのドアを指さした。テーブルにはリネンのクロスがかけられ、カクテルやワイン用のグラスが並べられ、かわいらしい花が飾られている。男性の居住者のほとんどがスーツにネクタイ姿。老人たちが身だしなみにうるさいことはわかっている。それで、このときの身繕いはスポーツ・ジャケット、カーキのパンツ、ボタンダウンのシャツ、それにローファーでまとめた。ネクタイは好きではない。最後に締めたのはいつだったかも覚えていない。高校時代のクラスメイトの多くは結婚しているが、この数年結婚式に呼ばれたことは一度もない。社会からはぐれた者の人生とはこんなものだ。

母は四人がけのテーブルに腰かけていた。同席しているのは、数少ないアジア系住人のひとりチャニン・ガオ。ケニーが近づくと、にっこりと笑った。母は笑わない。ふたりとも立ちあがろうとはしない。

「ふたりとも、どうぞすわったままで」ケニーは言って、ミセス・ガオの頬にキスをし、それからテーブルごしに母にキスをした。

「あなたはいちだんとハンサムに見えるわ、リー・ジエ」とミセス・ガオ。

「ありがとう。元気にしてたかい、母さん」

「まあね」

予想していたとおりの口調だ。息子の失態を受けいれてくれるときは永遠に来ないのか。その鼻もとには尻をすぼめたような皺がこの先ずっと寄ったままなのだろうか。母は気立ても人当たりも決していいほうではない。それが夫や子供たち、さらには世間との関係をむずかしいものにしてきた。母が何に対して不満を持っているのかはわからないが、それが息子の人格形成に思いのほか大きな影響を与えているのは間違いない。

「呼んでくれてありがとう」ケニーは言って、席に着いた。

「よほどの用がないと来てくれないからよ」母は言った。「あなたが何を望んでいるのか知らないけど、それはそんなに大事なことなの？　おかげでわたしたちはいい迷惑なのよ」

母の単刀直入な物言いは嫌いではない。ブレアという母のアメリカ名は、キャリアという点では有利に働いたかもしれないが、そのためにアジア人コミュニティにおける立ち位置は微妙なものになった。だが、ケニーの頭のなかでは、母はつねにブレア・リーだ。その名前はつねに母を困惑させる。母が困惑するのを見るのは悪くない。

「例の殺人事件について訊いてまわっているだけだよ。そのせいで、何世代にもわたってここに住んでいる者やアジア人から白い目で見られるのは仕方がない」

「誰が殺されたの？」と、ミセス・ガオが訊く。

「ガソリンスタンドで働いていたインド人よ。ねえ、チャニン、悪いけどシュリンプ・カクテルを取ってきてもらえないかしら」

ミセス・ガオは肘かけにつかまってゆっくり立ちあがり、歩行器に手をのばした。ケニーは自分がただ見ているだけで何もしていないことに気づき、歩行器を近くに引き寄せてやった。ミセス・ガオはケニーの手を軽く叩いて、シュリンプ・カクテルを取りにいった。

スキップをしているような足取りはおそらく関節炎のせいだろう。

「裏に何かありそうなんだ、母さん。ベネット・ドベックは何かを恐れている。ぼくが話を聞いたインド人はみな何かを恐れている。闇雲に何かを恐れている。ぼくが現実を把握できていないのか、それとも彼らの取り越し苦労なのかはわからない」

「もちろんあなたが現実を把握できてないのよ、ケニー。でも、それはあなたのせいじゃない。わたしたちがあなたをそんなふうに育てたんだから」

「なぜ？」

母はゆっくりミモザ・カクテルを飲んだ。「あなたとあなたのお兄さんを守るため。と同時に、わたしたち自身を守るため。たぶん」

「守るって、何から？」

「白人の危機意識から」母は言って、くすっと笑った。

「それは昨今の流行りのようだけど、あなたの父親とわたしは何十年もまえからそれを目のあたりにしてきたのよ。いくつもの農家が引っ越していった。そのあとに次から次へと家が建っていった。わたしたち夫婦もここにやってきた。わたしも夫も生まれたのはニュージャージーよ。ウェスト・ウィンザーじゃなくて。わたしの両親もそう。わたしはここの高校に通った。ここの分譲地のひとつに家を買った。まわりには白人しかいなかった。そのとき、あなたはまだ生まれてなかった。八〇年代後半のことよ。わたしたちが住んでいた地域で最初に家が売りにだされたのは一九九四年。あなたが生まれた数年後のこと。ネルソン一家がカンザスに戻り、中国人一家がやってきた。シュエといってね。中国からの移民よ。彼らはわたしたちを信用しなかった。わたしたちのことをアメリカ人だと思ってたから。白人のご近所さんもわたしたちを信用しなかった。わたしたちのことを中国人だと思ってたから」

「そのことを母さんはどんなふうに思ってた？」

「べつになんとも」そう言ったが、気にしていたのはあきらかだ。「わたしは生まれてこの方ずっと人間の愚かさに付きあってきたのよ。すぐに慣れっこになった。いまはもうなんの関心もない」

「そのあとは？　ぼくたちの家は？」

「まずはグレイソン一家が出ていった。次がパーカー一家。それからレーガン一家、フェインバーグ一家、リチャード一家……そこに新参者が続々と移り住むようになった。インド人、中国人、インド人、中国人、インド人」そして、椅子から立ちあがった。「遅いわね、あのひと。シュリンプ・カクテルを持ってくるのに一日半もかかるのかしら。わたしはシーザーサラダをもらってくるわ」

母は背筋をピンとのばして歩いていった。いつもどおり品よく、エレガントに見える。そこで母が話したことについて考えていたとき、ミセス・ガオがまわりにいた十人ほどの者とぶつかりながらテーブルに戻ってきた。ケニーはシュリンプ・カクテルを受けとり、椅子に腰かけるのを手伝った。

ミセス・ガオは母より少し年上で、なぜかいつも母の食事のお供をしている。もしかしたら、顎で使える便利な付き人として母に気にいられているのかもしれない。あるいは、この施設内にほかに友人がひとりもいないということかもしれない。

ミセス・ガオがシュリンプを手ぶりで勧めたので、ケニーはひとつ手に取った。「ここに来るまえはどこに住んでいたんですか、ミセス・ガオ」

「上海よ。ワン・ウェイがプリンストンに呼ばれたので、いっしょにこの国に来たの」

「大学ではまわりの者に受けいれられましたか」

ミセス・ガオは笑った。「そりゃ、なんといってもプリンストンだもの。とっても礼儀正しく差別されたわ」

ケニーは微笑んだ。さて、そろそろ食事の時間だ。

ベーグルとスモーク・サーモンとオムレツ、それから
ベーコンも少々。勘定は母親持ちだ。一週間分食いだ
めしよう。そう思って、席を立ち、その場を辞した。
コールド・ビュッフェがある部屋に通じるドアの向こ
うに母の姿が見えたので、そこを通らず、遠まわりを
して、もうひとつのダイニングルームへ向かう。テー
ブルの狭いあいだを縫うようにして進んでいるとき、
その先にブラッドリー・ドベック、スティーヴン・ア
ッペルハンズ、それにバリー・バナーの三人がいるの
に気づいた。最後のはかつてクリームランド・デリー
という酪農場を数十年にわたって営んでいた男だ。そ
こは玄関ホールに続く両開きドアの近くで、すぐ横に
ビュッフェが用意されている。

ケニーはそのテーブルに直行し、三人の前に立った。

「ケニーといいます。お孫さんとは高校の同窓生です、
ミスター・ドベック」

「だああから、どううだっていいううんだ」ドベックは
言った。口のなかはフレンチトーストでいっぱいにな
っている。

「いまも親しくしている。数日前にもいっしょに飲み
ました」

「ウェスト・ウィンザーにゲイバーがあるとは知らな
かったよ」

「バッファロー・ワイルド・ウィングスという居心地
のいい店です。ゲイバーと言っていいかどうかはわか
りません」

興味深いことに、ドベック老人にはひとを威圧する
力が息子のベネット・ドベック署長の五倍ほどある。

「一言だけ言っておきたいことがありましてね。警察署
ではあなたの遺産が確実に受け継がれています。息子
さんはいい仕事をしている。お孫さんもいい警察官に
なるでしょう」

この一言でドベックの表情が和らいだ。

「警察はすぐに殺人犯を捕まえてくれると信じていま

す」

「殺人犯?」アッペルハンズが必要とされる二倍の声で訊いた。「どの事件の?」

「あの事件だよ」ドベックがぴしゃりと言った。

「このまえ話したじゃないか、スティーヴ」と、バナー。

「このまえ話した?」

「そうだ。もう忘れたのか」と、ドベック。

「このまえっていつ?」

「一週間前から何度となく」バナーはいらだちを隠せない。

オムレツを頼みにいき、できあがるまで待ち、それから戻ってきても、このやりとりはまだ続いているだろう。が、ケニーは思いとどまり、その場で話の続きに耳を傾けることにした。

「殺人犯? ほんとに?」アッペルハンズがさらに大きな声で訊く。

「やられたのはイン公だ。なんてことはない」と、ドベック。

「イン公?」と、アッペルハンズ。

もうたくさんだと思い、ケニーは口をはさんだ。

「あなたが署長だったときにはなかった事件ですね、ミスター・ドベック」

「そんなことはないさ」

「ほんとに? ぼくがここで暮らしはじめてから、殺人事件は一件も起きていません」

「それよりまえのことだ」

バナーが言った。「ジョージ・ドンブロッキーの一件だな。かみさんと子供たちを殺した。一九五七年だったかな」

「いいや、五九年だ。ありゃひどかったな。そこら中に血とはらわたが飛び散っていた」と、ドベック。

「そうそう。ドンブロッキーだ」アッペルハンズが口をはさむ。「クレイジーとしか言いようがない」

「たしかに。自分の家族を殺すなんて」ケニーは言って、さらに突っこんだ。「トレントンとかの都市部から来た者の犯罪はありましたか」

「ニグロの犯罪ってことだな」と、ドベック。

「いまはカラードって言ったほうがいいみたいだぞ」と、アッペルハンズ。

「今週はアフリカ系アメリカ人という言葉が使われているようです」ケニーは言った。

「もちろん、いくつかあった。でも、みんな身の程ってやつをわきまえていたよ」と、ドベック。

「生意気な口をきいたり、仕事仲間や農場から何かを盗んだり。その程度のことだ」と、バナー。「内輪で解決できないものは何もなかった」

　ドベックは険のある目をバナーに向けた。「内輪？」そしてバナーがひるむと、すかさずたたみかけた。「解決したのはわれわれだ。警察だ。あのころは州警察官だの、黒人地位向上協会（NAACP）の糞ったれどもはお呼びじゃなかった。われわれだけで迅速かつ的確に対処できていた」

　ケニーは拳（こぶし）でテーブルをコツンと叩いた。「息子さんとお孫さんも同じように対処してくれると信じています。よい一日を」

　ケニーはその場を離れ、しかめ面とも笑顔ともとれる表情で思案をめぐらせた。〝黒人地位向上協会の糞ったれども〟という言葉が出てきたのは、いささか唐突な感じがする。

　それで、ビュッフェのテーブルのほうへ向かいながら、そこにあるオムレツくらいなら賭けてもいいと思った。自分たちが見つけた人骨はおそらくアフリカ系アメリカ人のものだ。

26

子供たちにはiPadで『スパイダーマン——スパイダーバース』を観せていたので、ニュージャージー・ターンパイクを北へ向かうドライブはそれほど苦痛ではなかった。いまはニューアーク空港を通り過ぎ、14番出口へ向かっているところだ。ここまで長い道のりだったが、飛行機が離着陸するときの子供たちの反応を見るのは楽しかった。ユナイテッドの大型旅客機が頭上から左側の滑走路に着陸すると、「ウアッー！」とか「キャー！」とかいう叫び声があがる。

その数分後には、ニューアーク市内にいた。交差点を右折してヴァン・ビューレン・ストリートからインディペンデンス・パークに入る。そこでは、市の野外イベントが開かれていて、ひとがあふれていた。子供たちが公園で遊びたいと駄々をこねはじめる。ラモン・メルカードとここで会う約束をしたときには、こんな人だかりがあるとは思っていなかった。

ラモンはすぐに見つかった。

子供広場の近くの小さなピクニック・テーブルの椅子にすわっている。プレスのきいた真っ白のシャツ、ブルーのネクタイ、ダークグレーのパンツ。この暑さなので、上着は車のなかに置いてきたのだろう。

アンドレアは車のエンジンを切った。イーライは映画を最後まで観たいと言ってきかず、サラとセイディは大声でわめいている。ルースはあきらかに母親の緊張を感じとっている。

車のドアをあける。ラモンが気づいて立ちあがる。二十ヤードの距離を置いて、おたがいにぎこちなく手を振る。

ルースがそれを見て、三列目シートから訊いた。

「あのひとに会うためにここに来たわけ？」

「そうよ。今夜パパに告げ口するのを忘れないようにね」

　アンドレアは振りかえって長女をじっと見つめ、気持ちを通じあわせてから、車の後部座席のドアをあけた。ルースとイーライとサラが車から降りる。セイディは車から降ろしてもらう。

　ラモンがこっちへ向かってきた。微笑み、サングラスをはずす。相変わらずカッコいい。きびきびとした力強い歩き方も変わっていない。この十年間、無駄な肉は一ポンドも増えていない。なのに、こっちは襤褸(ぼろ)をまとったビーチボールに『フランケンシュタインの花嫁』の頭。くやしいので、子供たちを押しつけてやりたくなる。

「ルース、イーライ、おチビたちを広場に連れていってちょうだい」

　下のふたりが走りだした。イーライがあわててあとを追う。ルースはもっとゆっくり、慎重な足取りで。目は母親とこっちに近づいてくるブロンズのアドニスを交互に見やっている。

　擦れちがいざま、ラモンは会釈をして微笑んだ。

「ハーイ」

　ルースは何も言わない。

　アンドレアは公園の入口の隅に立っていた。ラモンがそこにやってくると、一瞬のためらいのあと、ハグしあった。おずおずと。ラモンの背中の筋肉は自分の胸のつかえより硬い。困った。求めあったことが起こらないまま別れて以来、このような餓えを感じたことはない。先に身体を離したのはラモンだった。さっきからルースがじっとこちらを見ている。ラモンはアンドレアの腹を見て、微笑んだ。

「そうなの。科学の力でお腹が膨らまなくなるようになればいいんだけど、それはまだちょっと先の話ね」

「ぼくのところも同じだよ。マリアも妊娠している。

ええっと、マリアっていうのは、ぼくの妻で……」

「知ってる」胸のつかえがさらに大きくなる。「おめでとう」

「不安でならない」

「わかる。お産ってそういうものよ」

「正直いって、きみがどうやってそれを乗りこえたのかわからない」

「いまだってわかってないわ、ラモン。でも……やるしかない。やりながら考え、シリアルキラーが生まれてきたら、ショックを受けたふりをすればいい」

ラモンは笑った。

「そこでなんだけど……」アンドレアは言って、オデッセイのリアハッチをリモコンであけた。

「ああ。驚いたよ。きみからメールが来るとは思わなかった。どうして地元の警察じゃなく、FBIに？」

「地元警察は信用できないから」

「ウェスト・ウィンザー署の評判は悪くないと思うけど」

「言い方を変えるわ。地元の警察は信用できないことが、わたしにはわかってるから」

それで納得してくれた。ラモンはいまでも自分に全幅の信頼を寄せてくれている。

アンドレアは荷室の床に広げられたタオルをめくりとった。その下には、人骨の入った緑色のビニール袋と、穴のなかから採取した土を収めた二個のガラス瓶があった。

アンドレアはビニール袋を指さした。「人間の胴体よ。たぶん男性。腐敗の進み具合からして、二十年以上たっている。実際は、四十年か五十年たっていると思う。こちらは骨が埋められていたところの土のサンプル」

ラモンはそれをじっと見つめた。両手を開いたリアハッチの上にかけているので、腹がより平たく見える。

「見つかった場所は？」

「ウェスト・ウィンザー。雑木林と小川に隣接した住宅の裏庭のすぐ先」アンドレアは腰をかがめ、ビニール袋の横に置いてあったiPadを手に取って、新聞の切りぬきを撮影したファイルを開いた。「わたしの推測だと、何十年もまえに誰かが殺された。死体はバラバラにされ、複数個所に分けて埋められた。一九七〇年代の初頭、ある農場で人間の大腿骨が発見されている。地元の新聞は恐竜の骨かもしれないと報じ、警察はプリンストン大学の考古学研究所に鑑定を依頼すると明言した。ところが、警察の証拠品の保管庫に考古学研究所の報告書はなかった。骨が考古学研究所に送られた形跡もない。証拠品の保管袋に骨は入っていなかった。新聞の写真しか見てないけど、それはあきらかに左の大腿骨だった」

「どうして警察の保管庫にアクセスできたんだい」

「地元の新聞記者の力を借りたの。警察官のひとりに圧力をかけて保管庫を調べさせたのよ」

「圧力というと?」

「それがちょっとこみいっててね。八日前にウェスト・ウィンザーにあるガソリンスタンドの従業員が殺されたの。警察は強盗未遂だと言ってるけど、実際はそうじゃない」

「どうしてわかったんだい」

アンドレアは子供広場のほうに親指を向けた。「車がそのガソリンスタンドの手前まで来たとき、末っ子がおしっこをしたいというので、泣きわめくように仕向けたの」

ラモンはくすっと笑った。「それで、犯行現場を見たんだね」

「たまたま。被害者はこの胴体部分が見つかったところに住んでいた。被害者とその家族はインドからの移民。家を建てたのは、これが埋められたときよりずっとあとのこと」

「なぜ警察が犯罪に一枚噛んでいると思うんだい。ぼくがきみに力を貸すとなると、そのことをかならず訊かれるはずだ」

「ちゃんとした証拠はまだないの。でも、疑う理由は充分にある。被害者の家族は裏庭にプールをつくろうとしたけど、工事の許可がおりなかった。この三十年間、同じように許可がおりなかった家は何軒もある。家のそばに地下水が流れているという理由で」

「どの家も近くに地下水が流れているってことだね」

「そう」アンドレアはiPadを指で叩きながら言った。「一九七二年には、そこの住人が人間の大腿骨を見つけている」

「つまり、誰かが死体を切断して、あちこちの農場に分けて埋めたってことだね。水辺の近くなら、農機具が入ることはない」

「数十年後に大規模な宅地開発が行なわれるとは夢にも思っていなかったはず」

「それで、警察署の誰かがその事件の隠蔽工作にかかわっている」

自分と同じように考え、自分と同じようにものを見られるひとと話すのは楽しい。ラモン・メルカードは出会ったときに、まさにその瞬間に、一生愛しつづけられるとまではいかなくても、少なくともこの世でいちばん性があうと確信した男性だった。

生まれも育ちもブロンクス。コロンビア大学に入り、刑事司法を専攻。アンドレアに出会ったのは、彼女がクワンティコでFBIの研修を終えた六カ月後のことだった。そのとき彼はブルックリン／クイーンズ支局の駐在官で、犯罪証拠ならびに法的事案を専門とする教授に招かれてクラスで講義をしていた。年は二十五歳。大いなる魅力と自信に満ちあふれていた。まるで『ロー&オーダー』のベンジャミン・ブラットとボディビルのチャンピオンのあいだに生まれた子のようだった。講義が終わったときには、ジェフと別れようと決めていた。

講義中には、鋭い質問でラモンをたじろがせた。講義のあとには、街で続発している殺人事件に触れ、シリアルキラーによる犯行ではないかという自説を開陳した。

「その根拠は？」

アンドレアは話した。ふたりのやりとりはモラーナを逮捕するまで続いた。そして、ふたりは恋に落ちた。だが、ラモンには婚約者がいて、自分にはボーイフレンドがいた。ラモンは婚約者から公衆の面前でけんもほろろに別れを告げられたという。アンドレアはことのなりゆきに一抹の不安を覚え、次の一歩をなかなか踏みだせないでいた。

そして、妊娠した。

そして、終わった。

そして、いまがある。

ニューアークの公園、ミニバンの開いたリアハッチ、そして心の底から愛した唯一の男。自分の思いの丈（たけ）を真剣に受けとめてくれた唯一の男。大きなお腹が邪魔にならなかったら、この場で押し倒していただろう。

アンドレアは言った。「この骨のDNAを調べてほしいの」

「いいとも」

「ありがとう」

「いまさらだけど、ひとつだけ言っておきたいことがある」

「わかってる。キャリアを諦めるべきじゃなかった、でしょ」

ラモンはうなずいた。

アンドレアは子供たちのほうに目をやった。広場で、市の野外イベントに参加している子供たちと遊んでいる。けたけた笑っている。走りまわっている。楽しんでいる。

でも、アンドレアの楽しさといったら、その比ではなかった。

27

ブランチのあと、ケニーは母を自室まで送り、それから建物の裏手にある居住者専用の駐車場へ向かった。母から聞いた話だと、火曜日の午後には、ドベックはいつも仲間たちといっしょに買い物にでかけるらしい。野に出た獣類の生態を観察するのも悪くない。

母親がこの高齢者住宅に入居してもう三年になる。老人たちのなかに、耳が聞こえないふりをしたり、肉体や頭脳の衰えを実際以上に見せかけている者がいることはよく知っている。ドベックの一党の場合はどうなのか。事故を起こさずに運転できるのか。どこかからどこかへ行き、迷わず元のところに戻ってこれるのか。

九十分後、一同がメイン棟の裏側の半地下の出入口から出てきた。まずはブラッドリー・ドベック、次にスティーヴン・アッペルハンズ、それから杖をついた第三の男。カール・ハロウェイ——三十年以上ウェスト・ウィンザー行政区の行政官の座にあった男だ。

足取りは七十代後半にしてはしっかりしている。車の駐車場所を忘れたらしく、それぞれ異なる区画番号を大声で主張しあっている。ここに来るまえに、ケニーは管理人のローラ・プライヴァンにいくつか質問をしていた。ドベックもハロウェイも施設に車両の登録をしていないので、車はおそらくアッペルハンズのものだろう。

三人は大声でしゃべりつづけているが、幸いにもケニーの車は窓が閉まり、エアコンがついている。アッペルハンズがリモコンキーを取りだして、いろいろな方向に向けはじめた。ドベックが車のドアの解錠音を聞きつけたらしく、自分たちの後方に指を向け、三人はそっちのほうに歩いていった。そこは三人が声高に主張していたどの区画ともちがっていた。

車の運転をするのはアッペルハンズではなかった。ドベックが強引に頼みこんで、車のキーを受けとった。そのドベックが運転席にすわり、車が出ていくのを見ながら、ケニーは思った。ドベックにサトクナナンタンを殺すことができなかった理由はいくつあるか？　いまのところはゼロだ。

一号線の南向き車線を少し行ったところにショッピングモールがあった。一行の車はナッソー・パークに入って、ウォルマートの前にとまった。ケニーはその前へ行って、そこに空きスペースを見つけると、何食わぬ顔で車を降り、店のほうへゆっくり歩いていった。尾行に気づかれはしまいかという心配はあまりしていなかった。

店内に足を踏みいれたとき思ったのは、客の九十五パーセントは自分の通常の買い物の二倍の量を買っているということだった。そうなのだ。自分は日頃から子供じみた我の強さを防弾チョッキのように身にまとい、どのような外部からの攻撃にも耐えられるとタカをくっている。けれども、内部から生じたものから自分を守ることはできない。それればかりはどうにもならない。

店内で、三人はそれぞれ小さなカートを取り、それぞれ別々の方向へ歩きだした。小さいころ、父親といっしょに観た『おかしなおかしなおかしな世界』のワンシーンのようだ。ケニーはドベックのあとを追い、冷凍食品のコーナーに向かった。

ドベックはじーっとデザートを見つめている。馬鹿馬鹿しいほど迷ったあげく、アイスクリーム・サンドイッチを手に取った。悪い選択ではない。そう思ったとき、耳に母のガミガミ声が聞こえた。「最初に冷凍食品をカートに入れちゃダメ。お勘定をすませるまえに溶けてしまうでしょ」

ドベックは食料品を買うときの注意点をフイキン・リーから教わっていないにちがいない。あるいは、自分の母親からそのことを教わったときには、アイスクリームはまだ市販されていなかったのかもしれない。ドベックは通路を奥に進み、冷凍食品を次々にカートに入れていった。それを見て、ケニーは寒々しい気分になった。七十代になった自分がワンルームマンションで、インスタント食品をひとりで食べている図が頭に浮かんだからだ。ウィンドロウズの居住者の大半は、そこのダイニングルームで施設が用意した食事をとっているが、一カ月ずっととなると、その費用は馬鹿にならない。警察官の年金で生活している者なら、一週間に何度かは自分の部屋で食事をとる必要に迫られる。

ここでケニーはドベック家について知っていることを整理してみることにした。ブラッドリーは一九四〇年生まれの八十歳。父は第二次世界大戦を戦った退役軍人のバートラム、母は専業主婦のキャロル。戦後バートラムは郡の保安官になった。長男にBで始まる名前をつける習わしはここから始まっている。キャロルは〝家庭内での銃の誤射〟と認定された不祥事によって一九五六年に死亡。

ブラッドリーは数年にわたって職探しをしたあと、一九六五年秋に家のしきたりどおり軍務につき、お腹に赤ん坊を宿している妻を残して、ヴェトナムに出征した。息子のベネットにはじめて会ったのは、一九六七年に帰国したときだった。

一九六八年にウェスト・ウィンザー警察署が新設されると、バートラム・ドベックが五十三歳で初代の署長に任命された。そのとき、最初に採用された警察官が息子のブラッドリーだ。そして、一九八六年には、そのブラッドリーが二代目の署長となった。

ブラッドリーの息子ベネットも一家の伝統を忠実に守り、十八歳で陸軍に入隊、湾岸戦争時にクウェートに送りこまれた。その息子のベンジャミンは一九九一年生まれ。二〇〇〇年に父のブラッドリーはジアイン・ウー区長から引退を勧告され、ベネットは彼にかわって三十四歳の若さでウェスト・ウィンザー署の署長になった。

先祖代々、警察署長の職務を担いつづけてこられたことは、通常なら大いに顕彰されてしかるべきだろう。けれども、小さな地域社会の噂や、当事者の直接の話からすると、本人たちはそのために大きな代価を払わなければならなかったにちがいない。ドベック家に男子として生まれたら、その瞬間から個人的な選択をすることはできなくなる。職業の選択も、宗教の選択も、政治的な選択も、社会的な選択も。ベンジャミンの場合には、ドベック家のレガシーからすると、子供のころの他愛もない悪ふざけは別にして、みずからの性衝動を満たすことは決して許されなかったはずだ。

ブラッドリー・ドベックは店内の通路をのっそりのっそり歩いている。若い娘たちに色目を使い、体重過多のアフリカ系アメリカ人の男やヒスパニックの女を見ると、せせら笑い、インド人の家族の横を通り過ぎたときは、鼻を二度つまんだ。無礼で、粗野で、いかれた老人を演じるのを楽しんでいるように見える。

ただそれだけのことなのかどうかはわからない。

そのぞんざいさは〝芝生から出ていけ、このいたずら小僧！〟と同質のものではない。ケニーの持論によると、新聞記者の仕事の七十五パーセントはアマチュア心理学者としてのものだ。そこで言うなら、ブラッドリー・ドベックは人々に奉仕することに生涯を費やしてきた人物とは思えないくらい人間を嫌っているにちがいない。

そういう気質には同感できる部分もある。ただ、ケニーは自負心の乏しさゆえに、他人を見くびることができない。一方、ドベックのような男は、その自負心の大きさゆえに、まわりの者全員を自分より下に見ている。齢(よわい)八十にして、恐ろしいくらいの猛々しさだ。

いまこうだとしたら、現役時代はいかばかりだったのだろうと思わずにいられない。

ここまで来て思案から覚めたとき、人類にとっての最大の脅威である男は、大人用のおむつをカートに入れていた。

数分後、宇宙空間におけるNASAレベルの離れわざで、ドベックとアッペルハンズとハロウェイは同時に同じレジでドッキングした。

そして、カートから商品を取りだしながら言い争いを始めた。誰が何を買い忘れたとか、誰が同じものをふたつ買ったとか、誰がメーカーを間違ったとか。レジで会計をしているのを見て、ケニーは思った。このあとさらに一波乱あるのは間違いない。

レジ係がすべての商品をスキャンしおわったあと、三人はそれぞれ個別のレシートを要求した。女性のレジ係はまとめての会計でいいかと訊いて承諾を得ていると丁寧な口調で説明した。すると、ドベックはレシートをレジ係の手からひったくって、おまえたちはなんの役にも立たないポンツクだと罵った。罵りの対象が女性の肌の色なのか、ウォルマートのレジ係なのかは定かでない。

三人がレジ袋をトランクに入れはじめると、ケニーはゆっくり自分の車のほうに戻っていった。このとき、彼らのあいだで交わされていた議論は、トランクに入れたレジ袋のどれが自分のものであるかをどうやって確認すればいいかについてだった。ケニーは避けたいことの長いリストに〝老化〟を付け加えた。

車に乗りこんだとき、運転席の後ろの窓を強く叩く音がして、ドキッとした。ドベックが車の横に立っている。素焼きの土器のようなカサカサの顔に笑みが浮かんでいる。

ケニーは窓ガラスに映った自分の顔を見ながら窓をあけた。子供のころテレビで見た、崖から落ちるまえのワイリー・コヨーテの心境だ。

「いいか、若造」と、ドベックは言った。「ひとつ教えといてやる。尾行するときは、完全に姿を隠すか、完全にまわりに溶けこむかしな」

「ぼくはどっちつかずだったってことですね」

「おまえは女ばかりの部屋で勃起したナニみたいに目立っていた。いや、アジア人のナニはいくらも目立たないか」

ケニーはドベックの冷たい目を凝視した。見れば見るほど、この男の度量の小ささが鮮明になってくる。

「大人用のおむつを買った者になんと言われようが、ちっとも気になりませんよ」

ドベックは笑った。腹の底から、大きな声で。

その笑い声にケニーはふたたび威圧された。

ドベックは自分たちの車のほうに戻っていった。そして乗りこんだ。それをケニーはバックミラーごしに見ていた。ハンドルはアッペルハンズが握っている。車がゆっくりバックする。ハンドルの切り方が甘いため、いったん前に進んでから、もう一度バック。

もう一度。

さらにもう一度。

ようやく車が走り去ると、ケニーは携帯電話を取りだして、アンドレアにメールした。〝シンペイの家に来てくれ。今夜〟

すぐに返信があった。〝今夜？〟

ケニーは送りかえす。〝そう〟

そのあと電話。

「ジミー、おれだ。ケニーだ。今夜、もう一度きみの力を借りたい。そう、今夜だ……もちろん『ネイビー犯罪捜査班』があるのは知ってる。心配するな。DVRで録画しておいてやるから。ベライゾンで働いてるのに、DVRを持ってないなんて、マジ信じられないよ。まあいい。あとで住所と時間をメールする」

火曜日の午後、ウォルマートの駐車場にとめた車のなかで、ケニーはひそかに確信していた。ついいましがた凄んでみせた男こそ、サトクナナンタン・サスマル殺しの犯人にちがいない。

28

セイディとサラを寝かしつけたときには八時になっていた。そのあと、アンドレアはイーライの部屋へ様子を見にいった。イーライは『カルビンとホッブス』を読んでいた。自分が子供のころ読んだ古いコミックブックだ。それを見て、口もとがほころんだ。息子は自分と同じように一風変わったものが好きだ。そう思うと、誇らしい気持ちになる。『パワーレンジャー』を音消しにして観ながら登場人物のセリフを自分でつける才覚も母譲りだし、息子の愛読書であるヘルナンデス兄弟の『ラブ・アンド・ロケッツ』は、自分がいとことの賭けに勝って手に入れたものだ。児童書としては不適切かもしれないが、かまうことはない。ある程度の辛辣さは子供のころから学んだほうがいい。ジェフの遺伝子をバロメーターにすると、イーライの十代はつらいものになるだろうから。

「変わりはない、イーライ？」

イーライは本から顔をあげた。「今日は楽しかった。あの公園にはクールな連中が揃ってたよ」

「それはよかった」

「ほんというと、最初はびびってたんだけど」

「知らない子には、意地悪をされることが多いからね」

「黒人ばっかりだったし」

「そうね。でも、インド人やパキスタン人や中国人とかのなかにも、お友だちはいるでしょ」

「けど、黒人の友だちはそんなに多くない。それに、ニューアークはギャングの街だし」

「たしかにそこは街だし、街にはギャングがいる。だからといって、ギャングの街ってことにはならないわよ」

イーライはうなずいた。少し言い聞かせるだけで、いつも簡単に納得してしまう。それは仕方がない。いずれときが解決してくれるだろう。

「あまり夜ふかししないようにね。おやすみ」

「おやすみなさい」

その声を聞いて、アンドレアはドアを閉めた。

次に廊下の向かい側のルースの部屋をノックした。そして、ドアをあけたところで立ちどまった。ルースはヘッドホンをつけてｉＰａｄを見ている。許可なしに部屋に入れば、言い争いになるのは目に見えている。ルースは顔をあげ、しぶしぶといった感じでうなずいた。金箔押しの招待状は受けとれなかったが、入室許可はおりた。

「何を見てるの？」

ルースはビデオをとめ、ｉＰａｄを裏がえした。タンザニアでの野生動物の密猟の実態をユーチューブで見ていたという。子供にはちょっと早すぎるのではないかという気もするが、世界にこのような問題があることを知るのに若すぎるということはない。

「『フラーハウス』のほうが面白いと思うんだけど」

「あんなドタバタ劇のほうが？　ほんとに？」

アンドレアは微笑んだ。「嘘よ」

部屋を出ようとしたとき、呼びとめられた。

「ママ？」ぎこちない沈黙のあと、ルースは続けた。

「いったい何が起きているの」

「どういう意味？」

ルースの口はアヒルのようになっている。怒りと不満のしるしだ。「つまりー」わざとらしく語尾をのばして言う。「わたしは見たってこと。ママたちは裏庭から骨を掘りだし、それをビニール袋に入れ、街でわたしの知らないひとと会って、骨を渡した。そのときママがそのひとを見ていたときの目って、去年わたしが学校でブラッド・ギアリーを見つめていたのと同じ目だった」

アンドレアは選択肢を精査した。いまここですべてを話してもいいが、いくらルースが賢いとはいえ、それを完全に理解できるかどうかはわからない。ルースと同じ年のころ、自分はピンを使って錠をあける方法を知っていた。地元の詐欺師三人のサクラ役を演じたこともある。わざと証拠を残して警察と知恵比べをしたこともあれば、警察に知恵比べをやめさせる工作をしたこともある。十五軒のレストランで無銭飲食をしたこともあれば、目の前で兄を失った暴力事件を経験してもいる。

一方のルースは何をしたか。去年、四年生の科学コンテストで火山の模型をつくった。

ため息が漏れる。「ガソリンスタンドでひとが殺されたことは知っているわね、ルース」

ルースはうなずいた。

「ママはその犯人を捜しているの」

「なぜ?」

　この質問には虚を突かれた。なぜなら、正義はまっとうされなければならないから? なぜなら、遺族には真実を知る権利があるから?

「なぜなら……」アンドレアはためらい、それから曖昧さを排し、この十年のあいだにしたり言ったりしたことのどれよりも真実に近いと思われる答えを導きだした。「なぜなら、それがママだから」

　一瞬の沈黙のあと、ルースはうなずいた。

「わかってくれた?」わからせることができたかどうかはわからない。

　ルースはまたうなずいた。そして、ヘッドホンをつけ、ビデオに戻った。

　とんぼ返りをしたくなったが、破水するとまずい。静かに部屋を出て、ドアを閉める。

　次はサラとセイディ。ふたりともぐっすり眠っていた。そのあと、寝室に向かったが、ジェフはいなかった。階段をおり、地下のドアをあける。ジェフは自分の仕事部屋にいた。ま、あたりまえか。

「子供たちは静かにしてる。わたしはちょっと出かけてくる」

「もう十時じゃないか。火曜日の夜の。なんのために?」

「本当のことを知りたいの? それとも、ミルクを買いにいくと答えてほしいの?」

　返事はない。

　アンドレアは家を出た。

　ケニーはパーカー・ロードに車を駆っていた。緩やかなカーブを曲がって、最近なぜか知らないが改名されたパーカー・ロード・サウスに入ったとき、ヘッドライトの光が前方にとまっているアンドレアのオデッセイとジミーのカマロをとらえた。アンドレアに住所を聞いたブリアン宅の四軒先の家の前だ。

オデッセイの後ろに車をとめて、ライトを消す。車のなかにはアンドレアの姿もジミーの姿もない。先にシンペイ家の裏庭に行ったのだろうか。私道にも人影はない。玄関灯がついているだけで、まわりは真っ暗だ。シンペイは夫といっしょに毎月定例の中国小売業協会の夕食会に出かけている。今夜、三人でやるべきことは十一時までに終わらせてしまわなければならない。

裏庭に通じるゲートの近くの暗がりのなかで、何かが動いている。ジミーだ。どうやら探知機のダイヤルをあわせているようだ。そのとき、メールの着信音が鳴った。〝ブリアン宅の私道の前を歩かないで〟

メールを読みおえたときには、ブリアン宅の私道の前を歩いていた。

ガレージの上の隅っこに設置された人感センサーが作動し、スポットライトが私道を煌々と照らしだす。ケニーは身をこわばらせた。右に足を踏みだしかけてやめ、左に足を踏みだしかけてやめ、それからジミーが立っているところに向かってまっすぐ突っ走りはじめる。

ゲートの前まで行ったとき、ジミーは笑っていた。

「もっとまえに知らせてくれてもよかったんじゃないか」

アンドレアが答えた。「気がついたときには手遅れだったのよ」

「頼むからあんまり笑わせないでくれ」ジミーは言って、探知機のダイヤルをまわした。探知機から甲高い電子音が鳴り、すぐに低い信号音に変わる。「よし。準備完了だ」

三人はシンペイ宅の裏庭に入った。背後には木々が生い茂り、家屋から漏れてくる光はない。ウェスト・ウィンザーでこれほど暗いところはおそらくないだろう。いろいろな虫の鳴き声が聞こえてくる。やれやれ、とケニーは思った。自然は苦手だ。

「できるだけ水辺に近いところから始めてね。バラバラ死体はそっちのほうに埋められている可能性が高い」

「ジミーの前でその話はちょっとまずいんじゃ……」

「話はアンドレアから聞いている。これが宝探しじゃないってことは最初からわかっていたよ。友人のために正しいことをするというのは望むところさ」

　裏庭のフェンスぞいに二列分の探知をすませ、三列目にとりかかったとき、驚いたことに後ろから声が聞こえた。「アンディ?」

　振りかえると、ブリアンが裏庭に立っていた。ポーチの階段から数フィート離れたところで、Tシャツと格子縞のパジャマのボトムスにバスローブをはおっている。

「そうよ」とアンドレアは答え、「ちがう」とケニーは答える。

　ブリアンは前に進みでた。

「ここで何をしてるの、アンディ。この人たちは誰なの?」

　ジミーが訊く。「ぼくはどうすればいいのかな」

　ケニーが答える。「探知を続けてくれ」

　ブリアンが言う。「アンディ?」

「言い訳は思いつかない。だから、正直に話すわね」

　ケニーが小さな声で言う。「やめたほうが……」

「五十年ほどまえに、バラバラ死体の一部がこのあたりに埋められたはずなの。わたしたちはそれを探してるのよ」

　その場に垂れこめた沈黙は食べすぎてもたれた胃袋より重いように思えた。

　そのとき、探知機からピーンという鋭い音がした。

「何か見つかったようだ」ジミーは言った。

29

　ブレインズボロ・ヴィレッジ・センターのグラインド・コーヒー・ハウス・N・カフェに入った瞬間、アンドレアは理解した。ブリアンの外見がすべてを語っていた。目は充血し、髪はぼさぼさで、着ているTシャツは昨夜のものだ。

　アンドレアは子供たちを別のテーブルにいるブリアンの三つ子たちのところへ行かせた。そして、自分はブリアンと同じテーブルについた。

「ゆうべ、わたしのことをグーグルで調べたのね」

「どういうことなの、アンディ」

「ずっとまえのことだから」アンドレアは正面から答えるのを避けた。

「どういうことなのよ、アンディ」

「びっくりするのは無理もないと思う。でも、ずっとまえのことだから」

「どうして話してくれなかったの」

「サッカーの練習を見ながらする話じゃないでしょ」アンドレアは話を打ち切るように手を振った。「それにずっとまえのことだし」

「もう一度、同じことを言ったら、ひっぱたくからね」

　ブリアンが簡単に引きさがらないことはわかっている。作り笑いとクランベリー・スコーンでごまかすことはできない。

「あのね、言い訳がましくなるかもしれないけど、こんなふうに考えてみて。あなたはラトガース大学で児童心理学を専攻した。その後、ロバート・ウッド・ジョンソン大学病院の小児科病棟に家族問題専門のソーシャルワーカーとして勤務するようになった。そうよね」

「ええ」

「そこで働きだして二年後に、マーティンと出会った」

「三年後よ」

「だったら三年後。そして結婚し、妊娠して、三つ子を産んだ。それで仕事を辞めた。夫が稼いでくれるので、お金には困らない。そうよね」

「ええ、まあ……」

「わたしとは何がちがうと思う？」アンドレアは答えを承知のうえであえて訊いた。「そう。わたしは大学で学んだことを活かす仕事に一度も就けなかった。そのときにはルースを身ごもっていたから」

「でも、あれはあなたがまだ大学生のころのことで……」

「いまはもうあのころのわたしじゃないのよ、ブリアン」と、アンドレアは言った。自分は本当であると同時にへたな嘘でもあることを言うことができる。が、それにしても、苦しい逃げ口上だ。

「いいえ、そうは思わないわ。わたしは毎日自分の仕事のことを考えている。悩み苦しんでいた子供たちや、わたしが助けた子供たちや、助けられなかった子供たちのことを忘れたことはない。もちろん、わたしは自分の子供たちを愛している。それはそう。でも、仕事を続けていたらどんな人生になっていただろうと考えない日はない。あなただってそうにちがいない。その思いがどれほどのものか、わたしには想像もつかないけど」

アンドレアは窓の外へ視線をそらして涙をこらえた。涙が出そうになったことによって、泣きたい気持ちがいっそう強くなった。しばらくしてからようやく言った。「お茶がほしいわ。スコーンも。ベーグルも。子供たちにも何か食べさせなきゃならないし。これでこの話はいったん棚あげにしない？」

ブリアンがうなずいたので、アンドレアは席を立ち、カウンターのほうへ歩いていった。子供たちにほしいものを訊いて買い与えると、自分の紅茶とお菓子を持って席に戻ってきた。大きなお尻にはあまりにも小さすぎるプラスチックの椅子に腰をおろして、ゆっくりとお茶をすする。クランベリー・スコーンを大きく一かじりし、舌鼓を打つ。話の棚あげ状態が長く続かないことはわかっている。三、二、一——

「それで、あなたはシンペイの家の裏庭に死体の一部が埋められていると考えてるのね」

プリンストン・ポスト社の閉所恐怖症を引きおこしそうな資料室のなかの狭い通路で、ケニーは小さな踏み台にすわっていた。資料室といっても一般家庭の収納庫に毛が生えた程度のもので、ホームデポで購入したスチールラックが三列に並んでいるだけだ。そこには年度別にラベルが貼られた収納ケースがぎっしりと詰めこまれている。デジタル化などはもとより望むべくもない。収納ケースを買う予算があっただけでも良しとしなければならないだろう。

いまケニーの目の前に置かれているのは、〝一九四六年〟というラベルが貼られた収納ケースだった。なかには五十二週分の折りたたまれた週刊新聞が二十六部ずつ入っている。一九四〇年から一九四五年まではすでにチェックずみだ。アンドレアの話だと、見つかった骨は五十歳以下の人間のものらしいが、念のために一九四〇年から取りかかることにしたのだった。

まずは一九四六年の一月分から。一面に警察関連の記事がまとめられていたので、そこを読めばおおよその用は足り、農民や農業や農産物や農地や農機具についての記事はすべてスルー。当時の新聞は八面しかなかったので、いくらの時間もかけずに数週間分に目を通すことができた。

それでも次第にかったるくなってきた。郊外の暮らしの変わりばえのなさは鉛のように重く感じられる。来る年も来る年も同じことの繰りかえし。変わるのはいくつかの名前だけ。学校のスポーツ行事、PTA、科学コンテスト、新しい道路の建設、古い道路の補修、区議会の議論。毎週毎週、毎月毎月、毎年毎年。一九七二年まで来て読むのをやめたときには、二時間も無駄なときを過ごしてしまっていた。少しでも良識のある者なら、立ち去るまえに収納ケースをラックに戻しただろう。

ケニーは床に置いたまま立ち去った。

午後、アンドレアはブリアンの家の私道に車をとめた。子供たちはすぐさま裏庭へ遊びにいった。ブリアンがテラスから私道に出てくる。

「いまから行くつもり？」と、アンドレアは訊いた。

「いましかないでしょ。この時間なら間違いなく家にいる」

シンペイがドアをあけると、背後からテレビの音が聞こえた。中国のメロドラマらしく、中国語の大きな声で何やら言いあっている。シンペイが音量の大きさを気にして肩をすくめ、説明のつもりで言った。「姑なの」

よくわかる。姑には勝てない——それは世界の共通認識だ。シンペイはポーチに出てきて、ドアを閉めた。

「何かご用？」

ブリアンにうながされて、アンドレアは切りだした。

「先日プール工事の申請をしたけど、区の許可がおりなかったという話をしたでしょ。その理由は裏庭を掘られたくないからだと、わたしは考えているの」

「地下水のせいだという話だったけど」

アンドレアは本当の理由を告げた。

シンペイは訝しげな顔をしている。

ブリアンが言った。「わかるわ。馬鹿も休み休みにしろと言いたいんでしょ。でも、信じてあげて。アンドレアは、なんというか、そっちの方面のエキスパートなの」

アンドレアは昨夜シンペイの家の裏庭にいたことを話した。

「探知した場所に、印をつけておいたわ」

「ほかの家でも死体の一部が見つかったとのことだったわね」

「胴体よ。掘りだして、ビニール袋に入れて保管している」アンドレアは言いながら考えた。いまここでサスマル家の名前を出すべきだろうか。いや、やめたほうがいい。いたずらに不安を煽ることはない。心配することは何もないと思わせたほうがいい。「わたしにはFBIの友人がいるの。それで、殺されたひとの身元を突きとめるために、いまDNA検査をしてもらっているところなの。死体のほかの部分の骨が見つかれば、身元の特定はそれだけ容易になる」

それで納得がいったみたいだった。シンペイは落ち着いていた。わざとらしい表情もないし、芝居がかった仕草もない。

黙ってスタスタと歩きはじめた。

「どこへ行くの」ブリアンが訊いた。

「シャベルを取りに」


ケニーはあちこちに手をまわし、頼み、拝み倒して、ようやくプリンストン大学図書館の新聞保管庫へ入る許可を得ることができた。いまいる巨大な洞（ほら）のような部屋では、新たに導入されたReCAPプログラムを使って、プリンストン大学とコロンビア大学、それにニューヨーク公立図書館のコンテンツを閲覧できるようになっている。

ニコールという小生意気で、愛想（あいそ）も小想（こそ）もないブルネットの大学院生が、システムの操作の手伝いをしてくれることになっていた。いまは二十六あるアルファベットのQの列の前に立っている。なんだか、『レイダース／失われたアーク』の最後に出てくる倉庫にいるような気分だ。

「なるほど。ここに一九五〇年からのスター・レッジャー紙が収められているんだね」

「そう」

「すべての記事が」

「そう」

「ここのすべての棚に」

「そう」

ニコールは手に持ったリモコンを操作している。油圧自走式のゴンドラがQの列の角を曲がり、ふたりのすぐ前でとまる。ニコールはリモコンの操作方法を説明すると、そそくさと保管庫から出ていった。

ケニーはゴンドラに乗り、リモコンのボタンを押した。ゴンドラは最上段の棚に向かってゆっくりあがっていく。思いのほかの高さの感覚に目がくらみ、手すりにしがみつく。ようやくゴンドラがとまったときには、頭が天井につきそうになっていた。

ラベルに〝一九四〇年一月〟と記された箱を引きぬいて、ゴンドラの床に置く。ニューアーク・スター・レッジャー紙は、一九三九年にニューアーク・レッジャー社がスター・イーグル紙を買収、併合して刊行するようになった新聞だ。

一九四〇年一月一日のものを見つけだす。紙は足の臭いがする。乾いているが、脆くはなっていない。折りたたまれたところを開き、一面に目を通す。同じものをデジタル版で読むこともできたが、こっちのほうが記事によりリアリティを感じることができる。プリンストン・ポストを読むのは苦痛でしかなかったが、スター・レッジャー紙はちがう。犯罪に手を染める者の像がより鮮明に見えるようになる。同じように被害者像も見えてくればいいのだが。

ケニーはこれからかかろうとしている仕事に向かって口笛を吹き、ページをめくりはじめた。

シンペイとブリアンは穴の両側に立って、シャベルで交互に穴を掘っている。湿った空気のなかで、汗まみれになっているふたりを見ていると、アンドレアは手伝えないことに後ろめたさを感じずにはいられなかった。

「ここからはゆっくりとね」と、アンドレアは言った。

シンペイは手を振って作業を中断し、ブリアンといっしょに穴の外に出た。そして、ガーデニングキットのなかにあった移植ごてを手に取った。それで少しずつ慎重に掘っていくと、しばらくして何か固いものに当たった。

シンペイがグローブをはめた手で土を払いのける。

「棒きれのようね」

アンドレアはシンペイの肩ごしに覗きこんだ。

「棒きれじゃないわ」

それは被害者の左手だった。

30

夜の十時、ケニーはアンドレア宅の玄関前の階段をあがった。ドアをノックしたほうがいいか、ベルを鳴らしたほうがいいかはわからない。この時間だと、子供たちは眠っているだろう。ジェフに会うのも気がひける。今回のこの一件には自分がアンドレアを巻きこんだと思われているにちがいない。本当はそうでないのだが。しばらくのあいだポーチに突っ立ったまま、どうすればいいか決めかねていると、とつぜんドアが開いた。

アンドレアは微笑んだ。「家の前にいるってメールしてくれたらよかったのに」

ケニーは家のなかに入った。

二階の明かりは消えていたが、キッチンの横のファミリールームからはテレビの音と光が漏れている。

「全部、地下にあるの」と、アンドレアは言って、地下に通じるドアをあけた。

ジェフはリクライニング・チェアにすわってメッツの試合を観ている。なんの反応もない。

「こんばんは」ケニーは言った。

ジェフは首をまわした。うなり声こそあげなかったが、その目はクロマニヨン人のものだ。あくまで知らんぷりをしようとしているのかもしれないし、立ちあがって自己紹介する踏ん切りをつけようとしているのかもしれない。結局は立ちあがって、しぶしぶ手をさしだした。「ジェフだ」

「知ってるよ。はじめまして」とケニー。「こんな時間にお邪魔して申しわけない。受け渡しをしたいものがあるので、どうしてもアンディと――」

「いいから、子供たちを起こさないように頼むよ」ジェフは言って、ふかふかのソファーと敗色濃厚なメッツの試合に戻った。

ケニーの気まずげな視線に対して、アンドレアは気にしなくていいというように手を振ってみせた。「行きましょ。地図も下にある」

アンドレアのあとに続いて階段をおりているとき、ケニーは自分のせっかちさを抑えこむのに苦労しなければならなかった。彼女が階段をおりる速度は氷河の溶解なみだ。いや、よくよく考えてみれば、昨今の気候変動のせいで、いまでは氷河のほうが速いかも。

地下におりると、ラグマットの地図の前に連れていかれた。ケニーはそれを開き、次にバックパックから分厚いマニラ・フォルダーを取りだした。「一九四五年から一九七五年までの三十年間に起きた未解決の失踪事件は四十四件。男性限定で調べた。じつは女の骨だったってことになったら、おれは憤死する」

アンドレアはビニール袋を取って、掘りだした手の骨を見せた。骨の下には土が敷かれ、土の下には段ボールが敷かれ、段ボールの下には別のビニール袋が敷かれている。

アンドレアは骨の上に自分の手をかざした。骨のほうがずっと大きい。

「男性よ」

「骨と土は別個に掘りだしたのかい。それともいっしょに？」

「いっしょに。三人がかりで。すっごく大変だった。シンペイが庭仕事に慣れてるからよかったけど、でなかったら……」

アンドレアはフォルダーを受けとり、中身に目を通した。各人ごとにインデックス・カードがクリップ留めされ、そこに失踪者の名前が太字で記され、その下に要点が箇条書きされている。これは大いに役に立つ。ケニーに注文をつけたいところはいくつもあるが、その調査能力は天性のものといっていい。

アンドレアがページをめくりはじめると、ケニーは言った。「白人が十二人、アフリカ系アメリカ人が二十二人、ヒスパニックが六人、アジア人が四人。単なる直感だけど、おれはアフリカ系アメリカ人じゃないかと睨んでいる」

「わたしもそう思う。でも、はっきりしたことはDNAの検査結果待ちよ」

ケニーはラグマットの地図から一歩離れて、そこに貼られた付箋に目をやった。付箋には、骨が発見された家と以前そこにあった農場、そして死体の部位が記されている。具体的には――

/フェリス農場/左脚
サスマル/ウェインロック農場/胴体
シンペイ/ピムリコ農場/左手

この三地点はウェスト・ウィンザーとプレインズボ

ロの南東から北西にかけて広範囲に散らばっている。かつては農地で現在は住宅や複合商業施設や保護区になっている場所にも、農場名を記した付箋が貼られている。具体的には——

アッペルハンズ農場
ベア・ブルック農場
コラゾ農場
クリームランド酪農場
エーレンライク酪農場
マニング農場
オターマン農場
ポーレンティ酪農場
シュルツ農場
シェンケン農場
テンダル農場・酪農場
ウィンザー農場

これまでに見つかった骨から、死体は八つに切断されたとアンドレアは考えているようだった。地図の右側には、未発見の部位をリストアップした付箋が貼りつけられている。

左腕
右手
右腕
右脚
頭

「未発見の部位が五つ、未確認の農場が十二カ所」と、ケニーは言った。

「そこを調べるだけでいい。見つかる確率は高い」

「ジミーに連絡しようか」

「まだいい。まずはラモンの話を聞いてから。あなたはリストに名前が出ている農場を当たってちょうだい。農場主の子孫を訪ねて、家族の秘密とか、身内のトラブルとか、長く語られなかった闇の歴史とかはないか聞きだすの」

「わかった。ついでに、スズメバチの巣を突ついてもいい」

「警察のことを言ってるのなら、名案とは思えない。いまはおとなしくしておいたほうがいい」

「ああ。でも、おれはきみに雇われているわけじゃない。できれば突ついてみたい」

「もう突ついたでしょ。効果も出ている。しばらく気を持たせてやりましょ」

納得がいったわけではないが、ケニーは反論しなかった。

「じゃ、今夜はここまで」アンドレアは言った。

ケニーはラグマットの地図を丸めた。アンドレアはマニラ・フォルダーにゴムバンドをかけた。それは明日ラモンに渡すことになっている。

「骨を車に運ぶのを手伝ってもらえるかしら。自分ひとりじゃ運べない。ここに持ってきたときはブリアンに手伝ってもらったの。ジェフや子供たちに見られないように気をつけながら」

「もちろん」ケニーは言って、段ボールとその下のビニール袋をつかんだ。

ふたりはそれを持ってゆっくりと階段をあがり、地下室を出た。

ジェフはキッチンにアイスクリームを取りにいっていた。テレビは消えている。ふたりが持っているものを見て訊いた。「何だい、それは」

「キャンプの――」と、アンドレアは言い、と同時にケニーは言った。「身体の――」

ふたりは目を見あわせ、それからジェフのほうを向いた。

ケニーはあわてて言いなおした。「キャンプに使おうと思って。ニュージャージー中央部の土壌サンプルだよ」

ジェフは数秒間ふたりを見つめたあと、何ごともなかったかのようにアイスクリームのカートンを冷凍庫に戻した。アイスクリームを入れたボウルとスプーンを持って、ふたりの脇を擦り抜け、キッチンを出て、二階へあがっていく。

ふたりは無言で荷物をガレージに運んだ。アンドレアはガレージのドアをあけ、オデッセイのリアハッチを開き、ふたりで荷物をトランクに積みこむ。

リアハッチを閉めながら、ケニーは訊いた。「今日のこれからのスケジュールは？」

「午後遅くにラモンと会う。午前中は子供たちのために何やかやと」アンドレアは言った。考えてみれば、自分のスケジュールに子供たちのための時間が組みこまれていないことはない。


翌日の午後、アンドレアは『ワイルド・スピード』のヴィン・ディーゼルのように高速道路を爆走していた。車で遠出すると、子供たちはすぐにドライブに飽き、言い争いがとまらなくなる。センター・プレイスにあるＦＢＩのニューアーク支局には二十分遅れて到着した。周辺に路上駐車できるところが見つからず、ＦＢＩの駐車場には許可証がないと入れない。携帯電話を手に取り、ラモンにメールしようとすると、運転しながらはダメだよ、とイーライに叱られた。

イーライと同じくらいの年のころ、自分がどんなことをしていたか教えてやりたい。

「だったら、ボイスメールにするね」と、アンドレアは言い逃れた。「建物の周辺を一まわりしたけど、駐車できないの」

数秒後、携帯電話が鳴って、返事が来た。〝いまゲートの警備員に伝えた。駐車場で待っている〟

まわりをもう一周して、ゲートに向かう。警備員の詰所の前で車をとめて、窓をあけ、IDを提示する。

「わたしはアンドレア・スターン。ラモン・メルカードに面会予定です」

「はいはい、聞いてますよ」警備員は手を振って、アンドレアをなかに通した。

　駐車場に入ったとき、ラモンが通用口から出てきた。フォルダーを持っている。もしかしたら、胴体の骨の検査結果が出たのかもしれない。車寄せの端に寄って駐車する。車から降りると、ラモンが近づいてきた。挨拶を交わし、軽くぎこちないハグをする。

「それをわたしに？」アンドレアは訊いた。

「取り急ぎ作成した仮の報告書だ。最終的なものじゃない」

　アンドレアはラモンといっしょに車の後ろにまわり、リアハッチをあけた。「これはあなたに」

「また掘りだしたのかい」ラモンは言って、報告書をさしだした。アンドレアが報告書をめくっているあいだに、ラモンは骨の上にかけられたブルーシートを剝がした。「調べてみる。たぶん胴体と同一人物のものだろう」

　アンドレアは報告書を読みあげた。「被害者はアフリカ系アメリカ人、男性、年齢は二十歳から三十歳」

「そして、五十年以上、土のなかに埋もれていた」

「大助かりよ、ラモン。可能性のある人物は四十四人いた。これで半分に絞りこめる」

「こういうのは見つけたままの状態でなくてもいいんだよ」ラモンは言って、骨を載せた段ボールの下に敷いていたビニール袋の四隅を引き寄せ、巾着状にした。

　アンドレアは微笑んだ。「子供たちにはキャンプ用具だと言ってあるの」

「会わせてもらえるかな」

　アンドレアは驚いた。「子供たちに？」

「そう。みんな車のなかにいるんだろ」

「ええっと。そうね……」アンドレアは少しためらってから、運転席側のスライドドアをあけた。

子供たちはポルノを盗み見ているのを見つかったみたいな顔をしていた。この一時間で、このときほど静かだったことはない。

ラモンは手を振って挨拶した。「やあ、みんな。ぼくはラモン」

イーライが沈黙を破り、だしぬけに訊いた。「おじさん、FBI局員？」

「そうだよ」

「ピストルを見せて」

ラモンは微笑んだ。「オフィスにいるときは持ち歩かないんだ。きみの名前は？」

「イーライ」

「わたしはセイディ！」

「わたし、サラ！」

ルースは何も言わなかったが、その表情がすべてを語っていた。アンドレアの内心は穏やかでない。

「FBIのバッジなら見せてあげられるよ」

イーライはハリケーンのなかの首振り人形のように何度もうなずいた。ラモンはバッジを取りだした。

「どうしてママは何度もおじさんに会ってるの？」イーライは訊いた。

ラモンは目で尋ね、アンドレアは手ぶりで答えた――どうぞお好きなように。

「きみのママとは以前いっしょに仕事をしていたことがあってね」と、ラモンは答えた。「いまはママが調べていることを手伝っているんだ」

ルースはラモンの肩ごしに母親に目をやった。「パパを迎えにいかなきゃ。早くしないと遅れちゃうよ」

ラモンは意を汲んで子供たちに手を振り、「みんなに会えてよかったよ」と言いながら、車から離れた。

アンドレアはスライドドアを閉め、フォルダーを指で軽く叩いた。「急がせて悪かったわね」

「半世紀前に殺された男の身元を割りだしたら、次は何をするつもりだい」

「警察と行政に圧力をかける。いきなり押しかけて、わかったことを突きつけるんじゃなくて、何かが起きつつあることをそれとなくほのめかす」

ラモンはうなずいた。「なるほど」

「それから、かつて農地だった場所に行って、まだ見つかっていない骨を探す。そこの農場主の家族を見つけだせば、これまで選出もしくは任命されてきた公務員の何世代にもわたる共謀があきらかになるかもしれない」

「公式の捜査というかたちにしてもいいんだが」

「ありがとう。でも、まだいい」

「古い犯罪を覆い隠そうとしている古い警察官は、可燃性のガスみたいに危なっかしい」

「わたしはそれ以上に危なっかしい」

ラモンは微笑んだ。

アンドレアは微笑みかえした。


車のなかからルースが叫んだ。「ママ！　行こうよ！」

ふたりはいちゃついているところを見つかった高校生のように照れくさそうに笑った。アンドレアは手に持ったフォルダーで相手の胸を軽く叩いた。「あらためて礼を言うわ。ありがとう」

ラモンは笑いながらビニール袋を持ちあげた。「きみにも礼を言うよ」

高速道路の9番出口付近で事故があり、半マイルにわたって渋滞が発生していた。ジェフからメールが来て、四時四十一分の列車に乗り五時半にプリンストン・ジャンクション駅に着くという連絡が入った。今日に限っていつもより早く帰ってくるなんて。とても間にあいそうもない。子供たちは喧嘩をしている。あちこちから車のクラクションの音が聞こえてくる。うるさくて頭がどうにかなりそう。困った。

ジェフが駅のベンチにすわって待っている姿が目に

膨らむ。かかんかんに怒っているにちがいない。メールでひとこと言っておいたほうがいい。でも、ルースが黙っていてくれるとは思えないから、嘘はつけない。それで、少し遅れそうだとだけメールした。

即座に理由を訊かれた。ため息をついて返信する。〝あとで話す。到着時間は追って連絡する〟

駅に着いたとき、ジェフは庇がついた階段の近くに設置されたコンクリートの花壇にすわっていた。いかにも怒っているような目をし、いかにも疲れているような様子で立ちあがった。仕方がないでしょ。渋滞に巻きこまれたんだから。二十五分待たされたからって、それがなんだって言うの。

糞食らえ、と思ったけど、ジェフが車に乗りこんだときに言ったのは、「ごめん」だった。

子供たちはみな大はしゃぎだった。ジェフは車のなかで後ろを向いて、イーライとグータッチをした。

「何があったんだい」と訊いたとき、その目はルースのほうに向けられていた。ルースは告げ口するか、嘘をつくか迷い、結局は何も言わなかった。お利口さん。「ニューアークに用があってね」と、アンドレアは答えた。「帰りしなに9番出口で事故があったので遅くなっちゃったの。ごめんね」

「ニューアーク？」ジェフは困惑のていで言った。「誰になんの用が――」そこで言葉が途切れた。どういうことかわかったということだ。「やれやれ」アンドレアは思った。やれやれと言いたいのはこっち。

「知りたいかって？ いいや、知りたくないよ」

「家に着くまで待ってくれない？」

「いいとも。待つよ。子供たちの前できみに恥ずかしい思いをさせたくないからね。ぼくも子供たちの前で恥ずかしい思いをしたくない」

「恥ずかしい思い？」アンドレアの怒りは、爆発する寸前までときは、二秒でレベル〇から七〇〇まで急上昇する。

「お抱え運転手が迎えにくるのを待たなきゃならなかったから？　悪かったわ、ほんとに。わたしが遅刻したせいで、あなたの途轍もなく貴重な人生の二十五分を無駄にしてしまったから。あなたの今日一日がどれだけ大変だったかはよくわかってる。ひとをだましてお金を巻きあげる方法を見つけるのは簡単なことじゃない」

ルースとイーライは座席でオドオドもじもじしている。セイディとサラは泣きだした。

車がアビントン・レーンに入ったとき、ジェフの目は氷のように冷たかったが、何も言いはしなかった。

アンドレアは不思議なくらい冷めた顔で、ガレージのドアをリモコンの一押しであけた。ルースとイーライはサラとセイディに手を貸して車から降ろした。そして、みな黙って家に入っていった。ジェフとアンドレアは車に残り、数分間どちらも何も言わずにすわっていた。

最初に口を開いたのはジェフだった。「子供たちを巻きこむのはやめてくれないか」

「子供のことを考えてるんじゃないでしょ」アンドレアは穏やかな口調で言った。「自分のことでしょ。あなたは自分のことしか考えていない。いつもそう」

「ぼくは子供たちの前でよその家の裏庭を掘りかえしたり、バラバラ死体を家に持ちこんだりしない」

「それで？」

「それでって？」

「ラモンに会うのはやめてほしいってこと？」

「きみは自分勝手すぎる、アンドレア。ちがうかい」

ホルモンが大量分泌されたにちがいない。目に涙があふれ、怒りと同じくらい激しい絶望感に襲われた。ドアをあけて、転がり落ちるように車を降り、ペンギン歩きでガレージの階段に向かう。左の腰に焼けつくような痛みがある。階段をあがるまえに後ろを振りかえると、ジェフも車から降りていた。

「何年もまえからそれが問題だったのよ。わたしはずっと自分の思うように生きられなかった」続きを言っていいのか迷ったが、やはり自分を抑えることはできなかった。「わたしはこれまで自分がしたいと思うことも、しなければならないと思うこともしてこなかった。それはあなたに自信がなかったからよ。あなたはわたしがより良く生きるのを認められなかった」

「より良く生きる？」

「そう、より良く。いまよりずっとずっとより良く」

　ジェフは何を言えばいいかわからないみたいだった。アンドレアもそれ以上話すことはなかった。言いたいことは山ほどあるが、それを口にすれば、すでに大きな亀裂が入っている結婚生活が完全に崩壊しかねない。

「手を引くつもりはないわ、ジェフ。誰がサトクナナンタン・サスマルを殺したか、誰が五十年前に何者かを殺し、それを隠蔽しつづけているかを、わたしはかならず突きとめる。あなたがどう思おうと、わたしの気持ちは変わらない。わかった？　何があっても、絶対に、変わらないったら変わらない」

　アンドレアは自分でもびっくりするような速さで階段をあがり、その勢いのままにジェフの目の前でランドリー・ルームのドアをぴしゃりと閉めた。

31

ケニーはプレインズボロ合同庁舎の事務局に行って、ローズマリー・ギャヴィンに挨拶をした。五十がらみのアフリカ系アメリカ人だ。それから、数枚の書類を窓口のカウンターに置いた。地方の役所で頼みごとをするときには、しかるべき準備が必要であることはよくわかっている。

「おはよう、ミズ・ギャヴィン」と、ケニーは言った。口もとには大きな笑みが浮かんでいる。

「おはようございます、ミスター・リー」ローズマリーは書類をめくりながら言った。「いつもながらきちんとまとまっていますね」

「自分の人生や家のなかとちがって」

「プールの工事の許可についてですか」

「プールの工事の申請が却下されているんだ。ここに記した場所に限って」

ケニーが用意してきた書類には、骨が埋められている可能性があるプレインズボロの元農場の現所有者のリストが添えられていた。その数はウェスト・ウィンザーほど多くないが、調べてみる価値はある。たしかにアンドレアが言ったように、警察にはまだ余計な手出しをしないほうがいい。だが、プレインズボロなら問題はない。そこに揺さぶりをかけたら、話はウェスト・ウィンザーの関係者にも伝わるはずだ。いずれにせよ、まだ見つかっていない死体の一部を見つけだすには、いまのところ正規の手続きを踏むしか方法はない。

「なぜそんな変てこなことを知りたいのか訊いてもいいかしら」

「訊いてもいいけど、これはトップ・シークレットなんでね」ケニーは笑いながら答えて、ウィンクをした。

「数日かかります。古い文書を閲覧するには行政委員会を通さなければなりません。電子化されていないのも多いので」

「ありがとう」

ケニーが知っていることのなかにはアンドレアが知らないこともある。プレインズボロの行政委員会のトップはビル・ミューラーといって、祖父がかつてウェスト・ウィンザーにあったマニング農場の所有者だった男だ。今回の調査依頼がなんらかの警告になるとしたら、それが相手に届くまでにそれほど時間はかからないだろう。

ローズマリーに礼を言って、車に戻る。

すぐにエアコンのスイッチを入れる。車内はNBAの延長戦のあとのロッカールームのように蒸している。

これからトレントンへ行って、行方不明者リストからアフリカ系アメリカ人男性の資料請求をし、それから

プレインズボロに戻って、母親とスティーヴン・アッペルハンズの三人でランチという予定になっている。

アンドレアに電話して、これからトレントンに向かうところだと伝える。

「了解よ。楽しんできてね」と、アンドレアは言った。「わたしのほうはいま二歳児が水泳教室のレッスンを受けているのを見てるところ。でも、水泳教室というのは看板に偽りありでね。腕に浮き輪をつけて泳がせてるんだもの。七歳児はサッカーの練習。九歳児はダンス教室。これから七歳児を迎えにいかなきゃならない。その子の友だちの家で食事をさせることになってるの。その帰りに九歳児を拾って、今度はその子の友だちの家へ。そのあと二歳児を陶芸教室に。信じられる？　二歳児が陶芸教室なのよ」

短い間のあと、ケニーは訊いた。「子供って四人じゃなかった？」

「あらー。大変。サラはどこ？」という言葉を最後に、

電話は切れていた。サラは何にでものぼってしまうという話をまえに聞いたことがある。今回は何をしでかしたのだろう。

肩をすくめて、トレントンに向かう。

十五分後には、ウェスト・ステート・ストリートにある州の公文書保管庫から一ブロック離れたところに、メーターが二十五分残っている駐車スペースを見つけていた。

保管庫は建物の二階にあった。受付の女性はやはりアフリカ系アメリカ人だが、ローズマリーのように笑顔で迎えてはくれなかった。ケニーのような者がやってきたら、その肉を食らい、骨を楊枝に使うという決まりになっていることを裏づけるような州政府の役人面をしている。

「新聞社の者です。二十二人の行方不明者の身元情報を閲覧したいんだが」ケニーは言って、プリンストン・ポストの記者章を見せた。

「オンラインでアクセスできなかったの？」いかにも面倒くさそうな口調だ。

「ええっと……パスワードを知らないもので」

「記者章といっしょにもらってるでしょ」

「話せば長くなる」そのへんの事情をここで縷々話して聞かせるつもりはない。ファイザーの一件でミソをつけたせいで取りあげられていた記者章をプリンストン・ポスト社から再発行してもらうには、いくつかの条件に同意しなければならなかった。いや、条件というより、州当局による露骨ないやがらせといったほうがいい。ケニーが州知事を辞任に追いこみ、選挙で民主党が苦戦させられたことを根に持っていて、なんとしてもタダではすませたくなかったのだ。

それで、記者章は再発行するが、dot-gov のサイトにアクセスするためのパスワードを与えることはできないと言ってきた。その数カ月後、結局は折れて、当局の報復を受けいれるしかなかった。それが情報ハイウェイの路肩に取り残されることを意味していたとしても、背に腹はかえられない。

受付係は書類に目を通して、不備がないかどうかたしかめた。「けっこうな数ね。どうして死亡年月日が記されてないの？」

「死んだかどうかわからないから。このうちのひとりを除いて」訝しげな視線を感じて、ケニーは続けた。「ここにリストアップしたのは失踪者と認定された者ばかりなんだ。書類にはこちらで集めた情報も記載している。でも、不明な点も多くある。それで、ここに来たんだよ」

受付係はあらためてリストに目をやった。

「全員が黒人（ブラザー）？」

「そのひとりの名前が身元不明の死体のものであったとしたら、複数の年老いた白人が殺人事件にかかわったとして罰せられることになる」

受付係は数秒間ケニーを見つめ、それから言った。

「これって、善意からしていることじゃなさそうね」

「もちろん善意からじゃない。でも、結果は善意からのものと同じになるはずだ。約束する」

受付係は書類を受けとると、スタンプを捺し、黄色い付箋にメモを書いて、いちばん上の用紙に貼りつけた。急ぎの案件として受理されたということだ。答えは数ヵ月でなく、数日で出る。

「ありがとう」

「お力になれてよかったというのは、問題が解決してからにするわね」


一号線の北向き車線をプリンストンに向かって走りながら、ケニーは音声入力でアンドレアに事後報告のメッセージを送った。送ったあとで、なぜそんなことをしたのだろうと思った。自分がいま何をしているかなど、アンドレアにはどうでもいいことであるにちがいない。自分は公文書を入手する手段以上のものでは

早川書房の新刊案内 2023 8

〒101-0046 東京都千代田区神田多町2-2　電話03-3252-3111

https://www.hayakawa-online.co.jp　● 表示の価格は税込価格です。

(eb) と表記のある作品は電子書籍版も発売。Kindle/楽天 kobo/Reader™ Store ほかにて配信

＊発売日は地域によって変わる場合があります。　＊価格は変更になる場合があります。

「ミステリが読みたい！」大賞受賞作家の渾身作！
驚愕の火種が仕込まれた本格探偵ミステリ

焔(ほむら)と雪(ゆき)　京都探偵物語

伊吹亜門

探偵・鯉城は「失恋から自らに火をつけた男」には他に楽な自死手段があったはずと訝しむ。鯉城から事件を聞いた露木はあまりに不可思議な、だが論理の通った真相を開陳し……男と女、愛と欲、聖と邪――大正の京都に蠢く情念に、露木と鯉城が二人で挑む連作集

四六判並製　定価1980円［17日発売］　eb8月

ローカス賞受賞！
驚天動地の怪獣ＳＦ話題作！

怪獣保護協会

ジョン・スコルジー／内田昌之訳

映画のゴジラは、並行宇宙の地球〈怪獣惑星〉からこちらの地球にやってきた巨大怪獣がモデルだった！　ジェイミーはひょんなことから〈怪獣保護協会〉の一員となり、もうひとつの地球でこの怪獣たち相手に大奮闘することに!?　『老人と宇宙(そら)』著者の冒険ＳＦ！

四六判並製　定価2640円［絶賛発売中］　eb8月

早川書房の最新刊

8
2023

●表示の価格は税込価格です。
＊価格は変更になる場合があります。
＊発売日は地域によって変わる場合があります。

ハヤカワ新書の最新刊

Twitterフォロワー10万人超、
話題のプロダクトデザイナーの頭の中

かたちには理由がある

秋田道夫

eb8月

デザインとは「素敵な妥協」。大量に使われる製品は「研ぎ澄まされた普通」でなければならない――信号機、Suicaチャージ機、トートバッグ、カトラリーなど、公共機器から生活用品まで手がける人気プロダクトデザイナーが初めて語る、「かたち」をめぐる思考。

新書判　定価990円［22日発売］

いま、この時代に、虚構が持つ力のすべてを説き明かす

2020年代の想像力
――文化時評アーカイブス2021－23

宇野常寛

eb8月

ポリティカル・コレクトネスとアテンション・エコノミーの間で、もはや表現の内実（虚構）よりも、作品を語るアクション（現実）の側に人々が強く快楽を覚える現代、「虚構」の価値はどこにあるのか？　時代を代表する作品への批評を通じて考える文化批評集。

新書判　定価1100円［22日発売］

今なお続く「核の時代」を考える上での必読書

広島と長崎でアメリカ軍が戦後行った「原爆の被害と効果」の大規模調査。残留放射線が計測され、科学者が人体への影響の可能性を

クリスティー文庫

映画原作が新訳で登場

ハロウィーン・パーティ〔新訳版〕

アガサ・クリスティー／山本やよい訳

eb8月

ハ［illegible］の夜［illegible］少女が殺された。彼女は死の直前、殺人を見たことがあると嘯いていた。口封じのための殺人か？ ポアロが暴く

定価1276円［24日発売］

HM509-1

黄金時代の傑作に並び立つ、極上の謎解きミステリ

処刑台広場の女

マーティン・エドワーズ／加賀山卓朗訳

eb8月

密室での奇妙な自殺や不可解な焼死の真犯人は、名探偵レイチェル・サヴァナクなのか？ 記者ジェイコブが暴きだす、彼女の秘密とは

定価1320円［17日発売］

●**新刊の電子書籍配信中**

(eb)マークがついた作品はKindle、楽天kobo、Reader™ Store、hontoなどで配信されます。

作品募集中

第十四回アガサ・クリスティー賞

出でよ、〝21世紀のクリスティー〟

締切り2024年2月末日

第十二回ハヤカワＳＦコンテスト

求む、世界へはばたく新たな才能

締切り2024年3月末日

●詳細は早川書房公式ホームページをご覧下さい。

「われわれは個人的にはよい友人であり、互いの能力と経済学に対する貢献に敬意を抱いてきた」

サミュエルソンかフリードマンか

——経済の自由をめぐる相克

ニコラス・ワプショット／藤井清美訳

eb8月

ケインズの意志を継承し積極的な財政政策を支持したサミュエルソンと、自由と市場の力を信じたフリードマン。政治的立場を異にし、対照的な学説を掲げながらも、共に現代経済学の礎を造りあげた二人のノーベル経済学賞受賞者の生涯を余すところなく描き切る。

四六判上製　定価3740円［17日発売］

一九五〇年代に消息を絶った女性パイロットをめぐる壮大な歴史小説

グレート・サークル

マギー・シプステッド／北田絵里子訳

eb8月

幼い頃から空の世界に魅了されていたマリアン。空軍での従軍後、生涯の夢である地球一周飛行挑戦の途上、彼女は消息を絶った。50年後、ハリウッド映画でマリアン役を演じるハドリーは、明かされることのなかった秘密に近づいていく。英国最高峰ブッカー賞最終候補

四六判上製　定価4070円［17日発売］

一葉のポストカードが解き明かす知られざるユダヤ人家族の物語。フランスで高校生が選ぶルノードー賞受賞

二〇〇三年、パリ。ある朝、著者の自宅にポストカードが届いた。差出人名はなく、一九四二年にアウシュヴィッツで亡くなった著者の曾祖

ないのだ。

ケニーはウィンドロウズに到着した。母親とのランチにアッペルハンズを誘ったのは、その場で昔のことを根掘り葉掘り訊きたかったからだ。どうしても共犯者のあいだに楔（くさび）を打ちこむ必要がある。でないと、ブラッドリー・ドベックを落とすことはできない。

ケニーは日替わりのランチが供されるナッソー・ダイニングルームに向かった。

テラスを望む窓際の席に、母親とアッペルハンズがすわっている。テーブルの上には、サラダバーから持ってきた小皿が載っている。母に挨拶のキスをし、アッペルハンズと握手をしてから席に着く。

「ランチに誘ってくれてありがとう」

「早く食べるものを取ってきなさい」母が言った。

「そんなガリガリでどうするの」

「ガリガリってわけじゃ――」ケニーは途中でやめた。母親にからかわれつづけたり、アッペルハンズに嘲るような目で見られつづけるつもりはない。立ちあがって言う。「じゃ、ちょっと失礼」

トレイを持って席に戻ると、アッペルハンズは訊いた。「なんだい、それは」

「ランチ」ケニーは答えて、素知らぬ顔でツナと卵のサラダラップを頬張った。母は目を尖らせたが、気にせず、しばらくモグモグしてからアッペルハンズに言った。「母から聞いてると思うけど、今日はあなたから昔話を聞きたいと思って」

「ああ」アッペルハンズもモグモグしながら答えた。「ガレージのドアが自動で開け閉めできるようになるまえの町の様子を記事にしたいってことだな」

ケニーは笑った。「昔はどんなに不便だったかっていう話ですね。でも、聞きたいのはそれよりまえのことです。あなたが子供のころ、まわりにヒスパニックやアフリカ系アメリカ人はいましたか」

「少しはいたよ、もちろん。多くはなかった。みんな日雇いだ。町に住んでたんじゃない」

「どこに住んでいたんです」

「イースト・ウィンザーとかトレントンとかユーイングとか。当時は農場がたくさんあったから、働き手の取りあいになっていた。それで、ニュー・ブランズウィックやニューアークから続々と出稼ぎにやってくるようになった。電車で。わしらは駅まで迎えにいって、トラックの荷台に乗せて農場まで運んでやらにゃならんかった」

「一日の仕事が終わると、みんなそれぞれの家に帰っていたんですか」

「そうだ。たまには納屋で寝る者もいたけどな。仕事が遅くなったときとか。家に帰るより、そのほうが楽だから。晩メシにもありつけるし」

ケニーはうなずいた。「町に住んでいた者はまったくいなかったんですか」

少し間があった。

「アルフレッド・ベスター。フットボールをやっていた。アルヴァーロ一家もそうだ。エーレンライク酪農場で働いていた。家族全員で」

「いまもここに住んでると思うわ」母が口をはさんだ。「造園業を営んでる」

ケニーは目顔で母を黙らせ、それからアッペルハンズに視線を戻した。「働き手の取りあいになっていたとのことでしたね。どの農場がそういった者たちを雇っていたんでしょう」

「どの農場も。雇わざるをえなかったんだ。収穫のときは特に。そりゃ誰だって、できれば自分たちだけでなんとかしたいと思ってたさ。以前はみんなそうしていたんだから」

「だけど、その口ぶりからすると、そういった連中がどっと押し寄せるのを快く思わなかった者もいたということですね。トラブルはありませんでしたか」

「あったよ。ときどきは。夜遅くまで飲んでたり。家に押しいって盗みを働いたり。アマっ子に手を出しゃしないかという心配もしなきゃならなんだ」

「アマっ子？」

「農家の妹や娘のことだ。やつらは白人のアマっ子に目がない」

「そうなんですか」

「もちろんそうだ。でも、アマっ子のほうがその気になることもあるにはあった」アッペルハンズは笑いながら言った。「大きな図体や筋肉や汗にムラッとくるんだろう」

「よしなさい、スティーヴ。お下品ね」と、母がまた口をはさむ。

「いや、続けてください」ケニーはすかさず言った。

「つまり、農場育ちの若い娘は外の世界に触れることがないから、そこで働いている若い男に魅(ひ)かれてもおかしくないってことですね。実際にそういうことがあったんですか」ケニーは意味深な笑みを浮かべて言った。それはほのめかしであり、誘導であり、謀(たばか)りでもある。

「あったけど、そんなに多くはなかった。ライト家の娘たちとか。なにせ尻軽だったから。そりゃ、トラブルもあったわな。フェリス家の娘たちは小川で素っ裸になって遊んでたらしい」

「ライト家の農場はなんという名前でした」ケニーは尋ねた。リストにあった名前は覚えていない。

「ベア・ブルック・ファームだ。子供はふたりだけ。ジェニーとジャッキーといってな。どっちも女だ。だからなおさら男手が必要だった。とにかく、あの娘たちときたら……」最後まで言わず、アッペルハンズは口笛を吹いて笑みを浮かべた。

ケニーも笑った。「田舎娘ってことですね」

「何をいっちょうまえなことを言ってんの、ケニー。女の子のことなんて何も知らないくせに」母がまた割ってはいる。

「母さん……」

「きみはオカマか」とアッペルハンズ。

「えっ？　ち、ちがいますよ」

「だとしても、べつにかまわん」アッペルハンズは言い、それから母のほうを向いた。「わしはなんにも気にしてないよ、ブレア。息子がどうだろうと、きみはきみだと思ってる」

「ずいぶん進歩的だ」と、ケニー。

「ああ。ブラッドリーの孫はオカマだ。だからどうだっていうんだ」

「すみません。ちょっと話がそれてしまいました。日雇い労働者の話についてでしたね。彼らが農場の娘とただならぬ関係になったことがわかったら、どうなったんでしょう」

　アッペルハンズは左に目をやり、それから右に目をやった。秘密の共有を示唆するためかもしれないし、誰かに聞かれることを恐れているのかもしれない。

「こう答えておこう。二度とそういうことにはならないようになった」

「ならないようになった？」

「えっ？」

「あなたは〝ならないようになった〟と言った。〝ならないようになる〟ではなくて」

　アッペルハンズはにやっと笑い、一言だけぽつりと答えた。「ああ、そう言ったよ」

32

ケニーが自宅に戻ったとき、驚いたことに、ベネット・ドベック署長が建物の前にとめたジープ・ラングラーにもたれかかって立っていた。パトリオット射撃場のTシャツにジーンズという格好。知っているかぎりでは、五十代の誰よりも引き締まった身体つきをしている。

白昼堂々、殺しにきたわけではあるまい。

ケニーは笑いながら言った。「潜入捜査ですか、署長」

「ずいぶん熱心に嗅ぎまわってるそうじゃないか、坊や。善良な市民の顔に泥を塗って、名誉を回復できると本気で思ってるのか」

どこまで煽っていいか迷うところだ。アンドレアは戸惑うかもしれないが、ドベックがここに来たのは、これまでの揺さぶりが功を奏した証しだ。いまは叩きつぶされないように気をつけるだけでいい。

いや、そんなことを気にする必要はない。叩きつぶされるなら、派手に叩きつぶされてやろうじゃないか。

「共謀にかかわった者を善良な市民と呼ぶことはできません」

「なんの話をしてるんだ」

「あなたはなんの話をしてるんです」

「サスマルの一件で部下の報告書に問題があることを今朝知った。きみはそのことをまえから知っていた」

飛んできた銃弾をかわすことができたのか、自分で自分の足を撃ってしまったのか、どっちかわからない。

「ウーとパテルはわたしのかわいい部下だ。ウーの母親はともかく、そのふたりを咎めだてるつもりはない。連中は泡を食っていたんだ」

「まさにそれが共謀だと言っているんです」ケニーは身構えながら言った。「いいですか。ぼくはあなたが何かを隠そうとしていると考えています」

「だから、わたしはいまここに来ているんだ。ちがうかね」

「たしかに。記者会見の席で、あなたたちは強盗の仕業だとほのめかしましたね。でも、レジの引出しが閉まっていたと言っている者がいるんです」

「無断で犯行現場に立ちいった女のことだな」

「そうです」

「その女は妊婦で、青いホンダ・オデッセイの車内に何人もの子供を乗せていた。手にかかえていた子供はそこで小便をもらした。そういった状況で、そんな細かいところまで気がつくと思うのか」

「思いますよ。間違いない」

「だったら、その女の名前を教えてくれ。直接話を聞いてみたい」

「情報源をあかすことはできません」

「わたしはここに来て、その女が指摘したことを認めたんだ。それがどういう情報源なのか知る権利はあるはずだ」

「彼女がもたらす情報には、あなたが知る権利を主張できる以上の価値があります」ケニーは言った。慎重にことを進めなければならないことはわかっているが、具体的にどうすればいいかはわからない。

「わたしはここに来て、部下のミスを認めた。それに免じて、彼らのキャリアに傷をつけるようなことはしないでやってくれ。今日の午後には二度目の記者会見が予定されている。サスマルの一件が強盗の仕業だと言うつもりはない。だが、それを完全に否定することもしない。犯行現場に最初に駆けつけた巡査によってもたらされた情報が訂正されたので、当初の見解を再検討する運びになったことを報告するだけだ」

ケニーはうなずいた。ドベックもうなずいて、車に戻り、ジーンズの前ポケットからキーを取りだした。

そして車のドアをあけたとき、ケニーは言った。

「いいですか、署長。ぼくはウーやパテルを困らせたいとは思っていないし、ふたりの印象を悪くするような記事を書くつもりもない。ロッシとガーミンのところに行ったのは、あなたたちの誤りを正したかったからです」

ドベックは答えるかわりに薄笑いを浮かべた。謝意のつもりかもしれないし、猜疑心の証しかもしれない。

「きみの頭はクソでいっぱいになっているようだな、リー。耳からこぼれおちないのが不思議でならないよ」

ケニーは猜疑心の証しという結論を出した。

駅に迎えにきてもらってから子供たちを寝かしつけるまで、ジェフは夜の食事中も無言で通した。十一時に、アンドレアはラグマットに貼りつけた地図を見るために重い足取りで地下におりた。いまそのラグマットはもう少し格好をつけて〝ラグマップ〟と名づけられている。

アンドレアはジェフの仕事部屋に入り、そのときふと思った。なぜ自分はこの部屋をジェフの仕事部屋と思いこんでいるのだろう。そして、ジェフのパソコンの前にすわったときには、なぜ自分はこのパソコンがジェフのものだと思いこんでいるのだろうと思った。

グーグルでジャクリーヌ・ライトとジェニファー・ライトを検索する。それはベア・ブルック農場の所有者だった男のふたりの娘の名前で、ケニーがアッペルハンズから聞きだしてくれたものだ。ジャクリーヌは一九四五年八月生まれ、ジェニファーは一九四七年一月生まれ。ジャクリーヌは二年前にマサチューセッツで死亡。ジェニファーは存命中とある。一九六七年に結婚、一九九二年に離婚。再婚はしていない。婚姻時の苗字ギルフォイルを現在も使用している。最新の住所はヴァーモント州シェルバーン。電話番号はネットで知ることができた。時間が遅いので、少し迷ったが、結局電話をかけた。自動音声で、この番号は使われていませんという返事がかえってきた。

そのとき、ジェフの声が聞こえた。「ちょっといいかな」

「何かしら」アンドレアは気乗りしない口調で答えた。

「ええっとね。さっき口をきかなかったのはわざとじゃない。昨夜のことを考えていたんだ。ぼくが言うべきことを……」

「言うべきこと？」

「というより、言いたいこと」

「なんと言いたかったの」

「ゆうべ、きみが言ったことはどこも間違っていないと」

驚きのせいで、眉が吊りあがったにちがいない。ジェフは微笑んでいる。

「こんなことを言われるとは思わなかっただろ。もちろん、きみはぼくより賢い。それはおたがいによくわかっている。そんなことはまったく気にしていなかった。最初のうちはね。付きあいはじめたころは、それがきみのいちばんのチャームポイントだった」

「ふーん」

「そう。何よりそこに魅かれていた。きみがぼくの冷静さに魅かれていたように。ぼくが大学卒業後の進路を決めたときの自信に魅かれていたように」

アンドレアが最初に魅かれたのは、ジェフが金持ちになること以外は何にも興味を示さないことだった。いまにして思えば、それだけだったかもしれない。

「でも、年をとるにつれて、そのことが疎（うと）ましく思えるようになってきた。でも、それはきみのせいじゃない、アンディ。ぼくのせいだ。ぼくが間違っていた。ビジネスに失敗したということもある。やることなすことすべて裏目に出るので、やけくそになっていたんだ」

「でも、それと今回の件はなんの関係もないわ、ジェフ。理解しにくいかもしれないけど、これはあなたの問題じゃなくて、わたしの問題なの」

「いいや、ちがう。きみがかかえている問題を理解するのはたしかに簡単じゃない。でも、ちがうんだ。いいかい、アンディ、これはぼくの問題とか、きみの問題とかじゃなくて、ぼくたちの問題なんだ。ぼくたちふたりの問題なんだ。ちがうかい。ぼくたちは家族なんだから」

「それで？」

「ぼくが道を踏みちがえたときには、家族全員が巻き添えを食った。きみの場合でも、万が一のことがあれば同じ結果になる」

「具体的に言うと？」

「それはわからない。でも、殺人事件に取り組むってことは、殺人犯を見つけだすってことだろ。ゲアリーに相談したほうがいいんじゃないか」

「なんで弁護士が必要なの？　テレビドラマじゃないのよ。殺人犯がわたしを狙うなんてことはありえない」

「わかってる。でも、そういったことじゃない。問題はきみ自身のことだ」

「わたし自身？」

「覚えてるだろ。きみが学生のときのことだ。モラーナの事件が解決したあと、きみはもぬけの殻のようになってしまった」

「あのときはまだ子供だったから。いまはもう子供じゃない」

「もう暗い海のなかに首まで沈んだりはしない？」

アンドレアはお腹を軽く叩いた。「浮かぶと思うわ」

ジェフはゲタゲタ笑った。ジェフのビジネスの失敗と、ほぼ孵卵器状態になった身の満たされなさのせいで、ふたりのあいだには、こんなにも長きにわたって深い溝ができてしまっていた。一度冷静に話しあったくらいで、溝が埋まるとは思えないが、それでも驚くべきことに気持ちが幾分楽になったのはたしかだ。

そのとき、最悪のタイミングで携帯電話が振動した。ラモンからのショート・メールだ。ふたつの骨のDNAが一致したという。ふたつの骨は同一人物のものだ。まだある。今回のDNA検査によって、その人物と血縁関係のある男が現在刑務所に収容されていることがわかったのだ。

「どうかしたのかい」と、ジェフが訊いた。

アンドレアはちょっと迷い、そして決めた。ジェフが正直に話してくれたのだから、自分も正直に話そう。

「刑務所に行かなきゃならなくなったの」

33

刑務所に行くのは数日待たなければならなかった。月曜日の朝、ケニーがウェスト・ウィンザー・コミュニティ・パークの駐車場に着いたとき、アンドレアはそこのプールにいた。

アンドレアはケニーの姿に気づいて、友人のクリスタルとモリーに言った。「わたしの知りあいよ」そして、ふたりの手を借りてアウトドア・チェアから立ちあがった。

クリスタルが言った。「ねえ、何がどうなってるのか教えてくれない」

「ええっと……じつはね、いま殺人事件の捜査をしているの」

馬鹿げているように思えれば思えるほど、気になるのだろう。モリーの目には好奇心と困惑の色がたっぷりと宿っている。

「いいのよ。無理に話さなくて」と、クリスタル。

アンドレアはケニーのところに歩いていった。

「近々、一波乱あるかもしれない」と、ケニーは言った。

「聞かせてちょうだい」

「おれたちが隠蔽工作について調べていることをドベックが気づいたかもしれないんだ」

「知ってることを何かしゃべったの？」

「ああ。全部じゃないけど。金曜日に家の前で待ち伏せされた。プール工事の認可の件で来たと思ったんだが、そうじゃなかった。ウーとパテルが作成した報告書に不備があったことを認めるために来たと言っていた」

「なるほど。だったら、まだもう少し動きまわれそうね」

「ドベックはきみの名前を知りたがっていた」ケニーは言い、アンドレアの不安げな顔を見て付け加えた。

「もちろん言わなかったがね」

アンドレアは安堵のため息をついた。

「でも、きみがどんな姿かたちをしているかは知っていた。乗っている車のメーカーや車名も知っていた」

ケニーはそこで一呼吸おき、アンドレアの気持ちが鎮まるのを待った。「それで、きみのほうは何かわかった？」

「DNA検査の結果が出た。血縁関係がある者が刑務所にいるらしいの。ラモンが面会の手続きをとってくれている」

「そいつは素晴らしい。大きな進展だ」

「誰かが死んだのは間違いない。でも、殺されたかどうかも、共謀があったかどうかもまだわかっていない。面会の許可をとるのに二、三日かかりそうだから、待っているあいだに、わたしはサスマル家を訪ねて、プール工事の申請却下の書類を預かってくる。あなたはウェスト・ウィンザーとブレインズボロ区役所の現役の職員で隠蔽工作にかかわっていそうな人物を突っついてみて。ドベックが何かを感づいているとすれば、みんなピリピリしているはずよ」

「区役所にプール工事についての調査依頼書を出してある。それがどうなっているかを確認してみるつもりだ」

「大事なのは、ケニー」アンドレアはもったいをつけるように間をとり、それから言った。「派手に騒ぎたてることよ」

アンドレアはコミュニティ・パークからサスマル家に向かい、そこでプール工事の申請却下の書類を受けとった。子供たちがワイワイ騒ぎ、エアコンがブンブンうなる車のなかで、シャルダから受けとった書類をパラパラとめくる。ウェスト・ウィンザーの行政官トーマス・ロバートソンは、必要とされる環境調査を行なわずに申請を却下していた。彼の一存でそうしたのだろうか。いや、その可能性は低い。ロバートソンの勤続年数は二十年。隠蔽工作は先代から受け継いだにちがいない。そのために組織内の協力者が必要だったかどうかもわからない。先日電話したときに応対したエリザベス・ゴーマンは、三十年にわたって区役所に勤務している。誰にも気づかれず、誰にも疑問に思われずに隠蔽工作を続けることは可能だったのか。可能性はある。大いにある。ゴーマンの経歴を調べてみよう。そう思ったとき、後ろからルースの声がした。

「ママー、青だよ！」

青信号なのにとまったままだったのだ。

ブレインズボロ区役所の事務局で、ケニーはローズマリー・ギャヴィンに挨拶をした。口もとには大きな笑み、手にはダンキンドーナツの箱。それをカウンターに置いて言った。「プール工事の件でミューラーに会いにきたんだ」ドーナツの箱を人間の口のように開けたり閉めたりしながら、「不意打ちを食わせるのも一興ではないかと思ってね。これはお礼のしるしだよ」

ローズマリーはボタンを押してゲートを解錠した。ケニーはセロファンのナプキンでババロア・クリームをひとつつかむと、残りはローズマリーの前に置いて、なかに入っていった。

「このひとつはミューラーに」と言うと、ローズマリーは追い払うように手を振った。

ビル・ミューラーのオフィスは職員のブースの前を通って角を曲がったところにあった。ミューラーは電話中だった。ドアに背を向け、机の後ろにあるファイル・キャビネットに足をかけている。年齢は五十代。行政区の条例に関する著作がある。自宅を所有する平均的な区民からは疎まれているが、税務署からは愛されている。知るかぎりでは、律儀だが、なんの面白みもない男だ。

ケニーは腰をおろした。ミューラーは革張りの座面が沈む音に気づいて椅子をまわし、ケニーの姿を見ると、ぎょっとしたような表情を浮かべた。

そして、電話の受話器に向かってだしぬけに言った。「話はまたあとで。いいや……いや、そうなんだ。わかっている。じゃ、切るよ」

電話を切ると、ミューラーは未決書類入れに目をやった。

「文書の閲覧申請を出されていたんですね、ミスター・リー」未決書類の束をこれ見よがしにめくりながら、「目下のところ鋭意検討中でして」

「何を検討する必要があるんだい。申請書類は揃っているはずだ。説明書も添付した。行政委員会の許可をとる必要はないはずだ」

沈黙。

「ちがうかい」

「プライバシーの問題でチェックしなければならないことがありまして」ミューラーはケニーと目をあわせないようにして、うだうだと語りはじめた。「電話で確認をとらないといけないところも何ヵ所か――」

ケニーはドーナツを机の上に置き、怒りと蔑みが入りまじった口調で言った。「やれやれ。困ったもんだ。あんたはいったい何を恐れてるんだい。言い逃れはきかないぜ」

そして、机の上に置いたドーナツを手に取り、大きくひとかじりした。上唇にはチョコの粒がつき、下唇にはゼリー状のクリームがついている。

ドーナツを口いっぱいに頰張って言う。「NJSA 2C 5-2」

その文字と数字の組みあわせを突きつけられて、すっとぼけることはできない。

「ニュージャージー州刑法NJSA 2C 5-2によれば、犯罪を構成する行為に同意した者、もしくは幇助した者は、共謀罪に問われる」ケニーはそらで言った。「いいかい。公的に保管されている情報の開示を合法的に求めているのに、それを拒否すれば、法執行機関がいうところの共謀共同正犯になるんだよ」

ミューラーは成人してからの人生の大半を、区の条例の順守を人々に説くのに費やしてきた男だ。その目には、何十年もの長きにわたって心に重くのしかかっていたものが映しだされている。条例違反をすれば告発され、告発された者はその代償を払わなければならない。

ケニーは口を閉ざし、ビル・ミューラーに不安と罪の意識を募らせる時間を与えた。

数秒間の葛藤のあと、ミューラーはプール工事の申請案件に関する書類が入ったフォルダーを未決書類入れからおもむろに取りだした。それから、机の袖の引出しをあけて、フォルダーをそこに入れ、引出しに鍵をかけた。

「情報公開法PL1963　c・73によれば、情報の開示によって市民の正当なプライバシーが侵害される場合、公的機関には第三者から求められた個人情報へのアクセスを拒む責任と義務がある」

「ほんとかい」意外だった。相手は思った以上に手ごわい。「家が燃えていて、子供が助けを求めているのに、非常用はしごを持ってきてくれという頼みをあんたは拒否するのかい」

「情報を開示することが区民にとって有益かどうかを見きわめなきゃならないんです、ミスター・リー」

反論はしなかった。お返しに、ミューラー家のかつての農場でバラバラ死体を見つけてやろうと思っただけだった。なかったら、そこにバラバラ死体を埋めてやってもいい。

このとき、派手に騒いでいいとアンドレアに言われたことを思いだした。ケニーは振り向いて、大声で叫んだ。「あんたは犯罪を隠蔽しているんだぜ！　他人がやったことで咎めを受けなきゃならないなんて、おかしいと思わないか。あんたは身の証しを立てるチャンスを失ってしまったんだぜ！」

交通事故のあとのような静けさがフロア全体に広がった。タイピングやファイリングやおしゃべりの音がパタッと途絶え、二十数人の職員たちの顔がいっせいにケニーのほうに向く。プレインズボロ署の若い巡査が控室から顔を出す。はじめて見る顔だったので、ケニーは身をこわばらせた。巡査はゆっくりと近づいてきた。

「どうかしたのかい」

「悪い、悪い」ケニーは言って、巡査の名札に目をやった。「申しわけない、オルセン巡査。おれは新聞記者なんだ。ミスター・ミューラーをちょっと困らせてやろうと思って、一芝居打ったんだよ」

「職員全員が困ってる。それで、その芝居のセリフは本当のことなのかい」

「本当かどうかは調査中だ。あんなふうに声を荒らげたのは、話がなかなか前に進まなくていらいらしていたからで、ミスター・ミューラーがやったとおれが思っていることのせいじゃない」

「だったら、これ以上話をする必要はないね」

「ああ。現時点では必要ない、オルセン巡査」

ケニーはそそくさと立ち去り、職員全員の視線を感じながらドアの外に出た。

そして、駐車場でジミーにメールした。〝一時間後にフィッシャー・プレイスに来られる？〟

すぐに返事が来た。〝@11可能。また骨が見つかったのか〟

〝では、十一時に。ワークベストを持ってきてくれ。じゃ〟

ケニーはホームデポに寄って、シャベルを買った。それで二十ドル払ったから、今月は四十ドルしか残っていないが、ビル・ミューラーに吠え面をかかせることができるのなら、飢え死にしたってかまわない。

一九七〇年代初頭に、ペンズ・ネック分譲地はマニング農場の跡地に造成された。そのすぐ近くに野原ごしに見えるデーヴィッド・サーノフ研究所があるので、所員のあいだで人気が高かったが、いまは昔。ただ評価すべき点もある。この地域に多く見られる量産邸宅（マックマンション）にない、『パパは何でも知っている』の雰囲気が残っていることだ。

携帯電話にPDFで保存していたウェスト・ウィンザーの地図を見る。住宅地の背後には、数百ヤードにわたって雑草や低木が生い茂り、そこを二分するように狭く曲がりくねったミルストーン川が流れている。

ジミー・チェイニーのカマロがやってきた。

それから二十分もしないうちに、湿った柔らかい土のなかから脚の骨が現われた。

携帯電話で写真を撮る。

すぐにアンドレアにメールする。〝ジミーに手伝ってもらって、もう片方の脚を見つけた〟

そして思った。くたばりやがれ、ビル・ミューラー。

34

〝電話して〟

アンドレアからかえってきた返事はそれだけだった。起きたときはビル・ミューラーの家族が隠蔽工作にかかわっていたことを突きとめた勝利感に酔いしれていたが、いまはアンドレアになんと言われるかという不安のほうが大きい。メールが送られてきたのは六時三十分。ケニーがそれを見たのは七時十五分で、電話をかけたのは七時半。

「いまそっちに向かっているところよ」

「起きたばっかりなんだけど」

「子供たちを預かってもらいたいの」

「なんだって」声が大きくなったが、思っていたほどではなかった。

「今朝ラモンから電話があったの。八時半にイースト・ジャージー州刑務所の面会予約がとれたって」

「ちょっと待てよ、おれもいっしょに行くことになっていたはずだぜ」

「ラモンと同行できる部外者はひとりだけなの。だから、わたしが行く。でも、子供たちの面倒を見てくれるひとが見つからなくて。まさか刑務所に子供を連れていくわけにもいかないでしょ」

「子供たちをここに連れてきたら、おれは間違いなく刑務所送りになる」ケニーは言いながら、コーヒーの残りをたしかめた。なんとか一杯分はある。「それって名案とは思わない、アンディ。マジで」

「三時間だけ。朝食は外でとればいい。ダイナーにでも連れていってやって」

「今月は金欠でピーピーなんだ」ケニーは気まずげに言った。

「現金をいくらか置いていくわ」アンドレアも気まずげに答えた。

くやしい。バラバラ死体の身元があきらかになるかもしれない場にいあわすことができないなんて。昨日ビル・ミューラーの尻尾をつかんだと思ったときの興奮は消え、いまは無力感だけが残っている。

「仕方がない。わかったよ」

五分後、建物の外で車のドアを開け閉めする音がして、出てきた子供たちがはしゃぐ声が聞こえた。しばらくして、四つの小さなこぶしがドアを叩いた。ケニーはドアをあけ、嬉しそうな表情を取り繕った。子供たちは部屋に入ると、そこらじゅうを駆けまわりはじめた。何か面白そうなものはないかと物色している。だが、何も見つけられないだろう。バーボンでさえほとんど残っていない。サラだったかセイディだったか、小さいほうのどちらかが木に跳びついたリスのように二秒でケニーの身体によじのぼった。

アンドレアはエンジンをかけっぱなしのミニバンの前に立っていた。「お昼までには戻る。ごめんね」

「まあいい。ただおれとしちゃ、今回わかったことを武器にして、ウェスト・ウィンザーの区役所へ乗りこんでいき、連中を締めあげてやりたかったんだがね」

「それは午後でもできるでしょ」

「子守が楽しくて、子供たちを養子にもらう気にならなければね」

「ごめんって言ったでしょ」

ケニーはうなずき、それからアンドレアが車に乗りこむまえに、きまり悪げに言った。「金は？」

「ルースが持ってる。あなたには持たせないようにって伝えてある」

ミニバンは走り去った。サラかセイディを首にしがみつかせたまま、ケニーは残りの子供たちのほうを向いた。そして、ドアを閉めたとき、自分の汚れた下着で顔をひっぱたかれた。


アンドレアにとっては信じられないことだが、たった十五分の遅刻で、刑務所の守衛詰め所に着いた。そこは州で二番目に古い刑務所で、一九七〇年代に始まった更生プログラム『スケアード・ストレート！』の舞台としても知られている。特徴的なのは、建物の中央にそびえる灰色と白の金属製の巨大ドームで、そこを中心に三つの翼がのびている。テラコッタの煉瓦造りのファサードは古びているが、威風あたりを払う感はいまも消えていない。

アンドレアがこの刑務所を訪れるのは三回目だ。一回目は十一歳のとき。マンハッタンのポート・オーソリティでニュージャージー・トランジット社のバスに乗り、そこに着くと、〝父親〟に会いにきたと刑務官に告げた。その父親とは、『オリバー・ツイスト』のフェイギンのような窃盗団の頭目ティト・エンヴァケーラだった。

二回目はコロンビア大学のフィールドワークで、刑務所の十時間分の体験記録を作成することを求められたとき。はじめてティトに会ったときから十年が経過していたが、もう一度会える可能性に賭けてイースト・ジャージー州刑務所を選んだのだ。だが、がっかりしたことに、ティトはその三週間前に癌で亡くなっていた。

駐車場から正面ゲートに向かうと、そこにふたつ目の守衛詰め所があった。守衛はIDをチェックし、手を振ってアンドレアを通した。そのあと、ゲートを閉めながら訊いた。「ほんとにだいじょうぶですか」

「破水したら、生まれてくる子に武勇伝を話して聞かせるつもりよ」

守衛は笑った。

アンドレアは木製の大きな両開きのドアを抜け、建物のなかに入った。ラモンは緑色のくたびれた座面のパイプ椅子にすわり、手に持ったフォルダーをめくっていた。

立ちあがると、アンドレアの頬に軽くキスをした。

「いまでもきみを好きなところへ連れていってあげられるよ」

そうしてもらいたい、と答えたかったが、アンドレアはかわりにこう言った。「昨日、ケニーが右脚の骨を見つけたの。埋まっていたのはウェスト・ウィンザーで、プレインズボロの行政官の家族がかつて所有していたところよ」

「プレインズボロっていうのはきみが住んでいる区の隣だよね」ラモンが訊きながら、防弾ガラスで仕切られた受付の引き戸の向こうに書類を滑らせた。「行政官の主な仕事は？」

アンドレアは答えた。「条例の執行よ」

ブザーが鳴り、シリンダー錠のタンブラーが回る重くて虚ろな音が石壁に反響する。受付の右側にあるドアが開く。看守がそっちに手をやり、アンドレアの大きなお腹にちらっと目をやる。

　看守のあとについて通路を歩きながら、ラモンは言った。「受刑者の名前はアーロン・ベッカム。三十四歳。自動車の略奪の罪で五年の禁固刑。現在三年目。武器は使用していない。初犯」

「そして、バラバラ死体の縁者」

「対立遺伝子二十六個のうち十八個が一致した」

「期待できそうね」

　鉄格子つきの覗き窓がある黒く分厚いドアの前までやってくると、看守はその横に設置されたセンサーにカードキーを当てて、錠をあけた。

　通されたのは、ボルトで床に固定された金属製の黒いテーブルと四脚のパイプ椅子がある小さな部屋だった。椅子はテーブルの手前に三脚、テーブルの向こう側に一脚。その後ろの壁のまんなかに黒いドアがある。

　椅子にすわるとき、看守はアンドレアのために椅子を引いた。その椅子には、すわるときに身体を支える肘かけがついていない。それで、ラモンに肘を支えてもらわなければならなかった。アンドレアはさあらぬていで微笑んだが、内心では妊娠していることに倦み、うんざりしていた。たぶんラモンはそんな気持ちをわかってくれているはず。

　少ししてから、またブザーが鳴った。タンブラーが回る。別の看守が奥のドアをあけ、アーロン・ベッカムが部屋に入ってくる。手錠と足枷をはめられている。

「手錠を取ってあげて」と、アンドレアは言った。

　ラモンは驚いたが、その言葉に従うことにし、看守にうなずきかけて、手錠をはずさせた。

　ベッカムは手首をさすりながら訊いた。「おれはなんでここにすわらされているんだ」

　ラモンはバッジを見せて身分をあかした。

「FBI？」ことのなりゆきについていけないようで、ベッカムは眉を吊りあげた。

「こちらは仲間のアンドレア・スターン。犯罪心理学者で、ウェスト・ウィンザーのガソリンスタンドの従業員が殺害された事件を調べている」

「どこのガソリンスタンドなんだい」

「トレントンとプリンストンのあいだ」アンドレアは答えた。

ベッカムはすぼめた唇から息を吐きだした。「トレントンとプリンストンの距離じゃ、マイレージをためることはできんな」

「たしかに。それで、その事件を調べていたとき、数十年前に殺害された死体の一部が見つかったの。ガソリンスタンドの従業員が殺されたのは、その古い事件を隠蔽するためかもしれない」

「なるほど。面白そうな話だな。それで、おれとどういう関係があるんだい」

ラモンがDNA検査で遺体との血縁関係を調べたことを話した。「きみは国のシステムに登録されていた。だから、すぐにわかったんだ」

「何十年かまえに行方不明になった親戚はいない？」と、アンドレアは訊いた。

ベッカムは思案顔になった。この話の重要度を推しはかり、そこからどれだけの利益を得られるのかを考えているのだろう。

「そういう話を聞いたことはある。名前も知っている。教えたら刑期満了にしてくれるか」

「それはできない」ラモンが答えた。「きみが食らったのは最低でも五年という量刑だ。たとえFBIでも刑期を動かすことはできない」

「ここより居心地のいい刑務所に身柄を移すというのは？」と、アンドレアは言った。「残る二年の刑期をサザン・ステートで過ごすのよ。あそこなら、寮生活ができるし、高校の卒業資格もとれる」

「高校は卒業している。エセックス郡コミュニティ・カレッジで準学士号もとっている」

「学士号をとっていたら、自動車泥棒で捕まるようなことはなかったはずだ」と、ラモン。

ベッカムは目を尖らせ、それからにっこり笑い、うなずいた。「たぶんな」

「サザン・ステートに移してやるよ、アーロン」ラモンは言い、地中に埋まっていた骨の写真をテーブルの上に置いた。「名前を教えてくれたら。それが口から出まかせでなければ」

「大叔父が娘を孕ませて、面倒なことになりたくなかったから逃げたって話を聞いた」

「それはいつのこと？」と、アンドレアは訊いた。

「六〇年代だったと思う」

ラモンとアンドレアは顔を見あわせた。間違いない。

ラモンはペンとメモ帳を取りだし、テーブルの上に置いた。「名前を書いてくれ。大叔父だけでなく、思いだせるかぎりの親戚の名前も。家系図がほしいんだ」

アンドレアが興奮のていで見守るなか、ベッカムはメモ帳の最初のページに名前を書きはじめた。


〝クレオン・シングルトン〟

被害者の名前だ。

ベッカムはその下に線を引いて、名前を書き加えた。

〝ドロレス・ウェスト（妹）〟

書きこみはさらに続いた。書き終わると、ベッカムはメモ帳を半回転させて、家系図をふたりに見せた。

アンドレアはそれを食いいるように見つめた。クレオンには妹がひとりと従兄弟、叔母、叔父が複数人いた。みな愛するひとの失踪に心を痛めたにちがいない。いささか感傷的にすぎるかもしれないが、べつに悪いことではない。怒りの炎を燃えあがらせるためには、そういった感情が必要であり、正義をまっとうするためには、怒りの炎を燃えあがらせる必要がある。

「確認をとらなきゃいけない」ラモンは言った。「誰がまだ存命か、誰がいまもこの地区に住んでいるか、そういったことをすべて知っておく必要がある」

ベッカムは家系図の上から二番目の名前を丸で囲ん

だ――ドロレス・ウェスト。「彼女はクレオンの妹だ。夫は五年くらいまえに死んでいる。住まいはアーヴィントンにある」

ラモンはうなずいた。

アンドレアは言った。「ありがとう、ミスター・ベッカム」

「サザン・ステートへ」と、ベッカムは答えた。それは要求ではなく、確認だった。

十分後、ニューアークのFBI支局のラモンのオフィスで、ふたりはそれぞれ別の端末に向かって調べものをしていた。ラモンの担当はデータベース上にアップされたクレオン・シングルトン関連の情報で、アンドレアの担当はその家族についての情報だ。

ラモンが言った。「クレオン・シングルトン。一九六五年八月四日に母親から失踪届けが提出され、一九八九年二月十五日に死亡認定を受けている。国税庁の記録によれば、一九六四年に就いた職業は、建設現場での日雇い労働。これは給与未払いのままになっている。あとは、ニューアークの倉庫での荷物の積みおろし、農場での収穫の手伝い。農場の所在地はレミントン、ホープウェル……そしてウェスト・ウィンザー」

「六五年の記録はないの?」

「その年の記録はまったくない」

「そのときには死んでたってことね」アンドレは言い、それから自分の端末の画面に目をやった。「ドロレス・シングルトン。一九五一年九月十八日生まれ。アンティアとダレル・シングルトン夫妻の末子。父親は一九五九年三月三日に自動車事故で死亡。本人は一九六八年に高校を卒業。一九六九年に速記学校を卒業。一九七五年五月十四日にカーマイケル・ウェストと結婚。夫は糖尿病の合併症で二〇一五年に死亡。ドロレスの現住所は……アーヴィントンのメープル・ガーデン・アパートメント。車ならいまからでも行ける距離ね」

ふたりは一瞬顔を見あわせた。

「思いたったが吉日よ」

「子供たちは？」

「ケニーに面倒を見てもらってる。心配無用」


プリンストニアン・ダイナーのテーブル席で、アンドレアの子供たちは叫んだり、わめいたり、鼻にストローを突っこんだり、食べ物をぶつけあったりしていた。ひとりルースだけは騒ぎに無関心で、冷ややかな目でケニーを見つめていた。

『ひとつどうしてもわからないことがあるの。なんでママはおじさんのようなひとと組んでるの』と、ハッシュブラウンからタマネギを取り除きながら訊いた。

「おいおい。おじさんだって、やるときにはけっこうやるんだぜ」

ルースはふんと鼻を鳴らした。

「まあいい。八歳の子供にわかることじゃない」

「わたし、もうすぐ十歳なんだけど」

「その割りにはお子ちゃまみたいな食べ方じゃないか。ジャガイモからタマネギをよけたりして」

「わたしがおじさんくらいの年だったら、朝食代が払えなくてお子ちゃまに四十ドルもらったりしない」

まいった。

サラはテーブル席の背もたれにのぼっていた。「見てて、ケニーおじさん！」

ケニーが口を開くまえに、サラは身を躍らせ、プロレスラーのように空中で一ひねりを加えて、ケニーの顔面にダイビングヘッドを食わせた。


午前十一時を少しまわったころ、ラモンとアンドレアはアーヴィントンのマーシャル・ストリートにあるメープル・ガーデンズ・アパートメントの前に到着した。そこには、荒廃した都市の居住地に共通する逞しい生存本能がある。長年にわたるギャングのたちの傍若無人ぶりに負けてはいないということだ。

ラモンはその建物の警備員にバッジを見せた。「ドロレス・ウェストという名前の住人に話がある。電話をかけたが、つながらなかったんだ」

「令状はお持ちですか」

「そんなものは必要ない。ミセス・ウェストが何か問題を起こしたわけじゃないんだから。われわれは五十年前に失踪した兄のことで話を聞きにきただけだ」

「五十年？　ほんとに？　それで、見つかったんですか」

「それをたしかめにきたのよ」アンドレアは言った。

警備員は机の上から受話器を取って、ドロレスに電話をかけた。親切で、礼儀正しい男だ。ゆっくりと大きな声で話し、用件を嚙み砕いて丁寧に説明している。たぶんドロレスは耳が遠いのだろう。だから、先ほどかけた電話に気がつかなかったのだろう。夫は数年前に亡くなっている。いまでは外部との接触はほとんどないにちがいない。

エレベーターのなかで、アンドレアは言った。「気を落とさせないような話し方をしてね」

ラモンは訝しげな顔で訊いた。「死んでいるとわかってるのに？」

「ドロレスは孤独なの。ずっと引きこもってるにちがいない。お兄さんとは十五歳のときから一度も会っていない。だから、消息がわかったという言い方をしてもらいたいの。単に死亡したことを伝えるのじゃなく。わたしたちは家族を連れ戻してあげるのであって、取りあげるのじゃない」

ラモンはうなずいた。

そして、玄関のドアをノックした。数秒後にドアが開いた。それから、もう少し強くノックした。数秒後にドアが開いた。ドロレス・ウェストは七十歳に近い痩せたアフリカ系アメリカ人だった。短く刈りこまれた髪に白いものがまじっている。眼鏡をかけているが、補聴器はつけていない。

持っているが、つけないのかもしれない。ラモンが自己紹介をすると、ドロレスはアンドレアの腹の膨らみに目を見張りながら、ふたりをなかに通して椅子を勧めた。

それぞれが椅子に腰を落ち着けると、ドロレスは言った。「五分後に産まれてもおかしくないのに、よくそんな仕事をしてられるわね。FBIがわたしになんの用なの？」

ラモンは話を切りだす役をアンドレアに譲った。その小さな身体と、疲労の色濃い顔の表情と、途轍もなく大きなお腹を、ドロレスが気づかわしげに見ているのはあきらかだ。

「わたしたちはあなたがこれ以上ご家族と疎遠にならないようにするために来たんです」と、アンドレアは言った。

ドロレスはきょとんとした顔でふたりを見つめた。

それから、目が大きく見開かれた。どういうことか理解し、あまりの驚きに息をのむ音が聞こえたような気がした。「クレオンのことね」

「見つかりました」

ドロレスはまばたきした。目に涙があふれそうになるのをこらえているのだろう。頭のなかには、ところどころ擦り切れた古い記憶がよみがえっているにちがいない。「生きちゃいないのね……生きちゃいないってことなのね」

「ええ、ミセス・ウェスト。そういうことです」ラモンがぶっきらぼうだが、思いやりのある口調で答えた。「何十年もまえにお亡くなりになっています。おそらくは失踪時に」

「どこで？」

ラモンとアンドレアはちらっと目を見かわし、いまは詳細をあかさないほうがいいということを以心伝心で確認しあった。

「ウェスト・ウィンザーです、ミセス・ウェスト。そこに遺体が埋められていました。殺害されたのも同じ場所だと思われます」

「農場ってことね」ドロレスはつぶやいた。

「えっ？」

「わたしの母はクレオンが逃げたと思っていた」それから、古い記憶のなかに迷いこんでしまったような一瞬の間があった。「母は常日頃からクレオンの身を案じていた。本当は軍隊に入れて、ニューアークから遠ざけたかったみたい。街の治安は日に日に悪くなるばかりだったから」

「でも、本人はヴェトナム送りになるのを恐れていたんですね」それは質問ではなく、確認だった。

「あのころは恐れることが山ほどあったわ。とにかく、クレオンはあちこちで働きつづけた。感心なことに、できる仕事なら選り好みせずになんでもやっていた。ただ、農作業はとんでもない重労働で、しかも待遇は最悪だったらしい。クレオンに言わせれば、〝フィールド・ニガー〟ってわけよ。行方がわからなくなったあと、クレオンが心を寄せていた娘は妊娠してたという噂が立った。だから、あわてふためいて逃げだしたと考えるひとがいてもおかしくない。でも、わたしがそう思ったことは一度もない」

ラモンが訊いた。「遠い昔の話になるのはわかっていますが、ミセス・ウェスト、どこの農場で働いていたか思いだせませんか。雇い主の名前でもなんでもかまいません」

「報酬は現金払い。農場で働いてたのは六四年と六五年。ニューアークから電車で通っていたわ」

「どこの農場だったか思いだせませんか」

ドロレスはそこで集中力が切れたみたいに首を振った。「クレオンはあまり自分のことを話さなかったの。話すべきことと話すべきときをわきまえていた。問題は女性よ。クレオンはつねに女性問題をかかえていた」

ドロレスは立ちあがり、狭い居間をゆっくり横切って、整理だんすの前に行った。引出しをあけて、そこにたたんでしまわれていたリネンを取りだし、整理だんすの上にそっと載せる。次に、傷だらけの古い革の箱を取りだすと、ふたりの前に戻ってきて、それをコーヒーテーブルの上に置く。蝶結びの紐を解き、蓋をあける。なかに入っていたのは古いアルバムだった。

ドロレスの父ダレルと母アンティアの写真。結婚式の写真。病院で生まれたばかりのクレオンを父親が抱いている写真もある。一九五一年には、赤ん坊のドロレスが両親といっしょに写真におさまっている。

ドロレスは長いこと思いだすこともなかったであろう記憶をたどり、悲しげに微笑みながら、ぽつりぽつりと写真の説明をしはじめた。その途中、ラモンが何か言いかけた。昔話を打ち切らせようとしたのかもしれないし、何か訊こうとしたのかもしれない。アンドレアは腿にそっと手を置いて、それを押しとどめた。

ドロレスはクレオンと遊んでいる写真を見せた。年が離れていたので、兄というよりベビーシッターといったほうがいいかもしれないとのことだった。「クレオンは優しかった。いい子だった。学校の成績もよかったし。家事も手伝ってくれた」

アンドレアはそこに話を接いだ。「でも、女性関係は？」

ドロレスは吐き気を抑えようとしているように身体を揺すりながら笑った。「クレオンはモテモテだったのよ。この顔を見ればわかるでしょ」

「お兄さんが働いていた農場で何か不祥事があったのではありませんか」ラモンが訊いた。

「昼間そこで何をしていたかはほとんど話さなかった。いつも夜遅くに家に帰ってきて、朝早くに出かけてたから。ただ、自分に言い寄ってきた姉妹がいるって話は聞いたわ。そのことで大目玉を食ったから、もうその農場では働きたくないと言っていた」そして、自分とクレオンがいっしょに写っている写真の上に指を走らせながら、「クレオンのことはずいぶんまえに考えるのをやめたの。悲しいことだけど、ほんとよ。遠い昔の話だから」

ラモンは言った。「見つかったのが本当にお兄さんであるかどうかたしかめる必要があります、ミセス・ウェスト。DNAのサンプルを採らせてもらえないでしょうか」

「なんなの、それは」

「頬の内側の唾液をほんの少し採取するだけです」持っていたバッグをあけて、そこから検査キットを取りだした。

「その綿棒で頬の内側をこするだけです」と、アンドレア。

それで納得した。ラモンは綿棒で口のなかをこすった。そして、それにプラスチックのキャップをかぶせ、ビニール袋のなかにしまって、ラベルを貼った。ふたりはドロレスに礼を言い、遺骨の返還はいつになるかわからないことを伝えた。

「おそらく捜査が終わるまで、おかえしすることはできないと思います」ラモンが言った。「数週間かかるかもしれません」

「五十年待ったのよ」と、ドロレスは答えた。「あと数カ月のびたって、どうってことないわ」

駐車場で、ラモンはアンドレアに訊いた。「いまでもモラーナのことをよく考えるかい」

「あんまり。でも、まだ捕まっていない第二、第三のモラーナのことを考えない日はない。としたら、またわたしの出番が来るかも……」

ラモンは答えなかった。アンドレアは感謝の言葉を述べてハグしあった。

ラモンは自分の車に乗りこんだ。

アンドレアも自分の車に乗りこんだ。

ラモンは自分の生活に戻っていった。
アンドレアも自分の生活に戻っていった。

35

子供たちを迎えにいって、そこでケニーにその日の出来事を話すと、ジェフを迎えにいくまえに子供たちに夕食を食べさせる時間の余裕はなくなっていた。アビントン・レーンのカーブを曲がったとき、後ろの席からイーライが叫んだ。「パトカーだ！」

自宅の私道に入ったとき、それはウェスト・ウィンザー署のパトカーで、乗っているのは一名だけであることがわかった。ドベック署長だ。子供たちは興奮して大騒ぎをしている。ガレージに車をとめると、みんなに家のなかに入っているようにと言った。イーライが駄々をこねると、言うことを聞きなさいと一喝。ルースはみんなを連れてガレージの階段をのぼり、だが途中で振りかえって訊いた。「だいじょうぶ、ママ？」

ルースが気づかってくれるなんて、柄でもないが、感心感心。「何も悪いことなんかしてないって、ルース。だいじょうぶかどうか心配しなきゃいけない者がいるとすれば、それはいまパトカーに乗ってるひとよ」

ルースは微笑んだ。その気丈で、生意気なところは、不気味なくらい母親に似ている。子供たち全員が家のなかに入るのを見届けてから、アンドレアはドベックのほうを向いた。身体はヘトヘトに疲れ、背中はズキズキ疼いている。腰の左側にも痛みがあり、そのため足もとはいつも以上におぼつかない。体調不良のせいで、虫の居所は最悪。ドベックがちょっとでもおかしなことをしたら、問答無用で床に叩きつけてやるつもりだ。

ドベックは帽子のつばに軽く手を触れて会釈をした。整った目鼻立ち。グレー・ヘア。青く鋭い目。引き締まって日焼けした顔は、昔の広告版のマルボロ・マンだ。近づいてきながら、手をゆっくりとホルスターと拳銃にのばす。狡猾だ。それで恐れをなすと思っているのか。

「ミセス・アンドレア・スターン？」

「ベネット・ドベック署長ですね」

「正直なところ、きみがウェスト・ウィンザーに住んでいると知ってびっくりしたよ」ドベックは言って、握手をした。「きみがスポットライトを浴びるのを好む人間とは思わない。でも、モラーナの一件が放つ光は一生きみを照らしつづけるだろうね」

「スポットライトを気にしちゃいません、ドベック署長。ただスポットライトを追い求めていないだけです」

「それが犯行現場を訪れたあと警察に出頭しなかった理由かね」

「犯行現場を訪れたわけじゃない。子供のためにトイレを借りにガソリンスタンドに立ち寄っただけです。事件にかかわったわけでも、巻きこまれたわけでもない。としたら、出頭する理由はありません」

「でも、新聞記者のところへは行った。そして、その新聞記者は区長のところへ行った。それから、うちの署の刑事たちのところへも行った」

「警察の公式記録には記載漏れがあった。あなたたちは最初の記者会見で嘘をついた」

「たしかに不正確ではあった。われわれはそれを認めた」

「知っています」アンドレアはパトカーに近づき、その側面に片手をついて身体を支えた。「ごめんなさいね。腰が痛くって痛くって」

「われわれが間違いを認めたことを知っているのに、まだ何が気になるというんだね」

「あなたたちが簡単な質問に一言も答えてくれていないってことです」

「簡単な質問というと？」その声には、アンドレアの押しの強さに対するいらだちの色が滲みでている。

アンドレアは心のなかでほくそ笑んだ。ドベックはまだ何も気づいていない。「強盗の仕業でないとすれば、動機はなんだったのか」

「いまそれを調べているところで――」

アンドレアは手を振って遮った。「調べてるんじゃなくって、隠してるんじゃありませんの」

「隠している？」

「サトクナナンタン・サスマルが殺されたのは、プールの工事の許可をめぐって行政と争っていた家族を黙らせるためだった」

「ずいぶん大胆な仮説だね、ミセス・スターン」

「まだ序の口よ、署長」アンドレアは言い、冷たく厳しい目で相手を見ながら続けた。「でも、あなたはそのことを知っている。ちがいますか」

ドベックは鋭い視線をかえし、それから一歩さがってニヤッと笑った。「わたしが知らないのは、きみが知っていることだ、ミセス・スターン。そして、大金を賭けてもいいが、きみは自分が知っているとわたしに思わせようとしているほど知ってはいない」

予想外の反応だったが、アンドレアは相手を小馬鹿にするように鼻を鳴らした。「その賭けはあなたの負けです、署長」

ドアが開いたままになっているガレージに戻りかけたとき、二階のルースの部屋の窓から子供たちが見ていることに気づいた。

「きみをニュージャージー州法2C　29-1にもとづいて逮捕することもできるんだよ」

アンドレアはガレージの前で立ちどまり、ドベックのほうを向いた。「法執行機関およびその他の行政組織の公務執行妨害容疑ですね。それで告発するのはちょっと無理があるかも。あなたが公務をしてないのに、わたしがどうしてそれを妨害できるんです?」

アンドレアからの電話でドベックとやりあったという話を聞いたあと、ケニーは車でバッファロー・ワイルド・ウィングスへ行き、次にバハマ・ブリーズ、それからマーケットフェア・モール内のTGIフライデーズ、さらにルビー・チューズデー、そして最後にソルト・クリーク・グリルへ行って、ベンジャミン・ドベックがそこのスキーロッジ風のカウンター席にひとりですわっているのを見つけた。すでにビールを四杯は飲んでいるにちがいない。口を滑らすようにまでなるには足りないが、夜はこれからだ。

ケニーは隣の空いているスツールに腰かけた。ベンジャミンは両手でビールのボトルを持ったまま、会釈し、それからゲップをした。カウンターの右側には、空っぽのショットグラスが三つ並んでいる。血中アルコール濃度の推定値は要訂正だ。

バーテンダーがやってくると、ケニーはノブ・クリークのダブルを注文した。勘定は気にしないでいい。

「おれのせいで迷惑をかけたとしたら謝るよ」ケニーは言った。自分でも驚くほど本気だった。

ベンジャミンはビールをボトルからラッパ飲みした。

「おやじはおれがおまえの情報源だと思ってる」

「そんな馬鹿な。あんたは主語と述語だけの文章すらまともに書けないんだ。署内の醜聞についての正確な情報を提供できるわけがないじゃないか」

「醜聞なんてどこにも……」

ケニーは手をあげて制した。「よせ、ベン。おれはあんたが何をどれくらい知っているか知らないし、おれが知っていることをあんたがどれくらい知っているかも知らない。だから、おれはあんたのまわりを細心の注意を払いながら歩きまわらなきゃならないんだ」

「おやじはおまえは何も知らないって言ってたけど」

「いいや、おれはけっこうなことを知っている。でも、もしあんたが何も知らないなら、あんたを巻きこみたくない。悲しいかな、おれたちは数少ない友人どうしなんだ、ベン。おたがい隠しておきたい秘密はある。おれもあんたもそんなに幸せってわけじゃない」

「おれは——」

「あんたはアル中の隠れゲイで、おやじとじいさんに合わせる顔がないと思ってる。でも、いいかい。何もあんたを非難してるわけじゃないんだ。おれは情緒不安定なナルシストで、みんなから、特に母親から嫌われている。所持金は四十ドルぽっちで——」バーテンダーが酒をもってきた。「勘定の二十六ドルはこちらさんにツケておいてくれ」

ベンジャミンはしばらく何も言わなかった。ビールを一口飲み、それから今度は大きく一気に飲みほした。とろんとした目をしている。「おまえには何も話せない、ケニー」

「わかった。こんなふうに酒を飲むのも、話をするのもやめよう。そのかわりに、映画でも観にいかないか。いや、べつに映画でなくったっていい。プリンストンに行って、ベント・スプーンでアイスクリームを食べてもいい」

「いいから、おれにかまわないでくれ」ベンジャミンはとりあわず、バーテンダーに手を振って言った。

「ビールとウィスキーをもう一杯ずつ」

バーテンダーはケニーを見ていた。それは店側にとっても良い注文ではないということだ。

ケニーは言った。「酒はもういい。あきらかに飲みすぎだ。家まで車で送っていくよ」

「うるさい！」ベンジャミンは言って、ケニーを押しのけようとした。

ケニーは身体のバランスを崩して、スツールから転げ落ちた。スツールは大きな音を立てて倒れ、ケニーのグラスは床に落ちて粉々になった。

「どうかしたのかい」

見ると、すぐ横にプレインズボロ署のルーク・オルセン巡査が立っていた。区役所で騒ぎたてたときに出てきた男だ。私服姿だと、そんなにアーリア系っぽくは見えない。

「ミスター・ドベックの酒量について議論をしてただけだよ、オルセン巡査」ケニーは言い、身体をまわして立ちあがった。

「こんなふうに出会うのが習慣になってるみたいだね、ミスター・リー」それからベンジャミンに向かって、「だいじょうぶか、ベン？」

「この男にイチャモンをつけられていたんだ」

非番のふたりの警官に外に引きずりだされ、叩きのめされたくないので、ケニーはバーテンダーを指さして言った。「彼女に訊けばわかる。おれは深酒をいさめて、家まで送っていってやると言っただけだ」

バーテンダーはうなずいた。「そのとおりよ」

それで、その場の緊張はほぐれた。バーテンダーの一言で、睾丸が胸骨の奥に望まざる旅をするのは免れた。

　オルセンはベンジャミンの肩に手をかけ、険しい目つきで睨めつけた。それからバーテンダーのほうを向いて、「今日はこれでお開きにする」次にケニーのほうを向いて、「あんたもこれでおしまいにしたほうがいい」

「あといくつか訊きたいことがあるんだが」

「お・し・ま・い・だ」

　ケニーは微笑んだ。「いや、まだ始まったばかりだよ。少なくとも、ふたつの死体はそう言ってる」

36

　公営プールに浮かびながら、アンドレアは別世界にいるような感覚を味わっていた。話が表沙汰になり、町を丸ごと吹き飛ばしそうになってからは、子供たちを市民プールに連れてきて皮下脂肪族の話の輪に加わるなんて、馬鹿げたことのように思えてならない。ドベック署長が会いにきたことをジェフに話してからは特に。選択の余地はなかった。黙っていても、イーライが何もかも話すにちがいない。

　ジェフの反応は、本人の名誉のために言っておくと、思ったほどひどいものではなかった。当初はいさかいが絶えなかったが、いまは諦めの境地に達しつつあるのかもしれない。妻が決してあとに引かないことはよくわかっているはずだ。やはり弁護士に相談したほうがいいのではないかと言われたが、それにも応じなかった。ドベックに揺さぶりをかけたことによって、いきなり正面衝突という事態になるとは思わない。

秘密があかるみに出はじめたいま、ケニーが言う〝攻めて敵との防衛線を混乱させる作戦〟が最善手であるのは間違いない。共謀者の神経を逆撫ですることで、連中が間違いをおかす可能性は高くなる。特にその多くが高齢者であることを考えると。

だからこんなことをしている場合ではないと思いつつも、イエロー・サブマリン然とした格好で、フロート・チェアにすわって、ママ友たちといっしょに水に浮かんでいる。ブリアンとクリスタルは地味なワンピースの水着姿。どちらもそんなに太くない脚の太さをいつも嘆いている。モリーは〝アイルランド人の敏感肌〟を守るためにバリーフのグレーのラッシュガードを身に着けている。三人ともそれぞれ自分の容姿に不満たらたらだが、としたら、三人全員の悪いところ取りをした者の立つ瀬はない。

クリスタルは子供たちの新学期に必要な買い物の話をしている。その話が長々と続いているあいだ、ブリアンはもぞもぞと落ち着きなく身体を動かし、モリーは心ここにあらずといった顔をしている。その目がちらちらと見ているのは、これからシャツを脱いでプールで一泳ぎしようとしているボサボサ頭のライフガードだ。

クリスタルの長ゼリフがようやく途切れたのは、二台のパトカーがプールの出入口の前にとまるのを見たときだった。一台のパトカーからはミシェル・ウー巡査とニケット・パテル巡査が出てきて、もう一台のパトカーからはドベック署長とウィルソン警部補が出てきた。

アンドレアは口もとを緩めた。結局のところドベックは愚か者になることを選んだのだ。

ドベックを先頭にして、一同はまっすぐママ友たちのところへ向かってきた。

「わたしに用があって来たのよ」アンドレアは言った。

「えっ？」と、クリスタル。

ドベックはプールの端までやってくると、フロート・チェアにすわっているアンドレアを見やった。そして指をさし、ミシェルとニケットに向かって言った。

「犯行現場に侵入したのはあの女に間違いないいな」

ミシェルとニケットはうなずいた。

「声に出して言ったほうがいいわよ」と、アンドレア。

ミシェルとニケットはいらだたしげな口調で言った。

「はい、間違いありません」

「プールから出てくれないか、ミセス・スターン」

アンドレアは仲間たちの手際の悪い助けを借りて、四苦八苦しながらフロート・チェアから降りると、ゆっくりとプールの浅いほうのへりへ歩いていって、そこの階段をのぼった。

ドベックはズボンのベルトから手錠をはずした。そして、アンドレアの片方の手首に手錠をかけ、それを背中にまわした。「きみを逮捕する、アンドレア・スターン。容疑は事件現場からの逃走、法執行機関およびその他の行政組織の公務執行妨害、物的証拠の改竄およびび捏造、参考人および情報提供者としての義務違反」

「事件現場からの逃走というのは。いくらなんでも無理があるんじゃないの」アンドレアは怯えたときや怒ったときに出るクイーンズ訛り全開で言った。

「これはいったいどういうことなの」と、クリスタルが口をはさむ。「ふざけないでよ！」

ウィルソン副署長がクリスタルとドベックのあいだに割ってはいる。「マダム、これはあなたとは関係のないことです」

「彼女はわたしたちの友だちで、妊娠八カ月なのよ。関係ないわけがないでしょ！」

クリスタルはウェンデルと結婚して子供をもうけるまでの五年間、シカゴのテレビ局で広報部長の地位にあった。だから、まわりの者を叱責したり意のままに動かしたりするのに慣れていて、そのスタンスは基本的にいまも変わっていない。ＰＴＡでもガールスカウトの集まりでも、誰に対しても物怖じすることはない。

ドベックは強面(こわもて)を取り繕って振り向いた。「あなたのお友だちは殺人事件の捜査を妨害して逮捕されたんです」

「馬鹿げてるわ！」

「そうでもない」ブリアンはクリスタルに二の句を継がせないくらいきっぱりとした口調で言った。

「たしかに」アンドレアは同意した。「でも、やっぱり馬鹿げてる。わたしは捜査を妨害しているんじゃない。警察と並行して捜査を進めているのよ。ドベック署長が隠しておきたいことをあかるみに出すために」

アンドレアは言いながら、ウィルソンとミシェルとニケットの様子をうかがっていた。自分が言ったことにどんな反応を示すか見たかったのだ。思ったとおり、そこにあったのは驚きの表情だった。

アンドレアのほくそ笑みを途絶えさせたのは、後ろのほうから聞こえたルースの甲高い声だった。「ママ？」

ルースはセイディとサラといっしょにいた。イーライはまだプールのなかにいて、何も気づいていない。どんなやりとりでも、アンドレアは達者な弁舌で相手を打ち負かすことができる。だが、子供たちが見ているところでは、ドベックの勝ちだ。

「ルース、弟と妹たちの面倒を見ててちょうだい。あとのことはミセス・シンガーに頼んでおくわ。ほんの数時間の辛抱よ」

クリスタルはアンドレアと並んで歩きはじめた。

「わたしたち、何をすればいい？」

「ジェフに電話して、何があったか伝えてちょうだい」

「弁護士は？」と、モリー。「デレクに話したら、会社から誰かよこしてくれると思う」

アンドレアは連行されながら言った。「弁護士を呼ぶことはないわ、モリー。これは不当逮捕よ。それは警察もわかってるはず」

後ろからルースが、さらにその後ろからセイディとサラが追いかけてきた。「ママー！」

ママ友たちが子供たちを押しとどめ、太陽をいっぱい浴びた身体で包みこんだ。アンドレアはなんとか冷静さを保とうとしたが、それでも泣いている子供たちを見ると胸が張り裂けそうになる。

クレオンとサトクナナンタンのために正義を実現するのは、こんなことになってもいいくらい価値のあることなのか。

ドベックはまわりで起きているすべてのことを無視している。アンドレアの左腕を痣がつくくらい強く握り、有無を言わせずに引ったてていく。その顔にはなんの表情も浮かんでいない。

揺さぶった甲斐はあった。

この局面はドベックの勝ちかもしれないが、最終的には自分が勝つ。


ドベック署長がおかした戦術ミスのひとつは、アンドレアをビビらせるために逮捕したこと、もうひとつは、取調室にロッシとガーミン刑事を入れたことだ。ケニーが言っていたとおり、このふたりが共謀にかかわっていないとすれば、署内の小さな亀裂を大きなものにするタガネを手に入れたことになる。巧妙な嘘の発覚が避けられないようになれば、ふたりの刑事は自分たちが生きのびるために真実の側につくしかないと考えるにちがいない。

ケニーのメモによれば、ガーミンは頼りにならないが、ロッシは必要な駒になってくれるはずだ。ガーミンはベーグルをパクつき、Lサイズのコーヒーを飲んでいる。

ロッシはアンドレアのために紙コップに水を注ぎながら言った。「いまにも産み落としそうだね」

「あなたたちのどちらかがリトルリーグでキャッチャーをしていたらいいんだけど」

ガーミンは笑った。

「どうして逮捕されたかわかってるかい、ミセス・スターン」と、ロッシは訊いた。

「もちろんよ、刑事さん。あなたはわかってる？」

ロッシは目の前に置かれた書類にちらっと目をやった。「警察の捜査を妨害し、混乱させたから」

「その点について、弁護士を呼んでくれと言うまえにどこまで話せるかは、あのガラスの向こうで誰が聞いているか、そしてあなたたちがサトクナナンタン・サスマル殺害事件の解決にどれくらい強い意欲を持っているかによる」

ガーミンはへらへらと笑いながら、何をどう答えていいかわからずに相棒のほうに目をやった。

ロッシは言った。「あんたのことは――あんたの経歴はよく知っている、ミセス・スターン。あんたには――あんたのやったことには敬意を払っている。われわれはただ真実を知りたいだけだ」

「ガラスの向こう側にいるひとの利益に反したとしても？」

ガーミンは落ち着かなげにまたロッシに目をやった。

「誰が何にかかわっていようと、あんたの話を裏づけるものがあれば、あんたのあとについていくよ」

アンドレアは微笑んだ。「妊婦を盾にするつもり？たいした騎士道精神ね」

ロッシも微笑んだ。眼尻に皺が寄っている。アンドレアの肝のすわり具合が気にいったということだろう。これからここでする話に嘘偽りはないという直感が働いたのかもしれない。

「いくつか基本的なことを訊いてもいいかな」

「どうぞ」

「なぜ犯行現場を荒らすような真似をしたんだい」

「犯行現場と思わなかったからよ。あのガソリンスタンドに入ったのは、子供をトイレに行かせるため。車のなかの騒ぎに気を取られていて……報告書には記載されていないかもしれないけど、車内は動物の飼育場みたいなものよ。だから、ガソリンスタンドのサウスフィールド・ロード側にとまっていたパトカーにも気がつかなかった」

「それで……おしっこを？」

「そこにいた巡査以上には現場を荒らしてないわ。もちろん、比較の問題じゃないことはわかってるけど。たしかにわたしの娘は犯行現場でおしっこをした。その子もここにすわって取り調べを受けたほうがいいかしら」

「あんたはレジの引出しが閉まっていたことを新聞記者に話した」

「捜査の最初の段階であなたたちが強盗の仕業だと決めつけたことに疑問を抱いたからよ」

「でも、それが捜査に興味を持ったきっかけじゃないんだね」

「そう。まわりのひとが話していることを聞いて、オイオイと思ったのよ」

「オイオイ？」ガーミンが訊いた。

「わたしはクイーンズ出身なの、ガーミン刑事。向こうじゃみんなそう言ってる」

ロッシは笑った。

「で、まわりのひとが話していたことっていうのは？」

「被害者はインド人だから、警察はあまり熱心に捜査しないだろうって」

ガーミンはクリームチーズ入りのベーグルのかけらをテーブルの上にこぼしながら言った。「おれたちが知らんぷりをしてるって言うのかい」

「わたしが言ったんじゃない。わたしはまわりのひとがそう思ってると言っただけ。そして、そういう猜疑心がわたしの好奇心をそそったってわけ」

「そんなにカリカリするな、チャーリー」ロッシは諫めた。「ミセス・スターン、まわりくどい言い方はやめよう。われわれが知らなくて、あんたが知っていることは何か教えてもらいたい」

アンドレアは微笑んだ。「たくさんある。でも、あなたたちがほんとに訊かなきゃいけないのは、ドベック署長があなたたちに知られたくないことをどれだけわたしが知ってるかってことよ」

「もういい。充分だ」と、ガーミン。「署長なり誰なりを告発したいのなら、そうすればいいじゃないか。なぜそうしないんだ」

「わたしがここを去るときには、署内の警察官全員が混乱し、不安になり、おたがいを疑いの目で見るようになる。わたしの捜査はそれで一歩前に進む。だからよ」

「わたしの捜査？　おいおい、気はたしかか」

「あなたたちは一件の殺人事件の捜査をしている」アンドレアは次の一言で取り調べがとつぜん打ち切りになることを予想しつつ言った。「でも、わたしはふたつの殺人事件を追っているのよ」

次の瞬間、取調室のドアが勢いよく開いた。入ってくるのはドベックだとばかり思っていたが、驚いたことに、そこに姿を現わしたのは家族ぐるみで付きあっている弁護士のゲアリー・フェントンだった。ジェフが子供のころ毎年参加していたサマーキャンプ仲間であり、いまはフィラデルフィアの法律事務所に勤務している。普段は陽気で、穏やかだが、仕事が絡めば自然災害なみになる。

ハリケーン・ゲアリーは言った。「取り調べはここまでだ」

「弁護士は呼んでないと思っていたが」ロッシが言った。

アンドレアは肩をすくめた。

ドベックとウィルソンは戸口に立っていた。ふたりとも嵐に耐えぬいたような顔をしている。

ゲアリーはアンドレアの耳もとでささやいた。「ジェフが電話をくれたんだ。ちょうど仕事でプリンストンに来ていたものでね」

「弁護士はほんとに必要なかったのよ」

「弁護士を必要としない者はひとりもいない」ゲアリーは笑いながら言い、それから刑事たちのほうを向いた。「追って署長から説明があると思うが、現時点で告発が取りさげられることはないが、罪状認否手続きが終わるまで、わたしの依頼人は拘束されない」

「告発された者の身柄は二十四時間拘束できることになっている、ミスター――」

「ゲアリー・フェントン。アッシュフォード・バーク・グロスマン&レヴィ法律事務所のパートナー弁護士だ。もちろん、あなたたちはわたしの依頼人を拘束することができる。でも、われわれにはプールサイドでの目撃者が大勢いる。その者たちはフィラデルフィアのチャンネル6・アクション・ニュースの取材に喜んで応じ、泣き叫ぶ子供たちの目の前で妊娠中の母親が連行されたことを話してくれるはずだ。ご存じないかもしれないが、キャスターのジム・ガードナーはわたしの親しい友人でね。あと、外に新聞記者を待たせてある。場合によっては、あなたたちは共謀罪についての突っこんだ質問を受けることになるかもしれない。わたし自身は話をちらっと聞いただけで、詳しいことは知らない。でも、弁護士にとって、その種の話は水のなかに投げいれられた撒き餌みたいなものだ」

ケニーが来ているということだ。誰がケニーに話したのだろう。ジェフでないのはたしかだ。

ロッシとガーミンは指示を待っている。ドベックはアンドレアを睨みつけながら言った。「放してやれ」

アンドレアが立ちあがろうとすると、椅子に身体を支えるための肘かけがついていなかったので、ロッシが手を貸してくれた。それで確信が得られた。ロッシは自分の側についてくれる。

「我慢強く付きあってくれたことに感謝するわ」それからガーミンのほうを向いて、「だけど、今度妊婦を相手にするときには、ガーミン刑事、そのひとにベーグルを分けてあげたほうがいいわよ」

ガーミンは肩をすくめた。「分けるまえになくなってると思うけど」

ゲアリーはアンドレアに付き添って駐車場へ向かった。ケニーはそこで待っていた。

「これはいったいどういうことなんだい」

「いまここでは話せない」アンドレアは答えた。「監視カメラがあちこちにあるから。唇の動きを解析される恐れがある。わたしの車まで送ってちょうだい」

「ジェフがそろそろ帰ってくる時間だよ」ゲアリーが言った。

「あなたの車で駅まで迎えにいってくれないかしら、ゲアリー。いまはことを荒立てたくないの」

「きみたちふたりの話にぼくは加われないってことかい」

「あなたがこの問題にかかわりたいとは思ってなかったけど」

「ぼくが愛してやまないのはそんなジョークだ」

どうやら反論の余地はなさそうだ。

「ジェフを家へ連れてかえったら、そこで待っていてちょうだい」アンドレアは言って、ケニーのプリウスの助手席に身体を押しこんだ。

ミニバンはプールの駐車場にとめられたままになっていた。そこに着くと、アンドレアはブリアンに電話して、子供たちの様子をひとりずつたしかめ、誤解は解けたと言ってみんなを安心させた。ブリアンには、ジェフと話をしなきゃならないのであと二、三時間子供たちの面倒を見ていてほしいと頼んだ。

「ほんとにだいじょうぶなの」

「だいじょうぶだってば、ブリアン。連中があんなことをしたのは怯えてるからよ」

「怯えてるから、死者が出たのよ、アンディ」

たしかにそうだが、この一件は表沙汰になりすぎ、もうすでに多くのひとに知られすぎている。本当なら、陰謀は陰謀のまま闇に葬られるはずだった。けれども、隠されたものは少しずつ漏れでてきている。いずれは勢いよくほとばしるようになるだろう。そのときには、溺れないために、共謀にかかわった者たちは進んで口を開きはじめるにちがいない。

家に着くと、アンドレアは紅茶をいれて、ケニーに勧めた。ケニーがそれを断わると、冷凍庫を覗いてベーグルを探した。シナモン・レーズンがふたつあった。チョコレート・チップは残念ながら子供たちに食べられてしまっている。

しばらくしてようやくケニーは言った。「何があったか聞かせてくれないか」

「わたしたちふたりのうち、扱いやすそうなほうをターゲットにしたのよ」アンドレアは答えながら、電子レンジでベーグルを解凍し、それを今度はトースターに入れた。「あなたは新聞記者だから逮捕できない。それだけドベックは必死になってるってことよ」

トースターがチーンと音を立てる。アンドレアはベーグルにクリームチーズを塗った。お腹の子が出てくるまでに、体重は六百ポンドになっているだろう。

「必死になりすぎなければいいんだが」

アンドレアはベーグルを大きくひとかぶりした。

「そのときには、サトクナナンタンを撃ち殺した者が誰かわかる」

「おいおい。笑いごとじゃないぜ」

「まったくもって」ジェフの声だ。ガレージに通じるランドリー・ルームから、後ろにゲアリー・フェントンを従えてキッチンに入ってくる。あきらかにうろたえている。なぜ早く帰ってきてもらいたくない日にいつも早く帰ってくるのだろう。

「子供たちは？」

「ブリアンのところよ。みんなだいじょうぶ。話もした」

「子供たちは何を見たんだ」

「母親が手錠をはめられて、プールから連れ去られるところを。みんな戸惑っていた。わたしと同じように。子供たちにはあとできちんと説明をする。なんの心配もない」

「ほんとに？」ジェフは怒りを募らせながら言った。

「それだけ？　なんの心配もない？」

「わたしは自分の兄が目の前で刺し殺されるのを見たのよ。それでも、ごらんのとおりなんの心配もなかった」

「おれも六歳のときに自転車で転んで、膝をひどく擦りむいたことがある」と、ケニー。

「はいはい」ジェフとアンドレアは同時に言った。

アンドレアはなだめるようにジェフの腕に手をかけた。「ジェフ、こうなることをあなたが恐れていたのはわかってる。わたしはことを荒立てずに話を進め、ここにいるお調子者に矢面に立ってもらおうと思っていた。でも、そうはならなかった」

「ここにいるお調子者って誰のことかな」と、ケニー。

答えるかわりにジェフは肩をすくめた。

「わたしは間違っていた。ごめんなさい。でも、今日ドベックがこんなことをしたのは、わたしをビビらせたかったから。ただそれだけのことよ」

「それだけのことであれなんであれ、目的は達成されたわけだ」

「いいえ。あなたに対してはそうかもしれないけど、わたしに対してはちがう。やる気をさらに掻きたてられる結果になっただけ」

「わかった、わかった」ジェフは言い、それから助け舟を求めるように幼なじみのほうを向いた。「ゲアリー？」

「思いとどまらせることはできないよ。ぼくよりずっと頑固だからね」

「でも、法は法だ。当局に睨まれたら、ぼくたちの暮らしはひどく面倒なものになる」

「最終的に当局が気にするのはわたしたちの暮らしじゃなく、五十年前の共同謀議と二件の殺人事件よ」

ゲアリーはケニーのほうを向いた。「ほんとかい」

ケニーはにやりと笑った。「おまけに人種問題も絡んでいる」

ゲアリーは興味しんしんだった。「もっと詳しく教えてくれないか」

幸いなことに、これまで何度もしてきた話をここでまた繰りかえす必要はなかった。ちょうどこのとき、キッチン・テーブルで携帯電話が振動したからだ。ラモンからだった。

アンドレアは電話に出た。「今朝、逮捕されたの。そっちはどう？　何か変わったことはあった」

「警察がこっちの動きをつかんだってことかい」

「全部じゃないけど、公営プールで逮捕する気になる程度には。あなたのほうは？」

「DNA検査の結果が出た。間違いない。犠牲者はクレオン・シングルトンだ」

アンドレアは携帯電話の送話口を手で覆い、小声でケニーに伝えた。「確認がとれた。クレオンよ」

「明日までに区の公文書を押収するための令状をとることができる」と、ラモン。

「まだ早い」アンドレアは言った。

「何がまだ早いんだ」と、ジェフ。「スピーカーに切りかえてくれ」

アンドレアは手を振って、話を続けた。「焦らせたら、連中はきっと間違いをおかすはずよ、ラモン」

「監視をするにはそれなりの人手がいる。これはFBI案件じゃないから、動員の要請はできない。ぼくも自由に使える手駒を持っていない」

アンドレアは部屋にいる男たちを見やり、それから考えた。友人たちのこと、刑事のロッシのこと。「たぶんなんとかなると思うわ」

「ぼくは同意できないね。証拠を隠滅したり、記録文書を改竄したり、口裏をあわせたりする時間を連中に与えることになる。それだけじゃない、アンディ。きみは大きな危険にさらされる」と、ラモンは言った。

「でも、まだわかってないことがいくつか残っている」

「自分たちで彼らを見張るってことかい」

アンドレアはまたまわりを見まわした。夫、ケニー、冷蔵庫をあけて食べ物を探しているゲアリー。あとはママ友たち。

「こっちには機動部隊がいる」

37

翌朝、アンドレアは寝ぼけまなこの子供たちを車に乗せ、ジェフを駅まで送っていった。今日ばかりはこの日課がありがたかった。心配することはないと夫を説得することはできなかったが、子供たちはもうなんとも思っていなかった。マクドナルドで朝食をとったあと、ママ友たちにメールを送り、話したいことがあるから自分の家に集まってほしいと頼んだ。

八時には全員が揃った。子供たちはお菓子を食べ、それから庭に遊びにいった。そのとき、アンドレアは子供たちに雁にやるためのパンを持たせてやった。クリスタルは卒中を起こしそうな顔をしていたが、子供の身の安全より好奇心を満たすことのほうがまさっていたようだ。コーヒーと紅茶が供され、女たちはサンルームに腰を落ち着けた。

アンドレアは話しはじめた。「わたしは大学で刑事司法を専攻し、ルースを身ごもるまでは、大学院でFBIの行動分析課に所属していたの」

「プロファイラーになるつもりだったの？」クリスタルが訊いた。

「プロファイラーだったのよ。いまもそう」自分の頭と胸を指さして、「ここと、ここはね」

それから、みんなの力を貸してほしいと頼んだ。

数秒間、誰も何も言わなかった。

沈黙を破ったのはブリアンだった。「面白そうじゃん！」

アンドレアはコーヒーテーブルの上のフォルダーを開いた。そこからビル・ミューラーの写真を取りだし、クリスタルに渡す。モリーにはヒラリー・エヴァーシャムの写真。ウェスト・ウィンザー行政区のウェブサイトからダウンロードしたものだ。最後に取りだしたのはブラッドリー・ドベックの写真で、それはブリアンに。

それぞれがどういう人物かを説明してから指示を出す。「自宅や職場に張りこんでもらいたいの」

「張りこんで何をするの」と、クリスタルが訊く。

「待つのよ。二日か三日間。どこへ行ったか、誰かと昼食をとったか、仕事がひけたあと何をしたか、そういったことを知りたいの。会った者がいたら、その写真もほしい。無駄骨に終わるかもしれないけど、それはそれでかまわない」

「思ったほど面白くなさそうね」ブリアンは言った。

選りぬきの監視チームを配置につけると、その三時間後に、アンドレアは警察署から出てきたベネット・ドベック署長のあとを追って、ウェグマンズ・スーパーマーケットまでやってきた。子供たちはぐずっているが、あえて無視して監視を続け、ドベックがサラダを買ってカフェテリアへ向かうのを見届けた。そして、ルースとイーライにランチを選んでおいてくれと頼み、勘定をするころまでには戻ってくると伝えた。

「自分たちで支払っちゃダメ？」と、イーライが訊く。お金は男が払うものと思うようになる年のころだ。この愚かさは大人になっても変わらないということだろうか。

アンドレアは三十ドルを渡した。

「おつりをもらってもいい？」と、ルース。弟から金を巻きあげるすべを心得ている年のころだ。

「おつりが出たら、みんなで分けなさい」答えた尻から後悔した。間違いない。割りを食うのは妹たちだ。

それから、アンドレアはカフェテリアの入口まで歩いていった。そこからだと店内の様子がはっきりと見てとれる。ドベックに見つかりたくはないが、そのためにそこで誰と会うのかを知る機会を犠牲にすることはできない。携帯電話のカメラアプリを開き、腰の高さで持って数枚の連続写真を撮る。ドベックは二人用の席にひとりですわっている。

数分待って、時間の無駄かもしれないと思い、子供たちが店内を荒らしまわっているのではないかと心配になりだしたとき、ひとりの男がやってきて、ドベックのテーブルのほうに歩いていった。長身で、年は五十代前半。短く刈った薄茶色の髪。ポロシャツとカーキのズボンというカジュアルな格好。見覚えはないが、ケニーなら知っているかもしれない。ふたりがいっしょにいるところを数分間にわたって撮影し、それから食品売り場に戻ったとき、子供たちはピザとフライドチキンの買い物をすませていた。

アンドレアはそれを見て言った。「妹たちにはチキン一個ずつしかあげないの？」

「だって、お腹すいてないって言うから」ルースが答えた。

「一個じゃたりないよー！」と、サラが叫ぶ。

アンドレアは手をのばし、ルースがおつりをかえすのを待った。「七ドルのために妹たちを飢えさせるつもり？」

ルースは肩をすくめた。

「サラにもう一個あげなさい。食料品をもう少し買い足さなきゃいけないから、みんなついておいで」

カートを押して、青果コーナーへ向かう。子供たちは買ったものを食べながらあとをついてくる。ブドウとバナナを買い物かごに入れる。ピーマンの売り場の角を曲がったとき、別のカートとぶつかりそうになった。驚いたことに、そこにいたのはサッカーの練習場で会ったサトウィカだった。

サトウィカは六歳の息子ディヴァムと三歳の娘スレヤを連れていた。おたがいに家族を紹介しあったあと、サラは――神の祝福あれ――スレヤにフライドチキンをあげると言い、スレヤは喜んでそれを受けとった。

雑談を十秒ほどで切りあげ、アンドレアは言った。

「このまえ公園で話したことでちょっと相談があるの。いきなりで変に思うかもしれないけど、子供たちを遊ばせながら話ができるところへ行かない？　チャッキー・チーズとか。おごるわ」

「ええっと……あの店はあんまり好きじゃないの」

「わたしもまったく好きじゃない。夫があそこのピザを気にいってるものだから。そんな店へ行ってでも、話したいことがあるの」

「ここのカフェテリアじゃダメなの？」

アンドレアはリスクを承知で彼女を信用することにした。「そう。そこじゃダメなの。理由はあとで説明する」

「わかったわ。買い物をすませてから、向こうで落ちあいましょ」

二十分後、チャッキー・チーズの隅のテーブルで、ふたりはおたがいの声を聞きとるのに苦労していた。地獄の一角でも、ここまではうるさくないだろう。

子供たちはゲームチケットを持って店内のプレイルームに遊びにいっている。アンドレアとサトウィカはミネラルウォーターを頼んだ。値段は一本十ドル。これはもう犯罪といっていい。

ほとんどなんの前置きもなく、アンドレアは切りだした。「これがスーパークレージーな話のように聞こえることはよくわかってる。わかっていて、あなたのアドバイスがほしいの。そして、わたしがおかしな頼みごとをするときの仲立ちをしてもらいたいの」

「あなたはサトクナナンタンの一件を調べてるんでしょ」サトウィカは言って、いたずらっぽく笑った。

顎がはずれそうになる。「なんで知ってるの？」

「モラーナの事件があったとき、わたしはニューヨーク大学の一年生だったの。サッカーの練習場で会ったとき、もしかしたらと思ったんだけど、確信が持てなくてね。それで調べてみたのよ」

「ウァオ。超びっくり」

「わたしがプール工事の話をしたとき、あなたの頭からアンテナがのびるのがわかったの。そのアンテナで電波か何かを受信しているように見えた」

「大学では何を専攻してたの」

「コミュニケーションと危機管理。マンハッタンのゴールドマン・マコーミック社で働いていたときにディヴァムが生まれ、そのあと職場復帰したんだけど……

……」

「両立させるのは簡単なことじゃないよね」アンドレアは言ったが、ほんの数週間前までそんな思いを実感したことはなかった。そんな経験をしたことはそれまで一度もなかったから。

結局、すべてを話すことにした。

それに対するサトウィカの反応はこうだった。「むかつくわ。わたしにできることなんかある?」

新しい親友ができたかもしれない。


ケニーがジミー・チェイニーに急いで来てもらいたいと頼んでいるころ、アンドレアはママ友たちに連絡をとっていた。午後三時。まずクリスタルから。かえってきたのはうんざりしたような口調の報告だった。この超活動的で、超派手好きで、超出しゃばりな友人なら、退屈な張りこみに不平を鳴らすのも無理はない。

開口一番。「悲惨すぎ。駐車場で二時間ずっとすわりっぱなしよ」

「昼食は? ミューラーはどこで昼食をとったの」

「テイクアウトよ。車でパネラへ行って買ってきた」クリスタルは答え、それから、急に不安げな口調になった。「あとについてお店に入るべきだったかしら。何を買ったかをたしかめたほうがよかったかしら。なかで誰かと会っていたらどうしよう。相手にメモか何か渡していたら……」

「だいじょうぶよ、クリスタル。ランチを買っただけだから。心配しないで」

「ほんとに？」

「わたしには犯罪者の心理がわかるの」そう言いながら、やれやれといった顔をしたが、クリスタルには見えない。声が聞こえるだけだ。「もうちょっとだけそこで見張っててちょうだい。四時半か五時くらいに退社したら、また尾行開始よ。そのあと誰かと会うかもしれないから」

「了解。マルとブリットは退屈して図書館に行っちゃった。張りこみって、もうちょっとワクワクドキドキするものとばかり思っていた」

「とにかくしっかり見張ってて。何かあったら写真を撮るのを忘れないでね」

電話を切り、次はモリー。

モリーはかつてウェルズ・ファーゴ銀行でシステム・アナリストをしていた。あらゆる作用と反作用の因果関係は予測しコントロールできるという実体関連（エンティティ・リレーションシップ）モデルを家庭にも適用し、夫と子供を意のままに操っているらしい。うらやましくもあり、疎ましくもある。

モリーは電話に出て言った。「ヒラリー・エヴァーシャムの動静だけど、ウェスト・ウィンザー区役所の駐車場で待ってたら、十二時五十五分にふたりの女性といっしょに建物から出てきた。三人はクラークスヴィル・ロードをヴィレッジ・スクエア・モールのほうへ半マイルほど歩いていき、そこで引きかえして、オフィスに戻った。ヘンリーとブレットはザット・ポッタリー・プレイスへ連れていき、なんでもいいから二時間以上の体験教室に参加するようにと言ってある。だから、いまはわたしひとり。体験教室は四時に終わる。エヴァーシャムがオフィスを出るのは四時半から五時のあいだだと思うから、それまでに子供たちを迎えにいって、またここへ戻ってくるつもり」

「完璧よ、モリー。ありがとう」

「張りこみって、思った以上に楽しい」そう言って、モリーは電話を切った。

最後にブリアン。電話を受けた場所はプリンストン・ウィンドロウズ高齢者住宅のロビーだった。話し声の向こうから、ピアノの音が聞こえてくる。最初は建物の外で見張っていたけど、何も起こりそうになかったので、子供たちを連れてなかに入った、とのことだった。

「子供たちにピアノを弾かせたら、お年寄りたちが蛾のように集まってきてね。わたしはロビーで待ってたの。すると、ドベックがふたりの仲間といっしょにやってきて、しばらく演奏に耳を聴けて、飽きると、エレベーターのほうへ向かったので、わたしはそのあとをつけていき、上にあがるのを見届けた」

「上出来よ。その三人が誰かに会いにいくとしたら、たぶん夕方以降になる」

「誰かと会いにいくのは間違いないわ」

「どういう意味?」

「廊下を話しながら歩いていたところを撮影したのよ」

「何をしたって?」

「撮影。携帯電話で。簡単なことよ」

「あなたのそういう抜け目のなさが好き。それをこっちへ送ってくれる?」

ママ友たちの働きぶりに驚嘆し、誇りに思いながら、アンドレアはブリアンが送ってくれた動画を見た。ドベック、アッペルハンズ、それに杖をついた三人目の男が、よたよたと廊下を歩きながら、大きな声で話をしている。みな真実があかるみに出るのを恐れているのはあきらかだ。アッペルハンズともうひとりの男は、最後までだんまりを決めこんだほうがいいとか、いや、そろそろ年貢の納めどきじゃないかとか、くどくど言いあっている。

ドベックが一喝する。「やめろ。今夜八時には、みんな射撃場にやってくる。それまで、この話はお預けだ」

そして、エレベーターに乗りこんだ。

動画はそこで終わった。共謀者が密会するという情報をつかむことはできた。でも、幹線道路ぞいの森のなかにある射撃場をどうやって見張ればいいのか。そこに集まってきた者たちの写真はどうしても必要だ。できれば音声も。両方ともあれば文句なしだが、両方ともないのは残念すぎる。

ケニーに電話する。「共同謀議の証拠を示す映像が手に入ったの」

38

その日の午後四時、ケニーはアンドレアの家にいた。サトウィカが段取りをつけてくれて、五時にはスニタ・グプタの家を訪ね、そこでジミーと合流することになっていた。七時には、パトリオット射撃場の見張りを開始しなければならない。さらには、ヴァーモント州のジェニファー・ギルフォイルのところへ行って、五十年前にクレオン・シングルトンが殺された件で心当たりはないか問いただす必要もある。けれども、当面の問題は射撃場での密会を見聞きする手立てを見つけだすことだ。

「ロッシかガーミンに頼んで行ってもらおうか」と、ケニーは言った。

「ドベック署長がそこにいたらまずい」

「おれが忍びこんで、写真を撮ってもいい。射撃場の横には公園があり、まわりは木に囲まれている」

「あなたの知りあいに、テレビ局か音響関係の技師で、アーム付きのマイクとかパラボラ・アンテナとかを持っていそうなひとはいない？」

「いない。いたとしても、いまのところはほかの誰もこの話を共有する気はない」

「わかった。とりあえずは動画の撮影だけでいい」

「ヒスパニックの伊達男に電話して手伝ってもらおうか？　何か用立ててくれるかもしれない」

「そんな時間はない。映像があれば、音声なしでも、共謀の事実を証明する手がかりを得ることはできる」

このとき、ベネット・ドベックがカフェテリアで誰かと会っていたことを思いだした。「そうだ、忘れないうちに」と言って、携帯電話で撮った写真をケニーに見せる。


「トーマス・ロバートソンだ。たしか――」

「ウェスト・ウィンザーの行政官であり、ヒラリー・エヴァーシャムの上司ね。このふたりが隠蔽工作に関与している現在の区の職員よ。これでまたひとつつながりがあきらかになった。あとはヴァーモントの一件だけど、明日、だいじょうぶ？」

「この数時間内に殺されなきゃね」

「六時半に迎えにいくわ」

「ニューヨーク・ステート・スルーウェイを走ってるときに産気づいたりしないだろうね。破水したらコトだ」

「だいじょうぶ。いざというときには、あなたにお産を手伝ってもらうから」

チャッキー・チーズでの打ちあわせのあと、サトウィカはプール工事の申請が却下された友人のスニタ・グプタに連絡をとってくれていた。そこの家の敷地にもやはりクレオンの骨が埋まっているにちがいない。不謹慎かもしれないが、できればいちばん見栄えのする頭蓋骨であってほしい。残念なのは、グプタ家での午後遅くの集まりが準備不足のホームパーティーの様相を呈するようになったことだった。スニタの子供たちは学校でルースやイーライと顔見知りだったし、サトウィカの子供たちともすぐに仲よくなった。

スニタはテラスで食べられる料理を手早く二皿――サモサとタンドリ・チキンナゲットをつくってくれた。犯罪捜査が一転クリシュナ神の生誕祭になったことに戸惑いつつも、おいしそうな匂いにつられて、アンドレアはサモサをひとつ手にとらずにはいられなかった。いや、ひとつと言わず、ふたつ。うーん、みっつ。

ジミーがやってくると、挨拶をしたあと、ケニーはここがかつてライト家所有のベア・ブルック農場であったことを説明した。その間アンドレアの頭にあったのは、自分の読みが正しいことが証明されたとき、どうやって子供たちを裏庭から追い払うかということだった。スニタは本来穏やかな性格のようだが、プール工事の申請が却下された本当の理由を知ると、顔色が変わった。

「殺されたひとはどんな気持ちだったか」と、サトウィカ。

「ふざけた話だわ」スニタは唇を尖らせた。「なにが諸般の事情よ。なにが地域の特殊性よ」

ジミーはサモサとチキンナゲットを急いで頬張ったあと、探知機を持って裏庭に出た。子供たちはそこでサッカーボールを蹴りあっている。

スニタは続けた。「でも、わたしたちは受けいれた。そういうものなんだろうと思って」

「アルジュンは何時ごろ帰ってくるの」サトウィカが訊いた。

「そんなに遅くならないと思うけど」と、スニタ。

「どんな仕事をなさってるの」アンドレアは訊いた。

「大理石の販売。営業主任よ」

「道理で家のなかは……」

スニタは軽く舌打ちをした。「大理石だらけ、と言いたいのね」

サトウィカは笑った。「たしかに。そう言われても仕方がないわ」

「好きなものだらけになるのは誰でも同じよ」アンドレアは言った。「でも、それが異文化に由来するものだと、どうしても批判的になってしまう。結局のところ、わたしたちの好みは生まれ育った環境によって決まるってことね」

サトウィカとスニタはうなずいた。

アンドレアは微笑んだ。「それでもやっぱりここの大理石の量は馬鹿げてる」

ふたりのインド人女性は大笑いをし、ケニーを振り向かせた。笑い声がやんだのは、ジミーが動きをとめたときだった。探知機が反応したのだ。ジミーはケニーのほうを向いた。そのふたりは女性陣に目をやった。

サトウィカがすぐさま子供たちに声をかける。「みんな、ライス・プディングのデザートよー！」

子供たちはジミーとケニーの脇を駆け抜けて一目散に家に戻ってきた。

アンドレアは言った。「忘れてた。シャベルが必要だったわね。どうしてトランクにシャベルを六本入れてこなかったかは自分でもわからない」

「おれは持ってきた」と、ケニー。「つまりひとりで掘らなきゃいけないってことだな」

十分後には、クレオン・シングルトンの頭蓋骨が一同を見あげていた。

アンドレアは携帯電話で写真を撮った。

それから、可能なかぎり深く腰をかがめて、素手で頭蓋骨を地面から取りだした。身元はすでに判明しているので、取扱いにそんなに神経質になる必要はない。頭蓋骨の頭頂部には穴があいている。五十年経過していても、その形状ははっきりと見分けることができる。そのときの衝撃が実際どんなものだったか、不意にわかったような気がした。

「凶器はハンマーかツルハシ。やつらはクレオンに背後から襲いかかったのよ」


二時間後、先の穴掘りの作業で汗びっしょりになったまま、ケニーはジミーといっしょにウェスト・ウィンザー・コミュニティ・パークのドッグランの近くに車を置いて、射撃場のまわりの森のなかへ入っていった。湿気もいやだが、それ以上にいやなのが虫で、ケニーは及び腰だったが、ジミーは何も気にしていないことのなりゆきをあきらかに楽しんでいる。

ジミーは射撃場での密会の監視の話を聞いて、車に積んであった音波探知機を持ってきていた。それを使えば壁ごしにでも会話を拾うことができる。ただし、そのためには、ある程度まで距離を詰める必要がある。ひとりは探知機が検知した超音波をヘッドセットごしに携帯電話に録音し、もうひとりはそれを手持ちのサウンドボードによって再生しなければならない。面倒だが、ないよりはいい。

アンドレアは森のなかを歩くことにならなくてよかったと思っていたが、ジミーはそう思っていなかった。ケニーを数フィート後ろに従えて、深い森のなかを射撃場のクラブハウスのほうへずんずん進んでいく。

ケニーは携帯電話で時間をチェックした。七時三十四分。機材をセットする時間は充分にある。しばらく行ったところで、ふたりの行く手を阻むように、前方に伐採された木の山が現われた。高さは十フィート、幅は三十フィートほどある。

「これはいったい何なんだ」と、ケニー。

「キクイムシにやられた木を区が伐採したんだ。これから裁断するってことだろう」ジミーは言って、伐採された木の山をのぼりはじめた。

ケニーはしぶしぶあとに続いた。

その向こうへ出ると、木々のあいだから射撃場のクラブハウスが見えた。ジミーは唇の前に指を立て、それからゆっくりまた進みはじめた。片方の手で斜めがけしたストラップの位置を調整し、もう一方の手を背中の探知機にあてがっている。

ケニーはその後ろに続き、木々のあいだを抜け、鬱蒼とした茂みを掻きわけながら歩いていった。しばらくして、ジミーは足をとめ、どこを通って茂みを抜ければいいかを検討した。クラブハウスは茂みの二十ヤード先にある。進路が決まると、腰をかがめて、また歩きはじめる。

その直後、ケニーは茨の茂みに足を踏みいれ、棘がポロシャツに引っかかってしまった。それを引きはがそうとしたとき、棘が腕を引っかいた。「血が……」

「しっ、静かに」

ジミーは茂みのはずれの背の高い雑草の根もとに探知機の台座を設置した。オーディオ・コードをジャックにさしこみ、ヘッドセットを装着する。パラボラ・アンテナにエクステンション・チューブをさしこみ、それを送信機に接続する。そして、アンテナをクラブハウスのほうに向ける。

「なかにひとがいて、動きまわっている。でも、音はくぐもっていてよく聞こえない」

「ここからだと玄関前の私道が見えない。ここにやってきた者の写真を撮りたい。音声だけじゃ心もとない」

私道は砂利敷きで、五七一号線からクラブハウスと未舗装の駐車場までのびている。クラブハウスの東側には屋内射撃場の建物がある。横幅二十五メートルほどの平屋のコンクリートのビルで、反吐(ゲロ)色に塗装されている。クラブハウスの西側は屋外射撃場になっていて、標的の後ろに大きな土塁が造成されている。そこからアンドレアの家まではそんなに遠くない。白人の年寄り連中が銃の狙いを定める先に住宅地をつくったのは、それなりの考えがあってのことだったのかもしれない。

この古めかしい射撃場は、共謀者たちが車から降りて密会の現場におもむくところをおさめた映像にはうってつけのバックグラウンドになる。スコセッシの映画の郊外版だ。サウンドトラックはローリング・ストーンズがいい。一級のドキュメンタリーに仕上がるのは間違いない。

「あそこまで行ってみないか」ケニーは言って、三本の老木とオニアザミの下生えの後ろを指さした。「あそこからなら私道がよく見える」

「でも、連中はすぐにクラブハウスに入る――たぶん入る。だとしたら、ぼくはここにいなきゃならない。もしかしたら、連中の会話を拾えるかもしれない」

「わかった。だったら、ひとりで行く。あんたはここにいてくれ」

ケニーはオニアザミの下草の後ろへ行って、写真を撮りやすいところを見つけだした。カメラのズームを調整する。アングルはちょうどいい。

数分後に一台の車が私道に入ってきて、駐車場にとまった。

念のためにナンバープレートの写真を撮ったが、誰の車かはすぐにわかった。スティーヴン・アッペルハンズのホンダ・シビックだ。そこから出てきたのは、スティーヴン・アッペルハンズ、ブラッドリー・ドベック、カール・ハロウェイの三人衆。そのとき、ひとりの男がクラブハウスの玄関ドアから外に出てきた。身体の向きのせいで、到着した一行のほうに歩いていったときには背中しか見えなかった。それぞれと握手をし、振り向いたときに、ようやくわかった。ビル・ミューラーだ。

できるかぎりズームインして、それぞれの顔の写真を撮る。

一行が視界からはずれ、建物のなかに入ると、ちょっと不安になった。ピンボケになっていなければいいのだが。だが、次の瞬間にはほっとしていた。携帯電話が大きな音を立てて振動したのだ。連中がまだ外にいたら、気づかれていたにちがいない。

メールをチェックする。アンドレアからだった。

〝モリーからの伝言。エヴァーシャムがそっちに向かってる〟

それから二分もたたないうちに、シルバーのレクサスESがやってきた。そこから出てきたのは、ヒラリー・エヴァーシャムとトーマス・ロバートソンのふたり。いらだたしげにまわり見まわし、それからクラブハウスに入っていく。

ケニーはジミーのほうを向いて親指を立てた。

ジミーは建物の裏手の壁のほうにアンテナを向けて、コントロール・ダイヤルをまわしたり、ヘッドセットの位置を変えたりしている。眉間には皺が寄っている。

ケニーの怪訝そうな顔を見ると、首を振り、まず自分を指さし、それから建物を指さした。

今度はケニーが首を振った。

すると、ジミーは手招きをした。

ケニーはさらに強く首を振った。

ジミーはさらに強く手招きをする。

ケニーは折れた。そして元のところに戻ると、ジミーはすぐに動いた。携帯電話を取りだして録音アプリを起動し、それをヘッドセットの右側に押しつける。そして、ケニーにとめられるまえに、探知機をかかえたままクラブハウスのほうへ駆けはじめる。建物の裏手の壁際まで行くと、そこの小窓の下のプロパンガスのボンベの陰に身を隠す。腰をかがめ、アンテナを窓のほうに向ける。

アンテナに装着されたアームを持って、窓枠のすぐ下まであげる。左手で送信機のダイヤルを調整する。頭をあげ、ケニーのほうを向いて、親指を立てる。

それから三十秒後、ジミーは大きく顔をほころばせ、なぜか自分の股間をつかんでみせた。盗聴に成功したということだ。でなかったら、ただ単に森のなかでマスをかきたくなっただけかもしれない。

ケニーはほくそ笑んだ。してやったり。これで一網打尽だ。

第三部　妊娠線

39

翌朝、アンドレアは六時三分発の列車に間にあうようジェフを駅まで送っていった。ヴァーモントへ行くことは伝えていない。仕事中にメールで知らせるつもりでいる。子供たちはもう寝ぼけまなこではなく不平不満を鳴らしつづけていたが、無視して、ブリアンの家に預けてきた。そして、六時三十五分には、ケニーの自宅の玄関ドアをガンガン叩いていた。ケニーがいつまでも姿を現わさず、電話にも出なかったからだ。

しばらくしてドアがゆっくり開いた。

「何、その顔？」

ケニーの顔はアンドレアのお腹と同じくらい膨らんでいた。目はふさがり、唇は細長いリコリス・グミから分厚いパン生地風に変わっている。首の太さはNFLのオフェンス・ラインマンなみだ。

「むぉりでぬぁにかにすぁすぁれたんだ」

一瞬の間のあとわかった。〝森で何かに刺されたんだ〟

「ヴァーモントへ行くのは無理ね」訊いてみたのではなく、断定だ。

〝いや、行けるよ〟と言っているにちがいない返事がかえってきた。

アンドレアは取りあわずに手を振り、踵(きびす)をかえして立ち去った。

往復十四時間ひとりで車を運転するのはきついが、かといって先のばしにするわけにもいかない。携帯電話の連絡先リストをスクロールし、電話をかける。

三十分後——ということは元々予定していた時間か

ら三十分後、助手席にはサトウィカ・デュブーリがなんだか楽しそうな笑みを浮かべてすわっていた。「無理を言ってごめんですって？　何を馬鹿なこと言ってるの。子供たち抜きで一日過ごせて、殺人犯探しのドライブができるのよ。しかも、ニューヨーク・ステート・スルーウェイであなたの赤ちゃんを取りあげることになるかもしれない。願ったり叶ったりじゃない」

「正直に言うと、わたしはこれまであなたたちアジア人の大家族主義に疑問を持ってたの。でも、いまはその考えを改めようと思ってる」

「いつでも子供の面倒を見てくれるひとがいるっていうのは、たしかに強みね。けど、うちの姑のことを知ったら、その考えをまた改めることになるはずよ」一呼吸おいて、サトウィカは微笑み、そして言った。

「ねえ、オデッセイってどれくらいのスピード出せるの？」

ニューヨーク・ステート・スルーウェイをめざして二八七号線を北へ一時間ほど進んだところで、アンドレアはケニーが送ってくれた射撃場での録音を再生するようサトウィカに頼んだ。いくつか聞き覚えのない声もあったが、話し手が誰かはわかっている。スティーヴン・アッペルハンズ、ヒラリー・エヴァーシャム、トーマス・ロバートソン、ビル・ミューラー、カール・ハロウェイ、そしてブラッドリー・ドベック。

アッペルハンズ　誰からでもいいから、事情を説明してくれ。

エヴァーシャム　過去の記録を見たいと言ってきた者がいるの。ひとりは妊婦で――

ロバートソン　もうひとりは例の新聞記者だな。

ミューラー　ケニー・リーだ。プール工事が不許可になったときの記録文書を閲覧するための申請書類を持ってきた。

ロバートソン　ふざけやがって。妊婦はたしか本を書いていると言っていた。ええっと……なんの本だったかな、ヒラリー。
エヴァーシャム　先住民の昔の埋葬地について。
アッペルハンズ　それで、どこまで知られてるんだ。
ドベック　何も知られちゃいないさ。
ミューラー　いや、そうとは言いきれんぞ。少なくともケニー・リーのほうはな。何も知らないのに、昼の日なかに区役所でわめきちらしたりしない。
ドベック　妊婦のほうは、わしの息子が逮捕した。
エヴァーシャム　えっ？　あんな大きなお腹をかかえてるのに？
ドベック　だからどうした。なんなら腹の子を脅してもいい。
ミューラー　いまも拘束しているのか。
ドベック　いや、釈放せざるをえなかったらしい。人権屋のせいで。
アッペルハンズ　それで、どうなんだ。その女をビビらせることはできたのか。
エヴァーシャム　わたしには失敗だったとしか思えないけど。
ロバートソン　あと、インド人コミュニティのほうはどうなってる。事件のほとぼりはそう簡単に冷めそうもないぜ。
ドベック　気にすることはないさ。
ミューラー　そうは言っても……
ドベック　何をびくついてるんだ。やれやれ。おまえがおやじさんの金玉の半分を持っていたとしても、まだ四個足りん。
エヴァーシャム　妊婦と新聞記者はグルよ。それにしても、あの女、いったい何者なのかしら。どうして首を突っこんできたのかしら。

ドベック　暇を持て余したオバハンが、ナンシー・ドリューを気どっているだけさ。
エヴァーシャム　それだけじゃないような気がするんだけど。
ドベック　四人の子持ちで、妊婦。亭主は執行猶予中。締めつけるのは簡単だ。
エヴァーシャム　簡単でなかったら？　さらに深追いしてきたら？
ドベック　何かがあったことはわかるかもしれんが、それが何かまではわかるはずがない。もちろん、なぜかってことも。誰かってことも。
「この次よ、よく聞いててね」アンドレアは言った。「ここではじめて口を開くのがカール・ハロウェイ。三十年以上ウェスト・ウィンザーの行政官を務めてた男。つまり、退職するまでロバートソンとエヴァーシャムの上司だった男よ」
サトウィカはふたたび録音を再生した。
ハロウェイ　やつらが事実にたどりつくのは、ここにいる誰かが口を割ったときだけだ。でも、あえて口を割らなきゃならない理由はどこにもない。このなかには、親や家族を守るためだったという者もいる。子供を守るためだったという者もいる。そして、もちろんみずからを守るためだったという者もいる。だが、理由がなんであれ、われわれが口をつぐんでさえいれば、やつらの真実は嘘になる。単純な話だ。
沈黙が数秒続いた。
ドベック　聞いたか、みんな。それだけのことなんだ。わかったな。妊婦と新聞記者のことは、わしのほうからベンジャミンに話しておく。それで片はつく。つかなきゃ、わしらがつける。


そこで録音は終わりだった。

「写真は全員の分が揃ってる」アンドレアは言った。

「それぞれの車とナンバープレートの写真もある」

「これで一丁上がりね、アンディ」

「今日ジェニファー・ギルフォイルから話を聞いたら、それで一丁上がりよ」

そのあとはニューヨーク・ステート・スルーウェイに入るまでふたりとも無言だった。

沈黙を破ったのはアンドレアだった。「もう二十分もおしっこを我慢してるの」

「わたしは三十分。次のサービス・エリアで一休みね」

車は15番出口の先のスローツバーグ・サービス・エリアに入った。サトウィカはダンキンドーナツがあるのを見て、神に感謝する表情をした。先にトイレから出て、列に並んでいたらしく、アンドレアがトイレから出てきたときには、その手にマキアートのLサイズふたつとドーナツの箱があった。

「わたしと結婚して」アンドレアは言った。

「夫は反対しないと思うわ。覗き見ができるから」

アンドレアは笑った。「妊婦同士の不倫ね。SNSにはそれ専用の掲示板ができてるかも」

ふたりはドーナツをぺろりと平らげ、車に乗りこんだ。

ヴァーモント州シェルバーンに入ったのは一時半少しまえだった。車はナビどおりに七号線を右折してアレン・ロードに出た。そこから東への数マイルは、それまでの荒れ果てた農地のかわりに、中産階級向けの瀟洒な住宅地になっていた。ふたりともヴァーモントに来るのははじめてで、農地の荒廃ぶりと街並みの美しさのコントラストには目を見張らされた。

ノース・ジェファーソン・ロードに入ると、あたりは徐々に〝スポンジ化〟していった。これはアンドレアが若いころにつくった言葉で、あらゆる不浄をみずからの内側に取りこんでいく地域のことを意味している。家はだんだん小ぶりになっていく。なかには掘っ立て小屋のようなものもある。多くの家が黴臭く、屋根板が剝がれていたり、私道が穴ぼこだらけだったりする。

「マックマンション育ちには、ちょっと厳しいところね」サトウィカが小声で言った。

「昔わたしが住んでたクイーンズにいつか連れてってあげるわ」と、アンドレア。

「小さいうちに引っ越したと思ってたけど」

「それでも、あそこがわたしの故郷なの」

ナビのチャイムが鳴った。〝あと半マイルで目的地に到着します〟

ギルフォイルの家が見えた。赤い屋根の小さな平家で、敷地面積は七百五十平方フィートもない。家の壁ぞいに洗濯物が干してあるが、支柱の一本が大きく傾いているせいで、服が地面につきそうになっている。私道には砂利が敷きつめられているように見えるが、じつはそうではない。アスファルトが何十年も補修されることなくヴァーモントの冬にさらされつづけてきたせいだ。窓のひとつには鎧戸がついていない。庭は荒れ放題。網戸に網は張られておらず、玄関のドアはペンキの塗りなおしを必要としている。

ノックすると、ジェニファー・ギルフォイルが出てきた。六十代後半のはずだが、それより十歳は老けて見える。痩せていて、髪は長くのび、ぼさぼさ。肌は荒れて赤らんでいる。

ジェニファーは妊婦のペアを訝しげに見つめた。

「セールスならお断わりよ。車が故障したんだったら、電話は貸したげる。でも、それ以外はダメ」

アンドレアは言った。「事前に連絡をとってからお邪魔しようと思ってたんですが、ミセス・ギルフォイル、えぇっと……電話が通じなかったもので」
ジェニファーは思案顔になった。「だったら、車の故障だったとしても、電話を使わせてあげられないわね」

「とても大事な用件があって、うかがったんです、ミセス・ギルフォイル。わたしはアンドレア・スターン。FBIのコンサルタントです。こちらはサトウィカ・デュブーリ。ウェスト・ウィンザー区役所の危機管理課に属しています」

少し間があった。「ウェスト・ウィンザー……？」

アンドレアはそれで見破った。彼女は知っている。

「昔の話を聞かせてもらいたいのです。無理を言って申しわけないと思っています。つらい過去を思いださせることになるかもしれません。でも、どうしても真実を知らなければならない家族や近親者がいるんです」

風船から空気が抜けるようにジェニファーの身体がしぼんだように見えた。ドアを大きくあけて、ふたりをなかに通す。家のなかは散らかっているが、いやな感じはしない。ネコが何匹もいて、逃げていくのもいたが、勇気りんりんの二匹は来訪者を見定めにやってきた。

ジェニファーはくたびれたソファーから毛布をのけ、クッションの上から猫を追い払うと、そこにすわるよう手振りで勧めた。そして、自分は片方の肘かけがはずれかけた一人用の擦り切れたソファーに腰をおろした。気持ちを落ち着かせるように髪を撫でている。

「ヴァーモントには長いんですか、ミセス・ギルフォイル」アンドレアは訊いた。

「そうね。永遠に住んでる気がするわ。越してきたのは……六十九年？　いえ、六十八年の終わりよ」

「早くに結婚されたんですね」

「そう。当時はそれが普通だったの。みな恋に溺れるか、ひどい現実から逃れるのに必死になるかのどちらそれが本論に入るきっかけとして待っていた言葉だった。「何があったんです。ミセス・ギルフォイル」

「答えは誰に訊いてるかで変わってくる。いつだってそうでしょ」

「いまはわたしがあなたに訊いています」

　しばしの沈黙のあと、ジェニファーはようやく口を開いた。「見つけたってことね」

「ええ、見つけました。名前もわかっています。ミセス・ギルフォイル。わたしたちが突きとめたんです」

「クレオン」ジェニファーは小さな声で言った。おそらくこの五十年ではじめて口にした言葉だろう。

　その言葉を口にしたことで、五十年間封じこめてきた自己嫌悪の念が一気に噴出したにちがいない。ジェニファーは息をはずませ、身体を揺すって、しゃくりあげはじめた。

　サトウィカは慰めにいこうとして腰をあげかけたが、アンドレアはそれを制した。泣いているのは泣きたいかだった」

「あなたの場合は？」

「ポールは愉快で、優しいひとだった。でも、人生を恐れていた。戦争を恐れていた。喘息のおかげで徴兵は免れたけど、そうするとあとはハミルトンにある父親の金物店で一生を終える将来しかなくなっていた」

「わたしならヴェトナムを選んだかも」サトウィカは言った。

　ジェニファーはうなずいた。「当時のポールも冗談めかして同じことを言ってたわ。でも、ほんとは笑いごとなんかじゃなかった。まわりの多くのひとがヴェトナムへ行って、二度と帰ってこなかったから。それで、車に三つのスーツケースを載せ、ふたりで北に逃げてきたってわけ」

「妹さんはマサチューセッツに行ったんですね」

「わたしほど遠くまで逃げなくてもよかったってことよ。そこらあたりで充分だと思ったにちがいない」

からだ。同情は必要ない。同情される資格もない。少なくとも、すべてを話すまでは。

しばらくしてようやく落ち着きを取り戻したみたいだった。袖口で涙と鼻水を拭い、なんとか体裁を取り繕おうとして意味もなく髪をいじっている。

そして言った。「クレオン・シングルトン。あんな素敵なひとに出会ったことはそれまで一度もなかった」

「恋に落ちたんですね」

「そう」

「それを父親に見咎められたんですね」

「そう」

「お願いです。話してください。何もかも」アンドレアは言って、相手の手を自分の手で優しく包んだ。

そして、相棒に目くばせした。サトウィカはうなずいて、親指を立てた。その手のなかの携帯電話はすでに録画モードになっている。

「ここからは録画させてください、ミセス・ギルフォイル」アンドレアは続けた。「クレオン・シングルトンの死にかかわった者たちは、数週間前に起きたガソリンスタンドの若い従業員の殺人事件にもかかわっています。彼らに罪を認めさせるには、どうしても真実を知る必要があるのです」

返事はすぐにはかえってこなかった。自分がやったことをこのようなかたちでおおっぴらにするのは、やはりはばかられるのだろう。だが、結局は意を決し、胸を張り、背筋をピンとのばした。「わかったわ」

そして、ジェニファー・ギルフォイルはクレオン・シングルトンの死について話しはじめた。

沈黙のドライブが一時間以上続いている。このときは、アンドレアを休ませるために、サトウィカがハンドルを握っていた。会話がないせいで、ふたりの頭のなかはさっき聞いた話のことでいっぱいになっている。

クレオン・シングルトンの身に起きたことのあまりの唐突さ、悲しさ、そして避けがたさが、耐えがたい重みとなってのしかかってくる。

ニューヨーク州のジョージ湖近くのアウトレットモールに立ち寄って、コーヒーとまたふたつのドーナツを買ったとき、ようやく物思いから覚めた。ふたりで車へ戻る途中、サトウィカがなかば上の空でつぶやいた。「そんなことはどうだっていい。考える必要はない」

「何を？」

「なぜかってこと。危機管理の話よ。危機管理について学ばなきゃならなかったことの長いリストの筆頭にあるのが、これなの。理由はどうだっていい。とにかく、余計なことは言わないこと」

「つまり沈黙を強いるってことね」

「そのとおり。ベストじゃないけど、有効な手立てではある」

「それが殺人事件の隠蔽のためだとしても？」

「言っとくけど、わたしはそれが仕事だからやっていただけ。好きでやっていたわけじゃないのよ」サトウィカは笑った。「ヒンドゥー教徒はシク教徒とイスラム教徒を殺した。イスラム教徒とヒンドゥー教徒はシク教徒を殺した。イスラム教徒とシク教徒はヒンドゥー教徒を殺した。イギリス人はインド人を殺し、インド人はイギリス人を殺した。アフリカ人は奴隷として売られ、白人は白人と奴隷の取りあいをした。理由はどうだっていい。ひとは宿命から逃れられない」

アンドレアは微笑んだ。「郊外住宅に住む主婦にしてはずいぶん悲観的ね」

「同意できない？」

アンドレアは笑った。「ひとが宿命から逃げられるとしたら、わたしはいまこんなことをしてなかったでしょうね」

「わたしたちがいましていることに何か報いはあ

る？」

「良いカルマがたまる。でも、誰もがつねに正当な報いを得られるわけじゃない。その一例がクレオンとサトクナナンタンよ」

40

　翌朝八時、ケニーはウェスト・ウィンザー合同庁舎の駐車場にいた。顔の腫れが少しひいたおかげで、もうチャーリー・ブラウンの先生みたいな話し方はしないですむ。昨晩、アンドレアからジェニファー・ギルフォイルのビデオを受けとって以来、悪党どもを追いつめたいという気持ちはこれまで以上に強くなっている。駐車場にヒラリー・エヴァーシャムの車が入ってくるのが見えると、助手席に置いてあった携帯電話を取り、録音アプリを立ちあげた。

「ヒラリー・エヴァーシャム？　プリンストン・ポスト紙のケネス・リーです。いくつか訊きたいことがある」

「ご用がおありなら、事務局へ行ってください、ミスター・リー」

「あんたは一九六五年にこの地で起きた殺人事件の隠蔽工作にかかわっている。証拠もある」

エヴァーシャムは動揺し、一瞬言葉に詰まったが、すぐに落ち着きを取り戻して言った。「わたしは一九六六年生まれよ、ミスター・リー」

「あんたが殺人事件にかかわっているとは言っていない。その隠蔽工作にかかわっていると言っただけだ。あんたはプールの工事を不許可にした」

「なんの話かわかりません。失礼、ミスター・リー」

エヴァーシャムが階段をあがりかけたとき、ケニーは言った。「あんたが受けていたプレッシャーは大変なものだったと思う、ミセス・エヴァーシャム。でも、あんたがビル・ミューラーやトーマス・ロバートソンやベネット・ドベックらと謀(はか)ってかばおうとしているのは、それに値するような人間じゃない」

その言葉で凍りついた。エヴァーシャムは立ちどまり、広い肩ごしにケニーを睨みつけた。「なんの話をしているかさっぱりわからないわ」

「掟にはそむけないってわけかい、ミセス・エヴァーシャム。だったら、考えてもらいたい。共謀罪に関してたしかなことがひとつある。たいていの場合、最初に口を割った者は自分自身と家族が負う痛手は最小限ですむようになる。あんたが取引に応じると腹をくったら、家族は喜んでくれるはずだ。あんたの息子さんも、娘さんも、ご主人も。ええっと……ボブだったかな」

ケニーはそれに対する答えを待たなかった。

制限速度を大きく超えるスピードで車を飛ばし、今度はプレインズボロ合同庁舎へ向かった。そこでビル・ミューラーを待ち伏せするつもりだったが、残念ながら駐車場にはすでにミューラーの車がとまっていた。なかでまた一悶着起こしてもいいが、そんなことをしても、いまは逆効果にしかならないだろう。

それでもとにかく車から降りて、建物のなかに入っていった。

事務局の前の受付に、ローズマリー・ギャヴィンがいた。そこには、いつもの親しげな笑みのかわりに、警戒するような目つきがあった。「その顔いったいどうしたんですす」

「ツェツェ熱かな。信じられないかもしれないけど、これでも昨日よりましなんだ」

「また騒ぎを起こすおつもり？」

ケニーは両手をあげた。「騒いだりしないよ。いや、元い。ちょっとした騒ぎにはなるかも。ビル・ミューラーの反応次第だ」

「反応って、何に対する？」

「面会を拒絶したら、今週中に殺人事件の隠蔽工作に関与した罪と公文書の改竄と詐欺罪で告発されると、きみから伝えてもらうことに対して」

目が信じられないというように丸くなる。「あのビル・ミューラーが？」

「そう。そのビル・ミューラーが」

「すぐに戻ってきます」ローズマリーは言って、奥の角にあるミューラーのオフィスへ向かった。

一分後に戻ってきたとき、その表情は曇っていた。

「話すことは何もないって。ほんとなんですかって訊いても、面会には応じられないの一点張りで……」

「きみのせいじゃない。ありがとう、ローズマリー」

立ち去ろうとしたとき、ローズマリーは言った。

「わたしはもう二十年近くビル・ミューラーの下で働いてるんです。決して悪いひとじゃありません。家族もみんないいひとばかりです」

「だからチャンスを与えたんだ。犯罪に直接手を染めたわけじゃない。でも、その隠蔽工作にかかわっている。何人もの仲間とグルになって。そのせいで、ガソリンスタンドの従業員が殺された」

「どうしてわたしにそんな話をするんです？」

「ここにいる者はみんなおれを嫌っている。でも、きみはちがう。だから、きみには本当のことを知ってほしかったんだよ。みんなおれの話は全部嘘っぱちだと思っている。でも、ちがう。それはきみもわかっているはずだ」

そして、立ち去った。

パトリオット射撃場の駐車場に入ったとき、そこにとまっていたのはアッペルハンズの車だけだった。この射撃場には常連がいて、常連はいつも決まった時間にやってくる。アンドレアの言うところによると、屋外射撃場の銃声で時計の時刻あわせができるらしい。母親から聞きだした話だと、アッペルハンズは毎週金曜の午後に射撃練習に来ている。

車を降りたときには、銃声が五秒おきに鳴り響いていた。木立ちの脇を抜けて屋外射撃場に近づくと、アッペルハンズの後ろ姿が見えた。肩をあげ、耳にイヤーマフをつけて、三十ヤード先の標的に向けて撃っている。いまここで後ろから肩を叩いて驚かせるのは利口ではない。このときはじめて、ここに来たこと自体がまずかったのではないかと思った。アッペルハンズの後ろに立ち、足先で土をいじりながら待つ。それからさらに六発。そこでアッペルハンズはイヤーマフをはずして振りかえり、ケニーを見て、ぎょっとしたような顔になった。

あわてて拳銃をあげ、銃口をケニーに向ける。「誰だ、おまえは」

「覚えてないのかい。ケニー・リー。フイキンの息子だよ」

「誰の息子だって？」

「フイキン・リーだよ。やれやれ。ブレアと言わなきゃわからないのかい。あんたとはこのまえウィンドロウズで会った」

アッペルハンズは拳銃をさげた。「ああ、きみか。

ここでいったい何をしてるんだ」

ケニーはアッペルハンズの心のうちを推しはかった。あきらかに戸惑っている。もっとも、自分のこのような登場の仕方を考えたら、戸惑うのは当然だろうが。

ここは慎重に応じる必要がある。「ちょっと寄っただけだよ。あんたと一対一で話をするために。ブラッドリー・ドベックとかカール・ハロウェイとか、あんたのことなんかこれっぽっちも考えていない友人たちのいないところで」

「はあ？」

「何もかもわかってるんだ、ミスター・アッペルハンズ。クレオン・シングルトンの身に起きたことも、その夜に何があったのかも。そこにいあわせた者ほぼ全員の名前も。さらに言うなら――」

話を遮ったのは、額のまんなかに突きつけられた銃口だった。

「なるほど、そりゃわかりすぎだわ。だったら、わしがこの件にどっぷりつかってるってこともわかってるな。わしのことをこれっぽっちでも考えるなら、いちばんいいのは、ここでおまえの脳みそを吹っ飛ばして、土塁のなかに埋めちまうことだと思わないか」

ケニーは自分でも意外なくらい落ち着いていた。それは自分の側に真実があると思っているからという以上に、銃弾はもう撃ちつくしていると思っていたからだ。

「おれがここにいることは、ほかにふたりの人間に知らせてある。ジェシカおばさんなら、事件を解決するのに一時間もかからないはずだ。そう思わないか」

「わしが手を下したんじゃない。あのニガ――いや、それは使っちゃいけない言葉だったな」

「その気配りにクレオンは感謝するだろうね」その言葉が唇から出た瞬間、ケニーはくだらない冗談を言ったことを後悔した。しばしばというわけではないが、そのせいでときおり自己嫌悪の念に駆られることがある。「茶化して悪かった。あんたの苦しい立場はよくわかる」

「遠い昔の話だ」アッペルハンズはぎこちなげにあとずさりし、拳銃をさげた。「何をつかんだのか知らんが、わしらが口を割らないかぎり、おまえたちはなんの手出しもできないはずだ」

「この際だからはっきり言っておく、ミスター・アッペルハンズ。あんたたちは捕まる。全員捕まる。逃げおおせはしない。だから先手を打ったほうがいい。何もかも話してしまえ。それが身のためだ。刑期は最小限ですむ」

拳銃がまたあがる。怒りの量はさっきより増している。「馬鹿も休み休みにしろ。何が刑期だ。わしは七十六歳だぞ」

「家族の体面も、あんたの名声も、すべて失われることになる」

「そんなことにはならんさ。おまえが先に死ねば」

一呼吸置いて、ケニーは言った。「タマはもうないぞ」

アッペルハンズはうろたえ、拳銃に目をやり、それから銃弾が装填されているかどうか確認するために弾倉をはずした。その隙をとらえて、ケニーは後ろを向き、脱兎の勢いで逃げだした。

車に乗りこんで、エンジンをかける。土ぼこりを巻きあげながら車を切りかえし、急加速する——もちろん急加速といっても、プリウスにしてはの話だが。バックミラーごしに、アッペルハンズが小道から飛びだしてきて拳銃を振りまわしているのが見えた。だが、ケニーとプリウスは脱出に成功し、五七一号線を南に向かって走りはじめた。

そのあと、プリンストン・ポスト社の近くで車をとめると、ウィザースプーン・ストリートを大学がある南東方向へ歩きだした。頭を冷やす必要がある。そのときふと思ったのは、さっきはタマ切れだという確信があったわけではないという事実だった。自分の無鉄砲さは分別の敵だ。あのような状況で、はったりをかますなんて。

携帯電話が振動し、メールの着信を告げた。ベンジャミン・ドベックからで、いますぐ会いたいとのことだった。

返信する。〝プリンストン図書館の前の広場で〟。それから付け加える。〝腹ペコだ。サクラで何か買っておいてくれ〟

二十分後、ケニーはこの日はじめての食事を堪能していた。タレ瓶に入った醤油をつけた新香巻き(オシンコ)だ。タダより高いものはない、ということはない。ベンジャミンは自分用には何も買ってきていなかった。先週からのやっさもっさで胃潰瘍を患ったのかもしれない。食べられるときに食べないのを見たことは、これまで一度もない。

「また金欠なのか」ベンジャミンは訊いた。制服姿——ということは、当然ながら拳銃を携帯しているということだ。射撃場での出来事の直後だけに、頭に銃口を突きつけられることにはことさらに神経質になっている。元々そういったことに対して肝がすわっているほうではない。

「ああ。昨日から何も食べてない」と、ケニーは答えた。

「やっぱりな」

ケニーはスシを頬張りながら言った。「えっ?」

「おまえはどうしてそこまで必死になって多くのひとを傷つけてまわらなきゃならないんだ」

「そんなことはしていない。おれは——」

「傷つけてまわってる。おれの家族を。おれの同僚を。おれの職場を、おれたちの町全体を」

「傷つけてまわってる? あんたがどこまでのことを知っているのかはわからない、ベン。あまり多くのことを知ってるのでなければいいと思ってる。でないと、あんたは嘘をついているか、幻を見てるかのどっちかになる。どっちにしても――」

「おまえには理解できないことがあるんだ」

「たとえば？」

「おまえには家族がいない。いないも同然だ。血は受け継がれていく。責任も世代から世代に受け継がれていく。おまえの場合はそれにあてはまらない。おやじは亡くなってるし、おふくろは氷山と真っ向勝負できるくらい冷たい。兄きとは反りがあわない。やっかみもあるんだろう。そして、おまえは世のなかに腹を立てまくっている。おまえの兄きやおれみたいな美形だったら、もっといい目を見ることができたのにとやっかんでいる」

鋭い切りかえしはお手のものだが、今回は手控えることにした。おおむね指摘されたとおりだったから。スシをあとふたつ食べたあと言った。「おれについてのことはあえて否定しないが、それとこれとはまったく別の話だ。あんたのじいさんは一九六五年の夏に起きた殺人事件にかかわっている。殺人自体に直接かかわったかどうかはわからないが、その隠蔽工作に手を貸したのは間違いない。あんたは責任がどうのこうのという話をしてたな。それはひいじいさんからじいさんへ、そしておやじさんに受け継がれてきた。てことは、あんたもおやじさんからもうバトンを渡されたってことか。それとも、まだそこまでの信頼を得られてないってことか」

返事はない。

「おれのせいであんたが職を失ったり、刑務所送りになったりしたら、そりゃ申しわけないと思う。でも、おれはあんたに何度も選択の機会を与えた。そのたびにあんたは間違ったほうを選んできた」

反応はない。

「ランチをご馳走さま」ケニーは言い、後ろから撃たれないことを願いながら立ち去った。

　そのあと、オフィスで自分のデスクにつくと、記事の草稿を書きはじめた。これまでわかったことだけでなく、これからのなりゆきも予測しながら。書きおえたときには六時になっていて、社内にはもう誰も残っていなかった。雷が鳴り、雨が降りだしている。これで少しは涼しくなるかもしれない。雨音を聞きながら、草稿の見直しを終える。

　いい記事だ。ネットフリックス級にいい。あのときアッペルハンズの手から拳銃を奪いとっていたら、もっとよくなっていただろう。一発か二発ぶっぱなされ、それが脚に当たっていたら、もう申し分ない。

　アンドレアに電話をかける。

「いま夕食の支度中なの」

「きみの料理の腕は知ってる。多少遅くなっても、子供たちは文句を言わないよ。いま記事の草稿を書きおえたところなんだ」

「ほんとに？　まだ何も片づいてないのに？」

「わかってる。どんな記事になって、どんな感じがするか見てみたかっただけだ。実際に記事にするつもりはない。とにかくそれを読みかえしてたら、ちょっと気になることがあってね。不安材料がひとつある」

「何？」

「ブラッドリー・ドベック」

「わたしは彼がサトクナナンタン・サスマル殺しの犯人だと思ってる」

「なのに心配にならないのかい。やつはおれたちに追われていることを知っている」

「そりゃ心配よ。だから、仲間の口を割らせようとしてるのよ。できるだけ早く」

「わかってる。でも、ともかく用心したほうがいい。きみやきみの夫、もしかしたら子供たちまで危険な目にあうかもしれない」

「そうね。このことを知っているひとは大勢いる。だ撃場のことだ。こうして考えているあいだも、誰かにライフルの照準をあわされているかもしれない。


から、おかしなことはしないと思う。でも、あなたの言うとおりよ。気をつける。夜はかならずアラームをセットするようにする。それからもうひとつ。これは連中が知らないことなんだけど——じつをいうとジェフも知らないことなんだけど、わたしは拳銃を持っている。もちろん使い方も知っている」

「ほんとに？」

「二挺ある。一挺は未登録。それはドベックに使うわけにはいかない。ジェフ用だから」

「笑えない」

「明日ラモンに会うのは十一時よ」

「今夜はゆっくり眠ってくれ、アンディ」

「あなたもね」

アンドレアは携帯電話を置くと、キッチン・カウンターに目をやり、それから窓の外を見やった。裏の池では雁が身を寄せあっている。カーテンを閉めたときに考えていたのは、池の向こうにあるパトリオット射

41

七時三十五分にケニーを叩き起こしたのは、ウィンドロウズのローラ・プライヴァンからの電話だった。伝えておいたほうがいいと思うことがあるという。なんでも、ブラッドリー・ドベックが昨日の午後六時にスティーヴン・アッペルハンズの車で外出し、八時十五分ごろ戻ってきたときにはずぶ濡れで、膝や靴は泥まみれ、腕は引っかき傷だらけだったらしい。

「事故ったのかな」

「どうかしら。とにかく普通じゃなかったの。そのままエレベーターに乗って、自分の部屋に戻っていったんだけど。あの……いろいろと聞いていたものだから。ミスター・ブラッドリーやその友人たちのことを。みんなから——というより、あなたのお母さんから。なにしろ、おしゃべりだから。それで、あなたがミスター・ブラッドリーのことを調べているってことを知ってたの。だから心配になって」

ケニーは礼を言って、電話を切った。それから、アンドレアに電話をかけた。つながらないので、だんだん不安になってきた。たぶん運転中なんだろう。よくはわからないが、妊婦に特有の何かで手が離せないのかもしれない。

それでメールを送った。返信はない。ウィンドロウズへ行って、ドベックを問い詰めようかと考えかけた矢先、携帯電話が鳴った。安堵のため息が漏れる。

「どうかしたの？　時間どおりに来れそう？」

「ああ。きみが無事でいるかどうかちょっと気になってね」

「こっちはだいじょうぶ。どうして？」

ケニーはローラ・プライヴァンから聞いた話を伝え

た。アンドレアは少し考えてから、こともなげに答えた。「おかしなことは何も起きてない」

「もしかしたら、昨夜車で出かけたとき、ドベックは拳銃を持っていたのかもしれない」

「二時間後にはラモンに会える。そのときにどう思うか意見を聞いてみましょ」

　十時にアンドレアがオデッセイで迎えにきた。下のふたりの子供がいっしょなのを見て、ケニーは驚いた。自分がふたりの名前を思いだせないことには驚かなかった。

「おはよ、ミスター・ケニー」後部座席のふたりのうちのひとりが大声で言った。「なに、その変な顔」

「おはよ、ミスター・ケニー」小さいほうが繰りかえす。「どうしてそんなブーちゃんになっちゃったの？」

　ふたりのくすくす笑いに、ケニーは答えた。「グルテンの取りすぎだよ。おはよう、ええっと……」

「サラとセイディ」と、アンドレアが小声で教えてくれる。

「わかってるよ」

「ママが言ってたよ。これからスッゴイところへ行くんだって」セイディが言った。

「そうだ。楽しみだね、サラ」

「そっちはセイディ！」と、サラ。

「こっちがサラ」と、セイディ。

「おれ、死にたくなってきた」

　子供たちはまたきゃっきゃと笑った。

　ケニーはアンドレアに鋭い視線を投げた。

「ジェフは今日ゴルフ。なので、向こうがふたり、わたしがふたり引き受けることになったの。気にしないで。ネットフリックスでドキュメンタリーには持ってこいの道具立てになるわよ」

　そう来られると、反論のしようがない。

FBI支局まではほんの四十五分の道のりだが、ケニーにとっては四十五年にも感じられた。迎えにでてきたラモンをアンドレアが紹介した。手をさしだされると、それを強く握りかえすこともできなかった。いまここにいるのは、アンドレアが心から愛した男なのだ。長身で筋骨隆々。浅黒い肌が精悍さを際立たせていて、それを見ていると、自分はアーモンドミルクのような気になってくる。

子供たちへの挨拶は優しく、自然で、子供のいない大人にありがちな上から目線も、無理くり取り繕った子供目線も感じさせない。それに、ふたりの子供の名前も覚えていた。さらには、どっちがどっちの名前かもわかっていた。それが自分に対する当てつけのように思えた。

建物のなかに通されると、エレベーターの前でアシスタントが待っていて、セイディとサラを別室へ連れていった。そこではコンピューターの画面上でアニメを見ることもできるし、おもちゃの用意もあるという。ケニーの怪訝そうな表情を見て、ラモンは言った。

「子供を遊ばせておかなきゃならないことがけっこう多くてね。それで、託児室をつくったんだよ」

案内された広い会議室には、数人の局員がすでに待機していた。部屋の片側の壁は、全面ホワイトボードになっていて、マーカー置きがふたつ付いている。その隣の壁には、コンピューターに接続された大きなスクリーンがある。アンドレアとケニーはそれぞれ自分のノートパソコンを持ってきていた。アンドレアはUSBメモリも持ってきていて、それをラモンに渡した。

ラモンはラグマットに貼りつけた地図の画像ファイルを開いて、スクリーンに映しだした。「プトレマイオスもびっくりだな」

アンドレアはくすくす笑いながら、おどけ顔でラモンの脇腹を肘で突ついた。〝アンディ・エイベルマン〟と〝くすくす笑い〟と〝おどけ顔〟が三つ並んだことは、ケニーの知るかぎりこれまで一度もない。

アンドレアはホワイトボードを使っての説明をケニーに頼んだ。自分はホワイトボードのいちばん上まで手が届かないし、膝も痛い。

ケニーは待ってましたとばかりに立ちあがって、マーカーを手に取った。「じゃ、おれのほうから説明するよ」

「とりあえずは人物から」アンドレアは言った。「場所は地図を見ればわかる」

ケニーは自宅の壁のコルクボードに貼ってあるのと同じ人物の相関図を描きながら説明を始めた。説明が終わるころには、ホワイトボードは人名で埋めつくされていた。してみれば、個人的な感情をはさまずに事件の全体像を俯瞰できたのは、このときがはじめてかもしれない。そこにあらためて一瞥をくれる。問題は何もない。振りかえって、アンドレアとラモンのほうを向く。

「問題だらけだ」ラモンは言った。

ケニーはマーカーを上に放り投げ、だがなんとも格好の悪いことにそれを受けとめそこねた。それだけでそのまま床に落ちたのならまだいい。マーカーは手に当たり、跳ね飛んだところをつかもうとして失敗、それを二度繰りかえして、ようやくテーブルの下に転がっていった。

ラモンに促されて、局員はそれぞれ問題点を指摘した。いずれも腹が立つほど理にかなっている。二十秒前の昂りはもうない。殺人事件の裏づけには、記事による告発よりずっと多くのものが必要になる。たしかに、記事にするための情報は、現時点でも充分すぎるほどある。けれども、自分がカバーしているのは世論という裁きの場であり、実際の裁きの場ではない。

気持ちがしぼみきったとき、ラモンが言った。「これじゃ誰も逮捕できない」

即座にアンドレアが言葉をかえした。「できる。ジェニファー・ギルフォイルの告白を聞いたら」

「聞かせてくれ」

アンドレアは映像ファイルをUSBメモリからデスクトップに移して開いた。スクリーンにジェニファー・ギルフォイルのこわばった顔が映しだされる。サトウィカの携帯電話のカメラレンズのほうは見ず、下を向いたまま、染みだらけの細い手をこすりあわせている。


話しだしたとき、その声はかぼそく、かすれていた。

「わたしはクレオンを愛していた。愛しちゃいけないことはわかってたんだけど……わたしが言い寄っても、クレオンはいつもわざと素知らぬ顔をしていた。でも、普段は愉快なひとだった」その視線は遠くのほうへ向けられ、苦い記憶のなかをさまよいはじめている。

「笑顔がほんとに素敵なひとだった。あの微笑み……あの笑い声……決して忘れることはできない。でも、忘れたいこともある。まわりの農場主たちのこと……父のこと……納屋で怒鳴りつけていた。みんなして口汚く罵倒していた。怒り狂っていた」


八分後、告白は終わった。話のなかで、ギルフォイルはその場にいた者たちの名前をあかしていた。怒号のあとのとつぜんの静寂。遺体を切断する音。遺体の一部を持って去っていく男たち。


会議室は沈黙に包まれている。しばらくしてからラモンが口を開いた。「逮捕するのは老人三人と、ケニーが撮った射撃場のビデオに出てきた区の職員たち」

「ブラッドリー・ドベック、アッペルハンズ、ハロウェイ、ロバートソン、エヴァーシャム、そしてミューラー」と、ケニーは言った。

「容疑は殺人ではなく、殺人事件の隠蔽工作」と、アンドレア。

「そのとおり」

「警察のほうは？　ドベック署長については？」と、ケニーが訊く。

「確たる証拠がない。いまのところは」

「それで、次の一手は？」アンドレアは訊いた。

「月曜日の朝、逮捕状を執行する」

「あとひとつ大事なことが残っている」と、ケニー。

ラモンは戸惑っている。

アンドレアは言った。「記事のことよ」

「記事にできるだけのネタはあるのかい」と、ラモンは訊いた。

ケニーは笑った。「充分すぎるくらいある。もうこれ以上は待てない。ブログなら今夜中にもあげられる。新聞なら次の水曜日には出せる」

「だとしても、それは手控えてもらいたいね」それはお願いではなく、命令だった。

アンドレアはいったん自宅に帰って子供たちをジェフに預けたあと、四時四十分には、プリンストン・ポスト社のオフィスで、ケニーといっしょにロッシとガーミン刑事との会合の場に顔を出していた。ラモンはケニーのノートパソコンのフェイスタイムを使ってのオンライン参加だ。みなあきらかに居心地の悪そうな顔をしている。

「それで、おれたちに何をしろっていうんだい」ロッシは尋ねた。

「月曜日の午前十一時に逮捕状が執行される」ラモンが答えた。「ことをよりスムーズに進めるために、言っておかなきゃならないことがふたつある。ひとつは、今回の逮捕劇により警察署内で共同謀議にかかわっていた者とそうでない者とのあいだに大きな亀裂ができるということ。もうひとつは区長の……」机の上に置いたノートに目をやり名前を確認した。「区長のウーのことだ。われわれが逮捕状の執行を区長に知らせにいくのは当日の午前十時半。せわしないようだが、そこから話が漏れるリスクをおかすことはできない。区長にはドベック署長を捜査終了までいますぐ有給の休職扱いにするよう頼んでみるつもりだ。そうなると、それはきみたち臨時の署長代理を置く必要が出てくる。

ふたりのうちのどちらかになるだろう」

「階級順ならウィルソン警部補ってことになる」ロッシは言った。

「ウィルソン一家は八十年前からウェスト・ウィンザーに住んでいる」アンドレアは言った。「事件にかかわりがないとは言いきれない」

「やれやれ」と、ガーミン。

「おれたちのせいじゃない」ケニーは言った。

「わかってるさ、リー」ロッシは言った。「われわれはクソが山盛りになった皿から食えるものを探しださなきゃならない」

「われわれのほうは明日のうちに専従班を組織し、準備万端整えておく」ラモンは言った。「これでみなそれぞれの役割を理解できたと思う。では、月曜日に向けてよろしく頼む」

ケニーが手をあげた。「ちょっと待ってくれ。おれの役割は？」

ラモンは微笑んだ。「きみの役割は良きジャーナリストであるまえに良き市民であることだ。共謀にかかわった者たちの尋問ができるようになるまでおとなしくしていてもらいたい」

「つまり、あんたたちが自分の仕事をしているあいだ、おれは自分の仕事をしちゃいけないってことかい」

「そのとおり。その埋めあわせとして、きみは引きつづき捜査の内部情報を逐一受けとれるようにしてやるよ」それで、ラモンのビデオ接続は途絶えた。

ケニーのノートパソコンがデスクトップ画面に戻る。デスクトップ画面の壁紙はテイラー・スウィフト。だからどうというわけではないが、誰かに何か言われるまえに、ノートパソコンを閉じる。「どうしておれは蚊帳の外なんだ」

「それはあんたが新聞記者だからだよ」ロッシが答え

た。「大事なのは一刻一秒を争ってストーリーをつくることじゃない。正しいストーリーを書くことだ。おれたちはそうしている。いい加減なことはしない」

ケニーはロッシのほうを向いて、顔の前で指を振ってみせた。「あんたが属している組織のトップは、人種的偏見にもとづく殺人事件を五十年ものあいだ隠蔽していたんだぞ。あんまり偉そうな口はきけないんじゃないか」

室内が一瞬しんと静まりかえる。

ロッシはアンドレアのほうを向いて言った。「区長との面談にはわれわれも同席するつもりでいる。あんたにも立ちあってもらいたい」

「わたしが？」

「おれは？」ケニーは訊いた。

「あんたは区長に嫌われている、リー。でも、ミセス・スターンはきっと気にいられるはずだ」

ケニーは目でアンドレアに助け舟を求めた。しかし、なんの反応もかえってこなかったので、顎を落とし、あえて反論することもなく、テーブルの上のノートパソコンを手に取った。

何も気にすることはない。「だいじょうぶだよ、アンディ。きみの広報担当に電話を入れて、区長との面談が終わったら、きみにインタビューができるかどうか尋ねてみる」

そして、すたすたと会議室から出ていき、ドアのすぐ外でジャネールを突き飛ばしそうになった。彼女はそのままケニーのブースまでついていった。

「みんなの言うとおりよ」

「どういう意味だい」

「逮捕のときまで待つべきだってこと」

「あんたはおれにこの仕事をまかせるのを渋った。いまはおれがそれを記事にするのを渋っている。偉大なる先達ベン・ブラッドリーがいまのあんたの仕事ぶりを見たら、血相を変えて墓場から跳びだしてくるだろうよ」

刑事たちが帰ると、アンドレアはケニーのブースに足を運んだ。そのとき、ケニーは机の上の書類をあさっているふりをしていたが、机の上には二枚の書類しかなく、わざとらしさは拭えない。

「ミセス・シンプソン、オフィスを使わせてくれてありがとう」アンドレアは言った。

ジャネールは微笑んだ。

ケニーは思った。ドアマットのようにみんなに踏みつけられて何が嬉しいのか。

「いつでもどうぞ。プリンストン・ポスト紙が情報を独占できているかぎりはね」ジャネールはいたずらっぽく指を振りながら、自分のオフィスに戻っていった。

アンドレアが黙って待っているあいだ、ケニーはじっと前を向いたまま、閉じたノートパソコンを何気なしに指先で叩いていた。

「テイラー・スウィフト?」

「どうでもいいだろ、糞ったれ……すまない。汚い言葉を使ってしまって。お腹に子供がいるのに」

それから一呼吸あった。第二弾が来るのは間違いない。

「でも、糞食らえだ、きみも、きみのお腹の子も」

アンドレアは微笑んだ。「そもそも、わたしはあなたとタッグを組もうと言ったわけじゃないのよ、ケニー。いっしょに仕事をする必要があると言っただけ。あなたとわたしではものごとの優先順位がちがってる」

「いや、ちがっていない。どちらも悪党どもを捕まえたいと思っている」

「でも、あなたがそう思うのは自分のためでしょ。わたしはちがう。クレオンやドロレスのためであり、サトクナナンタンやサスマル家の人たちのためよ」

それで終わりだった。それで言うべきことはすべて言ったということだ。アンドレアは大きな尻を振りながらゆっくり部屋から出ていった。その後ろ姿を見ながら、ケニーは思った。どうして自分はあんなにもアンドレアを愛していたのだろう。誰よりも何よりも。『ダーク・エンジェル』のジェシカ・アルバよりも、なぜか大のお気にいりであるABCニュースのジョージ・ステファノプロスよりも。

42

アンドレアが家に戻ったとき、そこには誰もいなかった。メモ書きもなかった。ジェフに電話すると、子供たちをファイブ・ガイズに連れていったという返事がかえってきた。

「わたしにも何か買ってきてくれる?」

「悪い。もう買えない。いま家に向かってるところなんだ」

ふたりの会話の一部を〝ファック・ユー〟と言いかえることができる回数は驚くほど多い。

「だったらいい」

キッチンをあさり、栄養補給のためと思って、エディーズのチョコチップ・アイスの半ガロンカップを取りだす。スプーンに山盛り三杯食べたところで自己嫌悪に陥ったが、この夜の不運に免じてもう一杯。アイスを元のところに戻すと、残り物のチキンと芽キャベツを温めなおす。

それを食べおえたときに、一行が帰ってきた。子供たちがただいまーと言いながら駆け寄ってくる。サラとセイディはファイブ・ガイズのフライドポテトの量が〝ハンパなかった〟と興奮のていで報告する。アンドレアは子供たちに言った。地下のプレイルームで遊んでなさい、ママはパパとお話があるから。

ルースがこっちを見ている。〝お話〟は〝言い争い〟の暗号だ。

少し間をおいて、ジェフはキッチン・テーブルに着いた。精神的にも肉体的にも疲労の色があらわになっている。「困ったもんだよ、アンディ」

「あなたにとってはね。わたしのこれまでの何年かと同じように」

「ああ」ジェフはつぶやくように言った。「これから聞かされるのはあまりいい話じゃなさそうだな」

アンドレアは月曜日に何が起きるのか、それがふたりにとってどういう意味を持つのかを話した。署長代理になる予定の刑事からは、区長との面談に立ちあってもらいたいと言われている。ラモンからは、同日の午前中にＦＢＩが区役所の書類を押収するための令状を執行するとき、その場にいてもらいたいと言われている。子供たちは明日の夜とおそらくは月曜日の夜、友人宅に泊めてもらうことにする。自分たちはホテルにチェックインしよう。

「もしものことがあるといけないから」アンドレアはにやっと笑って話を終えた。

ジェフは怒り、そしてあきらかに怯えていた。ガレージに行って、最初に目に入った武器を手に取る。テニスのラケットだ。それを持って、いつでも鋭いバックハンドを繰りだせるよう身構えながら家のなかを見てまわった。暗殺者がいないと確信を持てたところで、ようやくラケットを置く。

ジェフが家のなかを見てまわっているあいだに、アンドレアは紅茶をいれ、裏側の窓の外を見やった。池の向こうの射撃場に、ライフルと照準器と殺意を持った者が潜んでいたとしても少しも不思議ではない。いま殺されても何も変わらない。遺体の身元は特定され、共謀者も判明している。自白したも同然のテープもあるし、それを裏づけるジェニファー・ギルフォイルの供述もある。自分を捜査から排除することによって利益を得られる者はひとりだけ。サトクナナンタン・サスマル殺害事件の実行犯だ。

アンドレアは紅茶をすすった。気がついたら、「いま殺されても何も変わらない」と声に出して繰りかえしていた。

ジェフが言った。「アラームをセットしてくる」

「ラケットで充分だと思ってたけど」

ジェフは笑わなかった。

メッツの試合はまだ終わっていなかったが、ジェフは深い眠りに落ちていた。アンドレアは時計をちらっと見てから、ウォークイン・クローゼットに入り、シューズボックスに隠しておいた未登録の拳銃を取りだした。連中がまさか個人宅を襲うとは思わないが、拳銃を手の届くところに置いておけば気慰みにはなる。

ゼラチン状の脂肪のかたまりのなかをアドレナリンが駆けめぐっている。一部には怒りのような感情もある。これまでにあきらかになったことのほとんどすべてが、プール工事の申請が却下されたという話を聞いたときに予想したとおりだった。自分の頭の働きには、われながらにわかには信じがたいものがある。人間に対する性悪説が正しかったことがふたたび証明されたのだ。

ナイトテーブルの上から携帯電話を取って、バスルームに入る。ドアを閉め、便座の蓋の上にすわる。身体の重みのせいで、便座がギシッという音を立てる。

目を閉じて、犯行現場を映像化する。サトクナナンタンの身体がねじれて地面に崩れ落ちる。血が飛び散る。一発必中の完璧なショット。そのあと、銃の扱いに慣れていない者の犯行に見せかけるため、故意にあちこちに無造作に銃弾をぶっぱなす。

犯人には射撃の心得があった。

警察官か。

それともパトリオット射撃場の正会員か。

ブラッドリー・ドベック。ベネット・ドベック——

ふたりの主要な容疑者は依然として容疑者でしかない。

43

ケニーはダッシュボードの時計を見た。午後十時五分。先ほど時計を見たときから、五分しかたっていない。いまからでは遅いが、張りこみのまえにコーヒーを飲んでおくべきだった。携帯電話の充電器も持ってくるべきだった。

アンドレアと超人ハルクと『ロー&オーダー』のシーズン46のエキストラには爪はじきにされたが、やり方はいくらでもある。共謀者たちや警官や区役所の職員が証拠を隠滅しようとしたら、それを実行に移すのはこの週末、庁舎が空っぽになるときにちがいない。いま駐車場にとまっている車は、グレーのおんぼろプリウスだけだ。

ひとりぼっちの時間が募るにつれて、自分はなんて愚かなんだろうという思いは大きくなるばかりだった。午前一時ごろ、愚かさの度合いが高校一年生レベル以下になったとき、一台の車が駐車場に入ってくるのが見えた。その車は警察署の裏手にまわった。そこには職員専用の駐車場がある。

ケニーは車を出し、百ヤードほど走って、職員専用の駐車場に入った。そのときヘッドライトが照らしだしたのは、ベンジャミン・ドベックのぎょっとしたような顔だった。カーキのハーフパンツ、サンダル、白のタンクトップといういでたち。手からキー・チェーンがぶらさがっている。とっさに腰に手をやったが、夏のカジュアル・アンサンブルにガンベルトは似あわない。

ケニーは車から降りた。「建物のなかに入るな」

「なんだって？　これはいったいどういうことなんだ」

「あんたに大きな間違いをおかさせたくないんだよ」

「おれはロッカーに置き忘れてきたスポーツバッグを取りにきただけだ。朝からトレーニングに励まなきゃならないんでな」

「いまあんたが建物のなかに入ったら、ベン、おれとしても黙っているわけにはいかない。あんたは自動的に共謀者の一員と見なされることになる。いまのところ、あんたが共同謀議にかかわっているという証拠は何もない」

すぐにはその意味を理解できないみたいだった。

「あんたのおやじさんは逃げられない。じいさんもそうだ。あんたはちがう。でも、もしこの建物のなかに入ったら、ＦＢＩがあんたに疑いの目を向けるのは避けられない」

ベンジャミンは何も言わない。

「いまは、いいか、なんの証拠も、ないんだ」ケニーは噛んで含めるように言った。

ベンジャミンはサンダルの先で砂をこするように足を動かしている。その心のなかの片隅には、父と祖父に有罪判決が下るのをひそかに望む気持ちがあるにちがいない。

結局、手を振って話を打ち切った。「もういい。わかったよ」

ベンジャミンはそれ以上何も言わずに車に向かった。そして車が走り去ると、ケニーは元のところにプリウスを移動させて庁舎の見張りに戻り、そこでドベック家について思案をめぐらせた。彼らはつねに自分の人生の一部であり、町の屋台骨の一部でありつづけてきた。彼らは誰がこの地域に最初に住みついたかを思いださせる役割を担っている。厄介なのは、変化がどんなに受けいれられたとしても、いさかいの種は残るということだ。ベンジャミンとは学校で同級だった。今回のこの騒動がなかったとしても、あるいは、将来ふたりが同一の女性を孕ませるということがなかったとしても、十年後、それぞれの子は学校で反目しあうにちがいない。

インド人の子供たちとはより以上に反目しあうようになる。そして、ヒスパニックに対しては、両者が手を携えてのいさかいになる。それでいて、口ではそれは間違っていると言い、自分たちはそんなふうに考えていないというふりをする。

ケニーはノートパソコンを開いて、思っていることを書きとめていった。

五十年前、農場主の一団は黒人と白人の若い男女が恋に落ちたことに激怒した。いまではそういったことに対してたいていは肩をすくめるだけだ。時間は偏見の質を変える。だが、偏見を持つこと自体は変わらない。

少なくとも自分は自分のことがよくわかっていると思っている。育ったのはアジア人コミュニティのなかでも、アメリカ人コミュニティのなかでもない。たいていのアジア系移民からは、自分の家族はアメリカ人と見なされていた。だが、平均的な白人のアメリカ人にとっては、あくまでアジア人だ。自分では自分が中途半端なアメリカ人であることにつねに心地よさを感じている。

自分がこの町に今後数カ月に及ぶであろう混乱と動揺を引き起こしつつあることもわかっている。その結果、コミュニティとコミュニティのあいだには深い溝ができ、憎悪が膨れあがるのは間違いない。だが、アメリカの郊外住宅地にあるものの多くがそうであるように、いずれは何もかもが蜘蛛の糸状のものに包まれることになる。いつもと同じように、人々はうまし眠りにつく。別の何かが起こり、寝床から這いだし、また少しのあいだ日の光を仰ぎ見るまでは。

わざと知らんぷりをしていれば、気は楽だ。

やはり自分はニュージャージーを愛している。

ダッシュボードの時計に目をやる。午前一時二十分。

ノートパソコンのバッテリー残量は四パーセント。

長い、長い夜になりそうだ。

ケニーは日がのぼる時刻まで起きていた。

午前六時五分、駐車場はまだ空のままだ。

膀胱が破裂しそうになっている。

アンドレアも膀胱が破裂しそうになっていた。ジェフはいまシャワーを浴びている。子供たちを一日ビーチで過ごさせる準備はまだしていない。昨夜は自分自身に対する怒りのせいでほとんど眠れなかった。身の安全のために家を出なければならないことに対する不満は大きい。共謀者を追いつめるためにラモンとガーミンとロッシの力を借りなければならなかったのも口惜しい。本当ならもうすでにサトクナナンタンの殺人事件を解決していなければならなかったのだ。犯人に出し抜かれるなどということは考えられない。

この自信は子供のころのトレーニングに由来している。まわりの者は全員カモであり、カモでないのはカモる自分だけという設定だ。詐欺師はあらゆることを頭脳戦と見なす。トップクラスの詐欺師は分析的な思考や細部の可視化や時空の戦略化などの卓越した能力を備えている。クイーンズを出たあと、郊外住宅の暮らしに刺激的なものは何もなく、鬱々とした日々を送っていたとき、今回のことが起き、それで問題解決のために採用したのが、この子供のころのトレーニングだった。サトクナナンタン殺しの犯人を逮捕し、共同謀議を白日のもとにさらすというのは、煎じつめたら、パズルを解くということなのだ。

相手より自分のほうが上手(うわて)であることをなんとしても証明しなければならない。

ジェフはシャワーを終えて、身体を拭いている。まるでソーセージだ。ひょろ長い身体が腸のような色の肌に包まれている。以前はジョギングを日課にしていたが、経済的な苦境に陥って以来、身体を鍛える時間も意欲も失ってしまった。ここ数年のあいだに増えた贅肉が、子供の浮き輪のように腰のまわりにへばりついている。この数ヵ月、裸になったところはほとんど見ていない。見る気は一生起きないだろう。

「日焼けどめクリームを忘れないようにね」

「そんなに白いかな」

「サンケア指数三千にすべきよ」

「こんなことをしなきゃならない理由には納得がいかない。でも、みんなでビーチに行くのはいいことだ」

当てつけなのか、前向きなスタンスの表明なのかはわからない。ジェフが子供たちの様子を見にいくと、アンドレアはバスルームに入った。そこは心地よいプライバシー空間だ。そこに暗い考えが忍び寄ってくる。

あと二カ月もしないうちに赤ん坊が生まれる。しなければならないことは多い。授乳。紅茶の受け皿サイズになった乳首が、一日中吸いつづけられて、ひりひりと痛むようになる。何度も何度もの小児科通い。ほとんど眠れない日が一年ほど続いたあと、ようやくよちよち歩きが始まる。どれだけ意味があるかわからないが、上の子たちと同様、ちびっこジムとか水泳教室とかにも通わせなければならない。セイディは保育園に入り、サラは幼稚園にあがるので、それぞれのスケジュールにあわせてあっちへ行ったり、こっちへ行ったり、てんてこ舞いだ。午後には三人を順々に迎えにいかなければならない。イーライは三年生になり、ルースは五年生になる。放課後の課外活動。遅いスクールバス。サッカー、バスケット、バレーボール、ラクロア、またサッカー。

　熱い湯を浴びながら、アンドレアは思った。そんなに時をおかずに別の殺人事件が起きるのを願うのはいけないことだろうか。

　タオルで身体を拭き、鏡を見つめる。乳房がヘソに届きそうになっている。笑いがこみあげてきた。大笑いし、思わず前かがみになりかけたが、大きなお腹がそれを許さなかった。

　それで、いっそうおかしくなった。

笑えてよかった。おかげで泣かずにすんだ。

44

月曜日の朝、アンドレアは車でジェフを駅まで送っていった。日曜日、家族といっしょにビーチで過ごしたあと、子供たちをママ友たちの家へ送り届け、その夜には一号線ぞいのマリオット・レジデンス・インに入っていた。ジェフはしぶしぶだが普段どおりに出勤することに同意した。子供たちは預けてあるし、自分は令状の執行の場に立ちあわなければならないので、ジェフにできるのは心配することぐらいしかない。

ラモンからメールが届いた。九時半に到着予定とのこと。

アンドレアは九時十五分にホテルのロビーにおりていった。意外なくらい緊張していなかった。ここが自分のいるべき場所だと感じた。もちろん、マリオット・レジデンス・インのロビーのことではない。このような状況が、ということだ。

ドアに金色のＦＢＩのロゴが入ったネイビーブルーのフォードＳＵＶ六台が、一号線の南向き車線からホテルの駐車場に入ってきた。それぞれの車両に三名の局員が乗っていて、令状の執行にあたるのは全員で十八名。この暑さのなかで重い荷物を運ぶ手伝いをさせられるのはまっぴらだったので、ラモンが多くの局員を引きつれてきてくれたのはありがたかった。ホテルの会議室を押さえてあり、そこで計画の最終段階を実行に移すことになっていた。また、ラモンをウー区長に引きあわせているあいだ、そこは局員の待機所としても使うことができる。

局員のひとりがスチールケースに収納した十三インチのｉＰａｄを会議室のテーブルに置き、近隣地域の衛星画像を表示させた。アンドレアは画面にすばやく指を走らせ、プレインズボロ合同庁舎をズームアップした。そこには、アフリカ系アメリカ人の女性の姿が映っていた。年は自分より数歳下で、ちょっとうらやましい感じがする。プレインズボロ合同庁舎の変則的な配置の建物のあいだを走りぬけながら、進入口と退出口を指さしている。

もうひとりの局員は白人で、iPadを手に持ち、ウェスト・ウィンザー班と連絡をとりあっている。正直なところ、郊外のふたつの区役所を同時に捜索するのはいささか強引すぎるような気がするが、とやかく言うのは差し控えた。

十時十分、出発時間。アンドレアはラモンといっしょに先頭車両の後部座席に乗りこんだ。その車を含む三台は、一号線をアレクサンダー・ロードに向かって南下、残りの三台はフィッシャー・プレイスでUターンして北上し、病院のあるプレインズボロ・ロード出口へ向かった。

庁舎に近づいたとき、ラモンはロッシに電話でもうすぐ到着すると伝え、アンドレアに微笑みかけた。

「楽しそうだね」

アンドレアは微笑みかえさずに言った。「ええ」

「遅すぎるということは決してない」それは心からの言葉だった。

アンドレアはお腹をさすりながら言った。「ええ、そうね」

駐車場に入ると、一晩中そこにいたケニーがプリウスから降りてきた。ひどい顔をしている。フォードSUVは庁舎の玄関前の駐車禁止ゾーンにとまった。区役所の入口に通じる三角螺旋の階段の前で、ロッシとガーミンが待っていた。ラモンと握手をし、アンドレアに会釈する。

ケニーは好奇心旺盛な子犬のように後ろからついてきた。「いっしょになかに入っていいかな」

「ダメだ」と、ロッシが答える。

「だったら、入るまえに一言だけ」

ロッシはため息をついた。

ラモンが言った。「なんだい」

「捜索令状の執行にあたって、区側とのあいだでトラブルが生じる可能性は？」

ラモンは階段をあがりながら答えた。「ない」

「それだけ？　もうちょっとまともな返事をもらえないかな」

ドアの前で、ラモンは言った。「だったら、もうちょっとまともな質問をしろ」

反論するには、あまりにも疲れすぎていた。一行はロビーに消え、ケニーは捨てられた花嫁のように階段に立ちつくすしかなかった。

一行は受付のカウンターに向かった。それを見て、ヒラリー・エヴァーシャムは目を大きく見開いた。そこにはあきらかに恐怖の色があった。

ラモンはバッジを見せて、名前を名乗った。「ウー区長に会いたい。いますぐに」

エヴァーシャムは受話器をとり、区長のアシスタントに用件を伝え、電子ロックを解除した。

ラモンはふたりの局員のほうを向き、それからエヴァーシャムのほうに手を向けた。「きみたちはここに残ってくれ。彼女も当事者だ」

アンドレアとロッシとガーミンはラモンのあとに続いた。職員のブースの前を通り過ぎると、そこにいた者全員の目が一行に向けられる。いや、もう少し正確に言うと、先頭に立ってつかつかと歩いていくラモンに向けられる。刑事たちは遅れをとらないでついていくのがやっとといった感じで、アンドレアはその数歩あとをよたよたと歩いている。

ウー区長はオフィスの戸口で一行を出迎えた。

「やっとお会いできましたね、ミズ・スターーン」と、アンドレアに言った。「サトクナナンタンの一件の解決へ向けての尽力に感謝します」

「まだ終わったわけではありませんが、そう言っていただけると嬉しいです」

「区長、本日これよりFBIの捜査員によって当区役所の捜索令状を執行します」ラモンは言って令状をさしだした。「押収するのは、過去五十年間に却下されたプール工事に関する書類と、同敷地の環境について改竄された調査報告書です」

ウーは書類のチェックは慣れたものといったふうに令状に目を通した。それから、アンドレアのほうを向いて言った。「このためにサトクナナンタンは殺されたということでしょうか」

「そう思います」

「でも、断言はできない？」

「動機はわかっているけど、実行犯がわからないのです」

ラモンが話を引きとった。「ドベック署長とウィルソン警部補の署内での職務権限を一時停止し、配下の警察官と接触することを禁止していただきたい。われわれが知っていること、そして推定していることからすると、署長代理を置いたほうがいいと思われます。ロッシとガーミン刑事はわれわれの捜査を手伝ってくれていました。どちらも本件の共同謀議にかかわっていません」

ウーは唇をすぼめた。それはラモンがロッシとガーミンについて話したことに対してかもしれないし、ほかには警察署の誰も信用できないということに対してかもしれない。あるいは、その両方かもしれない。机の上の既決書類入れからフォルダーを取りだし、素早くサインをする。「権限移譲の書類は先週のうちにあらかじめ作成ずみです。それは即時発効になり、ロッシ刑事がウェスト・ウィンザー署の署長代理の役職につくことになります。ドベック署長には呼びだしをかけてあり、十時四十五分にここで権限の移行を申しわたします」そして、フォルダーをロッシに手渡し、それからラモンのほうを向いた。「まさか撃ちあいになったりしないでしょうね」

「そんなことにはなりません」と、ラモンは答え、同意を求めてアンドレアのほうを向いた。

「ならないでしょう、プロファイリング的には」

ウーはふたりの刑事のほうを向いた。「ロッシ刑事、印がついているところにサインしてください。ガーミン刑事、あなたにはウィルソン警部補の立場が明確になるまで副署長代理の任についてもらいます。緑色の付箋が貼ってある最後のページにサインしてくださ い」

ロッシが書類をめくっているとき、ガーミンが言った。「昇給はあるんですか」

「いいえ。あるのは精神鑑定よ」

「その種の役職にふさわしいかどうかたしかめるために？」

「なぜそういった役職を受けいれるほど愚かなのかを知るために」

当意即妙の受け答えに、アンドレアは彼女に一票をこの先ずっと投じつづけようと心に決めた。

刑事たちはそれぞれの名前の一字一字が重大な責任を負っているかのように書類にサインした。そして、書類をウーにかえした。

ウーはそれを既決書類入れに戻し、ラモンのほうを向いた。「お次は？」


FBI局員がカートを押してオフィスに入っていったとき、ケニーは携帯電話にできるだけ多くのものを録音や録画をしようとやっきになっていた。質問は他愛もないものばかりで、もちろん返事はかえってこない。音声だけだと間抜けにしか聞こえないが、映像つきだとそれなりにサマになる。ネットフリックスではモゴモゴと口ごもる声にドラマチックな音楽をかぶせることがよくある。

それでビデオ撮影を続けながらロビーに入った。ヒラリー・エヴァーシャムは青い顔をしている。罪悪感の宿った目を大写しにしようとしたとき、肩にFBI局員の手がかけられた。

「ここから先は立ち入り禁止だ」

「おれにはここにいる権利がある」

「だったら、ここにいろ」

局員はもう一通の令状をヒラリー・エヴァーシャムに手渡した。そして、殺人事件の隠蔽および公文書改竄の共同謀議にかかわった疑いがあることを伝えた。

「逮捕されるってこと?」

「現時点ではされません。でも、あなたが保管している書類をすべて押収させてもらうことになります」

エヴァーシャムがうなずいて後ろにさがると、局員たちはブースのなかに入っていって書類の押収作業を始めた。

「だから言っただろ」という言葉を、ケニーは最大限の自制心で抑えこんだ。

ガラスのパーティションごしに、奥の角にある区長のオフィスから一行が出てくるのが見えた。区役所の職員のざわめきのなか、その姿をビデオ撮影するため、ケニーは携帯電話を頭上に高くあげた。自撮り棒を持ってくればよかった。ミレニアル世代のそれなりに心得のある記者で、自撮り棒24・7を持ち歩かない者はいない。

局員はエヴァーシャムの机とファイル・キャビネットのなかの書類を三つの段ボール箱に詰めこむと、今度は環境衛生主任のトーマス・ロバートソンのブースで押収作業を始めた。

ふたりの局員が段ボール箱をストラップでカートにくくりつけていたとき、ロビーから怒鳴り声が聞こえた。「まずい」と、アンドレアがつぶやく。ケニーは走っていって、オフィスに入ってこようとしているドベック署長とウィルソン警部補の前に立ちはだかった。

「ドベック署長、今回のＦＢＩの捜索についてコメントをいただけますか」

「ドベック署長、一時的に休職扱いになるという噂について一言」

「ドベック署長、あなたは一九六五年のクレオン・シングルトンの殺害を隠蔽するための共同謀議にかかわっていたんですか」

「ドベック署長、クレオン・シングルトンの殺害を隠蔽するための共同謀議がサトクナナンタン・サスマル殺害の原因なんでしょうか」

「ドベック署長、このような事態になったことにより、数十年にわたってあなたの署で行なわれてきた警察業務に疑問の声があがると思いませんか」

　アンドレアにはそれが携帯電話のカメラに向かっての演技であるとわかっていた。だとしても、いくつもの質問を答える時間を与えず矢継ぎ早に投げかけて、ネットフリックスのドキュメンタリー仕立てにしているのは、お見事としか言いようがない。ちゃらんぽらんな男だが、その種の才能はある。

　ドベックは乱暴にケニーを追しのけ、格好の映像ネタを提供することになった。ウィルソンはそのあとに続き、ふたりはゲートを抜け、ラモンとウー区長の前に進みでた。

　ドベックはアンドレアに見下すような一瞥をくれた。

「令状を見せていただきたい」

「その必要はありません、ベネット」

　ドベックはまわりを見まわした。ここで言い争うのは得策ではない。そんなことをしても逆効果にしかならない。職を失ったり、刑務所に入ったりせずにすむには、ここにいる者をできるだけ多く味方につける必要がある。ヒラリー・エヴァーシャムを見ると、わざと目をあわせないようにしている。その顔は罪の意識でいっぱいになっている。

　その瞬間、アンドレアは見てとった。ドベックの上べだけのマチズモと押しの強さはもうない。恫喝したり、小細工を弄したりしても無駄だとわかったにちがいない。罪をおかした者が観念した瞬間だ。そして、鋼と傲慢さでできている者の多くがそうであるように、その瞬間、ドベックは腰の低さを取り繕った。

そして、身をこわばらせて一同の前を通り抜けた。

「話はあなたのオフィスで」

「同席しましょうか」と、ラモンが区長に申しでた。

「いいえ、わたしひとりでだいじょうぶです。あなたたちはこれでお引きとりくださってかまいません」

ラモンはうなずき、指を宙でまわした。撤収を示すジェスチャーだ。アンドレアはラモンのあとに続いた。立ち去るには、ふたりともエヴァーシャムの前を通らなければならない。

エヴァーシャムは不安げな目でふたりを見ている。

「あなたたち、次は何をするの」

アンドレアは同情の念に近いものを覚えた。長年あてがわれた役割に縛りつけられ、打ちあける勇気を持ちあわせていなかったのだ。ひとは家族や同僚をどこまで守ればいいのか。もちろん、何かを期待されたからといって、その期待をみずから負わなければならない筋合いはない。共謀に加担した者たちは、とりわけその役割を引き継いだ次の世代の者たちは、自分たちがどこをどう間違ったかわかっていたはずだ。

それでも拒みはしなかった。

「これから書類を精査します、ミズ・エヴァーシャム」ラモンは答えた。「裏づけがとれたら、あなたを逮捕します」

アンドレアは立ち去り際に付け加えた。「その際は弁護士を雇うことをお勧めします」

四人が前を通り過ぎるのを、ケニーは携帯電話でビデオ撮影していた。四人が歩き去ると、今度は携帯電話のレンズを区長のオフィスに向けた。ドベックが何やら言っているのが見える。ウー区長はその前に面と向かって立っている。背は数インチ低いが、怖めず臆せず、口もとに小さな笑みさえ浮かべている。そのために相手より十倍も大きく見える。書類を受けとると、ドベックはウィルソン警部補を従えてそそくさとオフィスを出た。

ふたりがパーティションの脇を通り過ぎたときには、そこにいた者全員が目をそらした。署長の目に怒りの業火が宿っているのを見て、ケニーは顔を床にこすりつけてやりたい衝動に駆られた。だが、そうはせずに、ゲートのドアが開くと、携帯電話のカメラをドベックに向けて言った。「休職を仰せつかったご気分は？」

ドベックに押しのけられる。

「休職を仰せつかったことに対してコメントをいただきたいんですが、ドベック署長」

ドベックは何も言わずに玄関のドアを勢いよくあけた。

ケニーは階段を一段飛ばしでおりながら言った。

「ドベック署長、あなたのお父さんがクレオン・シングルトン殺しにかかわっているという噂についてどうお考えですか」

ドベックは急に振りかえり、ウィルソンにとめられるまえに階段を逆戻りした。そして、ケニーの胸ぐらをつかみ、その身体を建物の前のコンクリートの踊り場に叩きつけた。携帯電話がコンクリートの上を転がっていく。ドベックは手の力を緩めず、ケニーの身体を縫いぐるみのように揺さぶりつづけた。

その腕をウィルソンがつかんだ。それでもドベックは手を離さない。「この糞野郎！　こんなことをして何が面白いんだ。多くの善良な市民に貴様は何をしているかわかってるのか」

ラモンが二段飛ばしで階段をあがり、ドベックにタックルした。ふたりは地面に倒れこんだ。ラモンは素早く立ちあがり、仲間の局員が加勢のために駆けてくる。

「少しは利口になったほうがいい、署長」ラモンは言った。「かっとなるのは無理もないと思う。でも、ケニーは自分の仕事をしているだけだ。あなたにはあなたの仕事がある。署に戻り、バッジと拳銃をロッシ刑事に渡すんです。あとは釣りでもジョギングでも映画でも、なんでも好きなことをすればいい。とにかく頭を冷やすことだ。さあ、行きなさい」

ドベックはムレタを振っている闘牛士と向きあっている牛のような憤怒の表情で鼻から大きく息を吸いこんだ。そして、それをいったん肺のなかにとどめ、ゆっくり吐きだした。そうすることで落ち着いた。抵抗する意思がないことを示すように両手をあげ、身体を起こして、シャツの乱れをなおす。それから一同に目をやる。ますウィルソン、ふたりのFBI局員、次にケニー。うつ伏せに倒れている新聞記者に唾を吐かないようにするのは容易ではないみたいだった。

ドベックは階段をおりていき、そのすぐ後ろにウィルソン警部補が続いた。ふたりは駐車場を横切って、百ヤード先の警察署に向かった。

アンドレアはケニーに訊いた。「だいじょうぶ?」

ケニーは立ちあがって、携帯電話をチェックした。録画は地面に落ちたところで停止していたが、ビデオを巻き戻すと、口もとに笑みが浮かんだ。突進してきたドベックに引き倒されるところまでちゃんと映っている。

ご満悦のていでケニーは答えた。「へっちゃらへっちゃら」

ラモンはアンドレアの腕をそっと突ついた。「別動隊の様子を見にブレインズボロへ行かなきゃならない」

アンドレアはうなずいた。

「おれも行く」ケニーは言った。

プリウスはコバンザメみたいにFBIのSUVの後

ろを走っていた。ケニーは右肘にひりひりした痛みを感じ、先ほど倒れたときそこにひどい擦り傷を負っていたことをこのときはじめて知った。痛いが、事態の暴力的ななりゆきに対しては、男ぶりがあがったような気がしてまんざらでもなかった。プレインズボロ合同庁舎に着いたときには、FBIの別動隊がすでに段ボール箱をカートに載せて運びだしていた。プレインズボロ署の署長はスーザン・アンブローズという女性で、このときはFBI局員と話をしていた。そこにはオルセン巡査もいて、その横には手錠をかけられたビル・ミューラーが立っていた。

「ラモン・メルカードです」ラモンは言って、アンブローズと握手をした。「で、どうでした」

「令状に記された書類は見つかりませんでした。コンピューターの履歴上で区のシステムフローが示すところによると、その書類は外部からの閲覧請求時までミスター・ミューラーの手もとにあったようです。彼のオフィスにあるのを見た者もいます。でも、いまはもうそこにありません。ミスター・ミューラーは書類の行方をあかすことを拒否しました」

「それはおれが閲覧請求した書類だ」一行の外側からケニーが叫んだ。「プール工事の申請案件に関するもので、彼の机の上にあるのを見た。でも、渡してくれなかった」

「わたしたちはミスター・ミューラーを拘束しました、メルカード捜査官。あとのことはあなたが決めてください」

「二十四時間ぶっつづけで締めあげ、明日のこの時間までに処遇を決めます」ラモンは答えて、ミューラーのほうを向いた。「あるいは、自分でより利口な方法を選んでもいい、ミスター・ミューラー。あなた次第です」

ケニーはここでも多くの質問をしたが、とりあう者はおらず、一行はこれで解散ということになった。アンブローズとオルセンは階下で事務局と隣接する警察署へミューラーを連れていった。

FBIの本隊はすでにニューアークへの帰路についていて、アンドレアの車はホテルにとめたままになっている。ラモンはそこまで送っていくと申しでた。

「おれが送ってくよ」と、ケニーは言った。この日の朝の出来事の内部情報を聞きだせるかもしれないと思ったのだろう。

アンドレアは肩をすくめ、しぶしぶ同意した。

ラモンはうなずいた。「あとで電話する。そのときに明日のスケジュールを教えるから、ぜひ同席してもらいたい」

ラモンはSUVに乗りこみ、段ボール箱を詰めこんだFBIの車列は駐車場を出ていった。ケニーは手持ち無沙汰に待っていた。いま自分がどこに立っているのかはわからないが、そこがアンドレアと同じところであるのは間違いない。

「明日の新聞に掲載する記事の締め切りは午後四時だ。匿名の情報提供者として、区長のオフィスで起きたことを教えてもらえないかな」

「無理無理」それから、付け加えた。「まわり道をしましょ。記事を書くまえに会ったほうがいいと思うひとがいるの」

ケニーは新たに興味しんしんになって訊いた。「誰だい」

45

ケニーはサスマル宅に向かって車を走らせた。どうしてアンドレアが自分を同席させたがっているのかはわからない。今後は捜査にかかわることを一切許さないと言ったくせに。共感や同情を寄せられたり、良好な人間関係を装われたりしても困る。

サスマル宅の家の前には、サトウィカ・デュブーリがいた。サスマル夫妻には昨日の夜電話をかけて、この日何が起きるかを知らせてあり、サトウィカにはここに来るよう前もって頼んであったらしい。アンドレアは彼女を紹介し、訊かれるまえに答えた。「危機管理の専門家よ。インド人の怒りが小火から大火事になるのを防いでくれることになっている」

タラニとシャルダ夫妻は三人をなかに通した。アンドレアはサトクナナンタンの一件についてこれといった進展がないことを詫び、今朝の捜索に至るまでの経緯を丁寧に説明した。凶器は見つかっていないし、目撃者もいない。サトクナナンタン殺しの犯人を見つけだすには、共謀に関与した者たちに圧力をかけ、誰がやったのかを白状させるしかない。

「ひとりが落ちたらそれでいいんです」アンドレアは言った。「落ちる人間はかならず出てきます」

「あの人たちのなかにサトクを殺した者がいるとお考えですか」タラニが尋ねた。

「そう考えています。でも、いまここで名前を出すのはフェアじゃありません。証拠は何もないんですから」

「うちの裏庭を掘ったのは証拠を見つけるためだったんじゃありませんの」と、シャルダ。

「それは別の事件です。わたしはそこから何かが見つかると確信していました。死体、もしくは死体の一部です。結果的に予想は的中しました。それがサトクナナンタンが殺された原因だと、わたしは考えています。容疑者はふたりいます。そのうちのひとりが犯人です。でも、まだ確証はありません」

タラニはうなずいた。「あなたにはお礼の言葉もありません、ミセス・スターン。わたしもタラニもとてもつらい思いをしましたが、わたしたちのコミュニティはそれ以上に大きな衝撃を受けています。罪に問われる者がいなかったらと思うと……」

「その可能性はたしかにあります。恐ろしい犯罪を五十年間も隠しつづけてきた連中ですから」

ここでサトウィカが口を開いた。「ミスター・アンド・ミセス・サスマル、あなたたちと知りあう機会はこれまで一度もありませんでしたが、わたしたちは同じコミュニティに属する同胞です。今回の事件に対して仲間たちが冷静ではいられないことはよくわかっています。でも、それで何かが解決するわけでもありません。区への不信が大きくなるだけです。ひょっとしたら、あなたたちが先頭に立って、大義のために闘うべきだという者が出てくるかもしれません。でも、そういった声には耳を傾けないでください。少なくとも当分のあいだは」

タラニが言った。「口を閉ざしている期間が長すぎたと言う者は大勢います」

「いま声をあげることがあなたやあなたのコミュニティのためになるとは思えません」

「どうして？」シャルダが訊いた。

「サトクナナンタンが殺されるまえから、あなたたちはプール工事の申請を取りさげるように圧力をかけられていたからです」アンドレアが答えた。「あなたたちはそのことを警察にも、区役所にも届けでなかった。わたしと最初に会ったときも、話してくれなかった。圧力をかけられていたことを届けでていれば、サトクナナンタンは殺されずにすんだかもしれません。わたしに話してくれていれば、その情報にもとづいて、早期に犯人を見つけだすことができていたかもしれません」

サスマル夫妻は決まり悪そうに視線を交わした。タラニがようやく口を開いた。「怖かったんです」

「それはよくわかります」サトウィカは言った。「ですが、いまさらコミュニティを煽っても、どうにもなりません。どうしていままで口をつぐんでいたのかと逆ネジを食うだけです」

「圧力をかけたのは誰です」ケニーが尋ねた。

「区の行政官のトーマス・ロバートソンです」シャルダが答えた。「申請を取りさげないと、よくないことが起きるかもしれないと脅されました。でも、身内の者が殺されるなどとは思ってもいませんでした」

「わたしもロバートソンがそんなことを考えていたとは思いません」と、アンドレアは言った。「それでも、その事実を利用して本人に揺さぶりをかけることは可能です」

ケニーが口をはさむ。「きみには証拠や自白が必要だが、おれには疑惑があればそれで充分だ」

「ロバートソンが脅しを実行に移してサトクナナンタンを殺したという筋書きをつくるってこと？　それは真実じゃない。でも、好きなようにすればいいわ。もしかしたら、ロバートソンは自分を守るために犯人の名前をあかすかもしれない。知っていればの話だけど」

アンドレアは新しい友人のサトウィカにホテルまで送ってもらって、そこで自分の車に乗りかえた。ケニーのほうはまっすぐオフィスに戻った。記事の草稿はすでにできあがっている。冒頭部分にざっと目を通し、それからリライトにとりかかる。あまり攻撃的にならず、もう少し感情をこめたものに改める。権力に対して正義の闘いを挑む青年記者、五十年前に兄を殺された女性、一カ月前に甥を失った家族へと視点も変える。ロバートソンについての憶測も書き加えたが、煽りはその点だけにとどめる。

これまで自分が書いたもののなかで最高の記事になった。

ジャネールにメールで記事を送信する。

二十分後、ジャネールが赤を入れたプリントアウトを持ってやってきた。校正は紙の上でやる主義なのだ。異存はない。彼女のやることなすことのなかで唯一許せるのはそれだけだ。

ジャネールはプリントアウトを振りながら言った。

「よくできてるわ」

「けど？」

「ひとつだけ直して」

「ややこしいことを言わないでくれよ、ジャネール。読者の反応を心配しているなら、取り越し苦労ってものだ。おれたちは読者の目にどんなふうに映ると思う。歴史の正しい側に立つことを選んだジャーナリストの鏡」

ジャネールはくすっと笑った。「わたしにも話す機会を与えてちょうだい」

「これは失礼」ケニーは悔しまぎれに微笑んでみせた。「で、どこを直せばいい？」

「〝there〟と書くべきところが〝their〟になっていた。全部で三カ所」そう言いながら、ジャネールは校正ずみのプリントアウトをさしだした。「それを直したら、印刷にまわしていいわ」

サトウィカに誘われて、アンドレアは三時にプリンストンのマーケットフェア・ショッピングセンター内にあるスターバックスでインディアン・ママ・サフラジェット・サッカー・クラブの面々と会うことにした。サトウィカはそこにふたりの友人を連れてきていた。

ひとりはスニタ・グプタ。クレオンの頭蓋骨が埋められていた家で、とびきりおいしいサモサを出してくれた女性だ。もうひとりはプリヤ。四人のうちで最年長者で、向こう意気の強そうな黒い瞳が印象的な、シビアな現実主義を信条とする女性だ。一行はそれぞれチャイを注文し、モールの入口近くに席をとった。アンドレアはほかの三人の世間話の聞き役にまわった。話に注意深く耳を傾けていれば、インド人のコミュニケーションの取り方を肌で感じとることができるようになる。そうすれば、どんなふうに働きかけるのがいちばん効果的かもわかるようになる。

数分後、アンドレアはほかの三人に最新情報を伝えた。それがウェスト・ウィンザーとプレインズボロにとってどのような意味を持つかを理解するにはいくらの時間もかからなかった。

「わたしたち、何をすべき？」スニタが尋ねる。

「わたしたち、何ができる？」プリヤが尋ねる。その口調はほんの少し冷ややかさをはらんでいる。

サトウィカが答えた。「そうね。まずは友人や夫にこの話をすること。そうすれば、話はそこからそのまわりに伝わっていく。そうやって話の輪を広げていくの。警察署や区役所の職員が人種差別的行為にかかわっていたことがあきらかになっても、インド人コミュニティは冷静にそれを受けとめなきゃならない。だから、あなたたちからみんなに説明してもらいたいの。サトクナナンタンの殺人事件はまだ解決していない。解決するのは容易じゃない。でも、かならず解決する。おそらく、あと数週間で。捜査は一歩ずつ確実に進んでいる」

サトウィカはプリヤのほうを向いて続けた。「この事件の背景に五十年にわたる構造的な人種差別があるのは間違いない。でも、いちばんの問題は、一九六五年にアフリカ系アメリカ人の青年が殺されたってことと、つい先日インド人の青年が殺されたってこと。ここんところはしっかり押さえておかなきゃならない。この町には中国系の区長がいて、捜査を全面的にサポートしてくれている。ヒスパニックのFBI捜査官はニューアークで捜査の指揮をとってくれている。ニューヨーク出身の豪気なユダヤ人はいまここであなたたちに話をしてくれている。それぞれの立ち居振るまいに人種的な差はあっても、この事件を解決することにかけてはあきらかに人種の枠を越えている。わたしたちに必要なのは、コミュニティを落ち着かせ、事態のなりゆきを最後まで静かに見守ることよ」

プリヤが訊く。「白人の現警察署長か、白人の前警察署長か、白人の農場主がなんらかの罪に問われる可能性はあるの?」

アンドレアは答えた。「なんとかそこまで持っていくつもり。約束するわ」

午後五時十五分に、ケニーはオフィスをあとにした。

外に出ると、ベンジャミン・ドベックがプリウスに寄りかかって待っていた。私服姿だ。非番なのか、それとも停職処分を食らったのかはわからない。だが、それ以上に大事なのは、トミー・バハマのボタンダウン・シャツやランズエンドのカジュアルなハーフパンツの下に銃を隠し持っていないかどうかだ。

「調子はどうだい」と、ケニーは言った。

「この会話は録音されているのか」

ケニーはポケットから携帯電話を取りだし、掲げて見せ、録音していないことを示した。

「オフレコってことだな」

「もちろん」

ベンジャミンはケニーの視線を避けた。「まえから何かあると思ってたんだ。それが何かはわからない。何かの隠しごとだと思う。おやじとじいさんはときどきそんな話をしていた。ただ、ふたりの意見はかならずしも一致してたわけじゃない。おやじはおれの警察入りに猛反対していた」

「あんたの家では警察官になるのは当然のことだと思っていたが」

「いいや、そんなことはない。軍隊に入るのは賛成してくれた。でも、ウェスト・ウィンザー署で働きたいと言うと、とつぜん形相が変わった。それでも警察官になったのは、じいさんがおやじを説得してくれたからだ」

「じいさんは共謀を隠蔽できる立場にある者を確保しておきたかったんじゃないのか」

「かもしれない。おれはこれまでずっとあのふたりのあいだで板ばさみになっていた。おれが何を言っても何をしても、どちらもまともにとりあってくれなかった」

一瞬の沈黙があった。

「昨夜はなんの用があって署に行ってたんだ」

その瞬間、ベンジャミンのまわりに高い壁ができたみたいだった。プリウスのサイドドアから身体を離し、すたすたと歩きはじめた。

「あんたはどうしておれを待ってたんだ」ケニーは尋ねた。

ベンジャミンは立ちどまった。話す気があるということか。

「話してしまえ、ベン。正式なかたちで。正しい選択をして、自分を守るんだ」

ベンジャミンは笑った。勝算がないことはよくわかっているが、かといって、勝つために奮闘して失うものを持ってもいないということだ。

口もとに苦々しげな笑みが浮かんだ。「自分を守る？　笑わせるな」


インディアン・ママ・サフラジェット・サッカー・クラブが散会したのは午後五時十分。アンドレアは子供たちを預け先から拾ってまわり、そのあと駅にジェフを迎えにいった。アビントン・レーンに入ったとき、自宅前にウェスト・ウィンザー署のパトカーがとまっているのが見えた。一瞬、息がとまる。回転灯はついてない。安堵の息が漏れる。

「どうしたんだろう」ジェフが訊いた。

「見張ってくれてるのよ」アンドレアは答えた。

ガレージに車を入れたとき、バックミラーごしにパトカーを降りるパテル巡査の姿が見えた。

ジェフが子供たちを家のなかに連れてはいるのを見届けてから、アンドレアは外に出て、挨拶をした。

「パテル巡査」

「ミセス・スターン、何かあったらいけないので見張っているんです」

「助かるわ。ありがとう」アンドレアは言って、パテルを見つめた。何歳もちがわないのに、自分は百歳も年上のような気がする。「あなたとウー巡査に謝りたかったの。告げ口をするようなかたちになってしまってごめんなさい」

パテルは微笑んだ。「自業自得です。あの日の朝は泡を食ってたんです。あれから三週間たって、ずいぶん多くのことがわかってきました」

いい答えだ。自嘲のなかにも、居直りの色がほんの少し混じっている。

家に入ると、ジェフが訊いた。「どうだった?」

「やっぱり見張ってくれているだけよ。何かがあったわけじゃない」

「正直なところ、巡査がひとりいるだけで、ずいぶん安心だ。ところで、今夜の夕食はパパ・ジョンズのピザがいいと子供たちは言っているけど、かまわないね」

家のなかで一息つくと、ジェフは訊いた。「それで、今日の首尾のほどは?」

「悪くなかった。全体としては。おおよそのところ、みんな協力的だったし、ＦＢＩは驚くほど手際がよかった」

「ということは、これですべて終わったってことだね」

ジェフにも子供たちにも嘘をつきたかったが、アンドレアは嘘をつかないことを選んだ。

「いいえ、これからが本番よ」

46

午前九時三十五分。ケニーは携帯電話の着信音に起こされた。画面には知っている番号が表示されている。咳払いをしてから画面をタップする。

「もしもし」

電話の向こうの声は言った。「ケニー、わたしはNJアドバンス・メディアのキンバリー・ウォーカー」

「名乗らなくてもわかってるよ、キム。勤務先も含めてね」ケニーは身体を起こし、ベッドの端にすわって股間に手をやった。小便がたまっている。携帯電話を持ってトイレに行き、小便をしたら、音を聞かれるだろうか。なーに、聞かれたってかまやしない。そう思って、立ちあがり、トイレに向かう。

「あのね、ケニー、そちらの新聞に今日載る記事のことなんだけど、予定稿を受けとって、編集長のクラーク・ワーナーが——面識はあったたっけ？」

「いいや、ない。おれをクビにしたお偉いさんのなかに、そんな名前の者はいなかった」

「わたしたちと手を組まないかと言ってるの。あなたは手に入れた情報をさしだし、わたしたちはそれを記事に仕上げる」

「マジで？」ケニーはご満悦のていで答えた。

「今日の午後にでもそっちへ行って、詳細を詰めたいんだけど」

「うーん。そのまえに、以前NJアドバンス・メディアから貰ったものの一部をきみとクラークにかえさせてくれ」

小便が飛びだすと同時に、ケニーは携帯電話を腰までおろした。これなら聞き間違えようがない。

そしてトイレに水を流し、それ以上は何も言わずに電話を切った。

午後一時十分には、NJTVニュースの編集長から電話がかかってきた。プリンストン・ポスト紙でのケニーの仕事ぶりを褒めそやし、見事なカムバックだと持ちあげた。そして、ウェスト・ウィンザーの現状をテレビで報じることに興味はないかと訊いた。

「つまりレポーターみたいなことをしろってことかい」

「まあ、そうだ。ベテランのプロデューサーをつける」

「でも、報酬は出ない？」

「い、いや」編集長は口ごもった。さっき聞いた編集長の名前はもう忘れている。「ケーブル・ネットワークか大手のオンライン・サービスに番組が売れたら、そこから報酬を払う」

「なるほど。じゃ、こうしよう。おたくのサブスク加入者がマイスペースの会員数を上まわったら、あらためて声をかけてくれ」

それで電話を切った。

もしかしたら、ＮＪアドバンス・メディアのオファーに応じたほうがよかったのかもしれない。

いや、そんなことはない。冗談じゃない。もっといい条件を提示してくるところはいくらでもあるはずだ。最初のチャンスに飛びつくのは、それが古巣であればなおさらのこと、愚の骨頂というものだ。

ケニーはシャワーを浴びて、オフィスに向かうことにした。


ルースをザット・ポッタリー・プレイスに預け、サラとセイディをリトル・ジムに連れていき、イーライをサッカー教室の午後の部に送り届けたあと、アンドレアは大急ぎでプレインズボロ署に向かった。ビル・ミューラーの取り調べにはラモンも立ちあうことになっている。できれば遅刻はしたくない。


そこに着いたとき、ラモンとアンブローズ署長は取調室から出てきていた。

「ごめん。遅くなっちゃって」

「ミューラーはきみがやってくることを知っているにちがいないね。まだ何も話していない」そのとき携帯電話が鳴り、ラモンは表示された番号を見て言った。「ちょっと失礼するよ。電話に出なきゃならない」

それからしばらく話を黙って聞き、最後にこう言った。「できればいますぐに。ふたりともいまちょうど署にいるから。それが無理なら、明日の朝」

ラモンは携帯電話をポケットにしまい、アンドレアのほうを向いて微笑んだ。「エヴァーシャムの弁護士からだ。明日、取り調べに応じると言っていた」

「さてさて。誰がいちばん多くのことを話してくれるかしら」


プリンストン・ポスト社のオフィスで、ケニーはグーグルのサーチバーの再読みこみを続けていた。ジャネールのところには、今回の偉業の恩恵にあずかろうとするメディアからの電話はまだかかってきていない。つい先ほどまでの自信はもうすでに消えている。

　そのとき、編集長のデスクの電話が鳴る音が聞こえた。少ししてから、ジャネールが出てきて言った。

「CNNからよ。保留にしてある。ドン・レモン・トゥナイトに出てもらいたいんだって」

「だったら、スタジオまでの送迎車を用意してもらってくれ」そして、ジャネールが自分のオフィスに戻りかけたときに付け加えた。「あと、ディナーもよろしくって」

　その夜の十時過ぎ、子供たちを寝かしつけると、アンドレアはファミリールームのソファーに腰を落ち着けた。ジェフはリクライニング・チェアにすわって、携帯電話で海外の取引状況をチェックしている。

「テレビをCNNにかえていい？」と、アンドレアは訊いた。

　ジェフはなかば上の空で顔をあげた。

「ケニーが出るのよ」

　それで興味をそそられたみたいだった。「あの男がテレビに？　きみじゃなくて？」

「わたしは進行中の捜査について何も話せない。ケニーは話すのも仕事のひとつよ」

　そのときには番組が始まってから十分が過ぎていた。ケニーが出演するコーナーを見逃したのでなければいいんだが。番組は全国ニュースから始まっていた。それから三十分後にコマーシャルが終わると、ニューヨークのスタジオからの中継で、ケニーの姿が二分割された画面の片側に映しだされた。白いボタンダウンのシャツの上にスポーツ・ジャケットという格好。髪はきれいに梳かしつけている。スマートで、リラックスしていて、プロフェッショナル感ありありだ。

ケニーはまずウェスト・ウィンザーとプレインズボロの歴史に触れ、かつての農業地域が住宅建築ラッシュの波に呑みこまれる過程を簡単に説明した。続いて、サトクナナンタン殺害事件から五十年前に殺され地中に埋められていた遺骸の発見にいたる経緯と、それにまつわる共同謀議の存在について話した。

「まるで全部自分ひとりでやったみたいな言い草だな」と、ジェフがつぶやく。

「手伝ってくれたひとがいますよね」と、レモンが尋ねる。

「ええ。古い友人のひとりの知恵を借りました」ケニーが答えた。

「ただの友人じゃなくて、以前、一部で話題になった女性ですね」

ジェフは子供っぽい興奮と畏怖の念が入りまじった目でアンドレアを見つめた。「あのふたり、きみのことを話してるぞ」

たしかに話している。でも、ケニーは多くを話さないはずだ。

「ニューヨークで起きたモラーナ事件にかかわっていた人物です」ケニーは答えた。「事件解決のためにFBIの捜査に協力しましたが、専業主婦になることを選び、それ以降、法執行機関との関係は一切ありません」

癪にさわる言い方だ。

「要するに表に出たくないってことです」と、ケニーが言うと、レモンもそれ以上アンドレア・スターンのことを話題にしようとはしなかった。

あとはどうでもいい話ばかりだった。オマリー前州知事、ピュリッツァー賞、贖罪……最後にレモンがケニーの尽力に感謝と称賛の言葉を述べて、報道特集のコーナーは終わった。

処方薬のコマーシャルに切りかわると、ジェフは言った。「あの男、自分の話ばかりしていたな」

あえてではあるが、その点は大目に見てもいい。

「ケニーには手柄が必要なのよ」

「ああ。でも、きみの名前を出すくらいのことは……

……」

「わたしの名前を出すべきだったとほんとに思ってる？」

「い、いや、そんなことはない。でも、どうせわかる。チョロチョロかドバッとかの違いはあっても、みんなきみの噂をするようになる」

しばらくして、ジェフはテレビのチャンネルを元に戻していいかと訊いた。そのときアンドレアが考えていたのは、自分が捜査に関与していることをみんなに知ってもらいたいと思っているのかどうかということだった。皮下脂肪族やPTAや学校の教師や秋のサッカーの試合の応援団から、遠巻きにためらいがちに見られるようになるのが、はたして必要なことなのだろうか。

もっと若いころだったら、スクービー・ドゥーばりに謎を解いて注目を集めることを心から楽しめただろう。けれど、いまはちがう。煩わしいだけだ。

不意に泣きたくなった。

何かを殴りたくなった。

ドベック親子を殴りたくなった。でも、まだ手は届かない。

あと一息だ。

47

アンドレアがウェスト・ウィンザー合同庁舎に着いたとき、駐車場にはフィラデルフィアからやってきたチャンネル6・アクション・ニュースのテレビ・クルーの姿があった。ケニーがCNNに出演したことで、マスコミは色めきたちはじめている。けれども、驚いたことにケニー自身の姿はどこにもなかった。

　カメラマンが振りかえった。頭のなかで危険信号がともり、アンドレアは身構えた。カメラマンはアクション・フィギュアのような動きで近づいてきた。

「チャンネル6・アクション・ニュースのビル・ブラケットです」オマハ・ビーチへの上陸作戦を敢行しようとしているかのように高揚している。「捜査関係者ですか」

「現時点では関係していません」まったくの嘘とは言いきれない。現時点では、駐車場を横切っているだけだ。

「だったら、捜査対象者ですか」

「いいえ」

　カメラマンの前を通り抜けて、警察署の入口に向かう。

「じゃ、どうしてここに？」

　ドアの前で立ちどまり、カメラマンのほうを向く。ここで一席ぶちたいところだが、そんなことをして、ケニーとともにメディアで大々的に取りあげられるようになったら、捜査にさしさわりが出る。それで、また前を向き、何も言わずドアを抜けた。

　なかに入ると、ロッシ署長代理がエヴァーシャムと弁護士のあいだでまとまった話の内容を教えてくれた。彼女は逮捕されるまえから減刑を求めているらしい。

共同謀議の容疑の効果は大きい。

アンドレアは言った。「ふたりの名前を白状させる必要がある。シングルトンを殺した者と、サトクナナンタン・サスマルを殺した者の」

「もう少し順を追って話してくれないかな。あんたは長いこと事件にかかわっているが、こっちはそうじゃないんだ。まずはあんたとのギャップを埋めさせてくれ。なにもそんなに気負うことはない」

取調室に入るまえに、アンドレアは言った。「いまも気負っているように見える？」

「いや、そんなことはないよ」

アンドレアはペンギン歩きでロッシの前を通り過ぎた。

驚いたことに、ラモンはまだ到着していなかった。アンドレアが部屋に入ると、エヴァーシャムと弁護士が素早く立ちあがった。弁護士の名前はミッチ・ウィズニック。年は三十代後半で、見るからに自信満々。おそらくラモンが入ってきたと思ったのだろう。そうでないとわかると、立ちあがって損をしたという顔になった。

話が始まったとき、ウィズニックはずいぶんと強気で、真相の解明には依頼人の供述が必要不可欠であり、それゆえ刑の免除は当然のことで、町に依頼人の名前がついた通りができてもおかしくないと言わんばかりだった。

ほどなく、ラモンが部屋に入ってきた。

「悪い。遅くなってしまった」ラモンは言って、立ちあがったウィズニックの脇を擦り抜けた。手錠が魔法のように現われ、エヴァーシャムに立ちあがるように命じる。

エヴァーシャムは戸惑い、おろおろしながら従った。ウィズニックは抗議したが、ラモンはかまわず続けた。

「一九六五年のクレオン・シングルトン殺害および死体損壊事件を隠蔽した共謀容疑で逮捕する」

「ちょ、ちょっと待ってください。依頼人はこれから何もかも打ちあけようとしていたところなんです」

ラモンは正面からウィズニックの目を見つめた。

ヒラリー・エヴァーシャムはそれから五十分近く休みなしに話しつづけた。


外の駐車場で、ラモンはロッシに言った。「ベネット・ドベックの逮捕に立ちあってもらえないだろうか。気まずい思いをするかもしれないけど。もうひとりはウィンドロウズで逮捕しなきゃならない。それにはプレインズボロのアンブローズ署長に立ちあってもらうことになっている」

ロッシは思案顔で歯の隙間から息を吸いこんだ。

「ベネットは逮捕されることを知ってるのかい」

「何かあるかもしれないので、今日の午後は自宅にいるようにと伝えてある」ラモンは言い、それからアンドレアのほうを向いた。「おれたちといっしょにウィンドロウズへ行くのと、ロッシ刑事といっしょにドベックのところへ行くのと、どっちがいい？　それとも、どっちにも行きたくない？　もちろん、無理に行くことはない。好きなようにすればいい」

アンドレアは携帯電話で時間を確認した。「これから何人かに電話しなきゃならないの。一時半にウィンドロウズで落ちあいましょ」

それで解散になった。アンドレアは疲労困憊のていで車のドアに寄りかかった。それから、サトウィカに電話をかけて、セイディを一時ではなく三時まで預かってもらいたいと頼んだ。ブリアンには、イライザ・ブッシュミラーの家にサラを迎えにいって、メリッサ・ヘンダーソンの家まで送り届けてもらいたいと頼んだ。ネイオミには、イーライを水泳教室のあと見ていてもらいたいと頼んだ。そして、ルースには直接本人に電話して、いっしょにランチをとろうと言った。小学五年生にして、もう自分の携帯電話を持っているのだ。それは両親から与えられたもので、どこかから盗んできたものではない。自分とジェフはどんなモンスターをつくりあげようとしているのか。

ふたりはプレインズボロのパネラ・ブレッドに入った。ウィンドロウズへは車で数分の距離しかない。ルースがあまりしゃべろうとしなかったので、アンドレアはこの夏のことを謝った。出産を間近に控えて、これからの数カ月は家族全員がきりきり舞いさせられることになる。わけても、大変なのがルースだ。なにせ下の子らの世話をこれまで以上に押しつけられることになるのだから。

「まだ逮捕しないの」と、ルースは訊いた。

「なにもママが逮捕するわけじゃないのよ。でも、そう。逮捕まであと一歩のところまで来ているのはたしか。もしよかったら、ランチのあと、その場に連れていってあげてもいい。さらに何人かが逮捕されることになっているの」

「ふーん」どうでもいいというような口調だったが、じつは興味しんしんであるのは明白だった。

ウィンドロウズには午後一時半に到着した。

ケニーと今朝のカメラマンはすでにそこに来ていた。ケニーはラモンのところへ歩いていった。「管理人のローラ・プライヴァンと会って、事情を説明し、入居者をロビーから立ちのかせてもらうことにした」

「どういうことかよくわからないが」

「ランチのあとには、みんなわらわらとロビーに集まってくる。通り道に老人たちがあふれていたら鬱陶しいだろ。それに、おれのおふくろもここに住んでいる。おふくろには余計なものを見せたくない」

「なるほど。きみのお母さんを守りたいってことだね」

「ちがう。おふくろからあんたたちを守りたいんだよ」

自動ドアが開き、一行はロビーに入った。ローラ以下の職員がロビーから入居者を立ちのかせている。そこから老人たちが出ていきかけたとき、ケニーはアンドレアを突つき、小ぶりのダイニングルームから出てきた三人の男を指さした。ドベック、ハロウェイ、アッペルハンズ。

「あの三人よ」と、アンドレアはラモンに言った。

ラモンは相棒の女性局員ナカラ・ロジャーズに右側から近づくように指示を与えた。ラモン自身は正面からそこに向かっていく。

ドベックの顔色が変わった。次にハロウェイが異常に気づいたようで、かすれた声でつぶやいた。「ブラッドリー……?」

アッペルハンズはラモンに詰め寄られるまで何も気づかなかった。

「ブラッドリー・ドベック、カール・ハロウェイ、スティーヴン・アッペルハンズ。あなたたちを、クレオン・シングルトン殺害を隠蔽した共謀容疑で逮捕する。もちろん黙秘権はある。ただし、質問に答えなければ、その事実が後日法廷であなたたちに不利に作用するかもしれない。あなたたちが話したことはすべて証拠として法廷に提出される」

ナカラがアッペルハンズとハロウェイに手錠をかけ、ラモンがドベックに手錠をかけた。

一行が入居者たちを押しわけて進みはじめると、ケニーが携帯電話のカメラをあげて言った。「ミスター・ドベック、逮捕容疑は事実なんでしょうか」

「糞食らえ」

「ミスター・ハロウェイ?」

返事はない。

「ミスター・アッペルハンズ、あなたのお子さんたちは今回のことにどう反応すると思いますか」ケニーはこの元農場主が子供たちと長年疎遠になっていることを知っている。

「そんなこと知るか」と、アッペルハンズ。うろたえた老人は質問の答えがわからない小学生のようになる。

「仕方なかろうが。連中を守るためだ」

アンドレアはケニーの胸を突ついた。「ハロウェイに尋ねてみて。〝われわれが口をつぐんでさえいれば、やつらの真実は嘘になる〟というのはどういう意味だったのかって」

ケニーは大きな声でその質問をぶつけた。

ハロウェイは急に立ちどまり、そのすぐ後ろにいたナカラは身体のバランスを崩しかけた。ハロウェイはドベック以上に怖い顔でケニーを睨みつけている。

「わしはブラッドリーに言ったんだ。インド人のガキを殺すなって」と、ハロウェイはぽつりと言った。声は小さいが、それは部屋のすべての酸素を奪いとる爆弾発言だった。聞いた者はみな啞然としている。「わしはやめておけと言ったんだ。だけど、あのわからず屋が――」

「出まかせをぬかすな！」ドベックは叫んで、昔なじみに飛びかかろうとしたが、ラモンに押さえつけられて、手を振りまわすことしかできなかった。

「三人を連行しろ」と、ラモンが大声で命じる。

ケニーはFBI局員のあとについていくために老人たちを押しのけはじめた。と、前方にとつぜん母親のフィキンの姿が現われた。

「ケニー！　これはいったいなんの騒ぎなの」

「あとにしてくれ、母さん」ケニーは言って、母親の脇を通り抜けようとした。

ラモンらの一行はすでに正面玄関の自動ドアの向こうに出ている。その数歩後ろをアンドレアが娘の手を引いて歩いている。フィキンはケニーの前に立ちふさがったまま道をあけようとしない。

「いま答えなさい」

「いまは仕事中なんだよ！」ケニーは大声を張りあげた。その声は見事に裏がえり、『ゆかいなブレディー家』のピーターが嘆いているように聞こえた。

やっとのことで外に出たときには、三人の容疑者はすでにFBIの二台の車に乗せられていた。アンドレアは娘を連れてオデッセイに向かっている。

「あいつら何か言ってなかったかい、アンディ」

風が吹いて、アンドレアの顔はもじゃもじゃの髪に覆われた。その髪を払いのけながら答える。「ファック・ユーって。何度も何度も」

「誰が誰に？」

「おたがいに。それから三人ともあなたに」

「そんな汚い言葉を娘に聞かせていいのかい」

『ファックの何がいけないの？』アンドレアは微笑み、ルースはけらけら笑った。

アンドレアの友人の家へ連れられていくあいだ、ルースはずっと不平を鳴らしていた。逮捕劇を目のあたりにして興奮し、もっと見たいと言ってきかないのだ。そういったことに興味を持つのはいいが、さすがに警察の取調室に連れていくわけにはいかない。それで、ルースがしょんぼりして車を降りたときには、何がどうなったかあとで全部教えてあげると約束しなければならなかった。

プレインズボロ署の駐車場に車を入れる段になって、ジェフが駅に着く時間に間にあわないことに気づいた。まあいい。どうでもいいことはどうでもいい。

まずラモンから報告があった。「ベネット・ドベックはウェスト・ウィンザー署の拘置所に収監された。弁護士が来るまで何も話すつもりはないらしい」

「ここの三人は？」

「ハロウェイとドベック・シニアは弁護士を要求しています」ナカラが答えた。「アッペルハンズは要求していません。いまはアンブローズ署長と話をしているところです。家族ぐるみの古い付きあいらしくて。

〝お子さんたちのことを考えろ〟ベースで説得にあた

っています。そのあと、われわれのほうから証拠を突きつけるつもりです」

「ウィンドロウズでアッペルハンズはひどくうろたえていた。情に訴える必要があるとは思えないわ。めいっぱい強く出て、手っとり早く吐かせたほうがいいんじゃないかしら」

「弁護士を呼ばれたくないんです。教科書にもあるとおり、尋問者が容疑者と旧知の仲である場合、証拠を突きつけるまえに、両者のあいだに和気あいあいとした雰囲気をつくりだしたほうがいい」

「教科書は苦手なの」アンドレアはいやみに聞こえないようさらりと言った。「でも、アッペルハンズを手間暇かけずに落とせば、たとえ十五分後に弁護士が到着したとしても、ドベックとハロウェイに対して分のある戦いができるのはたしかよ」

ラモンが言った。「アンブローズ署長にはさがっていてもらおう」


取り調べは容赦なかった。テーブルの上には証拠書類が山と積みあげられている。もっとも、そのうち半分は白紙をはさんであるだけのフォルダーで、エヴァーシャムとミューラーとトーマス・ロバートソンの供述書に記されているのは、サスマル家を脅したことは認めるが、悪夢のようなお役所仕事が必要になると言っただけという内容のものでしかない。

「何を話せばいいんだ」アッペルハンズは言った。「わしらがやったことは認める。そうとも。それはわしらがやったことだ」

五十年にわたってかかえつづけてきた罪を一気に吐きだしたせいか、アッペルハンズは体重が急に千ポンド減ったように見える。

「わしらがやった」アッペルハンズは繰りかえした。このときは聞こえないくらいの小さな声だった。「死体をバラバラにしてあちこちに埋めた。それから二十年後、土地の開発業者がそこいら中に家を建てはじめた。わしらは過去を埋もれたままにしておく手立てを見つけなきゃならなくなった」

ラモンはしばらくのあいだ黙っていた。アッペルハンズはこれでみんな納得したと思っているにちがいない。心のなかには、罪の意識と安堵と恥がないまぜになっているにちがいない。だが、そこで終わらせるわけにはいかない。

ラモンは冷ややかに言った。「われわれがすでに知っていることをあらためて話す必要はない。あんたが獄死を免れるにはふたつのことを白状するしかない。誰がクレオン・シングルトンの頭に凶器を振りおろしたのか。誰がサトクナナンタン・サスマルに拳銃の引き金をひいたのか」

アッペルハンズはふたつの質問のうちのひとつに答えた。

三日前、アンドレアはヴァーモントから帰ってきたあと、ジェニファー・ギルフォイルの告白をおさめた圧縮ファイルをケニーに送っていた。そしていま、ケニーはバーボンの残りをグラスに注ぎ、キッチン・カウンターの上でノートパソコンを開いていた。

ファイルを読みこむと、ビデオの再生が始まった。画面にジェニファー・ギルフォイルの年老いた顔が映しだされる。

「わたしはクレオンを愛していた」ジェニファーは言い、いったん口を閉じ、数秒後にふたたび話しはじめた。「愛しちゃいけないことはわかってたんだけど……わたしが言い寄っても、クレオンはいつもわざと素知らぬ顔をしていた。でも、普段は愉快なひとだった」目がカメラからそれる。その視線は遠い過去に向けられているにちがいない。「笑顔がほんとに素敵なひとだった。あの微笑み……あの笑い声……決して忘れることはできない。でも、忘れたいこともある。まわりの農場主たちのこと……父のこと……納屋で怒鳴りつけていた。みんなして口汚く罵倒していた。怒り狂っていた」

カメラの外からアンドレアの声が割りこむ。「もう少しまえのことを話してもらえませんか。クレオンが殺された夜、何があったんです」

「父に見つかってしまったの。わたしたちがキスしているところを。というより、わたしがクレオンにキスしているところを」そして、ふたたび口を閉じる。その言葉に自分が責められているかのように。「クレオンはいけないとずっと言いつづけていた。年の差もありすぎる。間違いをおかしちゃいけないって。でも、わたしは気にしなかった。クレオンを愛していたから……でも、ほんとはそれ以上にスリルを愛していたのかもしれない」

「それで、あなたのお父さんは何をしたんです」別の声が尋ねる。アンドレアが最近親しくしているサトウィカという女性だろう。

「父は大声をあげて突進してきて、クレオンを突き飛ばし、わたしから引き離した。それから、シャツをつかんで、納屋へ引きずっていった。わたしは必死になって叫んだ。クレオンは何もしていないって。でも、父は聞いてくれなかった。聞こうともしなかった。一言も。そして納屋に鍵をかけた」

「そのあと、ほかの農場主を呼び集めたのね」と、アンドレアが訊く。

「ええ……たぶん、そうだと思う。わたしは父に言われて自分の部屋に引っこんでいた。夜の八時ごろだったかしら。ちょうど陽が沈みかけていたときのことよ。母と姉は叔母の家へ行っていて、家にはいなかった。わたしも行くことになっていたけれど、行かなかったの。クレオンとふたりっきりになりたかったから。しばらくして、一台の車が砂利の私道に入ってくる音が聞こえた。わたしは窓から外の様子をうかがったけど、何も見えなかった。でも、声は聞こえた。スティーヴン・アッペルハンズの声よ。あのひとの農場がうちのいちばん近くにあるの。それから、また別の車の音が聞こえた。全部で五台かそこら。誰が来たのか知ろうと思って耳をすましたけれど、どれが誰の声かよくわからなかった。みんな口々にわめきちらしてたから。ジョナサン・フェリスとジェリー・マニング、マーティン・ウェインロックがそこにいたのはたしか。ほかはわからない。聞こえてくる声のなかでいちばん大きかったのは、もちろんクレオンの声よ。出してくれと叫んでいた。懸命に訴えていた。でも、みんなは口汚く罵るばかり。クレオンに身の程を知らせてやれと父に言っていた。それを聞いて、わたしは警察に電話した」

「あなたが警察に電話を？」と、アンドレアが訊く。

ケニーはビデオをいったんとめて、バーボンを一口飲んだ。この話がどこへ向かいつつあるのかはもちろんわかっている。

「納屋の扉が開く音と、クレオンが許しを乞う声が聞こえた。それからたぶん走って逃げだそうとしたんだと思う。アッペルハンズが『捕まえろ』と叫んだ。みんなの怒鳴り声と、殴ったり蹴ったりする音のあと、誰かが『殺せ！』と叫んだ。Nから始まる言葉を使って。それから、みんな同じように叫びだした」

ここでまた言葉が途切れた。ビデオは沈黙の時間を映しだしている。ジェニファーはすすり泣いている。ふたたび話しだしたとき、その声はわなわなと震えていた。

「クレオンはやめてくれと頼みつづけていた。命乞いをしつづけていた。そのとき、こんな声が聞こえた。『殺してしまえ、フランク。こいつはあんたの娘を犯そうとしたんだぞ。こいつらは我慢するってことを知らないんだ』そう言われているあいだも、クレオンは誤解だと言い、神に助けを求め、命乞いをしつづけていた。そして……そして、とうとう言うべきではないことを口にしてしまった。『向こうから迫ってきたんだ』って。そうしたら、怒鳴り声や殴る蹴るの音がさらに大きくなった。誰かが、たぶんピムリコだと思うけど、こう言った。『さっさとやっちまえ、フランク』そして、音が……音が聞こえた。それは……それはカボチャを鍬でつぶしたような音だった。そうしたら、みんなのあいだから歓声があがり、それでわかった」

ふたたび沈黙。

「そう。それでわかったの。あいつらがクレオンを殺したってことが。わたしの父がクレオンを殺したってことが」

ケニーはもう一口バーボンを飲む必要に迫られた。涙をこらえるのは容易でなかった。

「そのとき、別の車が私道に入ってきた」ジェニファーは続けた。「そして、バートラム・ドベック保安官とその息子の声が聞こえた。ふたりとも、とても大きな声だった。コンクリートミキサーがまわっている音みたいな。ほんとにおっかなかった。ふたりは死体を隠さないと面倒なことになると言っていた。あれはブラッドリー・ドベックの声だったと思うけど、死体を……死体をバラバラにしろと言っていた。『ばらして、見つからないところに埋めるんだ』と」

「そのときもやはり見えてなかったけど、声は聞こえてたってことね」アンドレアが尋ねる。「それで、次に聞こえてきたのは？」

「みんなで話しあっていた。のこぎりを使ったほうがいいいか、斧を使ったほうがいいかって。しばらくして、バートラム・ドベックが向かっ腹を立てて怒鳴りつけた。『そこをどけ、フランク。斧をよこせ。やれやれ。おまえたちは男じゃないのか』って。そう……『おまえたちは男じゃないのか』と言ったのよ。怒っていたのは、自分が死体を……死体をバラバラにしなきゃならなくなったからじゃなくて、ほかの者が尻ごみしてたから。ひとを殺したこと自体を気にしている様子はまるでなかった。保安官なのに……ひどい話」

ひとしきり間があり、ケニーは待った。

ややあってジェニファーは落ち着きを取りもどし、ふたたび話しはじめた。「斧が振りおろされ、牛肉のあばらを砕くような音が聞こえた。農場に住んでいれば、そういう音にはすぐに慣れる。でも、あの音には……あの音には……バラバラにされているのはクレオンなのよ。あのひとたちはずいぶん手こずってたみたい。『腕をつかんで引っぱれ』とか、『そこは無理だ』とか口々に言っていた……そしてあの音。それは……クレオンの身体をねじったり、引っぱったりしながら叩き切っている音だった」

ケニーはバーボンを飲みほした。このビデオは何度も見ているが、いまも激しい怒りと、そしてそれ以上に不気味さが湧きあがるのを抑えられない。被害者は自分だったかもしれないのだ。娘に言い寄ったと因縁をつけられて殺されたのは、アジア人だったかもしれないのだ。アジア人でも、アフリカ系アメリカ人でも、ヒスパニックでも、あるいは混血でもかまわない。彼らにとって、相手がどういう人間かは問題ではない。問題は人種だ。人種がちがえば、自分たちの子供にはふさわしくないということになる。それだけの理由で、背後から殴って殺し、チキンの丸焼きを取りわけるように死体をバラバラにしたのだ。

実際に手を下したのはフランクリン・ライトだが、そこにいた全員が等しくクレオン・シングルトンの死に責任を負っている。そして、いまも生きている者には、全員にその代償を支払わせなければならない。

弁護士を立てた男たちからの聴取が終わったあと、アンドレアとＦＢＩ局員はアンブローズ署長のオフィスに集まっていた。ロッシはスピーカーフォンごしにベネット・ドベックの取り調べの結果について説明した。休職扱いになった警察署長は、丁寧な言葉づかいながらも、質問に答えることを一切拒んでいるという。

ナカラは戸惑っていた。「親子そろってだんまりを決めこんでいるのね。どちらもクレオン・シングルトンを殺したわけじゃないのに」

「ベネットは何も話さないだろう」ロッシはスピーカーフォンごしに答えた。「法廷で勝てると踏んでいるんだろう」

「シングルトンの一件で攻められても、サスマル殺しを認めさせられるところまではいかないとタカをくくってるってことだな」と、ラモン。

「でも、シングルトンの一件については、たしかな裏づけがあるってことでいいんだろ」

「ジェニファー・ギルフォイルがビデオで話したことは、アッペルハンズの目撃証言と一致している。クレオン・シングルトンを殴り殺したのはフランクリン・ライトだ。そして、そのフランクリン・ライトは一九八七年に死亡している」

「求刑はどれくらいになるかしら」ナカラが訊いた。

「共謀罪および殺人の従犯として、エヴァーシャムとロバートソンとミューラーは長くて二年。ベネット・ドベックは、これ以上何も出てこなければ、五年。ブラッドリー・ドベックとハロウェイとアッペルハンズには、死体損壊罪も加わるので、十年から十五年」

数秒間の沈黙のあと、アンドレアは当然訊かなければならない、だが答えのわかっている質問をした。

「それで、サトクナナンタン・サスマルの一件は？」

「それはおれたちの仕事だ」スピーカーフォンごしにロッシが答えた。「まかせておいてくれ。ふたりのドベックのどちらの仕業にせよ、かならず犯人を突きとめてみせる」

七週間後、ロッシたちはまだ何も突きとめられずにいた。

48

八月に共謀者が逮捕されて以来、アンドレアは毎朝カレンダーを見ては、ドベック親子を捕まえそこねてから経過した日数に対して苦々しい思いを噛みしめていた。いまだに馬鹿げているほど蒸し暑いこの日の朝は、十月十二日の月曜日で、あのときから四十六日目になる。

ウェスト・ウィンザーとプレインズボロの共謀者の量刑が申しわたされるのは十九日の予定になっている。全員がそれぞれの罪状を認めていた。クレオン・シングルトンを殺害したのはフランクリン・ライトであることは、ドベックとハロウェイとアッペルハンズのそれぞれの供述によって裏づけられ、それゆえその一件に関してマーサー郡の検察官から起訴されることはなかった。

そして、もちろんサトクナナンタン・サスマルの一件については、誰も何も話してはいなかった。

アンドレアはため息をつき、紅茶をすすった。疲労感がどっと押し寄せる。出産予定日は二十一日だが、そのようなややこしいものは全部キッチンの床にぶちまけてしまいたい。夏のあいだにグングン大きくなっていったお腹は、いまや記念碑的な丸みを帯びるまでになっている。NASAがハッブル望遠鏡を地球に向けたら、新しい月が見つかったと思うだろう。

子供たちは二階にいる。新学期がはじまっていたので、母がジェフを駅まで送っていっているあいだに、ルースとイーライはサラとセイディが幼稚園と保育園に行くための身支度を手伝ってくれている。

おおおそのところは申し分ない。上のふたりの子供がステップアップしたのは喜ぶべきことだ。けれども、さらにこの先のことを考えると、憂鬱になる。

ジェフが下におりてきたので、アンドレアはクリームチーズ入りのベーグルとコーヒーを入れたトラベルマグを渡した。

「行ける？」

「ああ」と、ジェフは言って、ベーグルを頬張りながら、ガレージに向かった。

「パパを送っていくわね」と、アンドレアは大きな声で子供たちに言った。「ママが戻ってくるまでに、服を着て、きちんと準備をしておくのよ」

「ベーグル！　ベーグル！」二階からセイディの大きな声が聞こえた。

あの子はそのうちゼラチン状のグルテンのかたまりになるのではないか。「準備ができてから！」

そして、オデッセイに乗りこんだ。シートベルトを締めるのは、この二週間でほとんど不可能になっていた。アマゾンで最初に購入したシートベルトの延長バックルでは足りなかったので、そこにもうひとつの延長バックルを継ぎ足しているにもかかわらず。ひとにはちょっと見せられない。

「今日の予定は？」と、ジェフは訊いた。クレオン事件の共謀者が逮捕され、新学期が始まってこの方、サトクナナンタン事件の進展状況について尋ねるのが日課になっている。それが見せかけの興味でしかないことはわかっているが、そこに妻に対する敬意、あるいは妻に対する畏怖の念がいくらか含まれているのはたしかだ。

「十時にロッシと会うことになっている。ブラッドリー・ドベックの量刑審議が始まるまえに、なんとか自白を引きだす手立てを考えなきゃならない」

「いまでもその男がやったと思っているのかい」

「ええ。でも、それを証明できるものは何もない」

アンドレアは車から降りようとするジェフと無意識のうちに距離をとっていた。ジェフのほうはキスをしていいものかどうか迷っている。

それで、アンドレアは助け舟を出した。「じゃ、気をつけてね」と言って、顔をそちらに向け、分厚い唇をすぼめる。

ジェフはキスをした。「きみも」

ジェフは車から降り、少しまえに改修工事を終えたばかりのコンクリートの階段をあがり、駅ホームへ向かっていった。ふたりの関係はもう二度と元には戻らないだろう。捜査のせいだけではない。五回目の妊娠のせいもある。ジェフの職業上の不始末により、四百万ドル以上の金を失ったという事実もある。何より腹が立つのは、夫が法を破り、三年間クライアントをだましつづけていたことに、自分がまったく気づかなかったことだ。

どうして気づかなかったのか。それ以来、ジェフとの結婚生活に思いを馳せるたびに、臍(ほぞ)を噛んできた。『Xファイル』のキャプションを流用するなら、真実はここにある。

べつに仲たがいしたわけではない。ジェフとは仲のいい友人でさえある。けれども、もう愛することはできない。自分自身を愛する方法が見つからないかぎり。

家に帰ると、子供たちに朝食をとらせ、ランチの用意をした。ルースはバスに乗ってミルストーン・リバー・スクールに行った。その二十分後には、イーライとサラをモーリス・ホーク小学校のスクールバス乗り場に連れていった。サラはTシャツとショートパンツだけの格好で幼稚園へ行くと言ってきかず、何度目かの口論になったが、結局いつものように押し切られた。そのあと、セイディをミニバンに乗せてモンテッソーリ保育園へ向かった。

二週間後には、そのすべてを生まれたばかりの赤ちゃんといっしょにこなさなければならない。

モンテッソーリ保育園に着くと、走りまわっている子供たちを轢かないように気をつけながら、駐車場にオデッセイをとめた。そこにいつも感じている視線はなかった。白人のあからさまな蔑みや嫌悪の念もなければ、アジア人の反感や諦念もなかった。以前は長いこと、自分の経歴を隠していることに内心忸怩たる思いでいた。いまはみんなにそれを知られていることに内心忸怩たる思いでいる。

セイディはひとりで歩きはじめたが、二歩目でくるりと振り向き、抱きついてきてキスをした。「あいしてる、ママ」と言って、また前を向き、警備員のいるゲートを抜け、保育園に入っていく。このときだけは、みずからの愚かさに対する闇雲な怒りを忘れることができた。

家に帰って、シャワーを浴びる。いまでは服を着るのに無限の時間がかかるので、それもスケジュールのなかに組みこんでおかねばならない。メモ書きをはさんだフォルダーを手に取り、ロッシ署長代理に会うためにウェスト・ウィンザー署に向かう。

署内のオフィスの小さな丸テーブルには紅茶が用意されていた。ロッシ自身はブラックコーヒーを入れた大きな金属製のトラベルマグを持っている。机の上には、書類の束が並んでいる。数週間前からドベックのオフィスを使っているが、私物は何も置いていない。署長の職務代行が一時的なものだとわかっているからだ。ウー区長は次期署長にインド人を推していて、アンドレアは審査委員会に加わるように頼まれている。もうすでにふたりのインド人の有力候補がいて、いま面接を受けているところだという。

机の後ろの壁の隅のホワイトボードには、付箋が突きでた舌のように貼りつけられていて、そこに答えの出ていない問題点が書きだされている。

凶器？

目撃者？

ウィンドウズ対応の防犯カメラ？

三番目の付箋には、もうひとつの付箋が貼りつけられていて、そこにはこう記されている。

タイムコード？

アンドレアは防犯カメラで撮影された映像のプリントアウトを一枚ずつ見ていった。いずれもサトクナナンタンが殺害された夜に撮られたものだ。その種の録画ファイルは撮影後六十日目に自動的に削除されることになっている。なので、通常ではそれを復元することはできないが、ウェスト・ウィンザー署はウィンドウズが契約したセキュリティ会社からハードドライブを提出させていた。

それによると、ブラッドリー・ドベックは事件当夜の午後十一時四十八分にウィンドロウズ高齢者住宅を出ている。そして、IDカードのスキャナーに残された記録によると、午前〇時三十六分に戻ってきている。そこの防犯カメラがカバーしているのは玄関口だけで、駐車場は撮影範囲外にある。

そのような状況証拠に対して、少しでも知恵のある弁護士なら、ドベックは睡眠障害を患い、そのせいで月に数回夜遅くに施設から出ていくことがあったと主張するだろう。

要するに、ブラッドリー・ドベックが数週間前から殺害計画を立て、問題の夜に実行に移したと証明できるものは何もないということだ。

ロッシはゆっくりとコーヒーを飲んでいる。落ち着いていて、焦ったり、いらだったりしている様子はまったくない。アンドレアは自分がやったことに腹を立てたり辛辣になったりしがちなので、ロッシのそのような鷹揚さを心強く思っている。いまあらためてチェックしている録画は、二週間前に入手したときから何度も見て検討を続けてきたものだ。

「検死官は死亡時刻を午前一時から二時のあいだと考えている」と、ロッシは言った。「実際はそれより早い時間だったということはありえないだろうか」

「午前〇時四十四分にクレジットカード払いがあった記録がバレロのガソリンスタンドに残っている。利用客への確認もとってある。つまり、ドベックがウィンドロウズに戻ったとき、サトクナナンタンはまだ生きていたってことよ」

防犯カメラの録画を入手して以来、その検討会議に要する時間はいつも悲しくなるくらい短かった。事実の壁は高い。ブラッドリー・ドベックは手を下していない。なんらかのかたちでかかわっていたとしても、犯罪を立証することはできない。

刑務所送りにすることはできても、殺人容疑で起訴することはできない。

オフィスのドアがノックなしに開き、ガーミン刑事が机の上にiPadを置いた。「クソ・リーの野郎、またユーチューブに投稿しやがった」ここでは〝クソ〟がケニーの新しいファーストネームになっている。

投稿された動画はウェスト・ウィンザーとプレインズボロのフェイスブックにリンクされていて、すでに五百を超えるコメントが寄せられている。それは毎日更新されていて、内容は明察というより迷察といったほうがいい。なかには人種的な憎悪を掻きたてるものもある。警察や行政、さらには自社まで含む地方紙にまで、何やかやと文句をつけている。CNN、MSNBC、フィラデルフィアやニューヨークのローカル局に出演したときの映像もある。先週は『フォックス&フレンズ』でニュージャージーの白人至上主義グループを相手に、あきらかにやらせと思える論戦を繰りひろげている。

〝ウェスト・ウィンザー署はサトクナナンタン・サスマル殺害事件の容疑者をまだ特定できていないと言っている〟と、ケニーは言い、一呼吸おいて微笑む。皮肉っぽい、きどった、だがどこか愛嬌のある微笑だ。

〝どうして拘置所は容疑者でいっぱいになっていないのか？　何週間もの時間があったのに、どうして共謀者から話を聞きだせないのか？　ウェスト・ウィンザー署は何もなしとげていない。ロッシ署長代理は主演男優賞を勝ちとることはできないだろう。インド人コミュニティには警察の無能ぶりに対して満腔の怒りをぶつける権利がある。ＦＢＩは舞台から降りている。ラモン・メルカードは共謀者に有罪判決が下されたらそれで事足れりとしていて、死体が埋められていたところに家族がたまたま家を買ったために殺された哀れな青年のことはまるで気にとめていない〟

そこで数秒の間があった。ケニーはいや増しに募る怒りを抑えようとしているようだが、それが演技であるのは明白だ。煽り、そして義憤。ケニーはケーブルテレビのどのキャスターとも互角に張りあうことができる。

〝このままではサトクナナンタンは浮かばれない。インド人コミュニティは浮かぶ瀬がない。それはわれわれ全員の恥辱である。そんなことは決してあってはならない。『ザ・リー・レポート』は、当局がウェスト・ウィンザーとプレインズボロの住民に説明責任を果たすよう、これからも圧力をかけつづけるつもりだ。サトクナナンタン・サスマル殺害事件についての情報をお持ちの方がいれば、このページのコメント欄に投稿するか、いまあなたの画面に表示されている当方のソーシャル・メディアに匿名でＤＭをお寄せいただきたい。わたしの名前はケネス・リー。今日はあなたが変化を起こす日です〟

動画は終了した。

「やれやれ」と、アンドレアはつぶやいた。

「クソ野郎」と、ガーミンがうなった。

「やつは間違ったことを言ってるか」と、ロッシ。言っていないと、みんなわかっていた。

その日の午後、アンドレアはセイディを保育園に迎えにいき、それから宙返りの技をみがかせるためにリトル・ジムに連れていき、そのあとウェッグマンズへ食料品を買いにいった。

帰宅の際には、一号線より交通量が少ないことを期待して、クエーカーブリッジ・ロードを通ることにした。トレントンでワシントン大行進に同調するデモが行なわれた年につくられ、ウェスト・ウィンザー行政区とローレンス行政区の境界になっている道路だ。しばらく行ったところで、セイディが前方にパトカーの警告灯を見つけた。道路は一車線の交互通行になり、車はのろのろ運転を余儀なくされた。クエーカーブリッジ・モールからクラークスヴィル・ロードへ左に折れるところに、事故車がとまっていた。

「パトカーが二台!」セイディは叫んだ。

事故現場の横を通り抜けたとき、どうして二台のパトカーが同じでないのかとセイディに訊かれたので、アンドレアは答えた。一台はウェスト・ウィンザー署、もう一台はローレンスヴィル署のもので、事故が管区の境で起きたから、両署のパトカーが別々に駆けつけたということだろう。

ふたりが家に着いたちょうどそのとき、イーライとサラがスクールバスを降りた。子供たちがおやつを食べたり、くすくす笑いながらユーチューブのビデオを見ていたとき、アンドレアは一瞬身をこわばらせた。陣痛が始まったような気がしたのだ。けれども、ほっとしたことに、それはただのガスだまりだった。この日は赤ちゃんを産む気分ではなかった。もちろん、これ以上身重の身体でいたくはなかったが。そして、もう二度とこうなりたくはなかったが。

アンドレアはふと声に出して言った。「どうして彼はスポーツバッグを取りにいく必要があったのか」

セイディはきょとんとして顔をあげた。そして、肩をすくめ、ビデオに戻った。

　ロッシに電話をかけると、ガーミンが出た。「ロッシはトイレだ。おれはいま彼のオフィスにいる」

「ドベックがウィンドロウズを離れたとき、誰が町をパトロールしていたかを知りたいの」

「ちょっと待ってくれ」

　それから少し間があった。ガーミンはドイツのソーセージなみに太い指で懸命にノートパソコンのキーを叩き、エクセルのファイルをチェックしているにちがいない。

　それから、ぽつりと言った。「クソ・リーの言ったとおりだ。おれは解雇に値する」

「パトロールのシフトについていたのはベンジャミン・ドベックね」

「午後六時から午前二時まで」

「その夜の勤務日誌に何か書かれていた？」

「いいや、特に何も」

　アンドレアは電話を切り、今度はプレインズボロ署に電話をかけた。電話がアンブローズ署長にまわされるのを待っているあいだ、セイディは自分のおやつに不平を言いつづけていた。アンブローズが電話に出たときには、大きな声で叫んでいた。アンドレアは送話口を手で覆い、静かにしていなさいと叱った。セイディは静かにしていなかった。

「サトクナナンタン・サスマルが殺された夜の当直巡査は誰か教えてください、署長」

　アンブローズが記録簿を調べているあいだに、子供たちはおやつを食べおえた。アンドレアの頭はフル回転している。ふたつの管区から来た二台のパトカー。事件を解決したのは、まだよちよち歩きしかできない幼児だ。

「ルーク・オルセン巡査です」と、アンブローズは言った。

「勤務日誌に何か記載はありましたか」

「十一時五十六分に路上で一台の車をとめ、十二時十五分に放免しています」

「どうして？」

「勤務日誌には〝個人的判断により〟と記されているだけです。なぜそんなことを？」

「誰がサトクナナンタン・サスマルを殺したかわかったからです」と、アンドレアは答えた。

そして、また電話をかけた。

49

イーライを家に残し、サラとセイディを連れて、アンドレアはヴァン・ネスト・パークに向かった。ケニーは自分の車のそばで待っていた。アンドレアが子連れで来たのを見て、心なしか気分を害したみたいだった。この数週間、ふたりはほとんど話をしていなかった。最近のメディアへの大量露出は、捜査からはずされたことに対する鬱憤を晴らすためでもあるにちがいない。サラとセイディが駆け寄って挨拶をした。ケニーはふたりの名前を間違えなかった。

「きみの顔には、テレビで見たよと書いてある」

「ええ、見たわよ。うんざりするくらい」

「ここで何が起きたのかをみんなに知ってもらわなき

ゃ。まだまだ序の口だ。パトナム社と出版契約を結ぶかもしれない。ネットフリックスでドキュメンタリーをつくるって話もある」

「おめでとう」

「きみにも同じ言葉を。本でもドキュメンタリーでも、きみの活躍ぶりをなおざりにするようなことはしない。どっちも長尺物になるはずだが、そのなかできみはほとんど出ずっぱりになる」

アンドレアは子供たちから目を離さずに言った。

「ウァオ。すごーい」

「おいおい。いやみはおれの専売特許だぜ」

セイディはブランコに乗るのに苦労している。サラはすでにジャングルジムのてっぺんにのぼっている。

「サトクナナンタンの一件を解決すれば、もっと大きな栄光を手に入れられるはずよ」

「誰がやったか知ってるのかい」

アンドレアはうなずいた。

「誰だい？」

セイディが大きな声で言った。「押してー、サラ！」

「サラ、降りて、ブランコを押してやって」

「やーだ！　わたしは山の王さまよ！」

「頼むから、セイディ、おじさんたちの話の邪魔をしないでくれ」と、ケニー。

「わたしはサラよ！」と、サラが叫ぶ。

セイディはくすくす笑っている。「わたし、セイディ！」

「正直に言うと、女の子たち、いまはどっちがどっちでもまったくかまわないんだよ」ケニーは言い、それからアンドレアのほうを向いた。「気を悪くした？」

「ぜんぜん」と、アンドレア。いまはどっちがどっちでもかまわない、と自分でも思っている。

「それで？」

「パラメーターを設定しなきゃならない」

「パラメーター？」

「そこから得られるものは何か。得られないものは何か」

少しためらったあと、ケニーは言った。「よかろう。応じよう。おれはそこから何を得られるのか」

「サトクナナンタン殺しの犯人逮捕につながる囮捜査で重要な役割を演じる権利。そして、そのことをあとで記事にする権利」

「得られないものは？」

「事前にそのことを記事にする権利」

「問題ない」

「または、犯人が逮捕されたとき、その場にいる権利」

「なんで？」

「一から十まで完全に取り決めどおりにことを進めなきゃならないから。あなたは取り決めなど屁とも思っちゃいない」

「きみも同じだと思うんだけど」

「プレインズボロ署のルーク・オルセン巡査を知ってるわね」

ケニーは目を大きく見開いた。「彼がやったと考えてるのかい」

「そうじゃない」

「だろうね。オルセンじゃないとしたら、誰なんだい」ケニーはもう一度尋ねた。

公園からケニーは何本かの電話をかけ、オルセン巡査がいまいるところを見つけだした。アンドレアとは別々の車でそこへ行き、ウィコフ小学校の駐車場に数秒の差で到着した。その小学校は百年以上の歴史があるが、増築につぐ増築で、校舎はどれほどの原形もとどめていない。オルセンはそこの生徒たちを対象にした課外講習会を終えたところだった。小学校の駐車場は、いらぬ対立を避けるのにもってこいの場所だ。

ふたりはそこにとまっていたパトカーのまわりを歩きながら待った。

サラとセイディは駐車場の右側に遊具があるのを見て、遊びにいきたいと言ったが、アンドレアはあえて許可しなかった。

正面玄関からオルセンが姿を現わした。パトカーのそばに立っているふたりを見ると、ゆっくりと近づいてくる。「ミスター・リー。ミセス・スターン」

「いくつか訊きたいことがあるんだ、オルセン巡査」と、ケニーは言った。

「自分は署の代表としてマスコミに話す権限を持っていない」オルセンは答えた。

「その伝で言うなら、ケニーがここにいようがいまいが、わたしたちはマスコミの代表として質問をしにきたわけじゃない」と、アンドレア。「ウェスト・ウィンザーでサトクナナンタン・サスマルが殺された夜、メープル・アベニューとルーデマン・ドライブの交差点付近で、あなたは通行車両に停止を命じたが、勤務日誌には何も記されていなかった」

オルセンは意表を突かれたみたいだった。少し思案する時間があった。「車をとめても、チケットを切らないケースは多い。それで？」

「そのときのことを覚えてるかい」ケニーは訊いた。

「いや。ええっと……どうだったか」

「あなたは十一時五十六分に一台の車をとめ、十二時十五分に放免している」アンドレアは言った。

「だったら、そうだったんだろう。でも、思いだせないってのは、それがどうだっていいことだったからだよ」

「チケットを切らずに、十九分も車を停止させるのはよくあることなの？」

「ときどきある。免許証をチェックしたりしなきゃならないので」

「でも、車をとめたことを覚えていないのなら、十九分もかけて免許証を確認したってことも覚えていないはずじゃないのかい」と、ケニー。

オルセンは答えるべき言葉を見つけられないみたいだった。

ケニーはアンドレアのほうを向いた。このような話の進め方は前もって打ちあわせていたものではなかった。本当なら、そうすべきだっただろう。けれども、ふたりの息は自然な感じでぴたりとあっている。

「メープル・アベニューとグローバーズ・ミルの交差点には防犯カメラが設置されています。そのことはご存じですね」

オルセンはゆっくりと身体の向きを変え、その交差点の方向に目をやった。

返事はないが、目がすべてを語っていた。あきらかに動揺している。

「その夜、午前二時までウェスト・ウィンザーをパトロールしていたのはベンジャミン・ドベック巡査です。彼がパトカーでプレインズボロに向かったのは、あなたに呼ばれたからよね」

「ちがう」

「携帯電話の記録を調べたのよ」アンドレアは嘘をついた。「あなたはベンジャミン・ドベックに電話をかけている。ベンジャミン・ドベックはあなたからの電話に出ている」

オルセンはふたりを見つめ、それからサラとセイディに目をやった。ふたりは十月の太陽に照らされた遊具をまだじっと見つめている。秋の気配を感じさせる微風が吹いている。「おれはこの学校に通っていたんだ。ここの校庭でよくキックボールをして遊んだものだ。遊具は新しくなったが、それでも……」言葉は尻すぼまりになった。

「あなたが路上でとめたのはブラッドリー・ドベックの車だった。そのことを記録に残したくなかったので、友人のベンジャミンに電話をかけた。そのこと自体はおかしなことでもなんでもない」

「ちょっとちがうところもある。ブラッドリー・ドベックはハンドルを切りそこねて、車を縁石にぶつけていたんだ。だから、外に出てバンパーの傷の具合をたしかめていたとき、おれの車が通りかかった。ヘッドライトの光がその姿をとらえ、それで手に拳銃を持っていることがわかった。よろよろと歩きながら、呆けたようにぶつくさつぶやいていた」

「拳銃を持っていた?」ケニーは言った。

「それが誰かわかったので、拳銃をさげろと言うと、素直に従った。そして、拳銃を背中にまわした。ホルスターはつけていなかった。スウェットパンツの後ろにさしこんだだけだ。ここで何をしているのかと訊いたら、町を乗っ取られるのを阻止しようとしてるんだとかなんとか、わけのわからないことを言った。誰にと訊くと、〝みんなに〟という答えがかえってきた」

「そのあと、ベンジャミン・ドベックに電話したのね」

「そう。ベンはじいさんの車を運転して、じいさんをウィンドロウズに連れもどした。おれはそのあとに続いた。そして、そこに着くと、じいさんを降ろし、車を置いて、おれのパトカーで元の場所に戻った。それだけのことだ」

「そして、それから一時間もたたないうちに、サトクナナンタンは殺された」と、ケニー。

「そうだ。でも、でも正直なところ、それとこれとどんな関係があるのかわからない。ブラッドリー・ドベックはサトクナナンタンが殺されるまえにウィンドロウズへ戻っている」

「そのときドベックはどんな拳銃を持っていたかわかる?」アンドレアは訊いた。

「リボルバーだと思う。ちゃんとは見ていない。ドベックは自分の車のヘッドライトの光の真ん前に立っていて、おれの車のヘッドライトはそこに斜めに当たっていたから。でも、たぶん間違いないと思う」

「そのことを勤務日誌に書かなかったのは、相手がブラッドリー・ドベックだったからだな」と、ケニー。

「あれは耄碌ジジイだ。夜中にほかの住人としょっちゅうトラブルを起こしていて、そのたびにおれたちはウィンドロウズに駆けつけなきゃならなかった。車を乗りまわしているのを見たことも何度かある。拳銃を持っていたこと以外に不審な点は何もなかった」

「なるほど。でも、ブラッドリーとベネット・ドベックが逮捕されたとき、あなたはなぜ何も言わなかったの」

「ベンがそういったことにかかわっているとは思わなかったから。これ以上ベンを苦しめたくもなかった。ただでさえ……」

オルセンはまた遊具のほうへ目をやった。

「家族のことだな？」と、ケニー。

オルセンはうなずいた。

「そして、あなたが愛しているひとだから？」と、アンドレア。

一分近くの沈黙のあと、オルセンはまたうなずいた。

「ありがとう。署に戻ったら、アンブローズ署長からの呼びだしがあると思います」

アンドレアとケニーが子供たちといっしょに砂利敷きの駐車場のほうに向かいかけたとき、後ろからオルセンの声が聞こえた。「あのオヤジとジジイは刑務所で朽ち果てたらいい。ふたりとも。でも、ベンはそれに値しない」

ケニーならおそらく慰めの言葉をかけただろう。アンドレアもそうすることを考えたが、結局は冷たく厳しい事実を告げることを選んだ。「家庭環境がどのようなものであったにせよ、ベンジャミン・ドベックがサトクナナンタン・サスマルを殺したとしたら、父や祖父といっしょに刑務所で朽ち果てることになるでしょうね」

50

アンドレアはラモンと電話で話をしながら、少しばかり図々しいかなと思いつつも〝ディナー〟と呼んでいるチキン・カッチャトーレもどきをつくっていた。上の子ふたりはキッチンで宿題をしている。サラとセイディはサンルームでレゴを組みたてている。急がなきゃ。イーライのサッカー教室は六時に始まる。いつもその直前に食事をとるので、練習のときには身体が重いらしい。コーチからも注意を受けている。スポーツ奨学金は望めそうもない。

「一晩中、監視すべきだったと思うんだけど」と、アンドレアは言った。

「きみは何カ月もこの一件に深くかかわってきた。そして、ようやくあと一歩というところまでこぎつけた。でも、その一歩はとても長く感じられるってことだね」

「そうなの」と、アンドレアは答えた。ラモンはわかってくれている。

「きみのような者にとっては――いや、おれたちのような者にとっては、いまがいちばん厄介なときだ。犯人は捕まったも同然といっていい。それは間違いない。でも、安心はできない。犯人は捕まったと思っていない」

わかってくれている。

涙が出そうになる。ホルモンのせいだ。

「すべてうまくいく。記者会見の席で、きみは拍手喝采を浴びる」

「かもね」

アンドレアは携帯電話を置き、時間をチェックした。予定より遅れている。イーライのためにチキンとソースの一部を皿に盛り、残りはジェフを連れて戻ってきたときに電子レンジで温められるようキャセロールに入れる。

「大急ぎでパパを迎えにいかなきゃ。ルース、妹たちから目を離さないでね。イーライ、食べたら、サッカー教室へ行く準備をして待っててね。すぐ戻ってくるから」

ジェフが車に乗りこむと、アンドレアはさらりと言った。「サトクナナンタンを殺したのが誰かわかった。明日の朝、逮捕する予定よ」

「どうして明日の朝まで待たなきゃならないんだい」

「ウェスト・ウィンザー署とプレインズボロ署とのあいだで、いくつか調整しなきゃならないことがあるから。警察官組合の代表者とも話しあわなきゃならないし」

「はあ？　警察官組合員？　犯人は警察官だってことかい」

「悪いけど、明日までノーコメント」

「息子かい？　まだ刑務所送りになっていないのはひとりだけだよね」

「明日までノーコメント」

ジェフは微笑んだが、それは取り繕った上っ面だけのもので、その裏にかねてよりの自信のなさと嫉妬の念があるのはあきらかだ。「まあいい。とにかく、それでおしまいなんだね」

「そう。残ってるのは逮捕と裁判だけ」

「そういう意味じゃない」

「わかってる」

ジェフはうなずいた。

そして、車が私道に入ったときに尋ねた。「そういうことでいいんだね」

「ええ」アンドレアは虚しさと無力さを感じながら答えた。「それでおしまいよ」

その夜の十時十五分、ケニーはバッファロー・ワイルド・ウィングスのほぼ空っぽの駐車場で待っていた。ベンジャミン・ドベックは内勤で十時まで職場にいなければならないが、月曜日はその店で十一時まで食前酒が半額で提供されるので、たとえ人生が崩壊する寸前であったとしても、ベンジャミンがそれを逃すことはないと踏んでいたのだ。

自分がそこにいるべきではないことはわかっている。これからベンジャミンの身に何が起きるかを教えるわけにはいかないが、ふたりの個人的な関係を記事にするにあたって、感情的なしこりが残らないようにしておく必要がある。

一分後、ベンジャミンの車が駐車場に入ってきた。そこからレストランに向かって歩く足取りは重い。冷酷な殺人鬼のようには見えない。疲れているように見えるだけだ。

ケニーはその後ろから店内に入り、ベンジャミンの隣のカウンター席にすわった。

「いい加減にしてくれないか」ベンジャミンは言って、ショットグラスを一口で空にし、それからビールを大きく一飲みした。

「これはオフレコだ。最初から最後まで。おれたちはもう何週間も話していない。あんたのおやじとじいさんは刑務所にいる。あんたはそのことについて誰かと話をする必要がある」

ケニーはバーテンダーのシェリルを呼んでノブ・クリークを注文し、それを一口飲んだ。

「おれは家族を失った。裁判が終わるまでデスクワークを命じられている。おれのキャリアは実質的に終わった。別の署に移っても、結局は……わかるな」

「ああ」少しのあいだぎこちない沈黙があった。「でも、あんたは何も知らされていなかった。ちがうか」

「おれは信用されていなかった」

「なぜ？」

「あのことのせいだ。おふくろが死んだあと、おやじはあのことを完全に無視するようになった。無視すれば、なくなると思っているみたいに」

「じいさんのやり方は？　ことあるごとに人前であんたをけなしていた？」

ベンジャミンはくすっと笑ったが、その笑いは虚ろで、乾いていた。「じいさんが採用したのは無理くりの転向療法（コンバージョン・セラピー）だ」

「効果のほどは？」ケニーは何気なしに訊いたが、脳と口のあいだのフィルターが機能しなかったことをすぐに後悔し、いつものようにあわてて訊きなおした。

「ふたりと話をしたかい」

「おやじとは何度か。じいさんとは一度も」

「おやじさんはなんと言ってた？」

「なんについて？　共謀罪について？　いいや、何も言ってなかった。サスマルの一件については、自分はやってないとだけ言った」

「その言葉を信じてるのか」

ベンジャミンは手首をまわしてビールを揺すりながら飲んだ。

「ああ、信じてるよ」

「じいさんは？」

「何が訊きたいんだ」

「じいさんがやったと思うか」

このときはビールを大きく一飲みしてから答えた。

「そういうことをする資質はあると思う」

ケニーはうなずいた。嘘をつかずに必要なことを答えているという点では、プロ級だ。

「あんたは黙っていちゃいけない、ベン」

「どういう意味だ」

「何もかも話す必要がある」ケニーは言って、カウンターに二十ドルを置いた。「話す価値はある。人々はその話を聞く必要がある。聞けば、みんな納得するはずだ。あんたの境遇を理解するはずだ。そのときのために、あんたはいまから心の準備をしておいたほうがいい」

ケニーは友人と呼べるかもしれない男の背中をポンと叩いて立ち去った。車のほうへ向かっているときには、卵を割らずにオムレツをつくる技にかけては、自分はギネス世界記録に値すると思っていた。

翌朝、ジェフを駅まで送っていったとき、アンドレアは信じられないくらいの釣りあいのとれなさを感じていた。感覚を麻痺させる退屈なルーティン。毎朝、毎日、毎晩。なのに、あと数時間でこの十年間の結婚生活と子育てで一度も経験できなかった自己実現のときを迎えようとしている。

ジェフは車内に持ちこんだトーストをコーヒーで喉に流しこみながら訊いた。「どんな気分だい」

きたきた。ひとこと言いたくって、うずうずしているにちがいない。

「正直に言うと？　そうね。少し緊張してる。そして少し……なんと言えばいいのかしら。虚しい？」

「きみが愛しているのは犯人を捜すことだ。もちろん、犯人を刑務所送りにしたいとも思っている。きみにとっては、それも大事なことなんだろう。でも、犯人を見つけだしたときと同じ達成感とは比べものにならないはずだ」

「素晴らしい。そういった洞察ができるようになるために『ドクター・フィル』を見はじめたの？」

「そうツンツンするな。べつに深い意味はないんだ。きみはそれが本当だとわかっている。なのに、どうして腹を立てなきゃならないんだい」

「そりゃそうね。わたしが腹を立てているのは、あなたの言うとおりだからであり、わたしがそんなふうに感じるのはおかしいとわかってるから。どんな殺人事件でも第一義とすべきは、被害者に正義がもたらされることであり、加害者に罰が与えられることよ」

「きみは自分を誇りに思っていいんだ、アンドレア。きみがやってのけたのは、それはすごいことだと思うよ」

「ありがとう」アンドレアは窓の外を見ながら答えた。

駅に着いた。道路の左側に一台の車がとまり、送ってきた者を降ろしている。ほかの車は前へ進めない。クラクションが鳴り響く。ありふれた、つまらない日。クソありふれた、クソつまらない日。

十時十五分、アンドレアは警察署の駐車場でケニーと会った。お腹のなかの赤ん坊の動きはいつもより大きい気がする。そこから来る不快感ゆえに、くだらない冗談とかに耐えられる自信はなかったが、幸いなことに、ケニーは単刀直入に言った。「ベンジャミンのシフトはいま始まったばかりだ。基本的にはデスクに釘付けになっている。これからの段取りは？」

「わかってるはずよ。あなたはロビーで待っていてちょうだい。ベンジャミン・ドベックを逮捕したあとなら、ロッシに質問していい。彼が逮捕されるところをビデオに撮ったり、彼と話をしたりすることはできない。話すことはもうないと思うけど。夕べ話したはずだから」

「余計なことは何もしゃべっちゃいない。本人のためにひとこと言っておいてやっただけだ。やつは家族の偽善を暴くことができる。さらにいいことには、同情を呼ぶこともできる」

「同情？」

「そう。多くの同情を。見ていればわかる」

警察署に入ると、アンドレアはペンギン歩きでオフィスを横切った。部屋の奥のデスクから、ガーミン刑事が立ちあがり、ロッシのオフィスのほうへ歩きはじめる。ふたりは同時にドアの前に着いた。ガーミンに促されて、アンドレアはなかに入った。

「問題はないね」と、ロッシが訊いた。

アンドレアはうなずいた。

ロッシの指示を受けて、ガーミンは戸口から頭を突きだし、大声で言った。「ドベック！　ロッシ署長代理がお呼びだ」

オフィスのいちばん手前のブースで、ベンジャミン・ドベック巡査は立ちあがった。その顔に不審の念はなかった。戸口まで来て、アンドレアを見るまでは。この数週間、ここで何度もその姿を見ているにもかかわらず、このときは身体中の毛が逆立ったにちがいない。

「なんでしょう、署長」

「署長代理だ」ロッシは言った。そういった言葉をこれまで何度口にしたかと、おそらく考えているのだろう。その役割はまもなく終わろうとしている。「われわれはこれから全員で下へ行く」

「下というと？」

「ロッカールームだ」ガーミンが答えた。

「どうして？」

「きみのロッカーをチェックする必要があるんだよ、ベン」と、ロッシ。

「どういう意味かわかりません」

まわりくどいやりとりに業を煮やしたかのようにアンドレアは言った。「サトクナナンタン・サスマルが殺された夜、あなたの祖父ブラッドリー・ドベックはプレインズボロ署のルーク・オルセン巡査と路上で行きあわせた。ブラッドリー・ドベックは拳銃を手に持って、なにやらぶつくさ言っていた。それが誰かわかると、オルセンはあなたに電話をかけた。それで、あなたはそこへ行った。オルセンの話だと、その拳銃はたぶん三八口径だろうとのことだった。あなたは祖父をプレインズボロのウィンドロウズ高齢者住宅まで車で送り届けた」

アンドレアが言葉を発するたびに、ベンジャミン・ドベックの顔は氷でできたジグソーパズルのように崩れていくように見えた。

「これはいったいどういうことなんです、署長。彼女がここにいる理由は？」

アンドレアは言った。「あなたの祖父はサトクナナンタンを殺すつもりでいた。サスマル家のプールづくりを諦めさせるために。訴訟を起こされ、裁判に負けたら、クレオン・シングルトンの胴体を見つけられるかもしれない。あなたは祖父の拳銃を受けとり、それでサトクナナンタンを撃ち殺した。そして、シフトが明けると、パトカーに積んであったスポーツバッグに拳銃を入れて、署に戻った。そのスポーツバッグは事件の夜以来ずっとロッカーに入ったままになっている」

ドベックはロッシとガーミンに目で助けを求めた。

ロッシは言った。「署の駐車場に設置された防犯カメラには、事件当夜シフトが明けたあと、きみがスポーツバッグを持って建物のなかに入るところが映っている。われわれはそれ以降のきみの勤務日の記録をすべてチェックした。でも、きみがそのスポーツバッグを持って出ていくところは映っていない。じつのところ、事件の二日後、きみは新しいスポーツバッグを持って出勤している」

ドベックは笑った。「つまり、殺害に使った凶器が二カ月もロッカーに入れっぱなしになっていたってことですか。馬鹿馬鹿しい」

「それはあなたがしたことのなかでいちばん利口なふるまいよ」と、アンドレアは言った。「そこはこの状況下でもっとも安全な場所だった。そこに拳銃を隠しておくことによって、あなたはおじいさんをかばい、お父さんをかばい、そしてあなた自身をかばうことができる。共謀者が逮捕されるまえの夜、あなたはスポーツバッグを回収するつもりでいた。でも、そのときたまたまケネス・リーと出くわしたので、そうすることはできなくなった」

「もしぼくがその拳銃を持っていたとしたら、連中が逮捕されたあと、それを新しいスポーツバッグに移しかえて、デラウェア・ラリタン運河に放り投げなかった理由は？」

「ない。それを利用できると考えたからでなければ」

「利用？」

「ふたりに対して。シングルトン殺しの隠蔽工作に引きこまれないようにするため。もうひとつは、あなたがカミングアウトする気になったときのため」

「えっ？」ドベックは一歩あとずさりした。

「どうだっていいことだ、ベン」と、ロッシは言った。

「そんなことは誰も何も気にしちゃいない」

「おれは気にするかもしれん」と、ガーミン。「が、ほんの少しだけだ」

「でも、あなたのお父さんは大いに気にするはず。そして、あなたのおじいさんはそのことを知っていた。そのふたりに向きあうために、あなたは拳銃を持っていた」アンドレアはここでやめるつもりだったが、途中で考えを変えた。やはりドベック一家のとんでもない愚かさに一言触れないわけにはいかない。ふたたび口を開いたとき、その声は怒りのために上ずっていた。

「あなたと、あなたの馬鹿な父親と、あなたの馬鹿な祖父にとって皮肉としか言いようがないのは、サスマル家がプールをつくるためにいくら地面を掘っても、クレオン・シングルトンの骨は出てこなかったってことよ。それは裏庭のフェンスの外側に埋められていたんだから。あなたはなんの意味もなくサトクナナンタンの命を奪ったのよ」

ベンジャミンは部屋の壁際に並んだファイル・キャビネットによりかかった。ゆっくりと首を振ったが、何も言いはしない。

ロッシはその肩に軽く手をかけて言った。「さあ、ベン。きみのロッカーへ行こう」

四人は階下のロッカールームに入った。ベンジャミンが自分のロッカーをあける。なかには、スポーツバッグが入っていた。ガーミンがそれを取りだす。そのなかに、スミス&ウェッソン13リボルバー・38スペシャルが入っていた。サトクナナンタン・サスマルの殺害に使われた拳銃だ。ガーミンはハンカチを使ってそれをスポーツバッグから取りだし、二本の指でグリップをつまんでぶらさげた。

みんなそれを見ていたので、ベンジャミン・ドベックは誰にも気づかれることなく、素早い身のこなしでアンクル・ホルスターに隠していた小さな拳銃を抜いた。

51

ベンジャミン・ドベックはアッペルハンズの車を運転していた。ブラッドリーはその車の後部座席で怒鳴った。「いますぐ車から降りろ、このオカマ野郎！」

手錠はかけられていない。が、それより本当は猿ぐつわをかませるべきだった。

ルーク・オルセンはベンジャミンが祖父をウィンドロウズまで送り届けることにしぶしぶ同意し、自分のパトカーでそのあとに続いていた。帰り道はベンジャミンを連れて、彼のパトカーがとまっているメープル・アベニューまで戻ることになっていた。それが規則違反であることは、もちろんふたりともよくわかっている。

あと八分。あと八分の辛抱だ。

「わしに運転させろ。わしにはやらなきゃならないことがあるんだ」ブラッドリーが後部座席からまた怒鳴った。「糞ったれ。このオカマ野郎！」

ベンジャミンは一瞬目を閉じた。どこでもいいから、どこかほかの場所へ行きたい。誰でもいいから、この男以外の者と。

あと七分。もうちょっと。

祖父がややこしいことを言いはじめたら素知らぬ顔で聞き流すのがいちばんだと、ベンジャミンはずっとまえから心に決めていた。だが、今夜ばかりはそうはいかない。これはボケ老人の徘徊ではない。友人の車に乗って、誰かを殺しにいこうとしていたのだ。

「わしは家族を守らなきゃならんのだ」このときは少しだけ小さな声になっていた。「なんの話かわかるか、ベン。いや、わからんだろうな。おまえはおやじに信用されていない。だから、何も聞かされていないんだ」

ベンジャミン・ドベックが人生で二番目に愚かな選択をしたのはこのときだった。「なんの話をしてるんだい」と訊いたのだ。

ブラッドリーは話を始めた。ベンジャミンは車を運転しながら話を聞いた。カレッジ・ロード・イーストはがらんとしていて、ほかに走っている車はない。道路わきにいる鹿の目に、ヘッドライトの光が反射している。このとき、ベンジャミンははじめて家族の暗い秘密を知った。バートラム・フランクリン・ドベック保安官とその息子のブラッドリーが、ライトらの農場主たちから呼びだされたこと。そこで地面に転がったシングルトンの死体を目にしたこと。みんなで死体をバラバラにしたこと。それをトラックの荷台に載せて、川の近くに埋めるという話になったこと。ブラッドリーの口ぶりに自責の念はかけらもない。自分はシングルトンを殺しちゃいない、友人たちが困った立場に追いこまれるのを救ってやっただけだと言わんばかりだ。

車がウィンドロウズの近くまできたとき、ベンジャミンは言った。「なるほど。でも、ガソリンスタンドの従業員を殺すのが、どうして問題の解決に結びつくんだい」

「あのヒンドゥーの糞ったれどもは、何をどう言っても、プールの工事を諦めようとしなかった。馬鹿は訊くなと言われても質問をやめない。利口な者はそれ以上は何も訊かない。あの家族はどんな脅し文句を並べても、聞く耳を持ってなかった。だから、思いきった手を打たなきゃならなかったんだ。薄のろの甥が殺されたら、次は息子か女房が危ないと思うだろう。それでもうプールのことなんかどうでもよくなるはずだ」

「狂ってる」

「みんなは強盗の仕業だと思うだろう。でも、ヒンドゥーの糞ったれどもにはわかるはずだ。朝になったら、プールのことはもう何も言わなくなる。請けあってもいい」

「請けあってもいいのは、正気の沙汰じゃないってことだ。今夜そんなことをしたら、おやじに言う」

「このところ夜は目がよく見えなくてな。それで縁石にぶつかってしまった」語気がやや鈍り、短い間があった。「でも、おまえならできる、ベン」

「なんの話をしてるんだ」

「わしの拳銃を持って、あのガキを殺しにいけ」

「なんだって？」

「そうしないと、ドベック家は破滅する。そうしないと、おまえがオカマだってことをおやじにバラす」

「はあ？　本気で言ってるのか。殺さないと、おやじにバラす？　ふざけたことを言っちゃいけないよ。おやじが気づいてないと思ってるのかい」

「おまえのおやじは否定している。でも、わしは知ってるんだ。おまえは高校のときからカマを掘っていた。その種のエロ話を聞いたら、おやじはどんな顔をすると思う。いずれにせよ、おまえはこのことに無関係でいられないんだ。わしらのやったことが表沙汰になったら、おまえがいくら関係ないと言っても信じる者はいない」

「でも、関係ない」

「たとえ信じてもらえたとしても、それから先は？」

「自由になれる」ベンジャミンはつぶやいた。

ブラッドリーは笑った。「自由になって、カマの掘り放題ってわけか。だが、家族がＫＫＫまがいのことをしていたと知ったら、誰がおまえにカマを掘らせると思う。オカマって種族は差別に敏感なんだろ」

「うるさい」そう言いかえすのが精一杯だった。

ウィンドロウズに着いたときには、こめかみにパニック発作の兆候を感じていた。ベンジャミンは車のエンジンを切って、キーを抜いた。

「寝たほうがいい、じいさん」

「拳銃をよこせ」

「そうはいかない」ベンジャミンは言って、助手席に置いてあった拳銃を手に取り、ベルトの後ろにさしこんだ。「おとなしく部屋に戻るんだ」

ルークのパトカーが駐車場に入ってきた。

「拳銃を持っていくなら、それで自分の責任を果たせ。家族を守るために。わかったな」

「おやすみ」ベンジャミンは言って、車から降りた。

ブラッドリーも車から降りた。

ベンジャミンは車のキーを振りながら言った。「これは明日ミスター・アッペルハンズにかえしておく」

「よこせ。わしがかえす」ブラッドリーは節くれだった手でキーをひったくった。「今夜はどこにも行かん」

ベンジャミンはあえて言いかえさなかった。「わかったよ。おやすみ、じいさん」

「一生に一度ぐらいまともなことをしろ」ブラッドリーは言い残して、建物の裏手の出入口へゆっくりと歩いていった。そして、そこのスライドドアを抜けて玄関ホールに入り、カードキーをセンサーにかざす。自動ドアが開き、それからエレベーターのドアが開き、その向こうに姿を消す。

それを見とどけると、ベンジャミンは安堵のため息をつき、ルークのパトカーに乗りこみ、助手席にすわった。「すまないな」

「同情するよ。うちの親はまだ若いけど、年をとったら世話をするのは大変だろうなっていつも思ってる」

「ああ」それだけ言うのがやっとだった。

あとはずっと黙ったまま、ふたりはパトカーをとめてあるところへ戻った。ベンジャミンが車から降りようとしたとき、ルークが腕をのばし、手を握って言った。「明日、電話するよ」

「わかった。今夜はほんとにすまなかったね」

自分のパトカーの運転席にすわったとき、ベルトにさした祖父の拳銃が腰に押しつけられるのがわかった。ルークの車が走り去ると、拳銃を腰から抜いて、左手に持った。シリアルナンバーは削りとられている。銃身の内側には旋条溝が刻まれている。拳銃を見つめていた時間はずいぶん長かったような気がする。エンジンをかける。

手には拳銃の重みが残っている。

心には祖父の言葉の重みが残っている。

これまでの人生でおかしてきたすべての愚かな選択の重みに押しつぶされそうな気がする。

祖父は怒りっぽい、頭のいかれた、哀れなろくでなしだが、ひとつだけ正しいことがある。古い犯罪の隠蔽工作はいつあかるみに出るかわからず、そうなったら自分も無関係でいられないということだ。そのときには父は定年退職し、自分があとを引き継いでいるかもしれない。セクシュアリティに関する嘘にもうひとつの嘘を重ねて、この先ずっと生きていかなければならないのか。

恐怖に支配された人生には、もう耐えられない。

バレロ・ガスステーションに向かおうと決めたかどうかは覚えていないが、気がつくと、エッジメアを右にではなく左に曲がって、グローヴァーズ・ミル・ロードを東へ向かっていた。右側にノース高校、左側にコミュニティ中学校がある。その前を通り過ぎたとき、当時のライバル校とのスポーツの対抗戦で活躍したことを思いだした。そのすぐあとにミルストーン・リバー小学校の前を通り過ぎる。しばらくしてグローヴァーズ・ミル・ロードとクランベリー・ネック・ロードの交差点に近づいたときには、右折しようと思った。バレロ・ガスステーションから遠ざかろうと思った。

そして、左折した。

バレロ・ガスステーションの前を通り過ぎたとき、サトクナナンタンの姿が見えた。それからおそらく数分ほど車を走らせたあと、ふたたびそこに戻ってきた。ヘッドライトの光が、係員用のブースの椅子からゆっくり立ちあがるサトクナナンタンの姿を照らしだす。

いま自分が、過去の数多くの愚かな選択のなかでもっとも愚かな選択をしようとしているのはわかっている。でも、ほかに選択肢はない。

これをやってしまえば、彼らに一目置かれる。これをやってしまえば、彼らに対抗できる。

給油機の横に車をとめる。窓をあける。拳銃を構える。インド人の若者の邪気のない間抜け面が歪み、涙をこぼしはじめる。それを見て、決意が鈍りそうになる。

「すまない。こうするしかないんだ」

「わからないです」訛りの強い英語がかえってくる。

若者は怯えている。言葉につかえながら、金を渡すと言う。こういうときにはとにかく金を渡せと言われているのだろう。でも、どうして警官にこんなことをされなければならないのかはわからないにちがいない。何も悪いことはしていないのに。

若者のすすり泣きの声に、ベンジャミンは胸を締めつけられ、拳銃を少なくとも三回は下げたり上げたりした。助かるかもしれないという思いと、やはりダメだという思いの繰りかえしのうちに、若者のすすり泣きの声はだんだん大きくなっていく。ズボンに小便が漏れる。ジーンズの前に染みが広がっていく。ベンジャミンは笑いそうになった。

泣きそうになった。

「すまない」と、もう一度言って、引き金をしぼり、サトクナナンタンの額のまんなかを撃ちぬく。

背後の給油機の上部に血が飛び散る。とつぜん両膝が抜けたように、若者の身体が崩れおちる。ベンジャミンは車から降りた。外に出たほうが、銃弾の角度をつけやすい。そこから狙いをつけずに数発撃つ。銃弾は奥の建物や自販機に当たる。立ち去り際に、サトクナナンタンの虚ろな目に一瞥をくれる。そこにもう魂は宿っていない。ただ悲しく、困惑しているように見えるだけだ。自分も同じ目をしているのだろう。そう思いながら、車を出す。

クラークスヴィル・ロードではじめて赤信号に引っかかる。スポーツバッグに入れたトレーニングウェアの下に拳銃を押しこむ。そして、シフトが明けるまでの一時間、サトクナナンタンの死体が発見されたという連絡が来るのを待つ。

連絡は来なかった。

シフトが明けて署に戻る。あれからバレロ・ガスステーションにガソリンを入れにきた客はひとりもいなかったということだ。ロッカーにスポーツバッグを入れる。殺人に使った凶器がそんなところにあるとは、少なくともしばらくのあいだは誰も思わないだろう。

家に帰って寝る。ミシェル・ウーとニケット・パテル巡査が通信指令係から連絡を受けたのは、それからだいぶたってからのことだった。

そしていま――ガーミンがスポーツバッグから三八口径を取りだしたとき、ベンジャミンは一秒以内に次の行動を選択しなければならなかった。観念するか。それはおれの拳銃じゃない、誰かがそこに入れたんだと開きなおるか。それとも、アンクル・ホルスターに隠し持っている拳銃を抜くか。奉職した日に、父と祖父から教わったように。

これまでの人生のなかで、愚かな選択は枚挙にいとまがない。いまやエキスパートだ。拳銃を抜く。本来なら、勤務中に武器を奪われたときや、非番のときに最後の自衛手段として用いるものだが、デスクワークを命じられるようになってからの数週間は、別の目的で身につけるようになっていた。真実があかるみに出たとき、みずからの命を絶つために。

トーラス709スリムを顎の下に押しあてる。九ミリの銃弾でも、脳味噌を天井まで吹き飛ばす威力はある。

「銃をおろせ」ガーミンが言った。

ふたりの刑事はどちらも拳銃を持っていない。ロッシがとっさにアンドレアの前に出る。ベンジャミンは思った。さすがは署長代理だ。おやじもきっと同じことをしただろう。

「さあ、銃をおろせ」ロッシは言った。

「みんな……後ろへさがれ」と、ベンジャミン。

ロッシの後ろで、アンドレアはあとずさりしながら、バッグのサイドポケットから携帯電話を取りだした。画面をちらっちらっと見ながらメッセージを打ちこむ。そして、ケニーに送信する。〝身動きがとれない。警官を呼び、説得にきて〟

そして、頭のなかで計算する。ケニーが当直巡査に事情を説明し、なかに入れてもらうまでに二分。署内の警官を集め、階下のドアの前に待機させるまでに二分。都合四分。そのあいだ、ベンジャミンとの話を続なければならない。

「ドベック巡査」アンドレアはまっすぐ相手の目を見て、いかにも同情を寄せているような口調で話しかけた。「あなたの家族のことはとても残念に思ってるわ」

ベンジャミンは黙っている。その言葉をどう受けとめたらいいかも、どう反応したらいいかもわからないのだろう。

「あなたの家族のせいであなたがこんな状態になってしまったことも、とても残念に思ってる」

「あんたに何がわかるんだ」

「わたしにはわかるわ、ベン。あなたのことをベンって呼んでいいかしら。どうしてこんなふうになったのかと思ってるんでしょ。その気持ちはよくわかる」アンドレアは言って、自分の腹をさすった。

「避妊具ってものを知らないのか」

アンドレアは笑った。

「あんただな。ニューヨークでモラーナを捕まえたのは」

この調子なら、時間はいくらでも稼げる。

「わたしは捜査の手伝いをしただけよ」

「あれだけ評判になったのに、ずいぶん謙虚じゃないか」

拳銃がさっきより少しさがっている。興奮状態を脱しつつあるということだろう。

「チーム全体の成果よ」

「いまここにいるチームのような？」

そのとき、ドアをノックする音がした。

「ケニーだ、ベン。ここには銃を持った警官が大勢いる。これは余談だが、そのうち半分はおれが銃撃戦のなかで死んでも眉ひとつ動かさないだろう」

口もとが緩む。「半分どころじゃあるまい」

ドアの向こうから鼻を鳴らす音が聞こえた。

「言ってくれるじゃないか。なかに入って話をさせてもらえくれないか。マジな話、あんたはこれでおしまいだ。お別れの挨拶ぐらいさせてもらってもいいだろ」

ベンジャミンはガーミンのほうを向いて言った。

「ドアをあけてくれ。通すのはケニーだけだ」

ドアをあけると、ケニーが恐る恐るといった感じで入ってきた。「とんでもない朝になっちまったな」

「昨日の夜に会ったとき、おまえはこうなることを知ってたんだな」

「ああ」

「怖くなかったのか」

「あんたが？　いいや、ぜんぜん。あのときは、あんたがどんな話をしなきゃいけないかを考えておけと、どうしても言っておきたかったものでね」

「おれが話さなくても、おまえが話すんだろ」

「もちろん。おれたちは二十年来の古なじみだ。だから、わかっていると思う。おれはいつだって自分のことしか考えていない。でも、いまはちがう。おれが手に入れるものなんてたかが知れている。あんたはもっと大きなものを手に入れることができる」

「なんだ、それは」

「自由。あんたの人生のなかではじめての自由だ」

ベンジャミンは笑った。拳銃を握る手に力が入る。

ロッシとガーミンが半歩前に進みでる。

「刑務所のなかで、どんな自由があるというんだ」

「あんたは自分の言葉で自分のことを話せるようになる。すべてを。何も包み隠さず、嘘いつわりなしに。誰にも気がねなく。おやじさんのことも、じいさんのことも考える必要はない。自分のことだけを考えていればいい。あんたはいままで言いたかったことを自由に言えるようになる」

ベンジャミンはためらっている。

「でも、あんたが自分の顎を天井まで吹き飛ばしたら、話すことはできなくなる。そうなったら書くしかないが、あんたに文才がないことはおたがいによくわかっている」

アンドレアは思った。ケニーはいつもここ一番というときに下手を打つ。だが、次の瞬間には、誰もが驚くことが起きていた。ベンジャミンが大きな声で笑い、そして拳銃をおろしたのだ。

ロッシがゆっくり手をのばすと、ベンジャミンは拳銃をさしだした。ガーミンがすかさず手錠を持って前に進みでる。ベーグルを頬張るしか能のない男にこんな素早い動きができたのは驚きだ。

ベンジャミンはおとなしく両手を背中にまわした。手錠がかけられ、ミランダ警告が読みあげられる。ロッシとガーミンはベンジャミンを連れて、アンドレアとケニーの前を通り過ぎ、ドアの外に集まっていた大勢の武装警官のあいだを擦り抜ける。

ロッカールームにいるのはアンドレアとケニーだけになった。

「あんないい加減な話で説得できるなんて、驚きもいいところよ」

ケニーは肩をすくめた。

「おれもそう思う」

52

ベンジャミンが逮捕された一時間後、そしてアンドレアが帰宅した十分後に、ケニーからメールが入った。午後四時にウー区長が記者会見を開くという。

返信する。〝それで？〟

携帯電話が鳴る。いまはケニーと話す気分ではないが、仕方がないので、ため息をついて電話に出る。

ケニーはハローさえ言わなかった。「きみも出席するんだよ。きみとロッシと区長」

「そんな馬鹿な。わたしは一般市民よ。区長にわたしを呼びつける権利はない」

「出席しなかったら、もっと多くの質問を受けることになる」

「あなたはわたしを困らせたいの？」

「どう受けとってもかまわない」ケニーは言って、電話を切った。

お腹のなかで赤ん坊が動く。今日は朝からずっと暴れている。少しでも楽になるよう身体をくねらせようとしたが、この大きなお腹とお尻ではそれもままならない。腰も痛い。背中は静止状態でもクエスチョンマークの形をしている。

ジェフに電話をかける。

「三時半までに帰ってきてほしいんだけど」

「産まれそうなのかい」

「ううん」

「今朝はどうだった。何か問題でも？」

「べつに。ドベックはおとなしく逮捕された。いちおう」

「だったら、どうして早く帰らなきゃならないんだい」

「四時に区長の記者会見があって、それに出なきゃならなくなったの」

数秒間の沈黙。

「きみは出たいと思ってるのかい」

「思ってないけど、出ないと、どうして出ないのかってあれこれ詮索される」

「なんか釈然としないな」

嘘ではない。注目されるのを望んではいない。でも、その理由はジェフが考えていることとはちがう。自信がないのではない。プライバシーを守りたいから。事件に向かいあう方法をおおやけにしたくないから。そして、もさもさの草が頭に生えたカバのような姿を人前でさらしたくないから。自分が捜査のよりどころとしているのは内面的なものであり、ざっくり言うと直感だ。それは説明できるものでもないし、説明して理解できるものでもない。だから、話したいとは思わない。公衆の面前で話すのは苦手だし、新聞記者からくだらない質問を浴びせかけられるのもいやだ。政治的なプロパガンダに利用されるのも御免こうむりたい。が、なんと言っても、いちばんの理由は、自分がもじゃもじゃ頭のカバのように見えることだ。

「わたしが記者会見に出るのと、新聞記者が家に押しかけてくるのと、どっちがいい？　へたすると、家の前にテレビ局の中継車が陣取るようになるかもしれない」

ジェフはしぶしぶ同意した。「わかったよ。帰りの列車の時間をあとで連絡する」

アンドレアは電話を切った。一時間でいいから静かにゆっくり考える時間がほしい。そう思ったとき、大事な用を忘れていたことに気づいた。すぐにロッシ刑事に電話をかける。

「ドベックが逮捕されたことをサスマル家に伝えた？」

「いや」それが本来すべき返事ではないことに気づい

たのは、そう答えたあとのことだった。「おっと。まだ伝えてない」

「明日の朝刊ではじめて知るのはまずいんじゃない？　記者会見のあと電話がかかってきたら困るでしょ」

「たしかに。電話するよ」

「わたしが行ってもいいわ。わたしは最初からあの人たちとかかわっていたし。でもできれば署の代表者といっしょに行きたい。人選についてはわたしに考えがあるの」


セイディを保育園に迎えにいったあと、サスマル宅の前で待っていたとき、ミシェル・ウーとニケット・パテル巡査の乗ったパトカーがディケンズ・ドライブに入ってきた。ふたりはいらだち、本来なら穏やかに過ごせたはずの一日を形なしにされたことにいかにも迷惑そうな顔をしていた。

「セイディ、ちょっとだけiPadを消してちょうだい」

セイディは保育園のあとすぐ家に帰ると言ってきかなかったので、iPadを一日中使っていいからと言って連れてきたのだ。いまはチキンナゲットをこぼしたり落としたりして、服のそこかしこに染みをつけている。子供たちは、ルースを含めて、みな父親と同じように、いつも食事のあとをジャクソン・ポロックの絵のようにする。

ミシェルとニケットが近づいてきた。横目でセイディのアート作品を見ているが、このふたりがそれをなんと思おうが気にすることはない。なにしろ犯行現場の保存すらできなかった連中なのだから。

「どうしてわたしたちを指名したんです」ウーが訊いた。

アンドレアは微笑んだ。「最後は最初と同じほうがいいと思って」

お腹のなかで赤ん坊が大きく動き、アンドレアは顔をしかめた。

シャルダが戸口に出てきた。来訪者の顔ぶれを見て、目に警戒と期待の色が浮かぶ。

「わたしはミシェル・ウー巡査です、ミセス・サスマル。こちらはニケット・パテル巡査。ミセス・スターンはもうご存じですね。あなたのご家族のことでお知らせしたいことがあるんです」

「なかで話しましょ、ミセス・サスマル」アンドレアは言って、シャルダの肩にそっと手をまわした。

「夫に電話しなきゃ」

「できればご主人にも同席してもらいたかったのですが、急ぎどうしてもお伝えしておきたいことがありまして」

シャルダはなかに入って椅子にすわった。

「見つかったんですね。サトクナナンタンを殺した犯人が」

「ええ。犯人はベンジャミン・ドベック。ウェスト・ウィンザー署の巡査で、前署長のベネット・ドベックの息子です」

シャルダは椅子の背にもたれかかって目を閉じた。安堵のせいか憎しみのせいか唇が震えている。目をあけたとき、ふたりの巡査に向けた視線には無理からぬことながら非難の色が混じっていた。

「甥ごさんのことは心からお気の毒に思っています、ミセス・サスマル」と、ミシェルは言った。「ただ、どうかわかっていただきたい。ドベック巡査とドベック前署長が今回やったことに署内のほかの者は一切かかわっていません」

アンドレアがすぐに言葉を継ぐ。「ドベック家は何世代にもわたって秘密を隠しつづけてきました。そのことはご存じのとおりです。ブラッドリー・ドベックはあなたたちを脅してプール工事の申請を諦めさせるために、サトクナナンタンを殺そうと考えていました。そして、孫をそそのかして、それを実行に移させた。

あまりにも理不尽すぎます。そんなことで殺されなければならない法はありません。でも、犯行にかかわった人間はこの先何十年も刑務所で過ごすことになります。その多くは獄中で死ぬことになるでしょう。正義はまっとうされます」

シャルダはうなずいた。「夫に電話します。職場にいますので」

アンドレアは立ちあがった。巡査たちもそれに倣う。「詳細はおおやけにできるようになり次第お伝えします」ミシェルは言った。「午後には犯人が逮捕されたことを告知するための記者会見が開かれます。よろしければおこしになって。いずれにせよ、後日あなた方のコメントを求める電話があちこちからかかってくると思われます。ご承知おきください」

「コメントですって?」シャルダは鼻で笑った。普段の温柔なおおらかさは消えてなくなっている。怒り、激情、そしてこの国での暮らしのなかで長年押しころしてきた憎悪が滲みでている。「わかっています。あなたたちや警察を悪しざまに言うようなことはしないので、安心してください。いつもどおりに口をつぐんでいます」

サスマル宅を出たとき、ケニーのプリウスがディケンズ・ドライブに入ってきた。

「あの糞ったれ」と、アンドレア。

「罰金箱に二十五セント」右の腰のあたりから、いきなりセイディの声が聞こえた。お腹まわりの脂肪が邪魔して、姿は見えない。

「いいんですか、ここに来ても」ニケットが訊いた。

「もちろん。取材する権利はある。でも、それが正しいことかどうかは別の話よ。わたしのほうから話しておくから、あなたたちは先に帰っててちょうだい。おつかれさま」

ミシェルとニケットは困惑のていで顔を見あわせた。

そういえば最初に会ったときもこんな顔をしていた。パトカーのドアをあけようとしたとき、ケニーが笑顔で手を振りながら、その横を通り過ぎた。

ふたりがパトカーに乗りこむまえに、アンドレアは言った。「ふたりとも、覚悟しておくのよ」

ますます困惑のてい。「覚悟っていうと？」と、ミシェルが訊く。

アンドレアは真昼の太陽に手をかざして目もとを覆った。「あなたたちは同僚がおかした殺人事件の現場に最初に到着した。そのとき提出した報告書には不備があった。それが問題視されるのは避けられない」

「悪気はなかったんだ」と、パテル。

「自分たちの無能さのせいにするのがいちばんよ。マスコミは率直なコメントに好意的だから」

頭にエルボーを食らったかどうか定かではないが、その可能性はあると思ったにちがいない。ふたりはパトカーに乗りこみ、走り去った。

ケニーが車から降りるのを見て、セイディが叫んだ。「ケニーおじさん！」そして、アンドレアがとめる間もなく、ケニーに駆け寄り、太腿の動脈をふさぐほどの力で脚に抱きついた。ケニーはためらいがちに手をのばし、ディズニーのアニマトロニクスのようなぎこちなさでセイディの頭をポンと叩いた。

「やあ、セイディ。元気にしてるかい」

「ここでママはインド人のおばさんにこう言ってたの。ケーカンがここのおいごさんを殺したんだって。それって、クールじゃん」

「まあね」

「話は今度にして」と、アンドレアはケニーに言った。

「向こうから駆け寄ってきたから、相手になってやっていただけだよ」

「誰のことを言ってるかわかってるくせに」

「一言コメントをもらわないと」

「記者会見が終わってからでいいでしょ。いま家にはシャルダひとりしかいない。ついさっき話を聞いたばかりなんだし」

「素のリアクションが得られるのは、いまのこのタイミングがいちばんなんだ。きみはきみの仕事をした。おれはおれの仕事をする。きみがおれの仕事をよく思っていないことは知ってる。おれのやり方をよく思っていないことも知ってる。でも、それを変えることはできない」

かえす言葉はなかった。

ケニーは脚からセイディを引き離して、また頭をポンと叩いた。そして、アンドレアの横を擦り抜けて、サスマル家の玄関のほうへ歩いていった。

ジェフは奇跡的に三時二十一分にプリンストン・ジャンクション駅に着いた。むっつり顔で駅の階段をおりてくる。今回ばかりは文句は言えない。

車に乗りこむと、アンドレアは言った。「悪かったわね」

ジェフはうなずいた。

「サラとイーライもそろそろ帰ってくるわ。家に着いたら、あなたを降ろし、その足でわたしは区役所へ行く。あなたもいっしょに行く?」

「行かないよ。子供たちも連れていかないほうがいい」

「わかってる」でも、心の片隅では、せめてルースだけでも来てくれたらと思っている。「わたしだって行きたいわけじゃないのよ」

「でも、行くんだろ」

「なんだかご機嫌斜めね」

ジェフは大きなため息をついた。アンドレアはクラクションを鳴らした。送迎レーンの前方はどこかの馬鹿の車によってふさがれている。昼の三時なのに。

「そりゃご機嫌斜めにもなるさ」

「犯人が見つからず、わたしが諦めると思ってたんでしょ」

　ジェフは妻の鋭い視線を避けるように窓の外に目をやった。「ああ。この数週間の平穏な暮らしに慣れたところだったから」

「明日からはもっと平穏に暮らせるわ」

「それはどうかな」

「どういうこと？」

「また事件が起こるかもしれない。ここかプリンストンかトレントンかどこかで。きみはそれに興味を示すかもしれない。これからは警察やＦＢＩの友人が手伝ってほしいと言ってくることも考えられる。きみはそれを引き受ける」

「それがわたしなのよ」

「わかってる。ただぼくは……」

　いずれ分別をわきまえ、落ち着いてくれると思っていた？

　ぼくのために変わってくれると思っていた？

　母親は子供のことを第一に考えるものだと思っていた？

　いまジェフの頭のなかにあるは、このうちのどれか、あるいはそのすべてにちがいない。家に着くまで、ふたりは黙っていた。家に着くと、ジェフはセイディの手を取って車から降ろした。アンドレアがガレージのドアのリモコンに手間どっていると、セイディが言った。「ゆっくり押して、押さえとくんだよ」まだおむつも取れていない子に教えられるなんて。

　ジェフがセイディの手をつないでガレージに入ると、アンドレアはすぐに車を出した。頭は痛いし、身体はだるい。お腹の赤ん坊の動きはいい加減にしてくれと言いたいくらい激しい。

　自分の人生って、いったい何なんだろう。これまで逃してきた数々のチャンスのことを考えずにはいられない。ジェフは出会ったときから、わたしがわたし以外の者になることを求めていた。そして、わたしはそれを受けいれてきた。

この十年間一度もなかったことだが、ここ数カ月のあいだは自分がなりたかった自分に戻ったような気がしていた。いま大事なのは事実を受けいれること。夫と反りがあわないのは仕方がない。四人の子供の世話に明け暮れるのが楽しいわけはない。

マザー・オブ・ザ・イヤーなど糞くらえ。

区の合同庁舎に到着する。座席から降りるとき、お尻をずらしてシートベルトにしがみつき、一瞬宙ぶらりんになったあと、ようやく爪先が地面に触れる。お腹をさする。駐車場には、約束どおりサトウィカの姿があった。アンドレアは微笑んだ。この新しい友人がいてくれるおかげで、気持ちがずいぶん楽になる。

「記者会見室を下見しておいたわ」

「大勢集まってる?」

「ひとりでも百人でも同じよ。打ちあわせどおりにね。ゆっくり話すこと。細部にこだわりすぎないこと。最低でも一回は子供と家族について触れること。利口ぶらないこと。いまはインテリがもてはやされる時代じゃない」

「面倒くさっ」

ふたりの妊婦はペンギン歩きで建物のなかに入っていった。階段をあがるのは一苦労で、一歩ごとに手すりをつかみなおさなければならない。もし三分後に産気づいたら、記者会見はスルーできる。階段をあがったところには、アリソン・チェンという区長のアシスタントが待ってくれていた。サトウィカが励ましの言葉とともにぎゅっとハグをする。ふたりの大きなお腹がぶつかりあう。チェンに案内されて、ウー区長と署長代理のロッシが待つ控室に入る。ロッシはコーヒーを飲み、ウーはティーカップで紅茶をすすっている。

「よく来てくれました。ミセス・スターン。記者会見の席で紹介するときには、ミセスとミズのどちらがいいかしら」

「それより、どうしてわたしが紹介されなきゃならないんです」

ウーは笑い、紅茶を口からこぼしそうになる。

「よしてちょうだい、アンドレア――と呼ばせてもらっていいわね。今回の一件は政治を超えた事件だけど、もちろん政治と無関係じゃない。五十年の歳月を隔てて殺害された者のひとりはアフリカ系アメリカ人で、もうひとりはインド人。最初の殺人の隠蔽工作にかかわったのは白人の元警察署長二名で、第二の殺人事件の犯人はその身内だった。そして最初に現場に駆けつけ、ヘマをやらかしたのはインド人と中国人の巡査。そうそう、これにはオチがあって、巡査のひとりは区長の娘だった。笑えるわよね。そして、最後にひとり、どうしても忘れちゃいけないのがユダヤ人の妊婦」アンドレアは顔をしかめたが、ウーはかまわず続ける。

「今回の事件をふたつとも解決したひとが、わたしたちといっしょに壇上にあがるのは当然でしょ。あなたは微笑んで、こう言えばいい。〝正義が勝ちました。ウェスト・ウィンザーは百花繚乱です〟」

ウーの英語は訛りが強すぎ、そのせいもあって、えらそうなことを言っているような感じはまったくしない。

「百花繚乱？」と、アンドレアは言った。眉は吊りあがり、鹿のような丸く大きな目にはシニシズムの黒い空洞ができている。

「肌の色も、宗教も、ジェンダーも関係ない。シスでも、トランスでも、ノンバイナリーでもかまわない。垣根はとっぱらわれ、町は百花繚乱になる」

アンドレアはうなずいた。

ウーはロッシのほうを向いた。「準備はいい？」

この質問に対する準備はできていなかったみたいだった。

「いちばん大事なルールは何か覚えてる？」

「ケネス・リーに発言の機会を与えないこと」

ウーにうながされて、アリソンが記者会見室に続くドアをあける。

「さあ、行きましょう」

アンドレアは記者会見室に入った。部屋は新聞記者やテレビ・クルーや区役所の職員や警察官、そしてサスマル家を含む多くのインド系住民で埋めつくされていた。サトウィカは三列目にすわっている。後ろの隅の隅に、ジェフと子供たちがいる。来てくれたんだと思うと、嬉しくて胸がいっぱいになる。子供たちは無邪気に手を振っている。ルースは微笑んでいる。心がなごむ。

一行が狭い壇上に姿を現わすと、携帯電話のフラッシュがいっせいに光った。アンドレアはロッシに身体を支えられ、赤ん坊が動くのを感じながら階段の最後の一段をあがった。見せ物にされているようで、やーな感じ。額にはうっすらと汗が滲みはじめている。できれば、その上のもじゃもじゃ頭の後ろに隠れてしまいたい。

ケニーは最前列に陣取っている。フィラデルフィアやニューヨークのメジャーな新聞社やテレビ局の人間をさしおいて。アンドレアがむずかしい顔をしているのを見て、戸惑いの表情を浮かべている。

ウーが演壇の前に進みでて、マイクを調整し、話しはじめた——区にとって、この数カ月間は試練のときだった。サトクナナンタンの殺人事件はこの地域社会に残されていた深く痛々しい傷あとを浮き彫りにした。この会見が共謀者たちの逮捕から始まった癒しのプロセスの感嘆符になることを切に願っている。

アンドレアは区長の話をなかば上の空で聞いていた。心は揺らいでいる。家族が来てくれたのは嬉しいが、ここは自分のいるべき場所なのだろうかという思いは拭えない。

クレオン・シングルトンのことを考える。ルースを身ごもった年よりも若いときに、愛してはいけない娘を愛してしまった。農場主たちに取り囲まれたときの恐怖はいかばかりのものだっただろう。せめてもの慰めは、即死であったことと、みずからの肉体をバラバラにされるのを知らずにすんだことぐらいだ。

ドロレス・ウェストのことを考える。その人生に大好きだった兄が戻ってくることは二度となかった。

タラニとシャルダ・サスマルのことを考える。親族の求めに応じて甥っ子を引きとり、より良い暮らしを送らせようと尽力してきた。なのに、裏庭にプールをつくろうとしただけで殺されてしまった。

サトクナナンタンのことを考える。拳銃を突きつけられ、戸惑い、怯えながら、なぜ殺されなければならないのか、よりによって警官に殺されなければならないのかと考えていたにちがいない。

そして、ドベック一家のことを考える。みな怒りと敵愾心(てきがいしん)に満ち、男性ホルモン(テストステロン)の多寡によって機能不全を起こしていた。厳格な家長。父親の罪を隠すために罪をおかした冷徹な息子。隠れゲイで、必死に逃げ場を探していた孫。それぞれが他人への憎しみと、変化に対する恐怖と不安に駆られ、そのあげく、自分たちの人生だけでなく、なんの罪もない赤の他人の人生までブチ壊してしまった。

正義をまっとうしたいという思いは、警察には決して解決できなかった事件を解決に導いたこと以外に、この町に何をもたらしたか。

ベンジャミン・ドベックが逮捕されていなければ、昔からこの地に居を構え、射撃場で憂さばらしをしている白人は、当初から想定されていたとおり、強盗の仕業と結論づけていたにちがいない。彼らはトレントンのチンピラどもがこれまでどんなことをしてきたかをよく知っている。一方、インド系の住民は偏見やいやがらせに慣れっこになっていて、いつもと同じことを繰りかえすにちがいない。ひとつは恐怖ゆえに、もうひとつは胆力ゆえに、次に予測される一撃にそなえて、あえてもう一方の頬をさしだすのだ。

気がつくと、ロッシがマイクの前に進みでていた。思案にふけっていたせいで、区長の話が終わったことにまったく気がつかなかった。幸いなことに、自分の番がまわってくるまえに、ロッシは聴衆を居眠りさせてくれている。

ケニーのことを考える。いまにも襲いかかろうとしている豹のように見える。押しの強さや他人の目をまったく気にしないところは、それはそれで見あげたものだと思う。でも、その奥にはどれほどの悲しみと孤独が隠されているのか。おたがいに若かったときに失恋したことが、いまも尾を引いているのだろうか。今回の一件は人生を立て直す千載一遇のチャンスになるのか、それともまた失敗に終わるのか。

ジェフに目をやると、手に持った携帯電話を見つめている。市場の引け具合をチェックしているのだろう。いったい何を考えているのか。来ないと言っていた記者会見場に子供たちを連れてきたり、次に妻が壇上に立つ番だというのに、そんなことはそっちのけで、携帯電話の画面に釘づけになっていたり。いつから相反するふたつのことを同時にやってのけられるようになったのか。いま隣に弁護士がいたら、この場で離婚を申し立てていただろう。そう思ったとき、赤ん坊の強烈なジャブがお腹に入り、自分が永遠に囚われの身であることを思い知らされた。

そう、永遠に。

ルースとイーライとサラとセイディに目を向ける。子供たちを見ていると、この状態が永遠に続くのもそんなに悪くはないように思えてくる。けれども、ジェフを見ると、まだ携帯電話に釘づけで、永遠はやはり……やはり……

結局のところ、記者会見などクレオンとサトクナナンタンにもたらされた正義や、そのことによって自分が得られた達成感に比べたら、いくらのものでもない。

赤ん坊に大暴れされて、うめき声をあげそうになるのをこらえていたとき、ロッシから名前を呼ばれた。

アンドレアはあたふたしていた。

「何かお訊きになりたいことはありませんか」多くの手があがるのを見ながら、あと先の考えもなく言った。

「それじゃ……ケニー」

そう言った瞬間、しまったと思った。

「ミセス・スターン、今回の捜査はずいぶん型破りなものだったという話を聞いています。大学で一昔前の捜査手法を学んだだけで、現在にいたるまで実地の経験はまったくない者が、どのようにサトクナナンタン・サスマル殺人事件の動機を解明するにいたったのか、その経緯を具体的に教えていただけないでしょうか」

アンドレアは目を尖らせたが、口もとはほころんでいた。「ご質問ありがとうございます、ミスター・リー。たしかに、わたしの推論の立て方は型破りなものかもしれません」

言葉が途切れる。お腹にこれまで経験しなかった強い痛みが走る。赤ん坊が身体の向きを変えたとか、手や足を急に動かしたという程度のものではない。

「それを勘と言うひともいますが——」先を続けようとしたが、また中断せざるをえなくなる。聴衆のあいだからざわめきが起きる。「そうじゃなくて……ええっと……型破りな方法というのは可能性をつなぎあわせることで、今回の一件でも——」

また言葉を途切らせて、しゃがみこむ。

うめく。

聴衆のざわめきが大きくなる。

額には玉の汗が浮かんでいる。

ロッシとウー区長が駆け寄ってくる。

お腹にまた強い痛みが走る。

痙攣発作が起きる。

次の瞬間、破水し、壇上に羊水が飛び散り、ケニーの顔にかかった。

謝辞

エレン・クレア・ラム、アレックス・セグラ、ブラッド・メルツァー、そしてエリックとヘイリー・イーデンに感謝する。多くのアドバイスやフィードバック、その他もろもろの支援に対して。

ウェスト・ウィンザー/プレインズボロ読書会のシーマ・サタイ、エスター・サン、テジンデール・カウル・ギル、そしてサンディープ・ダンディカルに感謝する。本書のなかで描写された文化的背景についての貴重なご意見をちょうだいし、その意図するものが斜めから訴える機会均等であると理解していただいたことに対して。

スターライト・ランナー・エンターテインメント社の同僚ジェフ・ゴメス、マーク・ペンサヴァル、クリソーラ・アーテミス・ゴメス、スティール・フィリペク、デイヴィッド・ウィズニック、そしてE・J・クルカウンディスに感謝する。最初から最後までの激励に対して。われわれの力量は、われわれに課された限界によってではなく、われわれが自分たちに課した限界によって決まる。

ユナイテッド・タレント・エージェンシーのアルバート・リー、ザンダー・キム、ミラベル・マイケルソン、カトリーナ・エスクデーロ、ならびにコーワン・ディビーツ・エイブラハム・アンド・シェパード法律事務所のサイモン・プルマン、ノヴィカ・イシャール、レイヴン・ベルツェルに感謝する。あなたたちのおかげで、エージェントと弁護士という奇妙な人種をまた信じられるようになった。

G・P・パトナムズ・サンズ社のアイヴァン・ヘルドとサリー・キムに感謝する。わたしが大学を出て最初に就職したのがパトナムズ・バークレー社である。あれから四十年近くたつが、現在のパトナム社の諸氏は当時の同僚たちと同様にきわめて優秀である。広報のアシュリー・マックレーとアレクシス・ウェルビー、装丁のクリストファー・リンとクリスティン・デル・ロザリオ、そして営業担当のみなさまに感謝する。

編集者のマーク・タヴァーニとダニエル・ディートリッヒにはとりわけ大きな謝意を表したい。ひょんなところから出てきた変てこな原稿を拾いあげ、これまで三十年間書きつづけてきた作家がこれからの三十年間も書きつづけるであろうことを固く信じ、本書をより良いものにするために全力を尽くしてくれたことに対して。

が、誰より何より忘れてはならないのがライアン・レナルズ。その常変わることのない淡麗な容姿に対して。願わくは、ソーシャル・メディアでの貴君の天文学的な数のフォロワーに本書の宣伝をしてくださることを。どうかシャーペイ犬の一件をお忘れなきよう。

訳者あとがき

サバーバン・ディックス――郊外の探偵たち。

ひとりは、やんちゃざかりの四人の子持ちで、現在妊娠八カ月目の妊婦。アンドレア（アンディ）・スターン。ニューヨークのクイーンズ育ちのユダヤ人。三十三歳。ビーチボールのような大きなお腹。脚は短く、歩き方は人間というよりペンギン。背は低く、五フィート三インチ。髪は黒い巻き毛で、もじゃもじゃ。時流に乗ってルッキズムに異を唱えたいところだが、本人は自分の〝もさもさの草が頭に生えたカバ〟のような容貌をけっこう気にしている。

夫のジェフとはあまりうまくいっていない。そもそも価値観が違いすぎる。金を転がして儲ける方策に関して知らないことはないが、取り柄はそれだけ。若いころ投資会社を立ちあげたが、クライアントをだまして裁判沙汰になり敗訴。いまは普通のサラリーマンで、毎日通勤電車に揺られている。

家事と育児に追われ、夫を車で駅まで送り迎えするだけの退屈な毎日。心躍るものは何もない。要するに、どこにでもいる、ごく普通の家庭の主婦だ。だが、若いころには、ＦＢＩのプロファイラーとして、ニューヨークで起きた猟奇連続殺人事件を見事解決に導いた才女でもある。

もうひとりは、子供のころ、そんな女性に恋をし、そして瞬時に振られたケネス（ケニー）・リー。ニュージャージー州プリンストン生まれの中国系アメリカ人。地元の小さな新聞社の記者で、記事ネタといえばガールスカウトのボランティア活動くらいしかなく、仕事に対する熱意はゼロ。給料は笑ってしまうくらい安い。若いころには、ニュージャージー州知事のスキャンダルをスクープしてピュリッツァー賞を受賞し、将来を嘱望されていたが、その後はまったく鳴かず飛ばず、焦るあまりつい魔がさして、でっちあげ記事を書き名誉失墜。キャリア・ダウンは避けられず、いまは落魄の身を憂うばかりで愚痴とため息が出ない日はない。

どちらもちょっとドジで、カッコ悪く、笑える。それだけに憎めない、好感度高めの二人組だ。

舞台となっているのは、ニュージャージー州のウェスト・ウィンザーという小さな町。ニューヨークまで電車で七十五分の郊外住宅地で、マックマンション（邸宅のマクドナルド版）と呼ばれる見た目豪華な居宅が立ち並んでいる。もともとはイギリスとドイツ系の白人の開拓農地だったが、第二次世界大戦後の高度経済成長期に大規模な宅地化の波が押し寄せ、多くのひとが都市部（アーバン・エリア）から郊外（サバーバン・エリア）のより良い住環境を求めて移り住みはじめた。当初その地域の住人は白人だけだったが、ほどなくインド人や中国人が大挙してやってきて、それぞれのコミュニティを形づくるようになった。いまでは、社会的にも政治的にも無視できない力を有し、本書では当行政区の首長の座に中国系住民が就いている。

人種の多様性ゆえにいざこざは避けがたくある。だが、基本的には平和な町だ。そこで三十数年ぶりに殺人事件が起きた。ガソリンスタンドのインド人従業員が、深夜、額のまんなかに一発の銃弾を撃ちこまれて殺害されたのだ。通報を受けて犯行現場に最初に駆けつけたのは、現場保存の基本さえ知らない、圧倒的に経験不足の中国系とインド系のふたりの巡査。そこにたまたまアンドレアがホンダ・オデッセイに乗ってやってくる。片時もおとなしくしていない四人の子供たちといっしょに。いちばん下の小さな女の子にガソリンスタンドのトイレでおしっこをさせるために。

だが、トイレには鍵がかかっていて、女の子は犯行現場に大量のおしっこをぶちまける。もうシッチャカメッチャカだ。おしっこがすむと、アンドレアはすぐさま雲をかすみと走り去る。巡査たちはなすすべもなく、ただ呆然と立ち尽くすばかり。

アンドレアはちがった。その短いあいだに、犯行現場を素早く見まわし、一瞬のうちにいくつもの手がかりを正確につかんでいた。

そしてそのとき、彼女の心ははずんでいた。メチャ愉しかったから。犯行の手口を探り、犯人を捕まえることが、それまで長く叶わなかった自己実現の唯一の手立てだったから。

事件を知った冴えない新聞記者の心もやはりはずんでいた。うまくいけば、特ダネをものにし、ふたたび第一線に返り咲くことができるから。落ちぶれたとはいえ、幸いにも取材能力は鈍っていない。身重で何かと制約の多いアンドレアにとっては、強い味方だ。

味方はほかにもいる。

FBI局員のラモン・メルカード。若いころ相思相愛だったが、おたがいののっぴきならない事情から別れざるをえなくなった。長身で筋骨隆々、精悍さを際立たせる浅黒い肌のヒスパニック。いまも会えば胸がキュンとなり、本人の言葉を借りると、〝大きなお腹が邪魔にならなかったら、この場で押し倒していた〟であろう魅力的な、そして頼りがいのある男だ。

そして、ママ友たち。みな暇を持てあましていて、平和な郊外の町で起きた殺人事件に興味津々。一声かければ、張りこみくらいのことはみんな喜んでやってくれる。

そのママ友たちの他愛もない世間話から、一見どうだっていいような、だがじつはきわめて重要な意味をもつ情報がコロンと転がりでる。ガソリンスタンドの若い従業員殺しの動機は、薬物や金銭目当てといった単純なものではなかった。その裏にはもっと複雑で陰湿な謀（たばか）りが隠されていた。そして、その先におぼろに見えてきたのが、歴史の深い闇であり、いまわしいヘイトの断片であり、少し大袈裟に言うなら、アメリカという多民族国家がかかえる宿痾だった。

それが本書のまんなかに通った太い心棒になっている。ただ、その語り口調はどこまでも洒脱にして軽妙だ。風刺（サタイア）、減らず口（ワイズクラック）、的確な比喩隠喩、当意即妙のジョーク――そのてんこ盛り。人種問題だけでなく、性的マイノリティの生きづらさも、夫婦のすれちがいも、子育ての大変さも一切合切が茶化され、コミカルなオブラートに包まれている。重いテーマと軽い語り。それが私立探偵小説としての布置結構のなかに塩梅よく配されていて、じつに心地いいのである。

本書はファビアン・ニシーザのはじめての長篇小説で、二〇二二年度のアメリカ探偵作家クラブ

（ＭＷＡ）賞最優秀新人賞とアメリカ私立探偵作家クラブ（ＰＷＡ）賞の最優秀新人私立探偵長篇賞の最終候補作にそれぞれノミネートされている。

シリーズ二作目は *The Self-Made Widow*（二〇二二年六月刊）。五人目の子供ジョジョを無事出産し、おむつの交換と夫の送り迎えとママ友たちとの世間話の日々を送っていたとき、アンドレアはまたしても不可解な殺人事件に遭遇する。となると、もう黙って見てはいられない。一方のケニーのところには、誰が犯人であるかを告げる匿名の電話がかかってきて、否応なしに事件に巻きこまれていく……といったストーリーだ。

最後に著者ファビアン・ニシーザについて一言。一九六一年、アルゼンチンのブエノスアイレス生まれ。四歳のときに家族とともにアメリカに渡り、ニュージャージー州で育つ。ラトガース大学卒。一九八五年までバークレー出版社の制作部に勤務し、のちに編集長。現在は『Ｘ－Ｍｅｎ』、『Ｘ－フォース』、『デッドプール』などのアメコミのライターとしても健筆をふるっている。

二〇二三年六月

HAYAKAWA POCKET MYSTERY BOOKS No. 1994

田村義進
たむらよしのぶ

1950年生，英米文学翻訳家
訳書
『阿片窟の死』アビール・ムカジー
『流れは、いつか海へと』ウォルター・モズリイ
『窓際のスパイ』『死んだライオン』『放たれた虎』
ミック・ヘロン
『ゴルフ場殺人事件』『メソポタミヤの殺人〔新訳版〕』
アガサ・クリスティー
『エニグマ奇襲指令』マイケル・バー＝ゾウハー
『帝国の亡霊、そして殺人』ヴァシーム・カーン
（以上早川書房刊）他多数

この本の型は、縦18.4センチ、横10.6センチのポケット・ブック判です。

〔郊外の探偵たち〕
（こうがい　たんてい）

2023年8月10日印刷　2023年8月15日発行

著者　ファビアン・ニシーザ
訳者　田村義進
発行者　早川浩
印刷所　星野精版印刷株式会社
表紙印刷　株式会社文化カラー印刷
製本所　株式会社明光社

発行所　株式会社　早川書房
東京都千代田区神田多町2－2
電話　03-3252-3111
振替　00160-3-47799
https://www.hayakawa-online.co.jp

（乱丁・落丁本は小社制作部宛お送り下さい
送料小社負担にてお取りかえいたします）

ISBN978-4-15-001994-5 C0297
Printed and bound in Japan

本書のコピー、スキャン、デジタル化等の無断複製は著作権法上の例外を除き禁じられています。

ハヤカワ・ミステリ〈話題作〉

1958
死亡通知書　暗黒者
周　浩暉
稲村文吾訳
予告殺人鬼から挑戦を受けた刑事の羅飛は、省都警察に結成された専従班とともに事件を追うが——世界で激賞された華文ミステリ！

1959
ブラック・ハンター
ジャン＝クリストフ・グランジェ
平岡　敦訳
ドイツへと飛んだニエマンス警視は、富豪一族の猟奇殺人事件の捜査にあたる。映画化された『クリムゾン・リバー』待望の続篇登場

1960
パリ警視庁迷宮捜査班　魅惑の南仏殺人ツアー
ソフィー・エナフ
山本知子・山田　文訳
個性的な新メンバーも加わった特別捜査班は、他部局を出し抜いて連続殺人事件の真相に辿りつけるのか？　大好評シリーズ第二弾！

1961
ミラクル・クリーク
アンジー・キム
服部京子訳
〈エドガー賞最優秀新人賞など三冠受賞〉治療施設で発生した放火事件の裁判に臨む関係者たち。その心中を克明に描く法廷ミステリ

1962
ホテル・ネヴァーシンク
アダム・オファロン・プライス
青木純子訳
〈エドガー賞最優秀ペーパーバック賞受賞作〉山中のホテルを営む一家の秘密とは？　幾世代にもわたり描かれるゴシック・ミステリ

ハヤカワ・ミステリ〈話題作〉

1963
マイ・シスター、シリアルキラー
オインカン・ブレイスウェイト
粟飯原文子訳
〈全英図書賞ほか四冠受賞〉次々と彼氏を殺す妹。姉は犯行の隠蔽に奔走するが……。数々の賞を受賞したナイジェリアの新星の傑作

1964
白が5なら、黒は3
ジョン・ヴァーチャー
関麻衣子訳
黒人の血が流れていることを隠し白人として生きる青年が、あるヘイトクライムに巻き込まれ——。人種問題の核に迫るクライム・ノヴェル

1965
マハラジャの葬列
アビール・ムカジー
田村義進訳
〈ウィルバー・スミス冒険小説賞受賞〉藩王国の王太子暗殺事件の真相とは？『カルカッタの殺人』に続くミステリシリーズ第二弾

1966
続・用心棒
デイヴィッド・ゴードン
青木千鶴訳
裏社会のボスたちは、異色の経歴の用心棒ジョーに新たな任務を与える。テロ組織の資金源を断て！　待望の犯罪小説シリーズ第二弾

1967
帰らざる故郷
ジョン・ハート
東野さやか訳
出所した元軍人の兄にかかる殺人の疑惑。エドガー賞受賞の巨匠が、ヴェトナム戦争時のアメリカを舞台に壊れゆく家族を描く最新作

ハヤカワ・ミステリ〈話題作〉

1968
寒(かん)慄(りつ)
アリー・レナルズ
国弘喜美代訳
アルプス山中のホステルに閉じ込められた男女。かつてこの地で起きたスノーボーダーの失踪事件との関係が？　緊迫のサスペンス！

1969
評決の代償
グレアム・ムーア
吉野弘人訳
十年前の誘拐殺人。その裁判の陪審員たちが、ドキュメンタリー番組収録のため集まるが……意外な展開に満ちたリーガル・ミステリ

1970
階上の妻
レイチェル・ホーキンズ
竹内要江訳
冴えないジェーンが惹かれた裕福な美男子には不審死した前妻の影が……南部ゴシック風サスペンス、現代版『ジェーン・エア』登場

1971
木曜殺人クラブ
リチャード・オスマン
羽田詩津子訳
謎解きを楽しむ老人たちの集い〈木曜殺人クラブ〉が、施設で起きた殺人事件の真相解明に乗り出す。英国で激賞されたベストセラー

1972
女たちが死んだ街で
アイヴィ・ポコーダ
高山真由美訳
未解決となった連続殺人事件から十五年後、またしても同じ手口の殺人が起こる。女たちの目線から社会の暗部を描き出すサスペンス

ハヤカワ・ミステリ〈話題作〉

1973
ゲストリスト
ルーシー・フォーリー
唐木田みゆき訳

孤島でのセレブリティの結婚式で起きた事件。一体誰が殺し、誰が殺されたのか？　巧みに構成された現代版「嵐の孤島」ミステリ。

1974
死まで139歩
ポール・アルテ
平岡　敦訳

靴に埋め尽くされた異様な屋敷。その密室に突然死体が出現した！　ツイスト博士が謎を追う異形の本格ミステリ。解説／法月綸太郎

1975
塩の湿地に消えゆく前に
ケイトリン・マレン
国弘喜美代訳

他人の思いが視える少女が視た凄惨な事件を告げるビジョン。彼女は被害者を救おうとするが、彼女自身も事件に巻き込まれてしまう。

1976
阿片窟の死
アビール・ムカジー
田村義進訳

一九二一年の独立気運高まる英領インド。阿片窟から消えた死体の謎をウィンダム警部とバネルジー部長刑事が追う！　シリーズ第三弾

1977
災厄の馬
グレッグ・ブキャナン
不二淑子訳

小さな町の農場で、十六頭の馬が惨殺されているのが見つかる。奇怪な事件はやがて町じゅうをパニックに陥れる事態へと発展し……

ハヤカワ・ミステリ〈話題作〉

1978
ガーナに消えた男
クワイ・クァーティ
渡辺義久訳

呪術の力で詐欺を行う少年たち。彼らに騙されたアメリカ人はどこへ消えたのか？　灼熱の地ガーナで、女性私立探偵が真実を追う！

1979
ボンベイのシャーロック
ネヴ・マーチ
高山真由美訳

一八九二年、ボンベイ。シャーロック・ホームズに憧れる青年ジムは、女性二人が塔から転落死した事件を捜査することになり……。

1980
レックスが囚われた過去に
アビゲイル・ディーン
国弘喜美代訳

レックスは子供時代を捨てたはずだった。虐待され、監禁されていた過去を。だが母親の遺言を契機に、過去と向かいあうことに……。

1981
祖父の祈り
マイクル・Z・リューイン
田口俊樹訳

パンデミックで荒廃した世界。治安が悪化する町で、娘や孫と懸命に日々を送る老人は、ある決断をする――名匠が紡ぐ家族の物語。

1982
その少年は語れない
ベン・H・ウィンタース
上野元美訳

緊急手術後に感情を表現しなくなった少年。彼の両親は医療ミスだとして訴えを起こす。それから十年後、新たな事件が起こり……。

ハヤカワ・ミステリ〈話題作〉

1983
かくて彼女はヘレンとなった
キャロライン・B・クーニー
不二淑子訳
ヘレンが五十年間隠し通してきた秘密。それは、ヘレンは本当の名前ではないということ。過去と現在が交差する衝撃のサスペンス！

1984
鏡の迷宮
パリ警視庁怪事件捜査室
エリック・ファシエ
加藤かおり訳
十九世紀、七月革命直後のパリ。若き警部ヴァランタンは、探偵ヴィドックとともに奇怪な死の謎に挑む。フランス発の歴史ミステリ

1985
木曜殺人クラブ　二度死んだ男
リチャード・オスマン
羽田詩津子訳
〈木曜殺人クラブ〉のメンバーのエリザベスが奇妙な手紙を受け取った。それを機に彼らは国際的な大事件に巻き込まれてしまい……

1986
真珠湾の冬
ジェイムズ・ケストレル
山中朝晶訳
一九四一年ハワイ。白人と日本人が殺害された事件はなぜ起きたのか。戦乱の太平洋諸国で刑事が見つけた真実とは？　解説／吉野仁

1987
鹿狩りの季節
エリン・フラナガン
矢島真理訳
女子高生失踪事件と、トラックについた血との関係とは？　鹿狩りの季節に起きた平穏な日々を崩す事件を描くMWA賞新人賞受賞作

ハヤカワ・ミステリ〈話題作〉

1988 帝国の亡霊、そして殺人 ヴァシーム・カーン 田村義進訳

〈英国推理作家協会賞最優秀歴史ミステリ賞受賞作〉共和国化目前のインド、外交官殺しの現場に残された暗号には重大な秘密が……

1989 盗作小説 ジーン・ハンフ・コレリッツ 鈴木恵訳

死んだ教え子が語ったプロットを盗用し、新作を発表した作家ジェイコブ。それはベストセラーとなるが、彼のもとに脅迫が来て……

1990 死と奇術師 トム・ミード 中山宥訳

密室殺人事件の謎に挑む元奇術師の名探偵スペクター。そんな彼の目の前で、またもや奇妙な密室殺人が起こり……。解説／千街晶之

1991 アオサギの娘 ヴァージニア・ハートマン 国弘喜美代訳

鳥類画家のロニは母の荷物から二十五年前に沼で不審な溺死を遂げた父に関するメモを見つけた。真相を探り始めたロニに魔の手が！

1992 特捜部Q ―カールの罪状― ユッシ・エーズラ・オールスン 吉田奈保子訳

盛り塩が残される謎の連続不審死に特捜部Qが挑む。一方、カールの自宅からは麻薬と札束が見つかる。シリーズ最終章目前第九弾！